LA OTRA

MARY

LA OTRA

KUBICA

Editado por HarperCollins Ibérica, S.A.
Núñez de Balboa, 56
28001 Madrid

La otra
Título original: The Other Mrs.
© 2020 by Mary Kyrychenko
© 2022, para esta edición HarperCollins Ibérica, S.A.
Publicada originalmente por Park Row Books
© De la traducción del inglés, Carlos Ramos Malavé

Diseño de cubierta: CalderónStudio
Imágenes de cubierta: Shutterstock

ISBN: 978-84-9139-901-8
Depósito legal: M-34564-2021

Para Michelle y Sara

SADIE

La casa tiene algo raro. Algo que me inquieta, que me pone nerviosa, aunque no sé qué es lo que me hace sentir así. A primera vista es idílica, de color gris, con un enorme porche cubierto que recorre el ancho de la vivienda. Es grande y cuadrada, un caserón imponente con ventanas colocadas en filas, con una simetría que me resulta agradable a la vista. La calle en sí es encantadora, en pendiente, llena de árboles, con cada casa igual de bonita y bien cuidada que la de al lado.

A primera vista no hay nada que pueda no gustarme. Pero sé que no debo juzgar las cosas por las apariencias. No ayuda el hecho de que el día, como la casa, esté gris. Si hiciera sol, tal vez me sentiría de otro modo.

—Esa —le digo a Will, señalando la vivienda porque es idéntica a la que aparece en la foto que le entregó el albacea testamentario. Will tomó un avión a Portland la semana pasada, para hacerse cargo de todo el papeleo oficial. Después regresó también en avión para que pudiéramos venir todos juntos en coche. Entonces no tuvo tiempo de ver la casa.

Will se detiene y deja el coche parado en la calle. Nos inclinamos hacia delante en nuestros asientos al mismo tiempo, observándola, igual que los niños en el asiento de atrás. Nadie dice nada, al menos al principio, hasta que Tate suelta que la casa es gigantesca —intercambiando el sonido de la «g» fuerte y la «g» suave, como suelen hacer los niños de siete años— y Will se ríe, encantado de ver que alguien además de él se da cuenta de lo ventajoso que es nuestro traslado a Maine.

La casa no es gigantesca como tal, pero, en comparación con un piso de ciento diez metros cuadrados, sí que lo es, sobre todo si tiene su propio jardín. Tate no había tenido nunca su propio jardín.

Will pisa el acelerador con suavidad y avanza con el coche por el camino de la entrada. Cuando aparca, nos bajamos —unos más rápido que otros, aunque las perras son las más rápidas de todos— y estiramos las piernas, agradecidos, por lo menos, de haber terminado ya el largo viaje. El aire es diferente al que estoy acostumbrada: huele a tierra mojada, a la sal del océano y al terreno boscoso y silvestre de alrededor. No se parece en nada al olor de casa. La calle presenta una tranquilidad que no me gusta. Una tranquilidad siniestra, inquietante, y de pronto recuerdo eso de que cuantos más mejor. Es menos probable que ocurran cosas malas entre la multitud. Existe la idea equivocada de que la vida rural es mejor, más segura que la vida en la ciudad, y aun así no es cierto. No si se tiene en cuenta el desproporcionado número de personas que vive en las ciudades, y el inadecuado sistema sanitario de algunas zonas rurales.

Veo que Will camina hacia los escalones del porche, las perras corren junto a él y lo adelantan en la subida. Él no se muestra reticente como yo. Parece

10

pavonearse mientras camina, ansioso por entrar y revisarlo todo. Me siento molesta por ello, porque él no quería venir.

Se detiene al pie de los escalones y entonces parece darse cuenta de que no le he seguido. Se vuelve hacia mí, que sigo de pie junto al coche, y me pregunta:

—¿Va todo bien? —No respondo porque no sé si todo va bien.

Tate sale corriendo hacia Will, pero Otto, de catorce años, se queda parado como yo, también reticente. Siempre nos hemos parecido mucho.

—Sadie —dice Will, modificando la pregunta—, ¿vienes? —Me dice que fuera hace frío, algo de lo que no me había dado cuenta porque estoy concentrada en otras cosas, como el hecho de que los árboles que rodean la casa son tan altos que bloquean la luz. O lo peligrosa que será la calle en pendiente cuando nieve y se vuelva resbaladiza. Hay un hombre de pie en lo alto de la colina, en su jardín, con un rastrillo en la mano. Ha parado de rastrillar y está allí quieto, observándome, supongo. Levanto una mano y saludo, el típico gesto vecinal. No me devuelve el saludo. Se da la vuelta y sigue rastrillando. Vuelvo a mirar a Will, que no dice nada del hombre. Estoy segura de que lo ha visto igual que lo he visto yo.

Sin embargo, dice: «Vamos». Se da la vuelta y sube los escalones del porche junto a Tate. «Entremos», decide. Frente a la puerta de entrada, se mete la mano en el bolsillo y saca las llaves de la casa. Llama primero, pero no espera a que nadie le dé permiso para entrar. Cuando gira la llave en la cerradura y abre la puerta, Otto se aparta de mí, me deja atrás. Yo también voy porque no quiero quedarme sola aquí fuera.

Dentro, descubrimos que la casa es vieja, con detalles como revestimientos de caoba, pesados cortinajes, techos con láminas de estaño decoradas, paredes de color marrón y verde bosque. Huele a humedad. Es un lugar oscuro y deprimente.

Nos apiñamos en el recibidor y observamos la casa, que tiene una distribución tradicional, con estancias independientes. Los muebles son formales y poco acogedores.

Me fijo en las patas curvas de la mesa del comedor. En el candelabro deslustrado que hay encima. En los cojines amarillentos de las sillas. Apenas puedo verla de pie en lo alto de las escaleras. De no ser por el leve movimiento que capto por el rabillo del ojo, tal vez no la hubiera visto. Pero allí está, una lúgubre figura vestida de negro. Vaqueros negros, camiseta negra, pies descalzos. Tiene el pelo negro, largo, con un flequillo que le cae por un lado de la cara. Lleva los ojos pintados con un lápiz negro. Todo negro, salvo por las letras blancas de la camiseta, donde se lee: *Quiero morir*. Lleva perforado el tabique nasal. Su piel, en contraste con todo lo demás, es blanca, pálida, fantasmal. Es delgada.

Tate también la ve. Al hacerlo, se aparta de Will y se acerca a mí, escondiéndose a mi espalda, hundiendo la cara en mi trasero. No es propio de Tate asustarse. No es propio de mí asustarme, y aun así soy muy consciente de que se me ha erizado el vello de la nuca.

—Hola —digo con voz débil.

Ahora Will también la ve. Se fija en ella; dice su nombre. Empieza a subir los peldaños hacia ella y crujen bajo sus pies, quejándose de nuestra llegada.

—Imogen —dice con los brazos abiertos, suponiendo, imagino, que ella se acercará y se dejará abrazar.

Pero no lo hace porque tiene dieciséis años y de pie frente a ella hay un hombre al que apenas conoce. No la culpo por ello. Y aun así, la chica lúgubre y melancólica no es como imaginé que sería cuando descubrimos que nos habían otorgado su tutela.

Su voz suena mordaz cuando habla, tranquila; no levanta la voz, no le hace falta. Ese tono amortiguado es mucho más inquietante que si hubiera gritado.

—Ni te me acerques, joder —dice con frialdad.

Mira con desdén por encima de la barandilla de la escalera. Involuntariamente llevo las manos hacia atrás y le tapo los oídos a Tate. Will se detiene en el sitio. Baja los brazos. Él ya la ha visto, la semana pasada, cuando vino y se reunió con el albacea testamentario. Fue entonces cuando firmó los papeles y se hizo cargo de su custodia, aunque habían acordado que ella se alojaría con una amiga mientras Will, los chicos y yo hacíamos el trayecto en coche hasta aquí.

—¿Por qué habéis tenido que venir? —pregunta la muchacha con furia.

Will intenta explicárselo. La respuesta es fácil: de no haber sido por nosotros, probablemente habría pasado al sistema de acogida hasta que cumpliera los dieciocho, a no ser que le concedieran la emancipación, lo que resultaba improbable a su edad. Pero lo que busca no es una respuesta. Le da la espalda y desaparece en una de las habitaciones del segundo piso, donde la oímos revolver entre sus cosas. Will hace amago de seguirla, pero le digo: «Dale tiempo», y eso hace.

Esta chica no se parece a la niña pequeña que Will nos había mostrado en la fotografía. Una morena despreocupada y pecosa de unos seis años. Esta chica es diferente, ha cambiado mucho. Los años no han sido amables con ella. Viene con la casa, otro objeto más que nos ha concedido el testamento, junto con la casa y las reliquias familiares, y los activos que queden en el banco. Tiene dieciséis años, casi edad suficiente para ser independiente, una cuestión polémica que intenté discutir, pues sin duda tendría alguna amiga u otro conocido que pudiera acogerla hasta que cumpliera los dieciocho, pero Will dijo que no. Muerta Alice, nosotros éramos lo único que le quedaba, su única familia, aunque aquella fuese la primera vez que nos veíamos ella y yo. «Necesita estar con su familia», me dijo Will en su momento, hace solo unos días, aunque me parece que han pasado semanas. «Una familia que la quiera y cuide de ella. Está totalmente sola, Sadie». Entonces se me activó el instinto maternal, al pensar en aquella chica huérfana, sola en el mundo, sin nadie salvo nosotros.

Yo no quería venir. Le dije a Will que debería ir ella a vivir con nosotros. Pero había muchas otras cosas que tener en cuenta, de modo que hemos venido igualmente, pese a mis reservas.

Me pregunto ahora, y no es la primera vez esta semana, qué efectos desastrosos tendrá este cambio sobre nuestra familia. No puede ser el borrón y cuenta nueva que Will ansía con tanta ingenuidad.

SADIE

Siete semanas más tarde

La sirena nos despertó en algún momento en mitad de la noche. Oí su chillido. Vi las luces deslumbrantes que se colaban por la ventana del dormitorio mientras Will agarraba sus gafas de la mesilla, se incorporaba bruscamente en la cama, y se las colocaba en el puente de la nariz.

—¿Qué es eso? —preguntó, aguantando la respiración, desorientado y confuso, y le dije que era una sirena.

Nos quedamos sentados en silencio durante un minuto, escuchando a medida que el lamento se alejaba, calmándose, aunque sin desaparecer del todo. Todavía la oíamos, detenida en algún lugar de la calle de nuestra casa.

—¿Qué crees que ha ocurrido? —me preguntó Will, y pensé solo en la pareja de ancianos de la manzana, el hombre que empujaba a su esposa en una silla de ruedas calle arriba y calle abajo, aunque él apenas podía caminar. Ambos lucían el pelo blanco, estaban ajados y él tenía la espalda curvada como el jorobado de Notre Dame. Siempre me parecía cansado, como si tal vez fuera ella la que debiera empujarle a él. No ayudaba el hecho de que nuestra calle estuviera inclinada, en pendiente hacia el océano.

—Los Nilsson —dijimos Will y yo al mismo tiempo, y si hubo en nuestra voz cierta ausencia de empatía, se debe a que eso es lo que se espera de las personas mayores. Se lesionan, se ponen enfermas; mueren.

—¿Qué hora es? —le pregunté a Will, pero para entonces ya había dejado de nuevo las gafas en la mesilla y me respondió «no lo sé» mientras se acercaba a mí y me pasaba un brazo por la cintura, y sentí cómo inconscientemente tiraba de mi cuerpo hacia el suyo.

Volvimos a dormirnos así, olvidándonos por completo de la sirena que nos había sacado de nuestros sueños.

Por la mañana me ducho y me visto, cansada todavía de la noche con sobresaltos. Los chicos están en la cocina desayunando. Oigo ruidos abajo cuando salgo sigilosamente del dormitorio, como una extraña en la casa por culpa de Imogen. Porque Imogen tiene la capacidad de hacernos sentir incómodos, incluso después de todo este tiempo.

Empiezo a recorrer el pasillo. La puerta de Imogen está entreabierta. Ella se encuentra dentro, lo que me resulta extraño porque nunca tiene la puerta abierta cuando está en la habitación. No sabe que está abierta, que yo me encuentro en el pasillo observándola. Está de espaldas a mí, inclinada hacia el espejo, pintándose la raya negra en los párpados.

Me asomo por la puerta entreabierta y me fijo en la habitación de Imogen. Las paredes son oscuras, llenas de imágenes de artistas y grupos que se parecen mucho a ella, con el pelo largo y negro, los ojos negros también y la indumentaria totalmente negra. Sobre su cama cuelga un artilugio medio transparente de color negro, una especie de dosel. La cama está sin hacer y hay un edredón de color gris oscuro en el suelo. Las cortinas opacas están echadas e impiden que entre la luz. Pienso en vampiros.

Imogen termina con el lápiz de ojos. Le pone el capuchón, se gira demasiado deprisa y me ve antes de que me dé tiempo a retirarme.

—¿Qué coño quieres? —me pregunta, y la rabia y la vulgaridad de su pregunta me dejan sin aliento, aunque no sé por qué. Tampoco es que sea la primera vez que me habla así. Una pensaría que ya me habría acostumbrado. Imogen se acerca tan deprisa a la puerta que al principio pienso que va a pegarme, cosa que nunca ha hecho, pero la velocidad de su movimiento y la expresión de su rostro me hacen pensar que podría hacerlo. Me estremezco involuntariamente, retrocedo y, sin embargo, cierra de un portazo. Lo agradezco, agradezco que me cierre la puerta en las narices en vez de darme un puñetazo. La puerta se detiene a dos centímetros de mi nariz.

El corazón me late con fuerza en el pecho. Me quedo de pie en el pasillo, sin aliento. Me aclaro la voz, trato de recuperarme de la sorpresa. Me acerco un poco, golpeó la puerta con los nudillos y digo:

—Salgo para el ferri en unos minutos. Por si quieres que te lleve. —Aunque sé que no aceptará mi ofrecimiento. Mi voz suena alterada y no me gusta. Imogen no responde.

Me giro y sigo el aroma del desayuno escaleras abajo. Will está junto a los fogones cuando entro. Está dando la vuelta a las tortitas con un delantal puesto, mientras canta una de esas canciones de los alegres CD que le gusta escuchar a Tate, algo demasiado alegre para las siete y cuarto de la mañana.

Se detiene cuando me ve.

—¿Estás bien? —me pregunta.

—Sí —respondo con tensión en la voz.

Las perras le rodean los pies a Will con la esperanza de que se le caiga algo. Son perras grandes y la cocina es pequeña. No hay suficiente espacio para los cuatro, mucho menos para seis. Llamo a las perras y, cuando se acercan, las envío a jugar al jardín de atrás.

Will me sonríe cuando vuelvo y me ofrece un plato. Opto solo por tomar café y le digo a Otto que se dé prisa y termine. Está sentado a la mesa de la cocina, encorvado sobre sus tortitas, con los hombros caídos hacia delante para parecer pequeño. Su falta de seguridad en sí mismo me preocupa, aunque me digo a mí misma que es normal a sus catorce años. Todos los niños pasan por algo así, pero me pregunto si será verdad.

Imogen atraviesa la cocina con fuertes pisotones. Lleva los vaqueros negros rasgados en los muslos y las rodilleras. Su calzado son unas botas militares de cuero negro con un tacón de casi cinco centímetros. Incluso sin las botas es más alta que yo. De sus orejas cuelgan calaveras de cuervo. En su camiseta se lee: *La gente normal es asquerosa*. Tate, sentado a la mesa, intenta leerlo en voz alta, como hace con todas las camisetas de Imogen. Lee con facilidad, pero ella no se queda quieta el tiempo suficiente para permitirle hacerlo. Agarra uno de los tiradores del armario. Abre la puerta de golpe, estudia el interior del armario y vuelve a cerrarlo de un portazo.

—¿Qué estás buscando? —le pregunta Will, siempre ansioso por complacer, pero Imogen lo encuentra entonces en la forma de un Kit Kat, que abre y empieza a comerse—. He preparado el desayuno —dice Will, pero Imogen desliza su mirada azul por la mesa de la cocina, donde están sentados Otto y Tate, se fija en la silla vacía con un servicio para ella y se limita a decir:

—Bien por ti.

Se da la vuelta y sale de la cocina. Oímos sus botas por el suelo de madera. Oímos que la puerta de la entrada se abre y se cierra, y solo entonces, cuando ya se ha marchado, siento que puedo respirar.

Me sirvo un café, lleno un vaso con tapa antes de hacer el esfuerzo de estirarme frente a Will para alcanzar mis cosas: las llaves y un bolso que está sobre la encimera, fuera de mi alcance. Él se inclina para darme un beso antes de marcharme. No es mi intención, y aun así instintivamente vacilo y me aparto de su beso.

—¿Estás bien? —pregunta de nuevo, mirándome con curiosidad, y achaco mi reticencia a las náuseas. No es del todo mentira. Han pasado meses desde su aventura, pero sus manos siguen siendo como papel de lija cuando me toca y, al hacerlo, no puedo evitar preguntarme dónde habrán estado esas manos antes de tocarme.

«Borrón y cuenta nueva», dijo él, una de las muchas razones por las que nos hemos trasladado a esta casa de Maine, que pertenecía a Alice, única hermana de Will, antes de morir. Alice padeció fibromialgia durante años hasta que los síntomas empeoraron y decidió acabar con su vida. El dolor de la fibromialgia es profundo. Se extiende por todo el cuerpo y con frecuencia va acompañado de un agotamiento que te incapacita. Por lo que he oído y visto, el dolor es intenso; a veces es como una puñalada, a veces es palpitante, es peor por la mañana que por la tarde, pero nunca desaparece por completo. Es una enfermedad silenciosa porque nadie puede ver el dolor. Y aun así te va debilitando.

Solo había una cosa que Alice pudo hacer para acabar con el dolor y la fatiga, y fue irse al desván de la casa con una cuerda y un taburete. Pero no sin antes reunirse primero con un abogado y preparar el testamento, en el que le dejaba a Will la casa y todo lo que allí había. Incluida su hija.

Imogen, de dieciséis años, se pasa los días haciendo Dios sabe qué. Suponemos que se pasará parte del día en el instituto, porque solo nos llaman de vez en cuando por cuestiones de absentismo escolar. Pero no sé qué hará durante el resto del día. Cuando Will y yo se lo preguntamos, o nos ignora o responde con alguna ironía: que sale a combatir el crimen, que promueve la paz mundial o que está salvando a las putas ballenas. «Puta» es una de sus palabras favoritas. La utiliza con frecuencia.

El suicidio puede hacer que los supervivientes como Imogen se sientan furiosos y amargados, rechazados, abandonados, llenos de rabia. He intentado ser comprensiva, pero cada vez me cuesta más.

Cuando eran pequeños, Will y Alice estaban muy unidos, pero fueron distanciándose con los años. Le sobrecogió su muerte, aunque no lloró su pérdida. A decir verdad, creo que se sintió más culpable que otra cosa: él piensa que no supo mantener el contacto, que no se implicó en la vida de Imogen y que jamás logró entender la gravedad de la enfermedad de Alice. Siente que las decepcionó.

Al principio, cuando supimos que habíamos heredado, le sugerí a Will que vendiéramos la casa, que nos llevásemos a Imogen a Chicago a vivir con nosotros, pero después de lo que ocurrió en Chicago —no solo la aventura en sí, sino todo lo demás—, aquella era nuestra oportunidad para empezar de cero, hacer borrón y cuenta nueva. O eso dijo Will.

Llevamos aquí menos de dos meses, así que todavía estamos familiarizándonos con el entorno, aunque ni a Will ni a mí nos costó encontrar trabajo; él trabaja como profesor adjunto impartiendo Ecología Humana dos días por semana, en tierra firme.

Como soy una de las dos únicas doctoras presentes en la isla, prácticamente me pagaron para que viniera.

Esta vez aprieto los labios contra la boca de Will, mi billete de salida.

—Te veré por la noche —le digo, y vuelvo a decirle a Otto que se dé prisa o llegaremos tarde. Recojo mis cosas de la encimera y le digo que estaré en el coche esperando—. Dos minutos —agrego, sabiendo que estirará los dos minutos a cinco o seis, como hace siempre.

Le doy un beso de despedida al pequeño Tate antes de irme. Se pone de pie sobre su silla, me rodea el cuello con los brazos pegajosos y me grita al oído: «Te quiero, mami», y noto un vuelco en el corazón porque sé que al menos uno de ellos todavía me quiere.

Mi coche está en el camino de la entrada junto al sedán de Will. Aunque tenemos un garaje anexo a la casa, está lleno de cajas que aún hemos de vaciar.

El coche está frío cuando llego, cubierto por una fina capa de escarcha que se ha pegado a las ventanas durante la noche. Abro la puerta con el mando a distancia. Los faros parpadean; una luz se enciende en el interior.

Alcanzo el tirador de la puerta. Pero, antes de poder tirar, veo en la ventana algo que me detiene. Hay rayas grabadas en la escarcha del lado del conductor. Han empezado a derretirse por el calor del sol de la mañana, reblandeciéndose en los bordes. Pero, aun así, ahí están. Me acerco más. Al hacerlo, me doy cuenta de que las rayas en realidad no son rayas, sino letras escritas en la escarcha del cristal de la ventana, que forman una sola palabra: *Muere*.

Me llevo una mano a la boca. No me hace falta pensar mucho para saber quién me ha dejado ese mensaje. Imogen no quiere que estemos aquí. Quiere que nos marchemos.

He intentado ser comprensiva porque la situación debe de ser horrible para ella. Su vida ha sufrido un vuelco. Ha perdido a su madre y ahora debe compartir su casa con desconocidos. Pero eso no justifica que me amenace. Porque Imogen no tiene pelos en la lengua. Dice justo lo que quiere decir. Quiere que me muera.

Regreso hasta los escalones del porche y, a través de la puerta, llamo a Will.

—¿Qué pasa? —me pregunta mientras sale de la cocina—. ¿Se te ha olvidado algo? —Ladea la cabeza, se fija en las llaves, el bolso y el café. No se me ha olvidado nada.

—Tienes que ver esto —le digo en un susurro para que los niños no lo oigan.

Will me sigue descalzo y sale por la puerta, aunque

el asfalto está muy frío. A un metro del coche, le señalo la ventanilla, la palabra escrita en la escarcha del cristal.

—¿Lo ves? —le pregunto mirándolo a los ojos. Lo ve. Lo noto en su expresión, en su cara de angustia, que refleja la mía.

—Mierda —murmura, porque, al igual que yo, sabe quién lo ha escrito. Se frota la frente y reflexiona—. Hablaré con ella —me asegura.

—¿De qué va a servir eso? —le pregunto a la defensiva.

Hemos hablado con Imogen muchas veces a lo largo de las últimas semanas. Hemos hablado del lenguaje que utiliza, sobre todo cuando está Tate delante; sobre la necesidad de que llegue pronto a casa; y más. Aunque más bien debería decir que hemos hablado *de* ella y no *con* ella, porque no puede decirse que lo que mantenemos sea una conversación. Es un sermón. Se queda ahí parada mientras Will o yo le hablamos. Escucha, quizá. Rara vez responde. No se toma nada en serio y después se marcha.

—No sabemos con certeza si ha sido ella —dice Will con voz pausada, transmitiéndome una idea que preferiría no tomar en consideración—. ¿No es posible que alguien le haya dejado ese mensaje a Otto?

—¿Crees que alguien he dejado una amenaza de muerte en mi ventanilla para nuestro hijo de catorce años? —le pregunto, por si acaso Will ha malinterpretado el significado de la palabra «muere».

—Es posible, ¿no te parece? —insiste y, aunque sé que lo es, le respondo: «No». Lo digo con más convicción en la voz de la que realmente siento, porque no quiero creerlo. «Otra vez no», insisto. «Dejamos todo eso atrás cuando nos mudamos».

Pero ¿acaso es cierto? No está fuera de toda probabilidad que alguien esté siendo malo con Otto. Que alguien se esté metiendo con él. Ya ha ocurrido antes. Puede volver a ocurrir.

—Quizá deberíamos llamar a la policía —le digo a Will.

Pero él niega con la cabeza.

—No hasta que no sepamos quién ha sido. Si es Imogen, ¿sería razón para involucrar a la policía? No es más que una chica enfadada, Sadie. Está pasando un duelo, atacando. Nunca nos haría daño.

—¿Tú crees? —le pregunto, menos convencida que él. Imogen se ha convertido en otro tema de discusión en nuestro matrimonio. Will y ella son parientes de sangre; existe entre ellos una conexión que yo no tengo.

Al ver que no responde, continúo con mi argumentación.

—Da igual quién sea el destinatario, Will, sigue siendo una amenaza de muerte. Es algo muy serio.

—Lo sé, lo sé —me responde, mirando por encima del hombro para asegurarse de que Otto no ha salido aún de casa. Después habla deprisa y dice—: Pero, si avisamos a la policía, Sadie, eso llamará la atención sobre Otto. Atención que no queremos. Los chicos lo mirarán de un modo diferente, si es que no lo hacen ya. No tendrá ninguna oportunidad. Deja que llame primero a la escuela. Hablaré con su profesor, con el director, me aseguraré de que Otto no está teniendo problemas con nadie. Sé que estás preocupada —me dice con voz suave, extiende la mano y me la pasa por el brazo—. Yo también estoy preocupado. Pero vamos a hacer eso primero, antes de llamar a la policía, ¿de acuerdo? Y déjame

24

tener una conversación con Imogen antes de dar por hecho que ha sido ella.

Así es Will. Siempre la voz de la razón en nuestro matrimonio.

—Vale —le respondo, transigente, porque sé que podría estar en lo cierto. No soporto imaginarme a Otto como un marginado en una nueva escuela, sufriendo acoso escolar.

Pero tampoco soporto pensar en la animadversión que Imogen siente hacia nosotros. Hemos de llegar al fondo de todo esto sin empeorar las cosas.

—Pero, si vuelve a ocurrir, si vuelve a ocurrir algo así —le digo sacando la mano del bolso—, iremos a la policía.

—Hecho —conviene Will, y me da un beso en la frente—. Nos ocuparemos de esto antes de que pueda ir demasiado lejos.

—¿Lo prometes? —le pregunto, deseando que pudiera chasquear los dedos y hacer que todo fuera mejor, sin más.

—Lo prometo —me dice, y le veo subir los escalones del porche para volver a entrar en la casa y cerrar la puerta. Paso los dedos por las letras. Me froto las manos en los pantalones antes de montarme en el coche. Pongo en marcha el motor, enciendo la calefacción y veo cómo va borrando los últimos restos del mensaje, aunque me acompañará el resto del día.

Los minutos en el reloj del coche van pasando; dos y después tres. Me quedo mirando la puerta de la entrada, a la espera de que vuelva a abrirse y aparezca Otto, que avanzará sin ganas hacia el coche, con una expresión indescifrable que me impide averiguar lo que se le pasará por la cabeza. Porque esa es la única cara que pone últimamente.

Dicen que los padres deberíamos saber esas cosas, lo que piensan nuestros hijos, pero no es así. No siempre. En realidad, nunca podemos saber lo que está pensando alguien.

Y aun así, cuando los niños toman malas decisiones, los padres son los primeros en cargar con la culpa.

«¿Cómo es posible que no lo supieran?», preguntan con frecuencia los críticos. «¿Cómo pudieron pasar por alto las señales de alarma?».

«¿Por qué no prestaban atención a lo que hacían sus hijos?», que es una de mis favoritas, porque viene a decir que no prestábamos atención.

Pero yo sí presto atención.

Antes, Otto era un muchacho callado e introvertido. Le gustaba dibujar, caricaturas en su mayor parte, y tenía debilidad por el anime, esos personajes de moda con el pelo revuelto y los ojos inmensos. Puso nombre a las imágenes de su bloc de dibujo, y soñaba con crear algún día su propia novela gráfica basada en los personajes de Asa y Ken.

Antes, Otto tenía solo un par de amigos –dos exactamente–, pero los que tenía me llamaban «señora». Cuando venían a cenar, llevaban sus platos al fregadero de la cocina. Dejaban los zapatos junto a la puerta. Los amigos de Otto eran amables. Eran educados.

A Otto le iba bien en el colegio. No era un estudiante de sobresaliente, pero que estuviera dentro de la media era suficiente para Will, para él y para mí. Sacaba bienes y notables. Hacía los deberes y los entregaba a tiempo. Nunca se quedaba dormido en clase. A sus profesores les caía bien, y solo recibía una queja: les habría gustado ver que Otto participaba más.

No pasé por alto las señales de alarma simplemente porque no había ninguna señal que pasar por alto.

Me quedo mirando ahora la casa, esperando a que salga Otto. Pasados cuatro minutos, mis ojos se rinden y dejan de mirar la puerta. Entonces captan un movimiento al otro lado de la ventanilla del coche. El señor Nilsson empujando la silla de ruedas de la señora Nilsson por la calle. La pendiente es inclinada; supone un gran esfuerzo aferrarse a los mangos de goma de la silla de ruedas. El hombre camina despacio, apoyando el peso en los talones, como si fueran los frenos de un coche y estuviera pisándolos durante todo el trayecto a lo largo de la calle.

Todavía no son las siete y veinte de la mañana y están los dos ya listos. Él, con unos pantalones de sarga y un jersey; ella, con una especie de conjunto de punto en un tono rosa claro. Tiene el pelo rizado y fijado con laca, y me lo imagino a él, enrollando meticulosamente cada mechón de pelo en un rulo y enganchándolo con la horquilla. Creo que la mujer se llama Poppy. Puede que él sea Charles. O George.

Justo antes de llegar a nuestra casa, el señor Nilsson ejecuta un giro en diagonal y se dirige hacia la acera de enfrente.

Mientras se mueve, no para de mirar la parte trasera de mi coche, donde el tubo de escape va soltando el humo a bocanadas.

De pronto recuerdo el sonido de la sirena de anoche, el brillo deslumbrante al pasar frente a nuestra casa y desaparecer calle abajo.

Un suave dolor se me instala en la boca del estómago, pero no sé por qué.

SADIE

El trayecto desde el muelle del ferri hasta la clínica es corto, son solo unas pocas manzanas. Tardo menos de cinco minutos desde que dejo a Otto hasta que llego al humilde edificio bajo de color azul que una vez fue una casa.

Por delante sigue pareciendo una casa, aunque la parte de atrás es mucho más extensa que cualquier casa, adyacente a un centro de día para ancianos con fácil acceso a nuestros servicios médicos. Hace mucho tiempo alguien donó su casa a la clínica. Años más tarde, el centro de día fue una ampliación.

El estado de Maine tiene unas cuatro mil islas. No lo sabía antes de llegar aquí. Hay escasez de médicos en las más rurales, como esta. Muchos de los médicos mayores se están jubilando y dejan puestos libres que son difíciles de ocupar.

El aislamiento que supone vivir en una isla no es apto para cualquiera, incluida yo misma. Resulta algo inquietante saber que, cuando parte el último ferri del día, estamos literalmente atrapados. Incluso durante el día, la isla tiene costas rocosas y está rodeada de pinos muy altos que hacen que parezca asfixiante y pequeña. Cuando llega el invierno, como pronto sucederá, el clima hostil hará que se cierre gran parte de la isla, puede que la bahía que nos rodea se congele y quedemos atrapados aquí.

Will y yo obtuvimos la casa gratis. Nos concedieron una desgravación fiscal para que yo trabajara en la clínica. Dije que no a esa idea, pero Will dijo que sí, aunque no era dinero lo que necesitábamos. Tengo experiencia en el Servicio de Urgencias. No estoy colegiada como doctora de medicina general, aunque tengo una licencia temporal mientras supero el proceso de obtención de la licencia aquí en Maine.

Por dentro, el edificio azul ya no parece una casa. Han levantado paredes y han tirado otras para crear un mostrador de recepción, consultas y un vestíbulo. El edificio posee un olor característico, algo espeso y húmedo. Se me queda pegado incluso después de marcharme. Will también lo huele. No ayuda el hecho de que Emma, la recepcionista, fume, en torno a un paquete de cigarrillos al día. Aunque fuma fuera, cuelga el abrigo en el mismo perchero que yo. El olor se transmite de un abrigo a otro.

Algunas noches Will me mira con curiosidad cuando vuelvo a casa. Me pregunta: «¿Has fumado?». Y es casi como si lo hubiera hecho, porque el olor de la nicotina y el tabaco me sigue hasta casa.

«Claro que no», le respondo. «Sabes que no fumo», y entonces le hablo de Emma.

«Deja el abrigo fuera. Lo lavaré», me ha dicho en innumerables ocasiones. Así lo hago y me lo lava, pero no cambia nada porque al día siguiente vuelve a pasar.

Hoy entro en la clínica y me encuentro a Joyce, la enfermera jefe, y a Emma esperándome.

—Llegas tarde —me dice Joyce, pero, de ser así, me habré retrasado solo un minuto. Joyce debe de rondar los sesenta y cinco años, estará a punto de jubilarse, y es un poco arpía. Lleva aquí mucho más tiempo que Emma o yo, lo que la convierte en la mandamás de la clínica, al menos en su cabeza—. ¿No te enseñaron a ser puntual en el lugar del que vienes? —me pregunta.

He descubierto que la mente de las personas es tan pequeña como la propia isla.

Paso frente a ella y comienzo mi jornada de trabajo.

Horas más tarde, estoy con una paciente cuando veo la cara de Will en la pantalla de mi teléfono móvil, a metro y medio de distancia. Está en silencio. No lo oigo sonar, aunque el nombre de Will aparece sobre su foto: ese rostro atractivo y cincelado, el brillo de sus ojos color avellana. Es guapo, de esos que te dejan sin aliento, y me parece que es por los ojos. O quizá por el hecho de que, a los cuarenta años, todavía podría pasar por un chico de veinticinco. Tiene el pelo oscuro y lo lleva largo, recogido en uno de esos moños bajos que últimamente van ganando cada vez más popularidad, lo que le da un aire *hipster* e intelectual que a sus estudiantes parece gustarles.

Ignoro la foto de Will en el teléfono y atiendo a mi paciente, una mujer de cuarenta y tres años que presenta fiebre, dolor en el pecho y tos. Sin duda tiene bronquitis. Pero, aun así, acerco el estetoscopio a sus pulmones y escucho.

Ejercí como médico de Urgencias durante años antes

de venir aquí. Allí, en un hospital universitario de vanguardia en el corazón de Chicago, empezaba cada turno sin tener idea de lo que me iba a encontrar, pues cada paciente acudía con un problema diferente. Víctimas de colisiones entre múltiples vehículos, mujeres con hemorragias severas tras dar a luz en casa, hombres de ciento treinta kilos en pleno brote psicótico. Eran situaciones tensas y dramáticas. Allí, en un estado de alerta constante, me sentía viva.

Aquí es diferente. Aquí cada día sé lo que me voy a encontrar, la misma sucesión de bronquitis, diarreas y verrugas.

Cuando por fin tengo oportunidad de devolverle la llamada a Will, advierto cierta tensión en su voz. «Sadie», me dice y, solo con eso, sé que algo pasa. Se queda callado y empiezo a imaginar posibles situaciones para adivinar eso que calla. Me da por pensar en Otto y en cómo lo dejé esta mañana en la terminal del ferri. Lo dejé ahí justo a tiempo, un minuto o dos antes de que partiera el ferri. Le dije adiós, con el coche detenido a unos treinta metros de la embarcación, y le vi marcharse para emprender otro día de escuela.

Fue entonces cuando me fijé en Imogen, de pie al borde del muelle con sus amigas. Imogen es una chica guapa, eso no puede negarse. Tiene la piel clara de un modo natural, no le hace falta cubrírsela con polvos de talco, como deben de hacer sus amigas, para parecer más blanca. Me ha costado acostumbrarme al *piercing* de su nariz. Sus ojos, en contraste con la piel, son de un azul gélido, y su pelo moreno natural asoma entre sus cejas descuidadas. Imogen evita el lápiz de labios oscuro e intenso que usan las otras chicas, y por el contrario utiliza un tono beis rosado. De hecho, es bastante bonito.

31

Otto nunca había vivido antes tan cerca de una chica. Su curiosidad ha podido con él. No hablan mucho entre ellos, no más de lo que hablamos Imogen y yo. Ella nunca quiere venir con nosotros en coche hasta el muelle del ferri; en la escuela no le dirige la palabra. Que yo sepa, lo ignora durante el trayecto hasta allí. Sus interacciones son breves. Otto sentado a la mesa de la cocina haciendo los deberes de matemáticas anoche, por ejemplo, e Imogen que pasa por allí, ve su carpeta, se fija en el nombre del profesor, escrito en la portada, y comenta: «El señor Jansen es un jodido gilipollas».

En respuesta, Otto se quedó mirándola con los ojos muy abiertos. La palabra «jodido» aún no forma parte de su repertorio, pero imagino que es solo cuestión de tiempo.

Esta mañana, Imogen y sus amigas estaban de pie al borde del muelle, fumando cigarrillos. El humo les rodeaba la cabeza y se quedaba suspendido allí, blanco en el aire gélido. Observé cómo Imogen se llevaba un cigarrillo a la boca, daba una calada profunda con la práctica de alguien que ya ha hecho eso antes, alguien que sabe lo que hace. Aguantó el humo y después lo expulsó despacio y, al hacerlo, estuve segura de que dirigió su mirada hacia mí.

¿Me vería allí sentada en el coche, observándola?

¿O estaría mirando sin más al vacío?

Estuve tan pendiente de mirar a Imogen que, ahora que lo pienso, no llegué a ver a Otto subirse al ferri. Di por hecho que lo haría.

—Es Otto —digo ahora en voz alta, al mismo tiempo que Will dice: «No eran los Nilsson», y al principio no sé a qué se refiere. ¿Qué tiene Otto que ver con la pareja de ancianos que vive en nuestra calle?

—¿Qué pasa con los Nilsson? —le pregunto. Pero me cuesta pensar en eso porque, al darme cuenta de que no vi a Otto subirse al ferri, no paro de imaginármelo sentado frente al despacho del director, con esposas en las muñecas y un agente de policía de pie a un metro de distancia, vigilándolo. En la esquina del escritorio del director había una bolsa de pruebas, aunque yo no veía lo que había dentro.

«Señor y señora Foust», nos dijo el director aquel día y, por primera vez en mi vida, intenté darme bombo. «Doctora», le dije con rostro inexpresivo, de pie junto a Will, detrás de Otto. Will le puso a Otto una mano en el hombro para hacerle saber que estábamos allí para ayudarle, sin importar lo que hubiera hecho.

No supe si fue mi imaginación, pero me pareció ver que el agente de policía sonreía con suficiencia.

—La sirena de anoche —me explica Will por teléfono, devolviéndome al presente. Me recuerdo a mí misma que eso era antes y esto es ahora. Lo que le sucedió a Otto en Chicago forma parte del pasado. Se acabó—. No fueron los Nilsson. Los Nilsson están bien. Fue Morgan.

—¿Morgan Baines? —le pregunto, aunque no sé por qué. No hay ninguna otra Morgan en nuestra manzana, que yo sepa. Morgan Baines es una vecina con la que nunca he hablado, aunque Will sí. Su familia y ella viven más arriba, en nuestra misma calle, en una casa de planta cuadrada no muy distinta de la nuestra; Morgan, su marido y su niña pequeña. Como vivían en lo alto de la colina, a veces Will y yo imaginábamos que sus vistas del mar serían espléndidas, trescientos sesenta grados de nuestra pequeña isla y el océano que nos rodea.

Y entonces un día a Will se le escapó y me dijo que así era. Las vistas. Espléndidas.

Intenté no sentirme insegura. Me dije a mí misma que Will no admitiría haber estado en su casa si hubiera algo entre ellos. Pero tiene un pasado con las mujeres; tiene historial. Hace un año habría dicho que Will jamás me pondría los cuernos. Pero ahora ya no lo descartaría.

—Sí, Sadie —me dice—. Morgan Baines. —Y solo entonces visualizo su cara, aunque no la he visto nunca de cerca. Solo de lejos. Pelo largo, color chocolate con leche, y flequillo, ese flequillo demasiado largo que se pasa el tiempo sujeto detrás de una oreja.

—¿Qué ha ocurrido? —le pregunto mientras encuentro un lugar para sentarme—. ¿Va todo bien? —Me pregunto si Morgan es diabética, si es asmática, si tiene alguna enfermedad autoinmune que pueda justificar una visita a Urgencias en mitad de la noche. Hay solo dos médicos aquí: mi compañera la doctora Sanders y yo. Anoche estaba ella de guardia, no yo.

En la isla no hay técnicos de emergencias médicas, solo agentes de policía que saben conducir una ambulancia y tienen conocimientos básicos de primeros auxilios. Tampoco hay hospitales, de modo que habrían tenido que llamar a un barco que viniera desde tierra firme para encontrarse con la ambulancia junto al muelle y llevarse a Morgan, después otra ambulancia la recogería en la otra orilla para realizar el tercer tramo del trayecto.

Pienso en la cantidad de tiempo que habría hecho falta en total. Lo que he oído es que el sistema funciona como una máquina bien engrasada, y aun así hay casi cinco kilómetros hasta tierra firme. Esos barcos de salvamento no alcanzan mucha velocidad y además dependen de la cooperación marítima.

Pero estoy siendo catastrofista, mi mente se imagina las peores hipótesis.

—¿Está bien, Will? —le pregunto de nuevo porque, durante todo ese tiempo, no ha dicho nada.

—No, Sadie —me responde, como si por alguna razón yo debiera saber que no está bien. Su respuesta suena algo cortante. Es escueta y después se queda callado.

—Bueno, ¿y qué ha pasado? —insisto, y entonces toma aliento y me lo dice.

—Ha muerto.

Y, si mi reacción es apática, se debe únicamente a que la muerte forma parte de mi rutina diaria. He visto cosas indescriptibles y, además, no conocía de nada a Morgan Baines. No habíamos tenido ninguna relación salvo un saludo con la mano desde mi ventanilla cuando pasaba frente a su casa y ella estaba allí de pie, sujetándose el flequillo detrás de la oreja antes de devolverme el gesto. Me quedé pensando en eso mucho después, analizándolo en exceso, como tengo tendencia a hacer. Me extrañó aquella expresión en su rostro. No sabía si iba dirigida a mí o si tendría el ceño fruncido por otra cosa.

—¿Ha muerto? —repito—. ¿Cómo?

Y Will empieza a llorar al otro extremo de la línea y responde:

—Dicen que ha sido asesinada.

—¿Dicen? ¿Quién lo dice? —pregunto.

—La gente, Sadie —me dice—. Todo el mundo. Es de lo único que se habla en el pueblo. —Abro la puerta de la consulta, salgo al pasillo y descubro que es cierto. Que los pacientes en la sala de espera están hablando sobre el asesinato, y me miran con lágrimas en los ojos y preguntan si me he enterado de la noticia.

—¡Un asesinato! ¡En nuestra isla! —exclama alguien. Se hace el silencio en la sala y, cuando se abre la puerta y entra un hombre, una señora mayor suelta un grito. No es más que un paciente, y sin embargo, con una noticia así, resulta difícil no pensar lo peor de todo el mundo. Resulta difícil no entregarse al miedo.

CAMILLE

No voy a contarlo todo. Solo las cosas que creo que deberían saberse.

Lo conocí en la calle. En la esquina de una calle de la ciudad, a su paso por debajo de las vías de la línea L. Era un lugar sucio y asqueroso. Los edificios y las vías del tren no dejaban pasar la luz. La carretera estaba llena de coches aparcados, vigas de acero y conos naranjas de obras. La gente era la gente normal y corriente de Chicago. La mezcla ecléctica y habitual de *hipsters, steampunks*, indigentes, borrachos, la élite de la sociedad.

Yo iba caminando. No sabía hacia dónde me dirigía. La ciudad bullía a mi alrededor. Los aparatos de aire acondicionado goteaban desde las alturas; un vagabundo pedía dinero. Había un predicador callejero en la acera, con espuma en la boca, diciéndonos que iríamos todos al infierno.

Me crucé con un tipo por la calle. Yo iba en dirección contraria. No sabía quién era, pero conocía a los de su clase. La clase de antiguo niño rico de colegio privado que nunca se mezclaba con los vulgares estudiantes de colegios públicos como yo. Ahora ya era mayor, trabajaría en el Distrito financiero y haría la compra en Whole Foods. Podría decirse que era *cool*, y probablemente tendría por nombre algo como Luke, Miles o Brad. Algo arrogante, estirado, de libro. Mundano. Me saludó con un gesto de cabeza y una sonrisa, una sonrisa que indicaba que las mujeres caían fácilmente bajo su embrujo. Pero yo no.

Me di la vuelta, seguí caminando y no le concedí la satisfacción de devolverle la sonrisa.

Sentí que sus ojos me seguían desde atrás.

Contemplé mi reflejo en el escaparate de una tienda. Llevaba el pelo largo, liso, con flequillo. Color rojizo. Me llegaba hasta la mitad de la espalda y acariciaba los hombros de una camiseta azul ártico que hacía juego con mis ojos.

Vi lo mismo que veía aquel tío *cool*.

Me pasé una mano por el pelo. No estaba nada mal.

Sobre mi cabeza pasó el tren de la línea L formando un gran estruendo. Era ruidoso, pero no tanto como para ahogar los gritos del predicador callejero. Adúlteros, rameras, blasfemos, viciosos. Estábamos todos condenados.

Hacía mucho calor aquel día. Estábamos en plena canícula. Por lo menos treinta grados. Todo olía a rancio, como a aguas residuales. La peste a basura me produjo arcadas al pasar frente a un callejón. El aire caliente atrapaba el olor, así que no había manera de escapar de él, igual que no había forma de escapar del calor.

Estaba mirando hacia arriba, viendo el tren pasar, tratando de ubicarme. Me pregunté qué hora sería.

Conocía todos los relojes de la ciudad. El reloj Peacock, el Father Time, el Marshall Field's. Cuatro relojes en el Wrigley Building, así que daba igual desde qué dirección vinieras, porque siempre veías un reloj. Pero allí, en la esquina en la que me encontraba, no había relojes.

No vi que el semáforo que tenía delante se ponía en rojo. No vi el taxi que se acercaba a toda velocidad, tratando de adelantar a otro taxi para quedarse con su carrera. Me lancé a la calzada con ambos pies.

Lo noté antes de verlo. Noté la fuerza de su mano al agarrarme la muñeca como una llave inglesa, para que no pudiera moverme.

En un instante me enamoré de esa mano; cálida, capaz, decidida. Protectora. Tenía los dedos largos y las uñas cortas y limpias. Llevaba un pequeño tatuaje, un glifo, en la piel entre el pulgar y el índice. Algo pequeño y puntiagudo, como la cima de una montaña. Durante unos segundos eso fue lo único que vi. Esa cima montañosa dibujada con tinta.

Su gesto fue rápido y poderoso. Con un solo movimiento, me detuvo. Un segundo más tarde, el taxi pasó por delante a toda velocidad, a menos de quince centímetros de mis pies. Sentí la ráfaga de aire en la cara. El viento que desprendió el vehículo me empujó hacia atrás y después me atrajo de vuelta cuando hubo pasado. Vi solo un destello de color; sentí la brisa. No vi el taxi pasar, no hasta que se alejaba a toda prisa por la calle. Solo entonces me di cuenta de lo cerca que había estado de morir atropellada.

Sobre mi cabeza, el tren de la línea L se detuvo sobre las vías con un chirrido.

Miré hacia abajo. Ahí estaba su mano. Levanté la mirada por su brazo hasta llegar a sus ojos. Los tenía muy abiertos y me miraba con el ceño fruncido por la preocupación. Estaba preocupado por mí. Nadie se preocupaba nunca por mí.

El semáforo se puso en verde, pero no nos movimos. No hablamos. A nuestro alrededor, la gente nos adelantaba y nosotros permanecíamos allí parados, obstruyéndoles el paso. Transcurrió un minuto. Dos. Y aun así, no me soltaba la muñeca. Tenía la mano caliente, rugosa. Había bastante humedad, y hacía tanto calor que costaba respirar. No había aire fresco. Sentía los muslos humedecidos por el sudor. Se me pegaban a los vaqueros y hacían que la camiseta azul ártico se me adhiriera a la piel.

Cuando al fin hablamos, lo hicimos al mismo tiempo. «Ha estado cerca».

Nos reímos juntos y suspiramos al unísono.

Sentí que se me aceleraba el corazón. No tenía nada que ver con el taxi.

Le invité a un café. Suena muy poco original después de aquello, ¿verdad? Muy trillado.

Pero eso fue lo único que se me ocurrió en ese momento.

«Deja que te invite a un café», le dije. «Para compensarte por salvarme la vida».

Lo miré batiendo las pestañas. Le puse una mano en el pecho. Le dediqué una sonrisa.

Solo entonces me di cuenta de que ya llevaba un café. Ahí, en su otra mano, sujetaba una bebida helada. Nos fijamos en ella al mismo tiempo. Nos carcajeamos. Tiró el vaso a un cubo de basura y dijo: «Haz como si no hubieras visto eso».

Después añadió: «Me encantaría tomar un café». Cuando sonrió, lo vi también en sus ojos.

Me dijo que se llamaba Will. Tartamudeó al decirlo, así que le salió Wi-Will. Estaba nervioso, parecía tímido con las chicas, conmigo. Me gustó eso de él.

Le estreché la mano y le dije: «Encantada de conocerte, Wi-Will».

Nos sentamos a una mesa, uno al lado del otro. Bebimos café. Hablamos; nos reímos.

Esa noche había una fiesta, uno de esos eventos celebrados en una azotea con vistas a la ciudad. Una fiesta de compromiso para los amigos de Sadie: Jack y Emily. La invitada era ella, no yo. No creo que a Emily le cayera muy bien, pero pensaba ir de todos modos, igual que Cenicienta acudió al baile real. Tenía un vestido elegido, uno que saqué del armario de Sadie. Me quedaba como un guante, aunque ella tenía más cuerpo que yo, los hombros anchos y las caderas gruesas. ¿Qué hacía ella con un vestido así? Estaba haciéndole un favor.

Tenía la mala costumbre de ir de compras por el armario de Sadie. Una vez, cuando estaba allí yo sola, o eso pensaba, oí el ruido de las llaves en la cerradura de la entrada. Salí de la habitación y entré en el salón tan solo un segundo antes que ella. Allí estaba mi querida compañera de piso, con las manos en las caderas, mirándome con desconfianza.

«Parece que estabas haciendo algo malo», me dijo. Yo no lo confirmé ni lo desmentí. No solía portarme bien con mucha frecuencia. Sadie era la que cumplía siempre las normas, no yo.

Ese vestido no fue lo único que le quité. También utilicé su tarjeta de crédito para comprarme unos zapatos: unas sandalias de cuña metalizadas con tiras entrecruzadas.

Aquel día en la cafetería le hablé a Will de la fiesta

de compromiso: «Ni siquiera nos conocemos, pero sería una idiota si no te lo preguntara. ¿Quieres venir conmigo?».

«Será un honor», me respondió, poniéndome ojitos en la mesa de la cafetería. Estaba sentado muy cerca y nuestros codos se rozaban.

Iría a la fiesta.

Le di la dirección y le dije que nos veríamos dentro.

Nos despedimos bajo las vías de la línea L. Lo vi marchar hasta que desapareció entre los peatones. E incluso entonces me quedé allí parada.

Estaba deseando verlo esa noche.

Pero quiso la suerte que yo no pudiera ir a la fiesta después de todo. El destino tenía otros planes esa noche.

Pero Sadie sí fue. Sadie, que había sido invitada a la fiesta de compromiso de Jack y Emily. Iba deslumbrante. Y él se le acercó, cayó a sus pies y se olvidó de mí.

Yo le había puesto las cosas fáciles a Sadie al invitarlo a esa fiesta. Siempre le ponía las cosas fáciles.

De no haber sido por mí, jamás se habrían conocido. Fue mío antes que suyo.

Y a ella siempre se le olvida.

SADIE

Nuestra calle no tiene nada de especial, igual que el resto de las calles interiores que se extienden entrelazadas por toda la isla. No es más que un puñado de casitas con tejados de tejas separadas por zonas de árboles.

La isla en sí tiene menos de mil habitantes. Nosotros vivimos en la zona más poblada, a poca distancia del ferri, y vemos parcialmente tierra firme desde nuestra calle inclinada, aunque con la distancia parece diminuta. Aun así, solo el hecho de verla me tranquiliza.

Ahí fuera hay un mundo que puedo ver, incluso aunque ya no forme parte de él.

Subo lentamente con el coche por la cuesta. Los abedules han perdido sus hojas. Están esparcidas por la calle y crujen bajo los neumáticos del coche a medida que avanzo. Dentro de poco quedarán enterradas bajo la nieve.

Por la ventanilla, ligeramente abierta, se cuela el aire salado del mar. Es un aire frío, los últimos coletazos del otoño antes de que llegue el invierno.

Son más de las seis de la tarde. El cielo está oscuro.

Más arriba, al otro lado de la calle y a dos casas de distancia de la nuestra, distingo mucha actividad frente al hogar de los Baines. Hay tres coches civiles aparcados fuera, y me imagino a los técnicos forenses en el interior de la vivienda, recolectando pruebas, buscando huellas y fotografiando la escena del crimen.

De pronto la calle me parece distinta.

Hay un coche de policía en el camino de entrada a mi propia casa cuando llego. Aparco junto a él, un Ford Crown Victoria, y me bajo lentamente del mío. Saco mis cosas del asiento de atrás. Me dirijo hacia la puerta de la entrada mirando con desconfianza a mi alrededor para asegurarme de que estoy sola. Me invade una profunda sensación de inquietud. Es difícil no dejarse llevar por la imaginación, pensar en un asesino acechando entre los arbustos, observándome.

Pero la calle está en silencio. No hay gente alrededor, que yo vea. Mis vecinos han entrado, convencidos erróneamente de que están más seguros dentro de sus casas; algo que Morgan Baines debió de pensar también antes de ser asesinada dentro de la suya.

Meto la llave en la cerradura y abro la puerta. Will se pone en pie de un salto cuando entro. Lleva los vaqueros holgados, abombados a la altura de las rodillas, la camisa medio sacada y el pelo suelto.

—Ha venido un agente —me dice apresuradamente, aunque lo veo con mis propios ojos, al agente sentado ahí, en el brazo del sofá—. Está investigando el asesinato —me explica Will, y prácticamente se ahoga al pronunciar esa palabra. «Asesinato».

Tiene los ojos cansados y enrojecidos; ha estado llorando. Se mete la mano en el bolsillo y saca un pañuelo de papel. Se enjuga con él las lágrimas. Will es el más

44

sensible de los dos. Llora en el cine. Llora cuando ve las noticias.

Lloró cuando descubrí que había estado acostándose con otra mujer, aunque intentó negarlo en vano.

«No hay ninguna otra mujer, Sadie», me dijo arrodillándose ante mí hace muchos meses, llorando sin parar mientras defendía su inocencia.

En efecto, nunca llegué a ver a la otra mujer, pero sus señales estaban por todas partes.

Me culpé a mí misma por ello. Debería haberlo visto venir. Al fin y al cabo, nunca fui la primera opción de Will para casarse. Desde entonces estamos intentando superarlo. «Perdona y olvida», se suele decir, pero es más fácil decirlo que hacerlo.

—Quiere hacernos unas preguntas —me dice Will.

—¿Preguntas? —le digo, y miro al agente, un hombre de cincuenta o sesenta y tantos años con poco pelo y la cara picada. Sobre el labio superior luce una fina línea de pelo, un conato de bigote, de un tono gris amarronado como el que tiene en la cabeza.

—Doctora Foust —me dice mirándome a los ojos. Me tiende la mano y me dice que es Berg. El agente Berg, y le digo que yo soy Sadie Foust.

El agente Berg parece preocupado, un poco conmocionado incluso. Imagino que las llamadas que suele atender son quejas de perros que dejan sus excrementos en el jardín de un vecino; puertas que se quedan abiertas en la Asociación de Veteranos de Guerra; las siempre populares llamadas al 911 en las que la gente cuelga. Pero no está acostumbrado a esto. Al asesinato.

Hay solo unos pocos agentes en la isla, y el agente Berg es uno de ellos. Con frecuencia se sitúan en el muelle, junto al ferri, para asegurarse de que todo el mundo embarca y parte sin problemas, aunque nunca hay problemas. Al menos en esta época del año, no obstante he oído que en verano la cosa cambia con la llegada de los turistas. Pero, de momento, es un lugar tranquilo y pacífico. Las únicas personas que se suben al barco son los habitantes que cruzan diariamente la bahía para ir al trabajo o a la escuela.

—¿Qué clase de preguntas? —le digo. Otto está cabizbajo, sentado en una silla que hay en el rincón. Toquetea los flecos de un cojín y veo cómo los hilos de color azul se desprenden entre sus manos. Tiene los ojos cansados. Me preocupa el estrés que pueda ocasionarle tener que oír de boca de un agente de policía que una vecina ha sido asesinada. Me pregunto si estará asustado. Sé que yo lo estoy. La idea es inconcebible. Un asesinato tan cerca de nuestra propia casa. Me estremezco al pensar en lo que sucedió anoche en casa de los Baines.

Miro a mi alrededor, en busca de Imogen o Tate.

—Imogen no ha vuelto aún de clase —me dice Will, como si supiera lo que estoy pensando.

El agente Berg se interesa por esto y pregunta:

—¿No?

Las clases terminan a las dos y media. El trayecto de vuelta es largo, pero, aun así, Otto llega a casa cada día entre las tres y media y las cuatro. El reloj que hay sobre la repisa de la chimenea indica que son más de las seis.

—No —le responde Will—, pero llegará enseguida. De un momento a otro —asegura, y menciona una tutoría que tanto él como yo sabemos que no tenía. El agente nos dice que tendrá que hablar también con Imogen—. Por supuesto —dice Will.

46

Si no regresa pronto a casa, él se ofrece a llevarla en coche al edificio de seguridad pública esta misma noche. Es un edificio multiusos con un par de agentes de policía que hacen las veces de técnicos de emergencias y bomberos en caso de incendio. Si nuestra casa se incendiase, el agente Berg aparecería en mi puerta subido a un camión de bomberos. Si Will o yo sufriéramos un infarto, acudiría en una ambulancia.

Solo el pequeño Tate, a sus siete años, se ha librado del interrogatorio policial.

—Tate está fuera —me dice Will al verme buscarlo con la mirada—. Está jugando con las perras —añade, y entonces las oigo ladrar.

Le lanzo a Will una mirada, queriendo preguntarle si le parece muy sensato dejar a Tate ahí fuera, solo, cuando anoche hubo un asesino en nuestra calle. Me acerco a una ventana que da a la parte de atrás y lo veo allí, con una sudadera y unos vaqueros, con el gorro de lana en la cabeza. Está jugando con las perras y una pelota. Lanza la pelota todo lo lejos que puede, riéndose sin parar, y las perras salen corriendo tras ella y se pelean para ver cuál de las dos se la lleva de vuelta a Tate.

Fuera, veo los restos de una fogata en el jardín de atrás. El fuego está casi extinto, solo quedan las ascuas y el humo. Ya no hay llama.

Está tan alejado de Tate y de las perras que no me preocupo.

El agente Berg se fija también en ese detalle y pregunta si tenemos permiso.

—¿Permiso? —pregunta Will—. ¿Para el fuego? —Cuando el agente Berg le dice que sí, Will pasa a explicarle que nuestro hijo Tate había vuelto a casa del

47

colegio pidiendo *s'mores*[1]. Habían leído un libro sobre el tema, *S is for S'mores*, y Tate se quedó con el antojo el resto del día—. La única forma de hacer *s'mores* cuando vivíamos en Chicago era en la tostadora. Ha sido un capricho rápido —se justifica Will—. Totalmente inofensivo.

—En esta zona —le informa el agente Berg, al que no le interesan los antojos de Tate—, se necesita un permiso para hacer fuego al aire libre.

Will se disculpa, lo achaca a la ignorancia, y el agente se encoge de hombros.

—La próxima vez, ya lo sabe —le advierte, y nos perdona esta transgresión. Hay problemas más importantes en estos momentos.

—¿Puedo ausentarme? —pregunta Otto, y dice que tiene deberes que hacer; veo la incomodidad en sus ojos. Esta situación es demasiado para un muchacho de catorce años. Aunque es mucho mayor que Tate, Otto sigue siendo un niño. A veces se nos olvida. Le doy una palmadita en el hombro. Me inclino hacia él y le digo:

—Aquí estamos a salvo, Otto. Quiero que lo sepas. —Porque no quiero que tenga miedo—. Tu padre y yo te protegeremos —le aseguro.

Otto me mira a los ojos. Me pregunto si me creerá cuando ni yo misma estoy segura. ¿Estamos a salvo aquí?

—Puedes irte —le dice el agente y, mientras Otto se aleja, me siento en el otro brazo del sofá; el agente

---

[1] *S'more* es un postre de Estados Unidos que se prepara en fogatas y consiste en un sándwich de galleta con malvavisco tostado y chocolate. (N. del T.).

Berg y yo separados por un sofá de terciopelo color caléndula. Los muebles que dejaron en la casa son todos de mediados del siglo pasado y, por desgracia, no son modernos. Simplemente son viejos—. ¿Saben por qué estoy aquí? —pregunta el agente.

Le digo que Will y yo oímos la sirena anoche. Que sé que la señora Baines ha sido asesinada.

—Sí, señora —me dice, y le pregunto cómo fue asesinada, aunque los detalles de su muerte aún no se han hecho públicos. Me dice que están esperando a notificárselo a la familia.

—¿El señor Baines no lo sabe? —le pregunto, pero lo único que me dice es que el señor Baines estaba en viaje de negocios. Lo primero que se me viene a la cabeza es que, en casos así, siempre es el marido. Pienso que el señor Baines, esté donde esté, es quien ha hecho esto.

Berg nos dice que fue la pequeña de los Baines quien encontró muerta a la señora Baines. Llamó al 911 y le dijo a la operadora que Morgan no se despertaba. Yo tomo aire, tratando de imaginar todas las cosas que habrá visto esa pobre niña pequeña.

—¿Cuántos años tiene? —le pregunto a Berg.

—Seis años —me responde. Y me llevo la mano a la boca.

—Qué horror —digo sin poder imaginarme que Tate pudiera encontrarnos a Will o a mí muertos.

—Tate y ella van juntos a clase —declara Will, mirándonos al agente Berg y a mí. Comparten la misma profesora. Comparten los mismos compañeros.

El colegio de la isla da servicio a niños de infantil y de primaria hasta quinto curso, mientras que los demás, los de secundaria y más allá, tienen que trasladarse en ferri hasta tierra firme para ir a clase. A la escuela elemental de la isla solo acuden cincuenta y tantos niños. En clase de Tate son diecinueve porque su primer curso está combinado con los del jardín de infancia.

—¿Dónde está ahora la niña? —pregunto, y me dice que está con unos familiares mientras tratan de localizar a Jeffrey, que se ha ido a Tokio por negocios. En mi opinión, el hecho de que estuviera fuera del país no hace que Jeffrey Baines sea menos culpable. Podría haber contratado a alguien para llevar a cabo el asesinato—. Pobrecilla —murmuro imaginando los años de terapia que le esperan a esa niña—. ¿Qué podemos hacer para ayudar? —le pregunto al agente Berg, y me dice que ha estado hablando con los residentes de la calle, haciéndoles preguntas—. ¿Qué clase de preguntas?

—¿Puede decirme, doctora Foust, dónde estaba anoche en torno a las once? —me pregunta el agente. En otras palabras, ¿tengo una coartada para la hora en que se produjo el homicidio?

Anoche Will y yo estuvimos viendo la tele juntos, tras meter a Tate en la cama. Nos habíamos acomodado en zonas distintas del salón, él tumbado en el sofá y yo acurrucada en el silloncito, como solemos hacer. Son nuestros asientos asignados. Poco después de ponernos cómodos y encender la tele, Will me trajo una copa de cabernet de la botella que yo había abierto la noche anterior.

Lo observé durante unos segundos desde mi sillón y recordé que no hacía mucho tiempo me habría resultado imposible sentarme tan lejos de él, en sofás distintos. Pensé con cariño en aquellos días en los que me habría entregado la copa de vino junto con un beso largo en los labios, mientras con la otra mano me acariciaba, y yo me habría dejado llevar fácilmente por ese beso persuasivo, esas manos y esos ojos. ¡Esos ojos! Y entonces una cosa habría llevado a la otra y, poco después, nos habríamos reído como adolescentes intentando hacer el amor en el sofá en silencio, apresuradamente, atentos a cualquier crujido en las tablas del suelo del piso superior, al ruido de los muelles de un colchón, a las pisadas en la escalera, para asegurarnos de que los niños seguían durmiendo. Las caricias de Will eran magnánimas, tenían algo que en otra época me volvía loca, hacía que me diera vueltas la cabeza, como si estuviera borracha sin haber bebido ni una gota. No me cansaba de él. Era embriagador.

Pero entonces encontré el cigarrillo, el Marlboro Silver con pintalabios color fresa en el filtro. Encontré eso primero, seguido poco después de unos cargos en nuestra tarjeta de crédito por habitaciones de hotel, unas bragas en nuestro dormitorio que sabía que no eran mías. Me di cuenta entonces de que Will era generoso y cautivador con alguien más aparte de mí.

Yo no fumaba. No me pintaba los labios. Y era demasiado cuidadosa como para dejar mi ropa interior tirada por ahí en casa de otra persona.

Will se quedó mirándome sin más cuando le puse delante de las narices el extracto de la tarjeta de crédito, cuando le pregunté abiertamente por los cargos del hotel. Pareció tan desconcertado por haber sido descubierto que no encontró los recursos para elaborar una mentira.

Anoche, tras terminarme esa primera copa de vino, Will se ofreció a rellenármela y le dije que sí, porque me gustaba la sensación de ligereza y tranquilidad que me proporcionaba el vino. Lo siguiente que recuerdo es la sirena al despertarnos en mitad de la noche.

Debí de quedarme dormida en el silloncito. Will debió de ayudarme a meterme en la cama.

—¿Doctora Foust? —me pregunta el agente.

—Will y yo estuvimos aquí —le digo—. Viendo la tele. Las noticias y después *The Late Show*. El que presenta Stephen Colbert —digo mientras el agente Berg transcribe mis palabras en una tableta con su lápiz óptico—. ¿No es así, Will? —le pregunto, y él asiente con la cabeza y confirma que llevo razón. Vimos *The Late Show*. Con Stephen Colbert.

—¿Y después de *The Late Show*? —pregunta el agente, y me limito a decirle que después nos fuimos a la cama—. ¿Es así, señor?

—Así es —confirma Will—. Era tarde —le dice al agente—. Después de *The Late Show*, Sadie y yo nos fuimos a la cama. Ella tenía que trabajar por la mañana y yo, bueno, estaba cansado. Era tarde —repite, aunque no sé si se da cuenta de la redundancia.

—¿A qué hora fue eso? —pregunta el agente Berg.

—Debían de ser en torno a las doce y media —respondo yo, porque, aunque no lo sé con certeza, puedo hacer los cálculos. Toma nota de eso y prosigue con la siguiente pregunta.

—¿Han visto algo fuera de lo normal en los últimos días?

—¿Por ejemplo? —pregunto, y se encoge de hombros.

—Cualquier cosa inusual. Lo que sea. Extraños merodeando por aquí. Coches que no reconocen que pasen por aquí, vigilando el vecindario.

Niego con la cabeza y respondo:

—Somos nuevos aquí, agente. No conocemos a mucha gente.

Pero entonces recuerdo que Will sí conoce a gente. Que, mientras yo estoy en el trabajo todo el día, Will ha estado haciendo amigos.

—Sí que hay una cosa —dice Will de repente. El agente y yo nos volvemos hacia él al mismo tiempo.

—¿De qué se trata? —pregunta el agente Berg.

Pero, nada más decirlo, intenta desdecirse y niega con la cabeza.

—Da igual —responde—. No debería haber dicho nada. Estoy seguro de que no significa nada, un descuido por mi parte.

—¿Por qué no me deja a mí decidir eso? —sugiere Berg.

—Un día, hace no mucho —explica Will—, quizá un par de semanas. Había llevado a Tate al colegio y me fui a hacer unos recados. No estuve mucho tiempo fuera, un par de horas como mucho. Pero, cuando volví a casa, había algo raro.

—¿En qué sentido?

—Bueno, la puerta del garaje estaba subida, para empezar. Apostaría mi vida a que la había dejado bajada. Y luego, al entrar en casa, casi me caigo de espaldas por el olor a gas. Era muy potente. Gracias a Dios, las perras estaban bien. A saber cuánto tiempo llevaban inhalándolo. No tardé en encontrar la fuente. Provenía de los fogones.

—¿Los fogones? —pregunto yo—. No me lo habías contado. —Mi voz suena plana, sosegada, aunque por dentro no me siento así.

—No quería preocuparte por nada —me responde con tono conciliador—. Abrí las puertas y las ventanas. Aireé la casa. —Se encoge de hombros y añade—: Probablemente no merezca la pena ni mencionarlo, Sadie. No debería haber sacado el tema. Había sido una mañana ajetreada. Estaba preparando torrijas. Tate y yo íbamos tarde. Debí de dejarme el quemador abierto en un intento por llegar a tiempo. La luz indicadora debe de haberse fundido.

El agente Berg lo considera un accidente. Se vuelve entonces hacia mí.

—¿Y usted no, doctora? —me pregunta—. ¿No ha notado nada fuera de lo común? —Le digo que no—. ¿Cómo estaba la señora Baines la última vez que habló con ella, doctora? ¿Estaba…? —empieza a preguntarme, pero le detengo y le explico que no conozco a Morgan Baines. Que nunca nos han presentado.

—He estado muy ocupada desde que llegamos —le digo a modo de disculpa, aunque en realidad no hace falta—. Nunca saqué tiempo de pasarme por su casa para presentarme —le explico, pensando –aunque eso no me atrevo a decirlo, pues resultaría insensible– que Morgan Baines tampoco encontró tiempo para pasarse por mi casa y presentarse.

—Sadie tiene una agenda muy apretada —interviene Will, para que el agente no me juzgue por no hacerme amiga de los vecinos. Se lo agradezco—. Tiene turnos muy largos, casi todos los días de la semana. Mi horario es justo lo contrario. Imparto solo tres clases, que se solapan con el horario escolar de Tate. Es algo intencionado. Cuando él está aquí, yo estoy aquí. Sadie es la que gana el pan —admite Will sin humillación ni vergüenza—. Yo soy el padre que se queda en casa. Nunca quisimos que a nuestros hijos los educara una niñera —continúa, que fue algo que decidimos hace mucho tiempo, antes de que naciera Otto. Fue una decisión personal. Desde el punto de vista económico, tenía sentido que Will fuese el que se quedase en casa. Yo ganaba más dinero que él, aunque nunca hablábamos de esas cosas. Hizo su parte y yo la mía.

En respuesta a la pregunta que el agente me ha hecho a mí, Will dice:

—Hablé con Morgan hace solo un par de días. Parecía estar bien, al menos lo suficientemente bien. Se les había estropeado el calentador del agua. Estaba esperando a que viniese el técnico para ver si podía arreglarlo. Intenté arreglarlo yo, soy un poco manitas, pero no tanto —admite—. ¿Tienen alguna pista? —pregunta entonces, cambiando de tema—. ¿Indicios de que forzaran la cerradura, algún sospechoso?

El agente Berg revisa su tableta y le dice a Will que no puede revelar mucho de momento.

—Pero —agrega— lo que sí puedo decir es que la señora Baines fue asesinada entre las diez de la noche y las dos de la madrugada de ayer. —Sentada en el brazo del sofá, me yergo y me quedó mirando por la ventana. Aunque la casa de los Baines no se ve desde donde me encuentro sentada, no puedo evitar pensar que anoche, mientras nosotros estábamos aquí, bebiendo vino y viendo la tele, ella estaba allí –más allá de donde me alcanza la vista– siendo asesinada.

Pero eso no es todo.

Porque todas las noches, a las ocho y media, parte el último ferri. Lo que significa que el asesino pasó la noche entre nosotros, aquí en la isla.

El agente Berg se pone de pie muy deprisa y me sobresalta. Suelto un grito ahogado y me llevo la mano al corazón.

—¿Va todo bien, doctora? —me pregunta al verme temblorosa.

—Sí —le digo—. Todo bien.

Se pasa las manos por los muslos de los pantalones para estirárselos.

—Supongo que hoy estamos todos un poco nerviosos —me dice, yo asiento con la cabeza para darle la razón.

—Cualquier cosa que podamos hacer Sadie y yo —le dice Will mientras lo acompaña hacia la puerta. Yo me levantó y los sigo—. Lo que sea, por favor, díganoslo. Estamos aquí para ayudar.

Berg se toca el ala del sombrero como señal de agradecimiento.

—Se lo agradezco. Como puede imaginar, toda la isla está en tensión, la gente teme por su vida. Esta clase de cosas tampoco beneficia al turismo. Nadie quiere venir a visitarnos cuando hay un asesino suelto. Nos gustaría resolver el caso lo antes posible. Cualquier cosa que oigan, cualquier cosa que vean… —dice dejando la frase inacabada.

—Entendido —dice Will.

El asesinato de Morgan Baines es malo para la economía.

El agente Berg se despide. Le entrega a Will una tarjeta. Está a punto de marcharse, pero, antes de hacerlo, tiene una última pregunta.

—¿Cómo les está tratando la casa? —dice de pronto, y Will responde que bien.

—Es antigua y, como todas las cosas antiguas, tiene sus defectos. Ventanas que dejan pasar la corriente, una caldera defectuosa que habrá que cambiar.

—Una caldera no es barata —comenta el agente—. Les costará varios de los grandes.

Will le dice que ya lo sabe.

—Una pena lo de Alice —dice entonces el policía mirando a Will a los ojos. Will comparte su opinión.

No suelo sacar el tema de Alice con él. Pero hay

cosas que me gustaría saber, como qué aspecto tenía Alice, si nos habríamos llevado bien de haber tenido ocasión de conocernos. Imagino que era antisocial, aunque nunca se lo diría a Will. Pero creo que el dolor de la fibromialgia la mantendría recluida en casa, alejada de cualquier tipo de vida social.

—Nunca habría imaginado que se suicidaría —dice el agente Berg y, al hacerlo, me da la impresión de que mi instinto está equivocado.

—¿Qué significa eso? —pregunta Will con cierto tono defensivo en la voz.

—Ay, no sé —responde Berg, aunque es evidente que sí lo sabe, porque a continuación pasa a contarnos que Alice, que era una habitual en las noches de bingo los viernes, se mostraba alegre y simpática cuando la veía. Que tenía una sonrisa capaz de iluminar una habitación—. Supongo que nunca entendí cómo una persona así acaba quitándose la vida.

El espacio entre nosotros se llena de silencio, de tensión. No creo que pretendiera insinuar nada con eso; simplemente es un poco torpe socialmente. Aun así, Will parece dolido. No dice nada. Soy yo la que habla.

—Sufría fibromialgia —le explico, y me doy cuenta de que el agente Berg no debía de saberlo, o tal vez sea una de esas personas que piensan que es más un trastorno mental que físico. La fibromialgia se malinterpreta con frecuencia. La gente cree que es algo inventado, que no es real. No tiene cura y, en apariencia, la persona está bien; no puede realizarse ninguna prueba para diagnosticarla. Debido a eso, el diagnóstico se basa únicamente en los síntomas; en otras palabras, un dolor generalizado que no puede explicarse de otro modo. Por esta razón, gran parte de los propios médicos cuestionan la credibilidad de la enfermedad y con frecuencia sugieren a los pacientes que acudan al psiquiatra para recibir tratamiento. Me entristece pensar que Alice sufriera tantos dolores y nadie la creyera.

—Sí, por supuesto —contesta el agente Berg—. Es algo terrible. Debía de dolerle mucho para hacer lo que hizo —agrega y, de nuevo, miro a Will. Sé que el policía no pretende ser grosero; a su manera extraña, está ofreciéndole su compasión—. Alice me caía muy bien. Era una dama encantadora.

—Desde luego que sí —responde Will.

—Una pena —murmura el agente antes de despedirse definitivamente y marcharse.

Cuando se marcha, Will se dirige hacia la cocina para empezar a preparar la cena. Le dejo ir y me quedo mirando a través del estrecho panel de cristal que hay junto a la puerta, viendo cómo el agente Berg arranca su Crown Victoria. Se aleja colina arriba para reunirse con sus compañeros en casa de los Baines, o eso imagino.

Pero no va a casa de los Baines. En vez de eso, aparca su coche en el camino de la entrada de la casa que hay enfrente de la suya, la casa de los Nilsson. Se baja del vehículo. Deja el motor en marcha, con las luces traseras encendidas, iluminando de rojo la oscuridad de la noche. Le veo meter algo en el buzón y volver a cerrarlo. Regresa a su coche y desaparece al llegar a la cima de la colina.

CAMILLE

Desaparecí esa noche después de que Will y Sadie se conocieran. Me sentía invadida por la rabia y el desprecio hacia mí misma.

Pero no podía mantenerme alejada de Will para siempre. Pensaba en él a todas horas. Lo veía cada vez que parpadeaba.

Al final acabé buscándolo. Una breve búsqueda en Internet me ayudó a descubrir dónde vivía, dónde trabajaba. Lo localicé. Descubrí lo que estaba buscando. Aunque para entonces ya era mayor, tenía el pelo más gris, hijos, mientras que en todos esos años yo no había cambiado gran cosa. Al parecer mi herencia genética era buena. La edad no me afectaba. Seguía teniendo el pelo del color rojizo y los ojos de un azul eléctrico. La piel aún no me había traicionado.

Me enfundé un vestido negro con los hombros al descubierto. Me maquillé, me perfumé. Me puse joyas. Me arreglé el pelo.

Lo seguí durante días, aparecía donde menos esperaba verme.

«¿Te acuerdas de mí?», le pregunté al acorralarlo en una tienda de *delicatessen*. Me acerqué demasiado. Lo agarré del codo. Lo llamé por su nombre. Porque no hay nada que nos excite más que el sonido de nuestro propio nombre. Es el sonido más dulce del mundo para nosotros. «En la esquina de Madison con Wabash. Hace quince años. Me salvaste la vida, Will».

No tardó más que unos segundos en acordarse. Se le iluminó la cara.

El paso del tiempo se había cebado con él. La presión del matrimonio, de la paternidad, del trabajo, de la hipoteca. Aquel Will era una versión exhausta del Will que yo conocí.

No era nada que no pudiera arreglar.

Solo debía olvidarse durante un rato de que tenía esposa e hijos.

Yo podría ayudarle con eso.

Le dediqué una amplia sonrisa. Le tomé de la mano.

«De no haber sido por ti», le dije, inclinándome para susurrarle las palabras al oído, «estaría muerta».

Vi una chispa en sus ojos. Se le sonrojaron las mejillas. Me miró de arriba abajo y se detuvo en mis labios.

Sonrió y dijo: «¿Cómo podría olvidarme?».

Se alegró; se rio. «¿Qué estás haciendo aquí?».

Me eché el pelo por encima del hombro y dije: «Estaba fuera, pasaba por delante. Me ha parecido verte a través de la cristalera».

Me tocó las puntas del pelo y dijo que me quedaba bien.

«Y ese vestido», añadió, y lo acompañó de un largo silbido de admiración.

Ya no me miraba los labios. Ahora me miraba los muslos.

Sabía hacia dónde quería dirigir la conversación. Como solía pasarme, me salí con la mía. No fue algo instantáneo, no. Hizo falta mi poder de persuasión, que me sale de forma natural. Regla número uno: reciprocidad. Yo hago algo por ti, tú a cambio haces algo por mí.

Le limpié la mostaza del labio. Me fijé en que su bebida estaba vacía. Alcancé el vaso y se lo rellené en la máquina de refrescos.

«No era necesario», me dijo cuando volví a sentarme y le acerqué su Pepsi por encima de la mesa, asegurándome de que nuestras manos se tocaran. «Podría haberlo rellenado yo mismo».

Sonreí y le dije: «Lo sé, no era necesario, pero quería hacerlo, Will».

Y así, sin más, pasó a deberme algo.

También está la simpatía. Puedo ser extremadamente simpática cuando quiero serlo. Sé lo que tengo que decir, lo que tengo que hacer, cómo mostrarme encantadora. El truco está en hacer preguntas abiertas que hagan que las personas hablen de sí mismas. Eso hace que se sientan las personas más interesantes del mundo.

Luego está la importancia del tacto. Es mucho más fácil lograr la docilidad con una simple caricia en el brazo, en el hombro, en el muslo.

A eso había que sumarle el hecho de que su matrimonio con Sadie era más bien una guía sobre la abstinencia, por lo que yo había visto. Will necesitaba algo que solo yo podía darle.

No dijo que sí de entrada. En vez de eso sonrió con timidez y se puso rojo. Dijo que tenía una reunión, que tenía que marcharse.

«No puedo», me dijo. Pero le convencí de que sí podría. Porque menos de quince minutos más tarde, entrábamos en el callejón de al lado. Allí, en ese callejón, me apoyó contra un edificio. Me metió la mano por debajo del vestido y me besó en la boca.

«Aquí no», le dije, pensando solo en él. A mí no me habría importado hacerlo allí. Pero él tenía un matrimonio, una reputación. Yo no tenía ninguna de esas dos cosas. «Vamos a otra parte», le susurré al oído.

Will conocía un hotel allí cerca, a media manzana de distancia. No era el Ritz, pero serviría. Corrimos escaleras arriba hasta la habitación.

Una vez allí, me lanzó sobre la cama e hizo lo que quiso conmigo. Cuando terminamos, nos quedamos tumbados, con la respiración entrecortada, tratando de recuperar el aliento.

Will fue el primero en hablar. «Ha sido…». Le costaba hablar después de hacerlo, pero estaba exultante, sonriente.

Volvió a intentarlo. «Ha sido alucinante. Tú», me dijo, se arrodilló sobre mí con las manos a ambos lados de mi cabeza, mirándome a los ojos. «Tú eres alucinante».

Le guiñé un ojo y le dije: «Tú tampoco estás mal».

Se quedó mirándome durante un rato. Nunca me había mirado así un hombre, como si no pudiera cansarse de mí. Me dijo que necesitaba aquello, más de lo que pudiera imaginarme. Escapar de la realidad. Me dijo que yo había aparecido en el momento justo. Había tenido un día de mierda, una semana de mierda.

Aquello era perfecto.

«Tú», añadió devorándome con los ojos, «eres perfecta».

Me enumeró las razones. Noté que se me aceleraba el corazón, aunque fuesen todos rasgos superficiales: mi pelo, mi sonrisa, mis ojos.

Y así, sin más, empecé a besarlo de nuevo.

Se apartó de la cama cuando hubo terminado. Me quedé allí tendida, viendo cómo volvía a ponerse la camisa y los vaqueros. «¿Ya te marchas?», le pregunté.

Se quedó allí, plantado a los pies de la cama, mirándome.

«Tengo una reunión», se disculpó. «Ya llego tarde. Quédate el tiempo que quieras. Échate una siesta, descansa», como si aquello fuera un premio de consolación. Dormir sola en un hotel barato.

Se inclinó sobre mí antes de marcharse. Me dio un beso en la frente y me acarició el pelo. Me miró a los ojos y dijo: «Nos veremos pronto». No fue una pregunta. Fue una promesa.

Sonreí y dije: «Desde luego que sí. No pienso separarme de ti, Will. No te dejaré marchar». Me sonrió y me dijo que eso era justo lo que deseaba oír.

Traté de no sentirme celosa cuando se fue. Yo no era celosa. No hasta que conocí a Will, y entonces empecé a serlo, aunque nunca me sentí culpable por lo que pasó entre nosotros. Era mío. Sadie me lo arrebató. Yo no le debía nada.

En todo caso, era ella la que me lo debía.

SADIE

Rodeo la casa dos veces. Me aseguro de que todas las puertas y ventanas están cerradas. Lo hago una vez y, después, como no estoy segura de haberlas revisado todas, vuelvo a hacerlo. Bajo las persianas, corro las cortinas, preguntándome si sería prudente instalar un sistema de seguridad en la casa.

Esta noche, como prometió, Will ha llevado a Imogen al edificio de seguridad pública para hablar con el agente Berg. Yo albergaba la esperanza de que regresara a casa con alguna noticia sobre el asesinato, algo que me tranquilizara, pero no hay ninguna novedad. La policía no está más cerca de resolver el crimen. He visto las estadísticas sobre asesinatos. En torno a un tercio o más de los asesinatos se quedan sin resolver. Es una epidemia.

El número de asesinos que caminan entre nosotros en la actualidad es terrorífico.

Pueden estar en cualquier parte y nunca lo sabríamos.

Según Will, Imogen no tenía nada que ofrecerle al

agente Berg sobre lo sucedido anoche. Estaba durmiendo, como me imaginaba que estaría. Cuando le preguntaron si había visto algo fuera de lo normal en las últimas semanas, se puso tensa y respondió: «Mi madre colgada de un puta soga». El agente Berg no le hizo más preguntas después de aquello.

Cuando me estoy planteando hacer una tercera ronda para revisar puertas y ventanas, Will me llama desde lo alto de las escaleras y me pregunta si pienso ir a la cama en algún momento. Le digo que sí, que ya voy, mientras tiro de la puerta de la entrada una última vez. Dejo encendida una lámpara del salón para dar la impresión de que estamos despiertos.

Subo las escaleras y me acomodo en la cama junto a Will. Pero no puedo dormir. Me paso la noche tumbada en la cama, pensando en lo que dijo el agente Berg, que la pequeña de los Baines fue quien encontró muerta a Morgan. Me pregunto hasta qué punto conocerá Tate a esa niña. Van juntos a clase, pero eso no significa que sean amigos.

Descubro que soy incapaz de quitarme de la cabeza la imagen de esa niña de seis años de pie junto al cuerpo sin vida de su madre. Me pregunto si pasó miedo. Si gritó. Si el asesino andaba cerca, disfrutando con el sonido de sus gritos. Me pregunto cuánto tiempo tuvo que esperar a que llegara la ambulancia y si, durante ese tiempo, temió por su vida. Pienso en ella, sola, al encontrar a su madre muerta del mismo modo en que Imogen encontró muerta a la suya. No es lo mismo, no. El suicidio y el asesinato son cosas muy diferentes. Pero, aun así, me resulta imposible pensar en lo que esas dos niñas han visto en sus cortas vidas.

Junto a mí, Will duerme como un tronco. Pero yo

no. Porque, aquí tumbada, sin dormir, empiezo a preguntarme si el asesino seguirá en la isla con nosotros, o si ya se habrá marchado.

Me levanto de la cama al pensar en ello, con el corazón desbocado. Tengo que asegurarme de que los niños están bien. Las perras, tumbadas en sus cestos en un rincón de la habitación, se dan cuenta y me siguen. Les digo que no hagan ruido cuando Will se da la vuelta en la cama y se lleva la sábana consigo.

Noto el frío del suelo de madera bajo mis pies descalzos. Pero está todo demasiado oscuro para ponerme a buscar las pantuflas. Las dejo atrás. Salgo del dormitorio y recorro el estrecho pasillo.

Voy primero a la habitación de Tate. Me detengo en el umbral. Duerme con la puerta del dormitorio abierta y una luz nocturna encendida para mantener alejados a los monstruos. Su cuerpecito está situado en mitad de la cama, con un chihuahua de peluche apretado entre los brazos. Duerme plácidamente, sus sueños no se ven interrumpidos con ideas sobre muerte y asesinato, al contrario que los míos. Me pregunto con qué soñará. Quizá con cachorros y helados.

Me preguntó qué sabrá Tate de la muerte. Me pregunto qué sabía yo de la muerte cuando tenía siete años, si acaso sabía algo.

Continúo hasta el cuarto de Otto. Hay un tejado frente a la ventana de Otto, un tejado de pizarra que desciende sobre el porche principal. Una serie de columnas fácilmente escalables lo mantiene en pie. Entrar o salir no supondría una tarea muy difícil en mitad de la noche.

Avanzo instintivamente por el pasillo, diciéndome a mí misma que Otto está a salvo, que un intruso no treparía hasta el segundo piso para entrar. Pero en ese momento no puedo estar tan segura. Giro el picaporte y abro la puerta sin hacer ruido, aterrorizada por lo que podría encontrarme al otro lado. La ventana abierta, la cama vacía. Pero no es el caso. Otto está ahí. Otto está bien.

Me quedo de pie en la puerta, observando durante unos segundos. Doy un paso hacia delante para poder verlo mejor y aguanto la respiración para no despertarlo. Parece tranquilo, aunque la manta está arrugada a los pies de la cama y la almohada está tirada en el suelo. Tiene la cabeza apoyada directamente sobre el colchón. Alcanzo la manta y le tapo con ella, me acuerdo de cuando era pequeño y me pedía que durmiera con él. Cuando lo hacía, me pasaba un brazo por el cuello y lo dejaba ahí, sin soltarme en toda la noche. Ha crecido muy deprisa. Ojalá pudiera dar marcha atrás.

Después voy hacia la habitación de Imogen. Coloco la mano en el picaporte y lo giro con cuidado de no hacer ningún ruido. Pero el picaporte no gira. La puerta está cerrada por dentro. No puedo ver cómo está.

Me aparto de la puerta y bajo las escaleras. Las perras me siguen, pero me muevo demasiado despacio para su gusto. En un momento dado, me adelantan y bajan corriendo el resto de los escalones, atraviesan el recibidor y se dirigen hacia la puerta trasera. Oigo sus uñas en el suelo de madera como si fueran las teclas de una máquina de escribir.

Me detengo frente a la puerta de la entrada y me asomo por la cristalera lateral. Desde ese ángulo, distingo parte de la casa de los Baines. Advierto actividad incluso a esa hora de la madrugada. Dentro están las luces encendidas y hay varias personas deambulando por allí. La policía investigando. Me pregunto qué descubrirán.

Las perras gimotean desde la cocina, desviando mi atención de la ventana. Quieren salir. Las sigo, abro la puerta corredera de cristal y salen corriendo. Van directas al rincón del jardín, donde recientemente han empezado a cavar agujeros en la hierba. Su excavación incesante se ha convertido en su última compulsión y también en lo que más me fastidia. Doy una palmada para que paren.

Me preparo una taza de té y me siento a la mesa de la cocina. Busco cosas que hacer. No tiene sentido volver a la cama porque sé que no me dormiré. No hay nada peor que estar tendida en la cama, inquieta, preocupándome por cosas sobre las que no puedo hacer nada.

En la esquina de la mesa hay un libro que ha estado leyendo Will, una novela policíaca basada en hechos reales con un marcapáginas por la mitad.

Me llevo el libro al salón, enciendo una lámpara y me acomodo en el sofá color caléndula de Alice para leer. Me echo una manta sobre el regazo. Abro el libro. Por accidente, el marcapáginas de Will resbala y cae al suelo junto a mis pies.

—Mierda —digo, y me estiro para alcanzarlo, sintiéndome culpable por haberle perdido la página a Will.

Pero la culpabilidad dura solo unos segundos antes de ser sustituida por otra cosa. ¿Celos? ¿Rabia? ¿Empatía? O quizá sorpresa. Porque el marcapáginas no es lo único que se ha caído de entre las páginas del libro. Porque también hay una foto de Erin, la primera prometida de Will, la mujer con la que iba a casarse antes de mí.

Dejo escapar un grito ahogado. Mi mano se detiene a pocos centímetros de su rostro, con el corazón acelerado.

¿Por qué esconde Will una foto de Erin dentro de este libro? ¿Por qué sigue conservando esta fotografía?

La foto es antigua, tendrá unos veinte años. Erin debe de tener dieciocho o diecinueve años en la imagen. Lleva el pelo revuelto y luce una sonrisa despreocupada. Me quedo mirando la foto, los ojos de Erin. Siento una punzada de celos por lo guapa que es. Por lo magnética.

Pero ¿cómo puedo estar celosa de una mujer que está muerta?

Will y yo llevábamos saliendo más de un mes cuando mencionó su nombre. Seguíamos en esa fase de ensimismamiento, cuando todo parecía importante y digno de atención. Hablábamos por teléfono durante horas. Yo no tenía mucho que decir sobre mi pasado, pero sí le hablaba de mi futuro, de todas las cosas que planeaba hacer algún día. El futuro de Will era incierto cuando nos conocimos, así que me hablaba de su pasado. Del perro que tenía cuando era pequeño. De cuando a su padrastro le diagnosticaron cáncer, del hecho de que su madre se había casado tres veces. Y me habló de Erin, la mujer con la que se suponía que iba a casarse, una mujer con la que estuvo prometido durante meses antes de que muriera. Lloró abiertamente cuando me habló de ella. No se guardó nada y lo amé por ello, por aquella inmensa capacidad de amar.

En toda mi vida, creo que nunca había visto llorar a un hombre adulto.

En su momento, la tristeza de que Will hubiera perdido a su prometida me acercó más a él. Estaba destrozado, como una mariposa sin alas. Yo deseaba ser la que le curase.

Hace años que no surge su nombre. No es que hablemos de ella, pero de vez en cuando se menciona a otra Erin y entonces nos sobrecogemos. El nombre en sí mismo tiene un gran peso. Sin embargo, no entiendo por qué iba Will a rescatar esa fotografía de Dios sabe dónde y llevarla consigo. ¿Por qué ahora, después de todo este tiempo?

Rozo la fotografía con la mano, pero no tengo valor para recogerla. Todavía no. Solo había visto otra fotografía de Erin antes, una que Will me mostró hace años a petición mía. Él no quería, pero insistí. Quería saber cómo era. Cuando le pedí ver una foto, me la mostró con circunspección. No estaba seguro de cómo reaccionaría. Traté de poner cara de póquer, pero no pueden negarse las punzadas de dolor que sentí por dentro. Era arrebatadora.

Lo supe en ese instante: Will solo me amaba a mí porque ella ya no estaba. Fui su segunda opción.

Acaricio con el dedo la piel clara de Erin. No puedo estar celosa. No puedo. Y no puedo estar enfadada. Sería insensible por mi parte pedirle a Will que se deshaga de ella. Pero aquí estoy, después de todo estos años, sintiéndome eclipsada por el recuerdo de una mujer que ha muerto.

Alcanzo la fotografía y esta vez la sostengo en mi mano. No me permitiré ser cobarde. Me quedo mirándola. Hay algo tan infantil en su rostro, algo tan audaz y puro, que me dan ganas de reprenderla por lo que sea que esté pensando mientras hace pucheros ante la cámara, con una expresión tan provocativa como descarada.

Meto la foto y el marcapáginas en algún punto del libro, me levanto del sofá y llevo el libro a la mesa de la cocina. Lo dejo ahí, porque de pronto se me han quitado las ganas de leer.

Las perras han empezado a ladrar. No puedo dejarlas ahí fuera ladrando en mitad de la noche. Abro la puerta corredera y las llamo, pero no vienen.

Me veo obligada a salir al jardín para llamar su atención. Noto el suelo helado bajo mis pies descalzos. Sin embargo, esa incomodidad es secundaria en comparación con lo que siento al verme envuelta en la oscuridad. La luz de la cocina va disminuyendo rápidamente a mi espalda mientras cae la noche de diciembre.

No veo nada. Si hubiera alguien allí, de pie en la oscuridad de nuestro jardín, no lo sabría. Se me pasa por la cabeza entonces un pensamiento desagradable. Se me queda la saliva atascada en la garganta y me atraganto.

Los perros tienen capacidades que los humanos no tenemos. Ellos ven en la oscuridad mucho mejor que nosotros. Eso hace que me pregunte qué verán las perras que yo no puedo ver, a qué estarán ladrando.

Silbo entre dientes y las llamo. Es de noche y no quiero ponerme a gritar. Pero me da mucho miedo adentrarme en la oscuridad más de lo que ya lo he hecho.

¿Cómo sé que el asesino de Morgan Baines no está ahí?

¿Cómo sé que las perras no están ladrando porque hay un asesino en mi jardín?

Iluminada desde atrás por la luz de la cocina, soy como un pez en un acuario.

No veo nada. Sin embargo, quien sea que esté ahí fuera —si es que hay alguien— puede verme con facilidad.

Sin pensarlo bien, de pronto doy un paso atrás. El miedo es abrumador. Siento la necesidad de volver a entrar corriendo en la cocina, cerrar la puerta con pestillo y correr las cortinas. Pero ¿podrían las perras enfrentarse a un asesino ellas solas?

Y entonces, de repente, dejan de ladrar y ya no sé qué me da más miedo, los ladridos o el silencio.

El corazón me late con más fuerza. Se me eriza la piel, un cosquilleo que me recorre los brazos. Se me desboca la imaginación y me pregunto qué cosa horrible habrá en mi jardín.

No puedo quedarme ahí de pie esperando a averiguarlo. Doy una palmada y vuelvo a llamar a las perras. Entro corriendo a buscar sus galletas y agito la caja con vehemencia. Esta vez, gracias a Dios, acuden. Abro la caja, vierto media docena de galletitas en el suelo de la cocina antes de cerrar la puerta corredera, echar el pestillo y correr las cortinas.

Vuelvo al piso de arriba y reviso cómo están los chicos. Siguen como los dejé.

Solo que la puerta de Imogen esta vez está abierta un par de centímetros cuando paso por delante. Ya no está cerrada. Ya no tiene el cerrojo echado. El pasillo es estrecho y oscuro, tiene la luz justa para no ir a ciegas. El destello débil de la lámpara del salón llega hasta a mí y me ayuda a ver.

Dirijo la mirada hacia ese hueco de dos centímetros entre la puerta de Imogen y el marco. No estaba así la última vez que he pasado por aquí. El dormitorio de Imogen, al igual que el de Otto, da a la calle. Me acerco a su puerta y la empujo, abriéndola cuatro o cinco centímetros más, lo suficiente para poder ver lo que hay dentro. Está tumbada ahí, en su cama, de espaldas a mí. Si está fingiendo que duerme, lo hace bastante bien. Su respiración es rítmica y profunda. Veo el movimiento ascendente y descendente de las sábanas. Tiene las cortinas abiertas y la luz de la luna se cuela en la habitación. La ventana, como la puerta, está abierta dos centímetros. Hace mucho frío en la habitación, pero no me arriesgo a entrar para cerrarla.

De vuelta en nuestro dormitorio, zarandeo a Will para despertarlo. No le diré lo de Imogen porque en realidad no hay nada que decir. Podría haberse levantado para ir al baño. Le entró calor y abrió la ventana. No es ningún delito, aunque hay otras preguntas que me rondan por la cabeza.

¿Por qué no he oído la cisterna?

¿Por qué no advertí el frío procedente de su dormitorio la primera vez que pasé por delante?

—¿Qué pasa? —pregunta Will medio dormido.

Mientras se frota los ojos, le digo:

—Creo que hay algo en el jardín trasero.

—¿Como qué? —me pregunta tras aclararse la garganta; sigue con los ojos somnolientos igual que la voz.

Espero un poco antes de decirle:

—No lo sé. —Me inclino hacia él mientras hablo—. Tal vez una persona.

—¿Una persona? —me pregunta incorporándose con rapidez, y le cuento lo que acaba de pasar, que había algo, o alguien, en la parte de atrás que ha asustado a las perras. Me tiembla la voz mientras hablo. Will se da cuenta—. ¿Has visto a una persona? —me pregunta, pero le digo que no, que no he visto nada en absoluto. Sin embargo, sé que había algo ahí. Me lo dice mi instinto.

Will me acaricia la mano para calmarme y me dice con cariño:

—Estás muy alterada por el asunto, ¿verdad?

Me envuelve las manos con las suyas al notar cómo

tiemblan. Le digo que sí que lo estoy. Creo que va a salir de la cama para ir a comprobar si hay alguien en nuestro jardín. Sin embargo, me hace dudar. No es algo intencionado ni tampoco está intentando mostrarse condescendiente. Más bien, es la voz de la razón cuando me pregunta:

—¿No podría ser un coyote? ¿Un mapache o una mofeta? ¿Estás segura de que no habrán sido otros animales los que han asustado a las perras?

Suena muy sencillo y evidente cuando lo dice. Me pregunto si tendrá razón. Eso explicaría por qué las perras estaban tan alteradas. Quizá olfatearan a algún animal salvaje que deambulaba por nuestro jardín. Son cazadoras. Naturalmente, habrían querido atrapar lo que fuera que estuviera allí. Es una idea mucho más lógica que la de que hubiera un asesino merodeando por el jardín. ¿Qué podría querer de nosotros un asesino?

Me encojo de hombros en la oscuridad.

—Puede ser —respondo, y me siento como una tonta, aunque no del todo. La noche anterior se produjo un asesinato en nuestra misma calle y no han encontrado al asesino. No es tan irracional creer que pueda seguir por aquí cerca.

—De todas formas, podríamos comentárselo al agente Berg por la mañana —me sugiere Will con paciencia—. Podríamos pedirle que lo investigue. Por lo menos preguntar si los coyotes dan problemas por esta zona. Sería bueno saberlo, en cualquier caso, para asegurarnos de tener vigiladas a las perras.

Me siento agradecida al ver que me sigue la corriente, pero le digo que no.

—Seguro que tienes razón —respondo, y vuelvo a acurrucarme en la cama junto a él, sabiendo que aun así no conseguiré dormir—. Probablemente fuese un coyote. Siento haberte despertado. Vuelve a la cama —le digo, y eso hace, pasándome un brazo por encima para protegerme de lo que sea que se esconda al otro lado de nuestra puerta.

SADIE

Vuelvo en mí cuando Will dice mi nombre. Debo de haberme desconectado.

Está a mi lado, mirándome. Es una mirada típica de Will, cargada de preocupación.

—¿Dónde has ido? —me pregunta mientras miro a mi alrededor para tratar de ubicarme. Un súbito dolor de cabeza se ha apoderado de mí y hace que me sienta algo mareada.

—No lo sé —respondo. No recuerdo de qué estábamos hablando antes de desconectarme.

Miro hacia abajo y veo que se me ha desabrochado un botón de la camisa, dejando ver el negro de mi sujetador. Vuelvo a abrochármelo, me disculpo con él por quedarme traspuesta en mitad de nuestra conversación.

—Estoy cansada —le digo frotándome los ojos, y me fijo en Will, delante de mí, y en la cocina.

—Pareces cansada —conviene Will, y me siento agitada. Miro más allá de él, hacia el jardín trasero, esperando ver algo fuera de lugar. Indicios de que anoche hubo un intruso allí. No hay nada, pero aun así me estremezco y recuerdo lo que sentí allí de pie, en la oscuridad, pidiendo a las perras que regresaran.

Los chicos están sentados a la mesa, terminando de desayunar. Will está de pie junto a la encimera, llenando una taza que después me entrega. Acepto el café entre las manos y doy un trago largo.

—No he dormido bien —le digo, porque no quiero admitir la verdad: que no he dormido nada.

—¿Quieres hablar de ello? —me pregunta, aunque no me parece que sea algo que haga falta decir. Es algo que él debería saber. Una mujer fue asesinada en su casa, al otro lado de la calle, hace dos noches.

Observo brevemente a Tate sentado a la mesa y le digo a Will que no, porque no es una conversación que Tate deba escuchar. Me gustaría mantener viva la inocencia de su niñez todo el tiempo que sea posible.

—¿Te da tiempo a desayunar? —me pregunta Will.

—Hoy no —respondo al mirar el reloj y ver que es incluso más tarde de lo que pensaba. Tengo que irme. Empiezo a recoger mis cosas, el bolso, el abrigo, para marcharme. La bolsa de Will le espera junto a la mesa, y me pregunto si habrá metido su novela de crímenes reales allí dentro, el libro con la fotografía de Erin escondida. No tengo el valor para decirle que sé lo de la fotografía.

Me despido de Tate con un beso. Le quito a Otto los auriculares de las orejas y le digo que se dé prisa.

Conduzco hacia el ferri. Otto y yo no decimos gran cosa de camino al muelle. Antes estábamos más unidos que ahora, pero el tiempo y las circunstancias nos han distanciado. Cuántos adolescentes estarán unidos a sus madres, me pregunto tratando de no tomármelo como algo personal. Pocos, o ninguno. Pero Otto es un muchacho sensible, diferente al resto.

Sale del coche tras despedirse de mí apresuradamente. Lo veo cruzar el puente metálico y embarcar en el ferri con los otros pasajeros de la mañana. Lleva la pesada mochila colgada a la espalda. No veo a Imogen por ninguna parte.

Son las siete y veinte de la mañana. Está lloviendo. Una multitud de paraguas multicolores recorre la calle que conduce hasta el ferri. Dos muchachos de la edad de Otto se abren paso por la pasarela detrás de él, lo adelantan en la entrada, riéndose. Se ríen de alguna broma suya, me aseguro a mí misma, no de él, pero se me revuelve el estómago de igual modo y pienso en lo solo que debe de sentirse Otto en su mundo, un marginado sin amigos.

Hay asientos de sobra en el interior del ferri, donde hace calor y no llueve, pero Otto asciende hasta la cubierta superior y se queda bajo la lluvia, sin paraguas. Veo cómo los marineros de cubierta levantan la pasarela y desamarran el barco antes de que se aleje por el mar neblinoso, arrebatándome a Otto.

Solo entonces me percato de que el agente Berg me está mirando.

Está de pie al otro lado de la calle, junto a su Crown Victoria, apoyado en la puerta del copiloto. En las manos lleva un café y un rollito de canela, una ligera variación del típico dónut que suelen comer los policías, aunque un poco más refinado. Cuando me saluda con la mano, me da la impresión de que ha estado observándome todo este tiempo, observándome mientras yo observaba a Otto.

Se toca el ala del sombrero a modo de saludo. Le devuelvo el gesto a través de la ventanilla del coche.

Lo que suelo hacer llegado este punto de mi trayecto es darme la vuelta y regresar colina arriba por el mismo camino por el que vine. Sin embargo, no puedo hacer eso con el policía mirándome. Y además da igual porque el agente Berg ha abandonado su puesto y está cruzando la carretera hacia mí. Me indica con un gesto de la mano que baje la ventanilla. Pulso el botón y la luna se desliza hacia abajo. Las gotas de lluvia se cuelan en mi coche y se acumulan en el interior de la puerta. El agente Berg no lleva paraguas. En su lugar, se cubre la cabeza con la capucha de un impermeable. No parece que le moleste la lluvia.

Se mete en la boca el resto del rollito de canela, que ayuda a bajar con un trago de café, y dice:

—Buenos días, doctora Foust. —Tiene una cara amable para ser agente de policía, sin la dureza que imagino al pensar en la policía. Tiene algo tierno, cierta inseguridad y torpeza que me gustan.

Le doy los buenos días.

—Vaya día —comenta.

—Maravilloso —le digo.

Se espera que la lluvia no dure todo el día. El sol, sin embargo, tardará en dejarse ver. Donde vivimos, frente a la costa de Maine, el océano atempera el clima. Las temperaturas no son tan extremas como en Chicago por esta época del año, pero aun así hace frío.

Hemos oído que la bahía llega a congelarse llegado el invierno, los ferris se ven obligados a navegar entre témpanos flotantes para trasladar a la gente desde la isla a tierra firme y viceversa. Un invierno, según cuentan, el ferri quedó atascado y los pasajeros tuvieron que caminar varios metros sobre el hielo hasta alcanzar la orilla, antes de que llegaran los guardacostas con una sierra para poder sacarlo.

Es inquietante pensarlo. Algo asfixiante, si soy sincera, la idea de quedar atrapada en la isla, aislada del resto del mundo por una gigantesca placa de hielo.

—Se ha levantado temprano —me dice el agente Berg.

—Igual que usted —le respondo.

—El deber me llama —explica golpeándose la placa. Le digo que a mí también, con el dedo preparado para volver a subir la ventanilla y poder marcharme. Joyce y Emma me están esperando y, si llego tarde, no pararán de darme la murga. Joyce está obsesionada con la puntualidad.

El agente Berg mira el reloj y calcula que la clínica abrirá a las ocho y media. Le digo que así es.

—¿Tiene un momento para dedicarme, doctora Foust?

Le digo que tiene que ser algo rápido. Aparco el coche más cerca del bordillo. El agente rodea el vehículo por delante y se acomoda en el asiento del copiloto.

Va directo al grano.

—Ayer terminé de hablar con sus vecinos, de hacerles las mismas preguntas que les hice al señor Foust y a usted —me cuenta, y deduzco por su tono que no va a limitarse a comentarme cómo va la investigación, aunque eso es justo lo que quiero, que me comente cómo va la investigación. Quiero que me diga que están a punto de detener a alguien para que yo pueda dormir mejor por las noches, sabiendo que el asesino de Morgan está entre rejas.

Esta mañana a primera hora, antes de que se levantaran los niños, Will ha buscado en Internet noticias sobre el asesinato. Había un artículo que detallaba cómo Morgan había sido hallada muerta en su domicilio. En el texto aparecían datos que eran nuevos para nosotros. Por ejemplo, que la policía encontró notas amenazantes en casa de los Baines, aunque no dijeron qué ponía en las amenazas.

Durante la noche, la policía publicó la llamada de la pequeña al 911. Estaba allí, *online*, un archivo de audio de una niña de seis años que trataba de contener el llanto y le decía a la operadora al otro lado de la línea: «No se despierta. Morgan no se despierta».

En el artículo, en ningún momento aparece su nombre, siempre se la menciona como la «niña de seis años», porque los menores de edad están bendecidos con cierto anonimato del que los adultos no gozamos.

Will y yo nos quedamos en la cama con el portátil entre nosotros, escuchando el audio tres veces. Ha sido desolador. La niña conseguía mantenerse relativamente tranquila mientras la operadora hablaba con ella durante los siguientes minutos y enviaba ayuda, sin colgar en ningún momento.

Pero ha habido algo en aquel archivo de audio que ha llamado mi atención, algo que no he logrado identificar. Aun así, he seguido dándole vueltas hasta que, a la tercera escucha, me he dado cuenta.

«¿Llama a su madre Morgan?», le he preguntado a Will, porque la niña no dice que su madre no se despertaba. Dice que Morgan no se despertaba. «¿Por qué diría algo así?».

La respuesta de Will ha sido inmediata.

«Morgan es su madrastra», me ha explicado. Después ha tragado saliva y ha intentado no llorar. «Quiero decir que era su madrastra».

«Ah», he contestado yo. No sé por qué aquello era importante, pero me ha parecido que así era.

«¿Jeffrey había estado casado antes?», le he preguntado. No siempre es así, por supuesto. Nacen niños fuera del matrimonio, pero merecía la pena preguntarlo.

«Sí», me ha confirmado, pero no me ha dicho nada más. Me he preguntado por la primera esposa de Jeffrey. Me he preguntado quién es, si vive aquí en la isla, con nosotros. El propio Will es hijo de padres divorciados. Siempre ha sido un tema delicado para él.

«¿Cuánto tiempo llevaban casados Jeffrey y Morgan?», le he preguntado, pensando en qué más cosas le habría contado Morgan.

«Poco más de un año».

«Son recién casados», le he respondido.

«Ya no lo son, Sadie», ha vuelto a corregirme. «Ahora él es viudo. Ella ha muerto».

Después de eso hemos dejado de hablar y hemos seguido leyendo juntos, en silencio.

Ahora, sentada en mi coche junto al agente Berg, pienso en los indicios de una entrada forzada —una ventana rota, una jamba reventada— o la sangre. ¿Habría sangre en la escena del crimen? ¿O heridas defensivas, quizá, en las manos de Morgan? ¿Intentó enfrentarse al intruso?

O tal vez la niña pequeña viera al atacante u oyera gritar a su madrastra.

No le pregunto al agente Berg nada de eso. Han pasado más de veinticuatro horas desde que la pobre mujer fue asesinada. Las arrugas de su frente aparecen hoy más pronunciadas que antes. La presión de la investigación le ha restado energía, y entonces me doy cuenta: hoy no está más cerca que ayer de resolver el crimen. El alma se me cae a los pies.

Sin embargo, le pregunto:

—¿Han localizado al señor Baines? —Y me dice que está de camino, aunque hay veintitantas horas de vuelo desde Tokio, con escalas en el aeropuerto de Los Ángeles y en el JFK. No llegará a casa hasta esta noche.

—¿Han encontrado el teléfono móvil de Morgan? Ahí podría haber alguna pista —sugiero.

El agente niega con la cabeza. Dice que han estado buscándolo, pero que de momento no lo encuentran.

—Hay formas de localizar un teléfono desaparecido, pero, si el teléfono está apagado o sin batería, no sirve de nada. Obtener un permiso para ver los registros de una empresa de telecomunicaciones es algo tedioso. Lleva su tiempo. Pero estamos trabajando en ello —me asegura.

El policía cambia de posición en el asiento. Gira su cuerpo hacia el mío, con las rodillas dirigidas hacia mí. Chocan con la palanca de cambios. Tiene gotas de lluvia en el impermeable y en el pelo. Veo restos de cobertura del rollito de canela en su labio superior.

—Me dijo ayer que la señora Baines y usted no se conocían —me dice, y me cuesta apartar la mirada de la cobertura para responder.

—Así es. No nos conocíamos.

Había una fotografía *online* de la mujer. Según el periódico, tenía veintiocho años, once menos que yo. En la foto, aparecía de pie rodeada de su familia, con su radiante marido a un lado y su hijastra al otro, todos ellos vestidos a juego y sonrientes. Tenía una sonrisa preciosa, con demasiada encía, quizá, pero por lo demás preciosa.

El agente Berg se desabrocha el impermeable y rebusca en su interior. Saca la tableta del bolsillo de dentro, que la mantiene seca. Golpea la pantalla con el dedo en busca de algo. Cuando lo encuentra, se aclara la garganta y me lee mis propias palabras.

—Ayer dijo: «Nunca saqué tiempo de pasarme por su casa para presentarme». ¿Recuerda haber dicho eso? —me pregunta, y le digo que sí, aunque ahora, al oír mis propias palabras, me resultan frívolas. Un poco crueles, si soy sincera, teniendo en cuenta que la mujer ha muerto. Debería haber agregado algún comentario empático, del tipo: «Ojalá lo hubiera hecho». Cualquier cosa para que mis palabras no sonaran tan insensibles—. El caso, doctora Foust, es que dijo que no conocía a la señora Baines, y aun así parece que sí la conocía. —Aunque su tono es amable, la intención de sus palabras no lo es.

Acaba de acusarme de mentir.

—¿Cómo dice? —le pregunto, totalmente desconcertada.

—Parece que sí conocía a Morgan Baines —me repite.

Ahora llueve a mares y las gotas golpean el techo del coche como mazas sobre latas de metal. Pienso en Otto tan solo en la cubierta superior del ferri, empapado bajo la lluvia. Se me hace un nudo en la garganta al pensarlo. Trago saliva.

Subo mi ventanilla para impedir que entre la lluvia.

Me aseguro de mirar al agente a los ojos cuando digo:

—A no ser que un saludo con la mano en una ocasión

por la ventanilla de un coche en marcha cuente como relación, agente Berg, no conocía a Morgan Baines. ¿Qué le hace pensar que sí? —le pregunto, y de nuevo me explica, esta vez con gran detalle, que registró toda la calle, habló con todos los vecinos y les hizo las mismas preguntas que a Will y a mí. Cuando fue a casa de George y Poppy Nilsson, le invitaron a entrar a su cocina para tomar té y galletas de jengibre. Me cuenta que les preguntó a los Nilsson qué estaban haciendo la noche en que murió Morgan, lo mismo que nos preguntó a nosotros. Espero a oír su respuesta, pensando que está a punto de decirme que la pareja de ancianos estaba sentada en su salón aquella noche, mirando por la ventana mientras un asesino, al amparo de la oscuridad, entraba en el hogar de los Baines.

Pero sin embargo, responde:

—Como puede imaginar, con ochenta y tantos años, George y Poppy estaban durmiendo. —Yo dejo escapar el aire que contenía en la boca. Los Nilsson no vieron nada.

—No lo entiendo, agente —le digo, miro el reloj del salpicadero del coche y sé que tendré que marcharme pronto—. Si los Nilsson estaban durmiendo, entonces… ¿qué?

Porque es evidente que, si estaban dormidos, no verían ni oirían nada.

—También pregunté a los Nilsson si habían visto algo fuera de lo común en los últimos días. Extraños merodeando por aquí, coches desconocidos aparcados en la calle.

—Sí, sí —le digo, asintiendo con impaciencia porque también nos preguntó lo mismo a Will y a mí—. ¿Y? —le pregunto, tratando de acelerar la conversación para poder irme a trabajar.

—Bueno, pues resulta que sí que vieron algo fuera de lo común. Algo que no habían visto antes. Lo cual es decir mucho, dado que llevan media vida viviendo en esa calle. —Y entonces toca la pantalla de la tableta hasta encontrar su entrevista con el señor y la señora Nilsson.

Comienza a describirme una tarde de la semana pasada. Era viernes, uno de diciembre. El día estaba despejado, el cielo teñido de azul, sin una nube a la vista. Las temperaturas eran bajas, hacía frío, pero nada que no pudiera arreglarse con un jersey grueso o una chaqueta fina. George y Poppy habían salido a dar un paseo vespertino, según me informa el agente Berg, y se dirigían ya de vuelta a casa, subiendo la inclinada pendiente de nuestra calle. Cuando llegaron a la cima, George se detuvo para tomar aliento y se paró frente al hogar de los Baines.

El agente Berg me explica que el señor Nilsson le recolocó la manta a Poppy sobre el regazo para que no tuviera frío. Al hacerlo, algo llamó su atención. Eran dos mujeres gritándose la una a la otra, aunque no tenía claro lo que gritaban.

—Oh, qué horror —comento, y me dice que sí que fue horrible, porque el pobre George se quedó bastante alterado por el asunto. Jamás había oído nada semejante. Y eso es decir mucho para un hombre de su edad—. Pero ¿qué tiene esto que ver conmigo? —le pregunto, y vuelve a manipular la tableta.

—Goerge y Poppy permanecieron en la calle solo unos segundos, pero en ese tiempo las mujeres salieron de debajo de la sombra de un árbol y George pudo ver con claridad quiénes eran.

—¿Quiénes? —le pregunto, un poco sin aliento, y él espera unos instantes antes de responder.

86

—Eran usted y la señora Baines.

Y entonces, con una aplicación de grabadora que tiene en su dispositivo, me reproduce el testimonio del señor Nilsson, que asegura: «Estaba peleándose en la calle con la nueva doctora. Estaban las dos gritando como locas. Antes de que yo pudiera interceder, la doctora le arrancó un mechón de pelo a la señora Morgan y se marchó con él en la mano. Poppy y yo nos dimos la vuelta y nos fuimos corriendo a casa. No quería que pensara que estábamos cotilleando y quisiera hacernos lo mismo.

El agente Berg detiene ahí la grabación y se vuelve hacia mí.

—¿A usted esto le parece un altercado entre dos mujeres que no se conocen?

Pero yo me he quedado sin palabras.

No puedo responder.

¿Por qué iba a decir George Nilsson una cosa así sobre mí?

El agente Berg no me da oportunidad de hablar. Continúa sin mí.

—¿Es frecuente, doctora Foust, que vaya arrancando mechones de pelo a mujeres a quienes no conoce?

La respuesta, por supuesto, es no. Aunque sigo sin encontrar la voz para hablar.

—Interpretaré su silencio como un no —decide él.

Pone la mano en el tirador de la puerta y la abre contra la fuerza del viento.

—Ya me marcho —me dice—, para que pueda seguir con su día.

—Nunca hablé con Morgan Baines. —Es lo único que consigo decir antes de que se marche, aunque las palabras me salen sin fuerza.

Se encoge de hombros.

—De acuerdo —me dice, y vuelve a enfrentarse a la lluvia.

No ha dicho si me creía o no.

No hacía falta.

MOUSE

Había una vez una niña llamada Mouse. No era su verdadero nombre, pero desde que tenía uso de razón, su padre la había llamado así.

La niña no sabía por qué su padre la llamaba Mouse. Ella no preguntaba. Le preocupaba que, si alguna vez lo mencionaba, él pudiera dejar de usar ese apodo, y no quería que hiciese eso. A la niña le gustaba que su padre la llamase Mouse, porque era algo especial entre ellos, aunque no supiera por qué.

Mouse pasaba mucho tiempo pensando en ello. Tenía ideas sobre por qué su padre la llamaba con ese apodo. Por un lado, sentía debilidad por el queso. A veces, cuando sacaba tiras de *mozzarella* de la bolsa de queso rallado y se las ponía en la lengua para comérselas, pensaba que tal vez esa fuese una de las razones por las que la llamaba Mouse, por lo mucho que le gustaba el queso, como a los ratones.

Se preguntaba si su padre pensaba que parecía un ratón. Si, a lo mejor, tenía bigotes que le crecían por el labio superior, bigotes tan pequeños que ni siquiera ella podía verlos, aunque su padre sí pudiera. Mouse se iba al cuarto de baño, se subía al lavabo y pegaba la cara al espejo para poder buscar bigotes. Incluso utilizó una lupa en una ocasión, sujetándola entre el labio y su reflejo, pero no vio allí ningún bigote.

Decidió que tal vez no tuviera nada que ver con los bigotes, sino con su pelo castaño, sus enormes orejas y sus dientes grandes.

Pero Mouse no estaba segura. A veces pensaba que tenía que ver con su aspecto, y otras veces pensaba que no tenía nada que ver con su aspecto, sino con otra cosa, como con las galletas de mantequilla Salerno que su padre y ella comían a veces después de cenar. Quizá la llamara Mouse por esas galletas.

A Mouse le encantaban las galletas de mantequilla Salerno más que cualquier otro tipo de galleta, incluso más que las caseras. Las ensartaba en su dedo meñique a través del agujero que tenían en el centro e iba mordisqueándolas por un lado como haría un ratón con la madera.

Mouse se comía sus galletas sentada a la mesa de la cena. Pero una noche, cuando su padre estaba de espaldas, llevando los platos al fregadero para fregarlos, se guardó unas pocas más en los bolsillos para comérselas más tarde, por si acaso a su osito de peluche y a ella les entraba hambre.

Se excusó de la mesa y trató de escabullirse hasta su dormitorio con las galletas en los bolsillos, aunque sabía que, allí apretujadas, no tardarían en hacerse migajas. A Mouse eso no le importaba. Las migas estarían igual de ricas que la galleta.

Pero su padre la pilló con las manos en la masa cuando

intentaba escaparse con las galletas. No la regañó. Casi nunca la regañaba. No era necesario regañar a Mouse. En lugar de eso, se rio de ella por abastecerse de comida, por almacenarla en algún lugar de su dormitorio como almacenan los ratones la comida en las paredes de las casas de la gente.

Pero, por algún motivo, Mouse no creía que esa fuese la razón por la que la llamaba Mouse.

Porque, para entonces, ella ya era Mouse.

Mouse tenía mucha imaginación. Le encantaba inventarse historias. Nunca las escribía en un papel, sino que las guardaba en su cabeza, donde nadie más pudiera verlas. En sus historias, ella era una niña llamada Mouse que podía hacer cualquier cosa que quisiera, incluso volteretas laterales en la luna si eso era lo que quería hacer, porque no necesitaba cosas tontas como oxígeno o gravedad. No le tenía miedo a nada porque era inmortal. Daba igual lo que hiciera, pues la Mouse imaginaria nunca sufría daño alguno.

A Mouse le encantaba dibujar. Las paredes de su dormitorio estaban cubiertas de dibujos de su padre y de ella, y de sus ositos de peluche. Pasaba los días jugando con la imaginación. Su dormitorio, el único de la segunda planta de su vieja casa, estaba lleno de muñecas, juguetes y animales de peluche. Cada animal tenía un nombre. Su favorito era un oso pardo de peluche llamado Señor Oso. Mouse tenía una casa de muñecas, una cocina de juguete con ollas, cacerolas y cajas con comida de plástico. Tenía un juego de té. Le encantaba sentar a sus muñecas y a sus animales en círculo en el suelo, en el borde de su jarapa a rayas, y les servía a cada uno una diminuta taza de té y una rosquilla de plástico. Sacaba un libro de su estantería y se lo leía en voz alta a sus amigos antes de acostarlos.

Pero a veces Mouse no jugaba con sus animales y muñecas.

A veces se ponía de pie sobre la cama y fingía que el suelo a su alrededor era lava hirviendo que salía del volcán situado en el otro extremo de su cuarto. No podía pisar el suelo porque corría el riesgo de morir. En esos días, saltaba de su cama al escritorio para ponerse a salvo. Caminaba con cuidado por encima del pequeño escritorio blanco, cuyas patas se tambaleaban bajo su peso, amenazando con romperse. Mouse no pesaba mucho, pero el escritorio era viejo y frágil. No estaba hecho para sostener a una niña de seis años.

Pero daba igual, porque enseguida Mouse se lanzaba sobre una cesta de la ropa llena de prendas sucias que había en el suelo de la habitación. Al hacerlo, se cuidaba mucho de no pisar el suelo y respiraba aliviada cuando estaba a salvo dentro de la cesta. Porque, aunque la cesta estaba en el suelo, era un lugar seguro. La cesta no podía ser engullida por la lava, porque estaba hecha de titanio, y Mouse sabía que el titanio no se derretía. Era una niña lista, más lista que cualquier otra niña de su edad de las que conocía.

Dentro de la cesta de la ropa, la niña surcaba las olas del volcán hasta que la lava se enfriaba y solidificaba, y la tierra volvía a ser un lugar seguro para caminar. Solo entonces se atrevía a salir de la cesta y seguía jugando al borde de la jarapa con el Señor Oso y sus muñecas.

A veces Mouse pensaba que eso, su tendencia a encerrarse en su dormitorio —callada como un ratón de biblioteca, como decía su padre –y pasarse allí el día jugando, era la razón por la que la llamaba Mouse.

Era difícil de saber.

Pero una cosa estaba clara.

A Mouse le gustaba ese nombre hasta el día en que llegó su mamá falsa. Y entonces, dejó de gustarle.

SADIE

Estoy sentada en el suelo del vestíbulo de la clínica. Frente a mí hay una mesa de actividades, de esas diseñadas para mantener a los niños entretenidos mientras esperan. La alfombra oscura que tengo debajo es fina y barata. Tiene trozos descosidos, con manchas que se fusionan con el nailon y no se ven, a no ser que te pongas tan cerca como estoy yo ahora.

Estoy sentada con las piernas cruzadas, a un lado de la mesa de actividades donde está el clasificador de formas. Observo cómo mi mano deja caer un bloque en forma de corazón en la apertura correcta.

Hay una niña al otro lado de la mesa. A simple vista, parece tener unos cuatro años. Lleva las trenzas torcidas. Algunos mechones de pelo rubio han escapado de las gomas elásticas. Le caen por la cara, se le ponen frente a los ojos y ella los deja ahí, sin molestarse en apartarlos. Viste una sudadera roja. Sus zapatos no hacen juego. Uno es un Mary Jane de charol negro y el otro una zapatilla negra de *ballet*. Un error fácil de cometer.

A mí las piernas han empezado a dolerme. Las descruzo y encuentro otra postura en la que sentarme, más apropiada para una mujer de treinta y nueve años. La silla de la sala de espera llama mi atención, pero no puedo levantarme del suelo y marcharme, aún no, porque la niña pequeña de la mesa me mira expectante.

—Vamos —dice con una extraña sonrisa, y yo pregunto: «¿Adónde vamos?», pero me sale la voz ahogada cuando hablo. Me aclaro la garganta y vuelvo a intentarlo.

—¿Adónde vamos? —pregunto, y esta vez mi voz suena mejor.

En el suelo, noto el cuerpo rígido. Me duelen las piernas. Me duele la cabeza. Tengo calor. Anoche no dormí nada y hoy estoy pagando por ello. Me noto cansada y desorientada. La conversación de esta mañana con el agente Berg me ha puesto de los nervios, ha hecho que un día malo sea aún peor.

—Vamos —repite la niña. Cuando me quedo mirándola sin hacer nada, añade—: Es tu turno —convirtiendo la «s» en una «z» y la «r» en una «r».

—¿Mi turno? —pregunto, desconcertada, y me dice: «Sí. Eres el rojo, ¿recuerdas?». Salvo que no dice «rojo». Dice *dojo. Dojo, ¿decueddaz?*

Niego con la cabeza. No debía de estar prestando atención, porque no lo recuerdo. Porque no sé de qué está hablando hasta que me lo señala, las cuentas rojas encima de la mesa de montaña rusa, las que suben y bajan por las colinas de alambre rojo y se deslizan en espiral.

—Ah —le digo, y extiendo la mano para tocar las cuentas rojas de madera que tengo delante—. Vale. ¿Qué tengo que hacer con el rojo? —le pregunto a la niña. Le salen mocos de la nariz y tiene los ojos vidriosos, como si tuviera fiebre, y no me hace falta pensar mucho para saber qué hace aquí. Es mi paciente. Ha venido a verme. Tose con fuerza, olvidándose de taparse la boca. A los pequeños siempre se les olvida.

—Se hace así —me explica, levanta su mano sucia y llena de gérmenes, agarra un tren de cuentas amarillas y desliza las cuentas por la colina amarilla y por la espiral amarilla—. Así —repite cuando las cuentas por fin llegan al otro extremo y entonces las suelta. Se lleva las manos a las caderas y se queda mirándome, de nuevo expectante.

Sonrío a la niña y empiezo a mover las cuentas rojas.

Pero, antes de haber podido llegar muy lejos, oigo que alguien me susurra «doctora Foust» por detrás. Es la voz de una mujer, claramente molesta. «¿Qué está haciendo ahí abajo, doctora Foust?

Me vuelvo y veo a Joyce de pie detrás de mí. Está muy erguida y muestra una expresión de firmeza. Me dice que mi cita de las once ya ha llegado y me está esperando en la consulta tres. Me levanto despacio del suelo y sacudo mis piernas rígidas. No tengo ni idea de por qué me pareció buena idea sentarme en el suelo y jugar con la niña pequeña. Le digo que tengo que volver al trabajo. Le digo que tal vez podamos seguir jugando luego y ella me sonríe con timidez. Antes no era tímida, pero ahora sí. Ha cambiado, y creo que tiene algo que ver con mi estatura. Ahora que estoy de pie, ya no mido un metro como ella. Soy diferente.

Corre junto a su madre y le rodea las rodillas con los brazos.

—Qué niña tan dulce —le digo a su madre, y esta me da las gracias por jugar con ella.

A mi alrededor, la sala de espera está abarrotada de pacientes. Sigo a Joyce a través de las puertas del vestíbulo y por el pasillo. Pero, una vez allí, me desvío en dirección contraria a la consulta y, en su lugar, entro en la cocina, donde me sirvo un vaso de agua del dispensador y me concedo unos segundos para recuperar el aliento. Estoy cansada. Tengo hambre. Todavía me duele la cabeza.

Joyce me sigue hasta la cocina. Me mira con reprobación, como queriendo decir que soy una irresponsable por beber agua en un momento como este, cuando tenemos a un paciente esperando. Lo veo en sus ojos cada vez que me mira: a Joyce no le caigo bien. No sé por qué. No he hecho nada para provocar su desprecio. Me digo a mí misma que no tiene nada que ver con lo que ocurrió en Chicago, que es imposible que ella se haya enterado de eso. No, eso se quedó allí, porque dimití. Era la única forma de impedir que una acusación de negligencia acabara con mi carrera médica. Pero no sabía si alguna vez volvería a ejercer la medicina de Urgencias. Fue un duro golpe para mi seguridad en mí misma, además de para mi currículum.

Le digo a Joyce que enseguida voy, pero se queda ahí parada, mirándome con su pijama azul y sus zapatos de enfermera, con las manos en las caderas. Frunce los labios y solo entonces me fijo en el reloj que hay en la pared detrás de ella, donde los números rojos me informan de que es la una y cuarto de la tarde.

—Ah —digo, aunque no puede ser. No puedo ir tan retrasada con mis pacientes. Mi trato con los pacientes es bastante educado –he llegado a pasarme demasiado tiempo con algunos de ellos–, pero no hasta este extremo.

Miro mi reloj, convencida de que va retrasado, de que mi reloj es el culpable de mi retraso. Sin embargo, la hora de mi reloj coincide con la del reloj de pared.

Noto que la frustración empieza a hacer mella en mí. Por error, Emma ha programado a demasiados pacientes sin el suficiente tiempo, así que me pasaré el resto del día tratando de ponerme al día y todos pagaremos por ello: Joyce, Emma, los pacientes y yo. Pero principalmente yo.

El trayecto hasta casa es corto. La isla tiene solo un kilómetro y medio por dos de ancho, lo que significa que, en un mal día como este, no me da tiempo a relajarme antes de llegar a casa. Conduzco despacio, me tomo mi tiempo, necesito dar una vuelta más a la manzana para recuperar el aliento antes de entrar en mi casa.

Como este lugar está tan al norte, la noche cae temprano. El sol comienza a ponerse pasadas las cuatro de la tarde, dejándonos solo con nueve horas de luz en esta época del año; el resto del día varía entre diversas tonalidades de crepúsculo y oscuridad. Ahora el cielo está oscuro.

No conozco a la mayoría de mis vecinos. A algunos los he visto de paso, pero a la mayoría nunca los he visto, porque estamos a finales de otoño, principios de invierno, la época del año en que la gente suele quedarse en casa. La casa que hay al lado de la nuestra es una vivienda que solo se usa en verano, una segunda residencia. En esta época del año está vacía. Los dueños —Will se enteró y me lo contó— se trasladan a tierra firme en cuanto llega el otoño, dejando su casa abandonada a merced del invierno. Lo que me hace pensar ahora que una casa así podría ser vulnerable a allanamientos de morada, un buen lugar para que un asesino se mantenga escondido.

Cuando paso frente a ella, la casa está a oscuras, como siempre hasta las siete de la tarde, cuando se enciende una luz. La luz está conectada a un temporizador. Se apaga cerca de medianoche. El temporizador tiene como objetivo disuadir a los ladrones, pero es tan predecible que no sirve de mucho.

Sigo mi camino. Paso de largo mi propia casa y continúo colina arriba. La casa de los Baines está a oscuras cuando paso por delante. Al otro lado de la calle, en el hogar de los Nilsson, hay una luz encendida, un brillo suave que apenas logra atravesar los bordes de las pesadas cortinas. Me detengo frente a la casa, con el coche en marcha y la mirada fija en el ventanal delantero. Hay un coche en el camino de la entrada. El sedán oxidado del señor Nilsson. La chimenea expulsa nubes de humo que se pierden en la noche invernal. Hay alguien en casa.

Por una parte, me dan ganas de acceder con el coche al camino de la entrada, aparcar, llamar a la puerta y preguntar por lo que me ha dicho el agente Berg. Que el señor Nilsson dijo haberme visto discutiendo con Morgan días antes de que muriera.

Pero también tengo la sensatez suficiente para saber que, si lo hago, podría resultar atrevido, incluso amenazante, y no es ese el mensaje que quiero transmitir.

Rodeo la manzana antes de volver a casa.

Poco después me hallo sola en la cocina, levantando la tapa de la sartén para ver qué está preparando Will para cenar. Chuletas de cerdo. Huele de maravilla.

Tengo todavía los zapatos puestos y una bandolera colgada del hombro. Pesa mucho. La correa se me clava en la piel, aunque apenas noto el peso porque el estómago es lo que más me duele. Tengo hambre, mucha hambre; no he parado en todo el día, así que no he tenido tiempo de comer.

Sin decir una palabra, Will entra en la cocina sin hacer ruido y me abraza por detrás. Apoya la barbilla en mi hombro. Pasa sus manos calientes por debajo de la cintura de mi camisa y me rodea con ellas. Noto el pulgar que me acaricia la tripa, como si tocara la guitarra. Me pongo tensa con las caricias de Will.

—¿Cómo ha ido el día? —me pregunta.

Recuerdo la época en la que los abrazos de Will me hacían sentir segura, invulnerable, amada. Por un momento me dan ganas de darme la vuelta y mirarlo, contarle el día tan horrible que he tenido en el trabajo; el encuentro con el agente Berg. Sé exactamente lo que sucedería si lo hiciera. Will me acariciaría el pelo antes de quitarme el bolso del hombro y dejarlo en el suelo. Diría algo empático, como «suena duro», mientras me sirve una copa de vino. No intentaría solucionarme la vida como harían otros hombres. En vez de eso, me llevaría hasta la silla de madera que hay pegada a una pared de la cocina y me entregaría el vino. Después se arrodillaría en el suelo de la cocina frente a mí, me quitaría los zapatos y me daría un masaje en los pies. Me escucharía.

Sin embargo, no le cuento mi día a Will porque no puedo. Porque ahí, en la encimera, está su novela de crímenes reales, y en un instante recuerdo los acontecimientos de la noche anterior. Desde donde me encuentro, veo el borde de la fotografía de Erin que asoma entre las páginas del libro, solo un par de milímetros de reborde azul y, aunque no puedo verlo, me imagino los ojos azules, el pelo rubio, la curva de sus hombros. Esa mujer esbelta que está de pie con las manos en las caderas, haciendo pucheros y seduciendo a quien sea que esté al otro lado de la cámara.

—¿Qué sucede? —me pregunta Will y, aunque vacilo pensando que podría decirle que no me pasa nada y salir de la habitación, demasiado cansada para mantener ahora esa conversación, por el contrario respondo:

—Anoche empecé a leer tu libro. No podía dormir. —Y lo señalo, allí, sobre la encimera.

Will no capta la insinuación. Se aparta de mí y sigue preparando la cena mientras pregunta:

—Ah, ¿sí? ¿Y qué te parece? —Ahora está situado de costado.

—Bueno —le digo, reticente—. En realidad, no tuve ocasión de leerlo. Lo abrí y se cayó de dentro una foto de Erin. —Me da vergüenza admitirlo, como si hubiera hecho algo malo.

Solo entonces Will deja las pinzas y se vuelve hacia mí.

—Sadie —me dice, acercándose, y yo le digo: «No pasa nada, de verdad», haciendo todo lo posible por ser diplomática porque, por amor de Dios, Erin está muerta. No puedo mostrarme abiertamente furiosa o celosa porque Will lleve su fotografía encima después de todos estos años. No sería apropiado. Además, no hay razón para preocuparme. Yo también tuve un amor de instituto. Rompimos cuando se fue a la universidad. No murió, pero cortamos el vínculo de igual modo. Nunca pienso en él. Si me lo cruzara por la calle, no lo reconocería.

Me recuerdo a mí misma que Will se casó conmigo. Que tuvo hijos conmigo.

Me miro la mano. No importa que el anillo que llevo le perteneciera a ella en otra época. Era una reliquia familiar y la madre de Will se negó a que enterrarán a Erin con el anillo. Fue sincero cuando me lo regaló. Me dijo por lo que había pasado y dónde había estado. En su momento le prometí llevar el anillo puesto en honor a su abuela y a Erin.

—Es que —digo mirando el libro como si pudiera ver a través de su cubierta lo que hay dentro— no sabía que llevaras su foto. Que todavía pensaras en ella.

—No pienso. No pensaba. Verás —me dice alcanzándome las manos. Yo no me aparto, aunque eso es justo lo que deseo hacer. Quiero sentirme herida. Estoy herida. Pero trato de ser compasiva—. Sí, todavía tengo una foto suya. Me la encontré entre mis cosas cuando estaba desahiciendo cajas. No supe qué hacer con ella, así que la guardé en el libro. Pero no es lo que piensas. Es que hace poco me di cuenta de que el mes que viene hará veinte años. Veinte años desde la muerte de Erin. Eso es todo. No pienso en ella, casi nunca, Sadie. Pero me hizo pensar, aunque no con tristeza. Más bien pensé: «Madre mía, veinte años ya». —Hace una pausa, se pasa las manos por el pelo y piensa en lo que va a decir a continuación.

—Hace veinte años yo era un hombre diferente. Ni siquiera era un hombre —me dice—. Era un crío. No hay muchas probabilidades de que Erin y yo hubiésemos seguido adelante con la boda. Tarde o temprano nos habríamos dado cuenta de lo tontos que éramos. Unos ingenuos. Lo que teníamos no era más que amor juvenil entre dos críos estúpidos. Lo que tenemos tú y yo —me dice, golpeándome con suavidad el pecho y después el suyo, y tengo que mirar hacia otro lado porque su mirada es tan intensa que se me cuela dentro—. Esto, Sadie. Esto es un matrimonio.

Y entonces se acerca, me rodea con los brazos y, solo por esta vez, se lo permito.

Acerca los labios a mi oído y susurra:

—Lo creas o no, hay veces en que doy gracias a Dios de que sucediera así porque, de lo contrario, tal vez nunca te hubiera conocido.

No hay nada que decir a eso. No es como si yo también pudiera decir que me alegro de que esté muerta. ¿Qué clase de persona sería?

Pasado un minuto, me aparto. Will vuelve a los fogones. Alcanza las pinzas y da la vuelta a las chuletas en la sartén. Le digo que voy arriba a cambiarme.

En el salón, Tate está sentado jugando con sus Legos en la mesita desconchada. Le saludo y se levanta del suelo y me abraza.

—¡Mami está en casa! —grita. Me pide que juegue con él.

—Después de cenar —le prometo—. Mami va a ir a cambiarse—. Aunque antes de que pueda irme me agarra y me tira de la mano.

—El juego de las estatuas —me dice.

No sé a qué se refiere con eso. Pero estoy demasiado cansada para que tire de mí. No es su intención, pero sus gestos son bruscos. Me hace daño en la mano.

—Tate —le digo—, pórtate bien. —Aparto la mano de la suya y veo que hace pucheros.

—Quiero jugar al juego de las estatuas —se lamenta entre gimoteos, no obstante le digo:

—Jugaremos con los Legos. Después de cenar, te lo prometo. —Veo el castillo que ya ha empezado a construir, con una torre y una caseta para el guarda. Es impresionante. Hay una figurita sentada en lo alto de la torre, vigilando el terreno, mientras que otras tres están en la mesita, preparadas para atacar—. ¿Has hecho esto tú solo? —le pregunto, y me dice que sí, radiante de orgullo, antes de irme arriba a cambiarme.

La casa está en penumbra. Además de la escasez de ventanas, con la consiguiente limitación de luz natural, la casa está forrada con anticuados revestimientos de madera, lo que hace que todo sea oscuro. Siniestro. Eso no ayuda a mejorar el ánimo, sobre todo en días como este, que ya son deprimentes de por sí.

En el piso de arriba, veo que Otto tiene cerrada la puerta de su dormitorio. Está ahí dentro, como siempre, escuchando música y haciendo deberes. Doy un golpecito en la puerta y grito un «hola». Responde y me pregunto cómo habrá sido hoy su trayecto hasta la escuela, si se habrá pasado todo el día con la ropa mojada por la lluvia del viaje en ferri, esperando después el autobús en el otro lado, si se habrá sentado con alguien en la hora de la comida. Podría preguntárselo, pero la verdad es que preferiría no saber la respuesta. Como se suele decir, prefiero vivir en la ignorancia.

La puerta de Imogen está ligeramente abierta. Me asomo, pero no está.

Me dirijo a nuestro dormitorio. Allí contemplo mi reflejo cansado en el espejo de cuerpo entero, los ojos agotados, la camisa de popelín, la falda. Se me ha quitado casi todo el maquillaje. Tengo la piel descolorida, más gris que otra cosa, o quizá sea la iluminación. Las patas de gallo me acechan por los bordes de los ojos. Las arrugas de expresión se vuelven más evidentes cada día. Los placeres de envejecer.

Me alegra comprobar que mi pelo está volviendo a crecer hasta su longitud habitual después de un corte impulsivo, uno de esos cortes de pelo de los que luego te arrepientes. Lo único que hacía siempre era cortarme las puntas. Pero entonces un día mi estilista de toda la vida fue y me cortó diez centímetros o más. Me quedé mirándola horrorizada cuando terminó, contemplando los largos mechones de pelo esparcidos en el suelo de la peluquería.

«¿Qué?», me preguntó ella, con los ojos tan abiertos como los míos. «Eso es lo que me has dicho que querías, Sadie».

Le dije que estaba bien. «Es pelo. Vuelve a crecer».

No quería que se sintiera mal por lo que había hecho. Y además no es más que pelo. Sí que vuelve a crecer.

Pero, de no habernos mudado cuando lo hicimos, sin duda habría tenido que buscar una nueva peluquera.

Me quito los zapatos de tacón alto y me quedo mirando las ampollas en mi piel. Me quito la falda y la tiro a la cesta de la ropa sucia. Tras ponerme unos calcetines gruesos y unos cómodos pantalones de pijama, vuelvo abajo y reviso el termostato de camino. En esta casa vieja siempre hace mucho frío o mucho calor, pero nunca un punto intermedio. La caldera ya no distribuye el calor adecuadamente. Subo un poco la calefacción.

Will sigue en la cocina cuando regreso, recogiendo lo que ha utilizado para la cena. Guarda la harina y la maicena en un armario y deja la sartén sucia en el fregadero.

Llama a los niños a cenar. Poco después estamos sentados a la mesa de la cocina. Will ha servido las chuletas de cerdo con un acompañamiento de cuscús con espinacas; sus habilidades culinarias son mucho mejores que las mías.

—¿Dónde está Imogen? —pregunto, y me dice que está con una amiga estudiando para un examen de español. Llegará sobre las siete. Yo pongo los ojos en blanco y murmuro—: No esperes sentado—. Porque Imogen casi nunca hace lo que dice. Solo a veces cena con nosotros. Cuando lo hace, entra en la cocina cinco minutos después que los demás porque puede. Porque no vamos a sermonearla por ello. Sabe que, si quiere comerse la cena que Will ha preparado, tiene que comer con nosotros, o no come en absoluto. Aun así, cuando sí que come con nosotros, llega tarde y se marcha antes solo para ejercer su autonomía.

Esta noche, sin embargo, no aparece, y me pregunto si de verdad estará estudiando con una amiga o si estará haciendo otra cosa, como pasar el rato en las instalaciones militares abandonadas que hay al otro extremo de la isla, donde se rumorea que los jóvenes van a beber, a drogarse y a mantener relaciones sexuales.

Trato de no pensar en eso por el momento. En su lugar, le pregunto a Otto qué tal su día.

—Bien, supongo —dice, y se encoge de hombros.

—¿Qué tal el examen de ciencias? —pregunta Will, interesándose por cosas como la electricidad estática y la fricción cinética—. ¿Te has acordado de lo que significaba eso?

Otto dice que sí, que eso cree. Will extiende el brazo y le revuelve el pelo.

—Buen chico —le dice—. Estudiar te ha servido.
—Veo que a Otto le cae un mechón de pelo frente a los ojos. Le ha crecido demasiado y lo lleva greñudo y descuidado. Le tapa los ojos. Sus ojos son de color avellana,

como los de Will, y pueden cambiar en un instante de un marrón cálido a un tono azulado, aunque esta noche no logro verlo.

La conversación durante la cena consiste en su mayor parte en escuchar a Tate hablar de su día en el colegio, aunque, al parecer, la mitad de la clase no ha aparecido porque la mitad de los padres han tenido la sensatez de no enviar a sus hijos al colegio cuando un asesino anda suelto. Aunque eso Tate no lo sabe.

Veo cómo Otto, sentado frente a mí, trocea la chuleta de cerdo con un cuchillo de carne. Su gesto al sujetar el cuchillo transmite cierta tensión, igual que su manera de cortar la carne. El cerdo está suculento. Está cocinado a la perfección; yo lo corto sin dificultad con mi cuchillo. Sin embargo, Otto emplea toda su energía, como si estuviera pasado, duro y chicloso, casi imposible de cortar con la hoja de sierra del cuchillo, cosa que no es cierta.

Algo en su manera de sostener el cuchillo me hace perder el apetito.

—¿No tienes hambre? —pregunta Will al ver que no como. No respondo a su pregunta. En vez de eso alcanzo mi tenedor. Me meto un trozo de cerdo en la boca. Me asaltan los recuerdos y me doy cuenta de que apenas puedo masticar.

Pero aun así lo hago, porque Will me está observando, igual que Tate. Tate, a quien no le gustan las chuletas de cerdo, aunque en nuestra casa tenemos una regla de tres bocados. Tres bocados y ya puedes dejarlo. Solo ha probado uno.

Pero Otto, por su parte, come con voracidad y sierra la carne como un leñador con un tronco de madera.

Nunca antes había pensado mucho en los cuchillos.

Formaban parte de la cubertería, nada más. Hasta el día en que Will y yo entramos en el despacho del director del instituto público de Otto en Chicago, y allí estaba, sentado en una silla, de espaldas a nosotros, esposado. Fue algo alarmante de ver, mi hijo con las manos esposadas a la espalda como un vulgar criminal. Will había recibido la llamada del director informándole de que había un problema, algo que teníamos que hablar. Yo terminé antes mi turno en Urgencias. Mientras conducía sola hacia el instituto con la idea de reunirme allí con Will, pensaba en alguna mala nota, o en los indicios de alguna dificultad de aprendizaje que habíamos pasado por alto. Tal vez Otto fuera disléxico. La idea de que tuviera dificultades con algo, con lo que fuera, me entristeció. Deseaba ayudarle.

Pasé junto al coche patrulla aparcado fuera. No le di importancia.

Pero entonces, al ver a Otto ahí sentado, con las esposas, la mamá oso que llevo dentro se despertó. Creo que nunca en mi vida he estado tan enfadada. «Quítenle esas esposas ahora mismo», exigí. «No tienen ningún derecho», añadí, aunque no sabía si el agente de policía tenía derecho o no. Estaba a poca distancia de Otto, mirando al chico, que tenía la vista fija en el suelo, la cabeza gacha, los brazos a la espalda, de modo que no podía sentarse erguido. Parecía muy pequeño en esa silla. Indefenso y frágil. A los catorce años, todavía no había dado el estirón que otros chicos de su edad ya habían pasado. Los demás le sacaban una cabeza y no eran tan delgados como él. Aunque Will y yo estábamos ahí con él, estaba solo. Completamente solo. Cualquiera se hubiera dado cuenta. Se me rompió el corazón al verlo.

El director del instituto estaba sentado al otro lado de su enorme escritorio, con gesto serio.

«Señor y señora Foust», nos dijo poniéndose en pie para tendernos la mano, una mano que tanto Will como yo ignoramos.

«Doctora», le corregí. El agente de policía sonrió con suficiencia.

No tardé en descubrir que la bolsa de pruebas situada en un rincón de la mesa del director contenía un cuchillo. Y no cualquier cuchillo, sino un cuchillo de cocina de veinte centímetros que pertenecía a Will, robado aquella misma mañana del bloque de madera que había en un rincón sobre la encimera de la cocina.

El director nos explicó que Otto llevó el cuchillo a clase, escondido en su mochila. Por suerte, dijo, uno de los estudiantes lo vio y tuvo la sensatez de informar al profesor y enseguida llamaron a la policía local para detener a Otto antes de que pudiera causar ningún daño.

Mientras el director hablaba, yo solo podía pensar en una cosa. En lo humillante que debía de haber sido para Otto ser esposado delante de sus compañeros. Que la policía lo sacara de su clase. Porque en ningún momento consideré posible que Otto llevara un cuchillo a clase o que amenazara con él a los demás, se trataba de un error. Un terrible error por el que Will y yo exigiríamos responsabilidades por nuestro hijo y por su reputación dañada.

Otto era un niño tranquilo, amable. Era feliz, aunque no exageradamente. Tenía amigos, solo unos pocos, pero amigos al fin y al cabo. Siempre cumplía las normas, nunca se metía en problemas en clase. Nunca lo habían castigado, ni nos habían enviado una nota a casa, ni un profesor había tenido que llamarnos por teléfono.

Nada de aquello era necesario. Así que razoné que de ningún modo Otto habría podido hacer algo tan criminal como llevar un cuchillo a clase.

Tras examinar detenidamente el cuchillo en sí, Will reconoció que era suyo. Trató de restar importancia a la situación: «Es un juego de cuchillos muy popular. Seguro que mucha gente lo tiene», y aun así resultó evidente su expresión de sorpresa y de horror.

Allí, en el despacho del director, Otto empezó a llorar.

«¿Qué creías que estabas haciendo?», le preguntó Will con cariño, colocándole una mano en el hombro. «Eres mejor que todo eso. Eres más listo».

Para entonces estaban los dos llorando. Yo era la única que seguía con los ojos secos.

Otto nos confesó entonces, con pocas palabras, difíciles de entender a veces entre sus sollozos, que la primavera anterior había estado sufriendo acoso por parte de otros adolescentes. Pensó que aquello pasaría sin más, pero la situación empeoró cuando regresó a clase aquel mes de agosto.

Lo que Otto nos contó fue que algunos de los chicos más populares del instituto aseguraban que estaba poniéndole ojitos a otro chaval de su clase. Los rumores circularon con rapidez y, al poco, ya no pasaba un día sin que a Otto le llamaran gay, marica, sarasa. «Marica de mierda», decían. «Muérete, maricón».

Otto siguió y siguió, enumerando los adjetivos empleados por sus compañeros. Cuando se detuvo para tomar aliento, el director le preguntó quién en concreto decía esas cosas, y si había testigos de sus palabras o era más bien una cuestión de «él dijo, ella dijo», por así decirlo.

Estaba más que claro que el director no le creía.

Otto continuó. Nos contó que los insultos solo eran una parte, porque también estaban el maltrato físico y las amenazas. Le acorralaban en el baño de los chicos o lo encerraban en las taquillas. Le acosaban por Internet. Le sacaban fotos y las manipulaban a su antojo con Photoshop para después publicarlas por ahí.

Aquello me rompió el corazón y me puso furiosa con motivo. Deseaba encontrar a los chicos que le habían hecho eso a Otto y retorcerles el cuello. Se me disparó la tensión. Notaba la palpitación en la cabeza, en el pecho, y tuve que apoyar la mano en el respaldo de la silla de Otto para estabilizarme. «¿Qué va a pasarles a esos chicos?», pregunté, y exigí: «Sin duda los castigarán por lo que han hecho. No pueden quedar impunes».

Su respuesta fue ambigua. «Si Otto nos dice quién ha hecho esto, yo podría hablar con ellos», dijo. Vi entonces la cara de Otto. Jamás delataría a esos chicos porque, si lo hacía, la vida se le haría más difícil de lo que ya era.

«¿Por qué no nos lo dijiste?», preguntó Will, agachándose junto a él para poder mirarlo a los ojos.

Otto lo miró, sacudió la cabeza y dijo: «No soy gay, papá», como si eso importara. «No soy gay», sostuvo, perdiendo la poca compostura que le quedaba.

Pero esa no era la pregunta que Will le había hecho, porque cosas como esa —como la orientación sexual— no nos importaban ni a él ni a mí.

«¿Por qué no nos dijiste que te estaban acosando?», aclaró Will, y fue entonces cuando Otto dijo que sí. Que sí que lo dijo. Me lo dijo a mí.

En ese momento el corazón se me cayó a los pies.

La violencia iba en aumento por toda la ciudad. Eso

111

significaba que cada vez más pacientes se presentaban ensangrentados y con heridas de bala en Urgencias. Mi rutina diaria empezaba a parecerse a la imagen sensacionalista de las Urgencias que se ven por televisión, y no a simples cuadros de fiebre y huesos rotos. A eso se sumaba el hecho de que andábamos cortos de personal. En aquella época, mis turnos de doce horas parecían más bien quince y eran un maratón constante durante el cual casi no quedaba tiempo para ir al baño o para comer. Cuando estaba en casa me hallaba en una nube, cansada y con falta de sueño. Se me olvidaban las cosas. Una limpieza dental, comprar un cartón de leche de camino a casa.

¿Acaso Otto me había contado que le estaban acosando y yo no le había hecho caso?

¿O acaso estaba tan absorta en mis pensamientos que ni siquiera le oí?

Will me miró entonces y, con esa mirada inquisitiva, me preguntó si yo lo sabía. Me encogí de hombros y negué con la cabeza, le hice creer que Otto no me lo había contado. Porque tal vez lo hubiera hecho y tal vez no. No lo sabía.

«¿Qué te hizo pensar que era apropiado traer un cuchillo a clase?», le preguntó entonces Will, y yo traté de imaginarme su lógica aquella mañana cuando decidió llevarse el cuchillo. ¿Habría repercusiones legales por lo que había hecho o bastaría con un simple aviso? ¿Cómo iba a soportar enviarlo de vuelta a clase cuando todo aquello pasara?

«¿Qué creías que ibas a hacer con él, colega?», preguntó Will, refiriéndose al cuchillo, y yo no supe si estaba preparada para escuchar su respuesta.

Otto me miró por encima del hombro y, con la voz

entrecortada por el llanto, susurró: «Fue idea de mamá». Palidecí al oír sus palabras, por lo absurdo de su declaración. Aquello era mentira. «Fue idea de mamá llevar el cuchillo a clase. Para asustarlos», mintió Otto, mirando al suelo mientras Will, el agente de policía y yo lo mirábamos. «Fue ella la que lo metió en mi mochila», agregó en voz baja, y yo solté un grito ahogado, sabiendo de inmediato por qué lo decía. Era yo la que siempre le defendía. Estamos cortados por el mismo patrón. Es un niño de mamá; siempre lo ha sido. Pensaba que yo le protegería frente a aquello, que podría cargar con la culpa de lo que había hecho él, que no recibiría ningún castigo. Sin embargo, no se paró a pensar en las consecuencias que podría tener eso para mi reputación, para mi carrera y para mí.

Estaba destrozada por él. Pero ahora también estaba enfadada.

Hasta ese momento, no sabía que estuvieran metiéndose con él en clase. Jamás le sugerí que llevara un cuchillo a clase para amenazar con él a los demás, y mucho menos se lo metí en la mochila.

¿Cómo creyó que alguien iba a tragarse esa mentira?

«Eso es ridículo, Otto», le dije mientras todos los ojos de la sala se volvían hacia mí. «¿Cómo puedes decir eso?», le pregunté, y entonces sí que se me empezaron a llenar los ojos de lágrimas. Le clavé un dedo en el pecho. «Has sido tú, Otto. Tú», le dije, y se retorció en la silla como si le hubiera abofeteado. Me dio la espalda y empezó a llorar de nuevo.

Poco más tarde, nos lo llevamos a casa después de que nos comunicaran que se celebraría una reunión ante la junta para ver si Otto podía regresar al instituto.

No esperamos a que nos dieran una respuesta. Jamás volvería a enviar a Otto a ese lugar.

Esa misma noche, Will me preguntó en privado: «¿No crees que has sido demasiado dura con él?».

Y así surgió la primera grieta en nuestro matrimonio.

Hasta ese momento, no había habido fisuras en nuestra relación, al menos que yo supiera. Pensaba que Will y yo éramos como diamantes, capaces de resistir la presión aplastante del matrimonio y de la vida familiar.

Sentía pena por cómo se habían desarrollado las cosas en el despacho del director. Notaba un dolor horrible en la boca del estómago sabiendo que Otto había sufrido acoso durante tanto tiempo sin que nosotros lo supiéramos. Me sentía triste porque hubiera llegado a eso, porque mi hijo pensara que llevar un cuchillo a clase era su única opción. Pero me enfadaba que hubiera intentado culparme a mí de ello.

Le dije a Will que no, que no creía que hubiese sido demasiado dura con Otto, y me respondió: «No es más que un crío, Sadie. Ha cometido un error».

Pero no tardé en averiguar que algunos errores no pueden perdonarse con tanta facilidad. Porque menos de dos semanas más tarde descubrí que Will estaba teniendo una aventura, que llevaba así algún tiempo.

Después llegó la noticia de la muerte de Alice. Yo no estaba segura, pero Will sí lo estaba. Era hora de marcharnos.

«Casualidad», lo llamó.

«Todo sucede por una razón», dijo.

Me prometió que podríamos ser felices en Maine, que solo teníamos que dejar atrás todo lo que había sucedido en Chicago y empezar de cero, aunque, por supuesto, me resultó irónico que nuestra felicidad fuera a costa de la vida de Alice.

Sentados ahora a la mesa, terminando de cenar, me quedo mirando por la ventana que hay sobre el fregadero de la cocina. Pienso en Imogen y en la familia Baines, en la acusación del agente Berg esta mañana, y me pregunto si alguna vez podremos ser felices aquí, o si la mala suerte nos seguirá allá donde vayamos.

CAMILLE

Tras la primera vez juntos, mis encuentros con Will se convirtieron en una costumbre. Hubo otras habitaciones de hotel, cada vez más elegantes cuanto más le rogaba. No me gustaban los hoteles a los que me llevó al principio. Eran fríos y húmedos, estaban sucios y eran baratos. Las habitaciones olían mal. Las sábanas estaban arrugadas y gastadas, tenían manchas. Oía a las personas al otro lado de las paredes; ellas me oían a mí.

Me merecía más que eso. Era demasiado buena para hoteluchos, para las críticas de un personal al que pagaban lo justo. Yo era especial y me merecía que me trataran como tal. Will ya debería haberlo sabido para entonces. Una tarde le dejé caer una indirecta.

«Siempre he soñado con ver el interior del Waldorf», dije.

«¿El Waldorf?», preguntó él, de pie frente a mí, riéndose de mi sugerencia. Estábamos escondidos en un complejo de apartamentos donde nadie podía vernos. Nunca hablábamos de su matrimonio. Era una de esas cosas que simplemente estaban allí. Una de esas cosas que no quieres creer que existen, como la muerte, los extraterrestres, la malaria.

«¿El Waldorf Astoria?», preguntó cuando se lo sugerí. «¿Sabes que cuesta como cuatrocientos dólares la noche o quizá más?».

«¿Y no valgo eso para ti?», le pregunté haciendo pucheros.

Resultó que sí valía. En menos de una hora ya teníamos una habitación en la décima planta, con una botella de champán como detalle del servicio de habitaciones.

«No hay nada», dijo Will al abrir la puerta de la *suite* y dejarme entrar, «que no hiciera por ti».

En la habitación había una chimenea, una terraza, un minibar, una enorme bañera en la que podría sumergirme, contemplando las vistas de la ciudad desde el lujo de un baño de burbujas.

El personal del hotel se refería a nosotros como señor y señora Foust.

«Disfruten de su estancia, señor y señora Foust».

Imaginé un mundo donde yo fuera la señora Foust. Donde viviera en casa de Will con él, donde pudiera quedarme embarazada de él y tener hijos suyos. Era una buena vida.

Pero no quería que me confundieran jamás con Sadie. Yo era mucho mejor que ella.

Will hablaba en serio: no había nada que no hiciera por mí. Lo demostraba una y otra vez. Me decía cosas bonitas a todas horas. Me escribía mensajes de amor. Me compraba regalos.

Cuando no había nadie, me llevó a su casa. Era muy diferente del apartamento sombrío donde vivíamos antes Sadie y yo, aquel piso de dos dormitorios al norte de la ciudad donde se juntaban los borrachos y los

117

vagabundos y nos pedían dinero cada vez que salíamos a la calle, aunque tampoco teníamos mucho. De todas formas, si lo hubiera tenido, no lo habría compartido. No soy conocida por mi generosidad. Pero Sadie sí, siempre metía la mano en el bolso y los borrachos y los vagabundos se le pegaban como piojos al pelo.

Intentaban lo mismo conmigo, pero yo les decía que se fueran a la mierda.

En casa de Will y Sadie, deslicé las manos por el brazo de un sofá de cuero, toqueteé los jarrones de cristal, los candelabros y cosas así, todo muy caro. La Sadie que yo conocí jamás habría podido permitirse esas cosas. El sueldo de una doctora tenía muchas ventajas.

Will me condujo hasta el dormitorio. Yo lo seguí.

Había una foto de Sadie y él sobre una mesilla, una foto de boda. Era preciosa, en serio. En la imagen, aparecían de pie en mitad de una calle. La imagen de ambos era nítida mientras que del resto de la foto se perdían los contornos gradualmente. Sobre sus cabezas las copas de los árboles lucían cuajadas de brotes de primavera. No miraban a la cámara, no posaban con una sonrisa cursi a petición de algún fotógrafo, como hacen casi todas las novias y los novios. En vez de eso, estaban apoyados el uno en el otro, besándose. Ella tenía los ojos cerrados, mientras que él la miraba. La miraba como si fuese la mujer más hermosa del mundo. Él tenía su mano en la parte inferior de la espalda de ella, que apoyaba la suya en el pecho de él. Se veía el arroz volando por el aire. Augurio de prosperidad, fertilidad y buena fortuna.

Will me pilló mirando la foto.

«Qué guapa es tu mujer», comenté para salvar las apariencias, como si jamás la hubiera visto. Aunque Sadie no era guapa. Era normalita como mucho.

118

Me miró avergonzado y dijo: «Eso creo yo».

Me dije a mí misma que estaba obligado a decir eso. No sería apropiado que dijera otra cosa.

Pero no hablaba en serio.

Se acercó a mí, me pasó las manos por el pelo y me besó. «Eres preciosa», me dijo, el superlativo de guapa, lo que significaba que era más guapa que ella.

Me condujo hasta la cama y tiró las almohadas al suelo.

«¿Crees que a tu mujer no le importará?», le pregunté sentándome al borde de la cama.

Tengo poca ética, creo que eso ha quedado claro. A mí no me importaba, pero pensé que tal vez a él sí.

Will me dedicó una sonrisa pícara. Se me acercó, me metió la mano por debajo de la falda y dijo: «Espero que sí».

No hablamos más de su esposa después de eso.

Lo que yo había descubierto era que Will era un mujeriego antes de casarse. Un picaflor, la clase de hombre que pensaba que jamás sentaría la cabeza.

Como se suele decir, las viejas costumbres nunca se pierden. Era algo que Sadie intentaba tener controlado.

Sin embargo, por mucho que lo intentemos, no podemos cambiar a las personas. Así que, más bien, lo tenía atado en corto, como en otra época hacía conmigo. Tiempo atrás, mis mecheros y mis cigarrillos desaparecían si ella los encontraba, cambiaba la cerradura cuando se me olvidaba cerrar la puerta del apartamento al salir. Era una chica autoritaria, bastante tirana.

Vi en los ojos de Will cómo lo debilitaba, lo castrado que lo tenía.

Por otra parte, yo le hacía sentir como un hombre.

SADIE

Son las siete y media. Imogen todavía no ha llegado. Will no parece preocupado, ni siquiera cuando le presiono y le pregunto con quién está estudiando y dónde vive la amiga.

—Sé que quieres creer lo mejor de ella, Will, pero venga —le digo—. Ambos sabemos que no está estudiando español.

Will se encoge de hombros y me dice:

—Está haciendo cosas de adolescente, Sadie.

— De delincuente juvenil —respondo sin expresividad. Otto, a los catorce años, también es un adolescente. Pero mañana hay clase y está en casa con nosotros, como debe ser.

Will limpia la mesa después de la cena y tira la bayeta sucia al fregadero. Se vuelve hacia mí, me dedica su sonrisa benevolente y dice:

—Yo en otra época fui un delincuente juvenil, y mira cómo he salido. No le pasará nada. —En ese momento Otto entra en la habitación con su carpeta de geometría.

Will y él extienden los papeles sobre la mesa de la cocina para trabajar en los deberes. Tate enciende la televisión del salón y se pone cómodo, acurrucado bajo una manta, para ver dibujos animados.

Me llevo la copa de vino al piso de arriba. Mi intención es darme un baño largo. Pero, al llegar arriba, no me dirijo hacia el cuarto de baño principal, sino hacia la habitación de Imogen.

Está a oscuras cuando entro. Empujo la puerta con la palma de la mano y la abro del todo. Ignoro el cartel de la puerta que me dice que no entre. Entro en la habitación, voy palpando la pared en busca del interruptor de la luz y lo enciendo. La estancia se vuelve visible y descubro un montón de ropa oscura tirada por el suelo, tanta ropa que tengo que moverla para evitar pisarla.

La habitación huele a incienso. La bolsa de varillas está sobre el escritorio de Imogen, junto a un incensario en forma de serpiente enroscada. Las varillas de incienso encajan en la boca de la serpiente, el olor es aún tan potente que me pregunto si ha estado aquí después de clase, quemando incienso en su habitación antes de desaparecer donde quiera que esté. El escritorio es de madera, antiguo. Imogen ha grabado palabras en la madera con el filo de alguna cuchilla. No son palabras agradables. Son palabras de rabia. *Que te jodan. Te odio.*

Doy un trago al vino antes de dejar la copa sobre el escritorio. Deslizo un dedo por los grabados en la madera, preguntándome si será la misma caligrafía que la que encontré en la ventanilla del coche. Ahora que lo pienso, ojalá hubiera tomado una foto de la ventanilla antes de borrar la palabra con el calor de la calefacción. Así podría comparar la caligrafía, ver si la forma de las letras es la misma. Entonces lo sabría.

Es la primera vez que entro del todo en el cuarto de Imogen. No he entrado con la intención de fisgonear. Pero ahora este es el hogar de mi familia. Siento que tengo derecho a fisgonear . A Will no le gustaría. Apenas distingo su voz y la de Otto procedentes de la cocina. No tienen idea de dónde estoy.

Primero miro en el interior de los cajones de la mesa. Allí solo hay lo que una esperaría encontrar en un cajón de escritorio. Bolígrafos, lápices, clips. Me subo a la silla y toco a tientas la estantería que hay sobre el escritorio, pero solo encuentro polvo. Me bajo de la silla.

Dejo el vino donde está. Me acerco a la mesilla de noche y abro el cajón. Rebusco entre cosas al azar. Un rosario infantil, pañuelos de papel arrugados, un marcapáginas. Un preservativo. Alcanzo el preservativo y lo sostengo en la mano unos instantes, dudando si decírselo a Will. Imogen tiene dieciséis años. En la actualidad, las chicas de dieciséis años tienen relaciones sexuales. Pero un preservativo al menos me indica que Imogen es lista con respecto a las decisiones que toma. Usa protección. No puedo culparla por ello. Si nos lleváramos mejor, tendría una conversación con ella, de mujer a mujer. Sin embargo, no nos llevamos bien. De todos modos, no descarto una cita con el ginecólogo ahora que ya tiene cierta edad. Quizá fuese una mejor manera de abordar el asunto.

Vuelvo a dejar el preservativo donde estaba y entonces encuentro una fotografía.

Es la fotografía de un hombre, lo deduzco por la forma del cuerpo y lo que queda del pelo, la parte que no ha sido rayada con evidente rabia. Pero la cara del hombre, por otra parte, aparece borrada como un rasca y gana, arañada por el canto de una moneda. Me pregunto quién será ese hombre. Me pregunto de qué lo conocerá Imogen y qué es lo que le ha enfadado tanto como para sentir la necesidad de hacer eso.

Me pongo a cuatro patas junto a la cama. Miro debajo antes de rebuscar en los bolsillos de la ropa tirada. Me pongo en pie, me acerco al armario y abro la puerta corredera. Busco a tientas el cordón de la luz y tiro.

No quiero que Will sepa que estoy curioseando en la habitación de Imogen. Aguanto la respiración, atenta a los ruidos procedentes del piso de abajo, pero solo oigo los dibujos de la tele que está viendo Tate, el sonido de su risa inocente. Ojalá se quedara así para siempre. Will y Otto guardan silencio, y me los imagino concentrados en los cuadernos sobre la mesa de la cocina, perdidos en sus pensamientos.

Poco después de lo que ocurrió con Otto, leí un artículo sobre cómo husmear mejor en la habitación de tu hijo adolescente, los lugares en los que mirar. No eran los sitios evidentes como cajones de escritorio, sino: bolsillos secretos en el forro de los abrigos; el interior de la toma de los enchufes; latas de refresco con doble fondo. Aquello que debíamos buscar tampoco eran cosas evidentes, sino más bien artículos de limpieza, bolsas de plástico, medicamentos sin receta…, todas ellas cosas de las que los adolescentes fácilmente podían hacer un mal uso. Yo nunca llegué a fisgar en la habitación de Otto. No hizo falta. Lo que ocurrió con él fue cosa de una vez y ya pasó. Aprendió la lección. Hablamos de ello. No volvería a ocurrir.

Pero para mí Imogen es un libro cerrado. Apenas habla, no más de una frase en el mejor de los casos, y ni siquiera eso resulta comunicativo. No sé nada de ella, de con quién se acuesta (¿se acuesta con alguien aquí, en

123

esta habitación, cuando Will y yo no estamos, o se escabulle por la ventana de su cuarto en plena noche?), no sé nada de esas chicas con las que fuma, de lo que hace durante esas horas en las que no está con nosotros. Will y yo deberíamos gestionar mejor estas cosas. No deberíamos estar tan desinformados. Es irresponsable por nuestra parte, pero cada vez que saco el tema con él —¿quién es realmente Imogen?— me corta y me dice que no debemos presionarla demasiado, que ya se abrirá cuando esté preparada.

Sin embargo, no puedo esperar más.

Inspecciono el armario. Encuentro la carta en el bolsillo de una sudadera color carbón. No es difícil de encontrar. Primero registro las cajas de zapatos, los rincones traseros del armario, donde solo hay polvo. Y después paso a la ropa. Al cuarto o quinto intento, palpo algo con la mano y lo saco del bolsillo. Es un papel, doblado muchas, muchas veces, de modo que es pequeño, de unos dos centímetros cuadrados, y muy grueso.

Lo saco del armario y lo desdoblo con cuidado.

Por favor no te enfades, es lo que hay garabateado en la hoja, la tinta está descolorida, como si la sudadera hubiese pasado por la lavadora con la nota dentro. Pero se ve bien, está escrito en mayúsculas, con una caligrafía mucho más masculina que la mía, lo que me lleva a pensar que fue escrita por la mano de un hombre, cosa que podría haber adivinado con facilidad por el contenido de la nota. *Sabes tan bien como yo lo difícil que es esto para mí. No es nada que hayas hecho tú. No significa que no te quiera. Pero no puedo seguir llevando esta doble vida.*

De pronto oigo que se abre la puerta de casa en el piso de abajo. Después se cierra de golpe.

Imogen ha vuelto.

El corazón empieza a latirme acelerado en el pecho.

Oigo a Will saludarla, con más cordialidad de la que a mí me gustaría. Le pregunta si tiene hambre, si quiere que le caliente algo de cena, lo cual va contra las normas que establecimos para ella: que cene con nosotros o no cene nada. Ojalá Will no se mostrara tan solícito, pero él es así, siempre dispuesto a complacer. Imogen responde con un «no, no» bastante escueto y brusco, y percibo que su voz se acerca a la escalera.

Reacciono con rapidez. Vuelvo a doblar la nota, la meto en el bolsillo de la sudadera y coloco la ropa en su lugar. Tiro de la cuerda de la luz, cierro la puerta corredera y me apresuro a salir de la habitación; en el último momento me acuerdo de apagar la luz del dormitorio y dejo la puerta como la encontré, abierta solo un poco.

No me da tiempo a comprobar de nuevo que todo está como lo encontré. Rezo para que así sea.

Nuestros pasos se cruzan en la escalera y le dedico una sonrisa tensa, pero no digo nada.

MOUSE

Había una vez una casa antigua. Todo en la casa era antiguo: las ventanas, los electrodomésticos y, sobre todo, los escalones. Porque, cada vez que alguien los pisaba, se lamentaban como se lamenta a veces la gente mayor.

Mouse no sabía por qué hacían eso los escalones. Sabía muchas cosas, pero no entendía que las tablillas y las soleras se rozaran, que los tablones presionaran contra los clavos y tornillos que había al otro lado, debajo de los escalones, escondidos. Solo sabía que los escalones hacían ruido, todos ellos, pero en especial el último, que era el que más ruido hacía de todos.

Mouse pensaba que ella sabía algo sobre esos escalones que nadie más sabía. Pensaba que les dolía cuando los pisaban, y por esa razón se lamentaban bajo sus pies, aunque ella solo pesaba veinte kilos y no podría hacer daño ni a una mosca.

Eso le hizo pensar en las personas mayores que vivían al otro lado de la calle, esas que se movían como si les doliera todo y se lamentaban igual que a veces lo hacían los escalones.

126

Mouse tenía una sensibilidad de la que otras personas carecían. Le preocupaba pisar ese último escalón. Y, al igual que se cuidaba de no pisar las orugas y los bichos bola cuando iba por la calle, se esforzaba por no pisar ese último escalón, aunque era una niña pequeña y sus zancadas no eran amplias.

Su padre intentaba reparar las escaleras. Siempre se enfadaba y se quejaba de aquel crujido incesante y molesto.

«¿Por qué no lo pasas por encima?», le preguntaba la niña a su padre, porque él era un hombre alto y su zancada era mucho más larga. Podría haber pasado por encima ese último escalón sin necesidad de ponerle peso encima. Pero también era un hombre impaciente, de los que siempre querían las cosas perfectas.

Su padre no estaba hecho para realizar tareas en casa. Se le daba mejor sentarse detrás de una mesa, beber café y parlotear por teléfono. Mouse se sentaba al otro lado de la puerta cuando eso pasaba y le escuchaba. No se le permitía interrumpir, pero, si guardaba mucho silencio, oía lo que su padre decía, notaba el cambio de su voz cuando estaba al teléfono con un cliente.

El padre de Mouse era un hombre guapo. Tenía un pelo castaño oscuro. Sus ojos eran grandes y redondos, siempre observando. Era un hombre silencioso la mayor parte del tiempo, salvo cuando caminaba, porque era un hombre grande y sus pasos eran pesados. Mouse le oía venir desde lejos.

Era un buen padre. La llevaba al parque y jugaba con ella al pillapilla. Le enseñaba cosas sobre nidos de pájaros y le explicaba que los conejos escondían a sus crías en agujeros en el suelo. Su padre siempre sabía dónde estaban y se acercaba a los agujeros, retiraba los trozos de hierba y pelo que había encima y dejaba que ella se asomase.

Un día, cuando se hartó de aquel escalón quejicoso, el padre de Mouse sacó su caja de herramientas del garaje y subió las escaleras. Con un martillo, clavó los clavos en el escalón, enganchándolo a la madera que había al otro lado. Después agarró un puñado de clavos pequeños. Los clavó en el escalón y volvió a colocarlo sobre la tabica de tablilla.

Se retiró orgulloso para examinar su obra.

Pero el padre de Mouse nunca había sido un manitas.

Debería haber sabido que, hiciera lo que hiciera, nunca sería capaz de arreglar ese escalón. Porque incluso después de sus esfuerzos, el escalón seguía haciendo ruido.

Con el tiempo, Mouse llegó a depender de ese sonido. Se quedaba tumbada en la cama, contemplando la luz que colgaba del techo, con el corazón acelerado, incapaz de dormir.

Estaba atenta por si oía el quejido de advertencia del escalón, que le indicaría que alguien estaba subiendo las escaleras hacia su habitación y le daría ventaja para poder esconderse.

SADIE

Observo desde la cama mientras Will se quita la ropa y se pone unos pantalones de pijama. Tira la ropa usada en la cesta que hay en el suelo. Se queda un segundo de pie junto a la ventana, contemplando la calle.

—¿Qué sucede? —le pregunto incorporándome en la cama. Hay algo que ha llamado su atención y lo ha atraído hacia allí, hacia la ventana. Se queda ahí parado, pensativo.

Los chicos están dormidos y la casa está en silencio.

—Hay una luz encendida —me dice.

—¿Dónde? —le pregunto.

—En casa de Morgan —responde.

Eso no me sorprende. Que yo sepa, la casa sigue siendo la escena de un crimen. Imagino que los investigadores forenses tardarán días en procesarlo todo antes de avisar a una empresa de eliminación de restos biológicos para que limpie la sangre y cualquier otro resto de fluidos corporales del interior de la vivienda. Dentro de poco, Will y yo veremos entrar y salir a personas vestidas con trajes amarillos impermeables y en la cabeza una especie de aparato para respirar, llevándose los objetos manchados de sangre.

Pienso de nuevo en la violencia que tuvo lugar allí esa noche, en el baño de sangre.

¿Cuántos objetos manchados de sangre tendrán que llevarse?

—Hay un coche en la entrada —me dice Will. Pero, antes de que pueda contestarle, agrega—: El coche de Jeffrey. Debe de haber vuelto de Tokio.

Se queda parado ante la ventana durante un minuto o dos más. Yo me levanto de la cama, abandonando el calor de las mantas. Esta noche hace frío en la casa. Me acerco a la ventana y me quedo junto a Will; nuestros codos se tocan. Me asomo, veo lo mismo que él. Un utilitario aparcado en el camino de la entrada junto a un coche patrulla, ambos iluminados por la luz del porche.

Mientras observamos la escena, se abre la puerta de la casa. Sale primero un agente de policía, después acompaña a Jeffrey, que debe de sacarle unos treinta centímetros de altura al policía. Se detiene en el umbral unos instantes para mirar hacia atrás una última vez. En las manos lleva equipaje. Sale de la casa y adelanta al agente. El policía cierra la puerta con llave a sus espaldas. Imagino que el agente se habrá reunido con él allí y habrá vigilado la escena del crimen mientras el señor Baines hacía la maleta con algunos objetos personales.

—Esto es surrealista —murmura Will.

Le pongo una mano en el brazo, lo más cerca que estoy de poder consolarlo.

—Es horrible —le digo, porque es verdad. Nadie, pero especialmente una mujer joven, debería tener que morir así.

—¿Te has enterado de lo de la misa? —me pregunta Will, aunque sus ojos no se apartan de la ventana.

—¿Qué misa? —le pregunto, porque no sé de qué habla.

—Hay una misa —me dice—. Mañana. En recuerdo de Morgan. En la iglesia metodista. —Hay dos iglesias en la isla. La otra es católica—. He oído a la gente comentarlo a la salida del colegio. He buscado y he encontrado el obituario *online*, el anuncio de la misa. Imagino que en algún momento celebrarán un funeral, pero… —Deja la frase inacabada e imagino que el cuerpo seguirá en el depósito y así será hasta que concluya la investigación. Formalidades como un funeral y un velatorio tendrán que esperar hasta que atrapen al asesino. Entre tanto, una simple misa tendrá que bastar.

Mañana trabajo, pero, dependiendo de a qué hora sea la misa, puedo ir después con Will. Sé que él querrá ir. Morgan y él eran amigos, al fin y al cabo, y aunque nuestra relación ha estado inestable últimamente, creo que se sentiría solo asistiendo a esa misa sin mí. Puedo hacerlo por él. Además, egoístamente me gustaría poder ver a Jeffrey Baines de cerca.

—Mañana trabajo hasta las seis —le digo—. Iremos juntos. En cuanto termine. A lo mejor Otto puede quedarse con Tate —le sugiero. Sería algo rápido. No creo que nos quedáramos mucho. Presentaríamos nuestros respetos y nos marcharíamos.

—No vamos a ir a la misa —me dice Will con tono decidido.

Me desconcierta, porque no es lo que me esperaba que dijera.

—¿Por qué no? —le pregunto.

131

—Me parecería una impertinencia. Tú no la conocías en absoluto y yo tampoco la conocía tan bien. —Intento explicarle que una misa no es precisamente la clase de evento para el que necesitas invitación, pero me detengo porque veo que ya ha tomado una decisión.

—¿Crees que lo hizo él? —le pregunto. Miro por la ventana hacia Jeffrey Baines. Tengo que girar un poco el cuello para poder ver, pues la casa de los Baines no está justo enfrente. Veo que Jeffrey y el agente intercambian unas palabras en el camino de la entrada antes de separarse y dirigirse cada uno hacia su coche.

Al ver que Will no responde a mi pregunta, me oigo a mí misma murmurar:

—Siempre es el marido.

Esta vez no tarda en responder.

—Estaba fuera del país, Sadie. ¿Por qué crees que ha tenido algo que ver con esto?

—El hecho de que estuviera fuera del país no significa que no pudiera pagar a alguien para que matara a su mujer —le digo. Porque precisamente, al contrario, estar fuera del país en el momento del asesinato de su esposa le proporcionaba la coartada perfecta.

Will debe de verle la lógica a mi argumento. Percibo un leve asentimiento de cabeza por su parte y entonces pregunta:

—Por cierto, ¿qué es eso de que siempre es el marido?

Me encojo de hombros y le digo que no lo sé.

—Pero, si ves las noticias el tiempo suficiente, parece que siempre es así. Maridos infelices que matan a sus esposas.

Sigo mirando por la ventana y veo como, al otro lado de la calle, Jeffrey Baines abre el maletero de su utilitario y mete dentro el equipaje. Está muy erguido. Hay algo arrogante en su postura.

No tiene los hombros caídos, no se convulsiona ni solloza como se supone que hacen los hombres que han perdido a sus mujeres.

Que yo vea, no derrama ni una lágrima.

CAMILLE

Era una adicta. No me cansaba de él. Lo observaba, lo imitaba. Seguía sus pasos. Sabía a qué colegio iban sus hijos, que cafeterías frecuentaba, lo que tomaba para comer. Iba allí y pedía lo mismo. Me sentaba a la misma mesa cuando él se marchaba. Fingía conversaciones con él en mi cabeza. Como si estuviésemos juntos cuando, en realidad, no lo estábamos.

Pensaba en él a todas horas, día y noche. Si me hubiera salido con la mía, habría estado conmigo todo el tiempo. Sin embargo, yo no podía ser esa mujer. Esa mujer obsesiva y estirada. Tenía que mostrarme relajada.

Me esforzaba por asegurarme de que nuestros encuentros parecieran fortuitos, producto de la casualidad. Por ejemplo, la vez que nos cruzamos en la parte vieja de la ciudad. Yo salía de un edificio y lo encontré al otro lado, rodeado de transeúntes. Otro engranaje de la maquinaria.

Lo llamé. Me miró y sonrió. Se me acercó.

«¿Qué estás haciendo aquí? ¿Qué sitio es este?», preguntó refiriéndose al edificio del que acababa de salir. Me dio un abrazo rápido. En un abrir y cerrar de ojos.

Miré el edificio y leí el cartel. «Meditación budista», le dije.

«¿Meditación budista?», preguntó. Soltó una carcajada ligera. «Cada día descubro algo nuevo de ti. No pensé que fueras de las que hacen meditación».

Y no lo era. No lo soy. No había ido a hacer meditación budista, había ido a por él. Días atrás, había ojeado su agenda y vi que tenía una reserva para comer en un restaurante que estaba allí cerca. Elegí cualquier viejo edificio que estuviera por la zona, aguardé en el vestíbulo a que pasara por delante. Salí del edificio al verlo, lo llamé y se acercó.

Un encuentro fortuito que no lo era en absoluto.

Algunos días acababa de pie delante de su casa. Estaba allí cuando se marchaba a trabajar, escondida entre el caos de la ciudad. Otra cara más entre la multitud. Lo veía salir por la puerta de cristal del edificio y perderse entre los peatones que abarrotaban la calle.

Desde su edificio, Will caminaba tres manzanas. Entonces bajaba las escaleras del metro, tomaba la línea roja hacia el norte, hasta Howard, donde cambiaba a la línea morada; igual que hacía yo, veinte pasos por detrás.

Si se hubiera dado la vuelta, me habría visto allí.

El campus universitario donde trabajaba Will era un lugar ostentoso. Edificios de ladrillo blanco cubiertos de hiedra, con arcadas pomposas. Estaba lleno de gente, estudiantes con mochilas que corrían a clase.

Una mañana lo seguí por una acera. Mantenía la distancia perfecta, cerca pero no demasiado. No quería perderlo, pero no podía arriesgarme a que me viera. La mayoría de la gente no tiene paciencia para esa clase de persecución. El truco está en encajar, en parecerse al resto de personas. Y eso fue lo que hice.

De pronto, una voz le llamó. «¡Eh, profesor Foust!».

Levanté la mirada. Era una chica, una mujer, casi tan alta como él, con el abrigo entallado y ceñido. Llevaba una boina roja y llamativa en la cabeza. Por debajo asomaban unos mechones de un rubio teñido que le rozaba los hombros y le caía por la espalda. También llevaba vaqueros ajustados, bien pegados a sus curvas, que le llegaban a la altura de las botas, altas y marrones.

Will y ella estaban muy cerca. Sus cuerpos casi se tocaban por el centro.

No oía lo que decían, pero el tono de la voz y el lenguaje corporal lo decían todo. Ella le rozó el brazo con la mano. Él le dijo algo y ambos se partieron de la risa. Ella seguía con la mano en su brazo. Entonces los oí. Le dijo: «Déjelo ya, profesor. Me está matando». No podía parar de reírse. Él la veía reír. No era esa risa horrible que tiene casi todo el mundo, con la boca abierta y las fosas nasales hinchadas. Esta, en cambio, era una risa delicada, elegante y adorable.

Will se acercó más y le susurró algo al oído. Al hacerlo, el monstruo de los celos me invadió por dentro.

Existe un dicho. «Ten cerca a tus amigos y más cerca a tus enemigos». Por eso me tomé el tiempo de conocerla mejor. Se llamaba Carrie Laemmer, estudiante de segundo año de derecho, con aspiraciones a convertirse en abogada medioambiental. Estaba en la clase de Will, era la que se sentaba en primera fila y levantaba la mano cada vez que él hacía una pregunta. La que se quedaba después de clase, la que discutía sobre la caza furtiva y la intrusión de los humanos, como si fueran cosas por las que mereciera la pena discutir. La que se le acercaba demasiado cuando creían que estaban solos, la que le confesaba: «Qué tragedia lo del gorila de montaña», y buscaba que él la consolara.

Una tarde la pillé cuando salía del auditorio.

Me puse a su lado y dije: «Esa clase me mata».

Llevaba en la mano el libro de texto, ese en el que me había gastado cuarenta pavos solo para fingir que iba a la misma clase que ella, otra estudiante más del curso de salud pública del profesor Foust.

«Estoy hasta arriba», le dije. «No puedo seguir el ritmo. «Sin embargo tú…», añadí, poniéndola por las nubes. Le dije lo lista que era, que no había nada que no supiera.

«¿Cómo lo haces?», le pregunté. «Debes de pasarte la vida estudiando».

«La verdad es que no», me dijo, radiante. Se encogió de hombros. «No sé. Estas cosas se me dan bien. Hay gente que dice que debo de tener memoria fotográfica».

«Eres Carrie, ¿verdad? Carrie Laemmer», le pregunté, dejando que se le subiese a la cabeza la idea de que era alguien especial, de que era conocida.

Me tendió la mano. Se la estreché y le dije que me vendría bien algo de ayuda si tenía tiempo. Carrie accedió a darme clases, a cambio de una tarifa. Nos reunimos dos veces. Allí, en una tetería a las afueras del campus, mientras tomábamos infusiones de hierbas, descubrí que era de las afueras de Boston. Me describió el lugar donde se había criado: las calles estrechas, las vistas al océano, los bonitos edificios. Me habló de su familia, de sus hermanos mayores, ambos nadadores de élite en una de las mejores universidades, aunque curiosamente ella no sabía nadar. Pero había muchas otras cosas que sí sabía hacer, y me las enumeró todas. Le gustaba correr, escalar y esquiar. Hablaba tres idiomas y tenía la curiosa habilidad de tocarse la nariz con la lengua. Me lo demostró.

Hablaba con el típico acento de Boston. A la gente le encantaba oírlo. El sonido de su voz atraía a las personas. Daba igual lo que dijera, su acento era lo que gustaba.

Ella dejó que aquello se le subiera a la cabeza, igual que muchas otras cosas.

El color favorito de Carrie era el rojo. La boina la había tejido ella misma. Pintaba paisajes, escribía poesía. Le habría gustado llamarse algo como Prado, Lluvia o Luna. Era la personificación de la inteligencia, idealista e ilusionada.

La vi con Will muchas veces después de aquello. Las probabilidades de encontrarte con alguien en un campus de ese tamaño son escasas. Y así fue como descubrí que ella lo buscaba, que sabía dónde estaría y a qué hora. Se plantaba allí, le hacía pensar que era el destino el responsable de que se encontraran una y otra vez, cuando en realidad era una trampa.

Yo no soy una persona insegura, no tengo complejo de inferioridad. Ella no era más guapa que yo, ni mejor. Aquello no eran más que celos, simple y llanamente.

Todos nos ponemos celosos. Los bebés se ponen celosos, los perros también. Los perros son territoriales y protegen sus juguetes, sus camas y a sus dueños. No dejan que nadie toque lo que es suyo. Se enfadan y se vuelven agresivos en ese caso. Gruñen y muerden, atacan a las personas mientras duermen. Cualquier cosa con tal de proteger sus posesiones.

No tuve elección con lo que ocurrió después. Tenía que proteger lo que era mío.

SADIE

Más tarde esa misma noche, me despierto de un sueño. Me desperezo despacio y me encuentro a Will sentado en la silla tapizada que hay en un rincón de la habitación, escondido entre las sombras. Apenas distingo su contorno, la curva oscurecida de su silueta y el leve brillo del blanco de sus ojos, mientras me observa. Me quedo tumbada en la cama unos segundos, demasiado adormilada y desorientada para preguntarle qué hace, para sugerirle que vuelva a la cama conmigo.

Me estiro. Me doy la vuelta, me pongo del otro lado y arrastro la manta conmigo, dándole la espalda a Will. Ya vendrá a la cama cuando esté listo.

Adopto la posición fetal. Encojo las rodillas y las presiono contra el abdomen. Me rozo con algo en la cama. Imagino que será la almohada ergonómica de espuma de Will, pero enseguida noto la curva de una vértebra, la convexidad de un omóplato. Junto a mí, Will está sin camiseta y su piel está sudada y cálida al tacto. El pelo le cae hacia un lado, por el cuello, y se acumula sobre el colchón.

Will está en la cama conmigo. No está en la silla en el rincón de la habitación.

Hay alguien allí.

Alguien que nos observa mientras dormimos.

Me incorporo de golpe sobre la cama. Mis ojos tratan de adaptarse a la oscuridad de la habitación. Siento el corazón en la garganta. Apenas puedo hablar.

—¿Quién hay ahí? —pregunto, pero siento un nudo en la garganta y solo me sale un murmullo.

Extiendo la mano hacia la mesilla de noche, hago un esfuerzo por encender la lámpara. Pero, antes de poder hacerlo, me llega su voz, tranquila y medida, con unas palabras escogidas con cuidado.

—Yo no lo haría si fuera tú.

Imogen se levanta de la silla. Se acerca a mí, se sienta con cuidado en el borde de mi cama.

—¿Qué estás haciendo aquí? ¿Necesitas algo? —le pregunto, tratando de disimular mi propia inquietud. Pero no resulta fácil. Mi pánico es transparente. Debería sentirme aliviada de ver que se trata de Imogen, no de un intruso, pero no siento alivio. Imogen no tiene por qué estar en mi dormitorio a estas horas de la noche, acechando en la oscuridad.

La observo en busca de una razón de su presencia allí. Busco algún arma, aunque ese pensamiento me produce náuseas, la idea de que Imogen se cuele en nuestro dormitorio con intención de hacernos daño.

—¿Ocurre algo? —pregunto—. ¿Hay algo de lo que quieras hablar?

Will, que siempre ha dormido profundamente, ni se inmuta.

—No tenías ningún derecho —me reprende ella con desdén— a entrar en mi habitación.

140

Siento de pronto presión en el pecho.

Miento por instinto.

—No he entrado en tu habitación, Imogen —le susurro, y ahora me interesa a mí también hablar en voz baja, porque no quiero que Will sepa que he entrado allí. Que, en lugar de darme un baño, he registrado los cajones del dormitorio de Imogen, los bolsillos de su ropa. Una invasión de la intimidad, lo llamaría Will, que no aceptaría de buen grado que haya rebuscado entre sus cosas.

—Eres una mentirosa —me dice Imogen entre dientes.

—No —le digo—. De verdad, Imogen. No he entrado en tu habitación.

Las palabras que dice a continuación me llegan como un puñetazo en la tripa.

—Entonces ¿qué hacía allí tu vino? —me pregunta. Me arde la cara y sé que me ha pillado. Veo con claridad el momento en que dejé mi copa de cabernet en su escritorio mientras registraba la habitación.

Después salí deprisa y me olvidé el vino.

¿Cómo he podido ser tan estúpida?

—Oh —digo, tratando de buscar una mentira. Pero no se me ocurre. Al menos nada lo suficientemente creíble, así que ni lo intento. Nunca se me ha dado bien mentir.

—Si alguna vez vuelves a… —empieza decir. Pero deja la frase inacabada, sus palabras se interrumpen de forma abrupta para permitirme a mí imaginar lo que viene después.

Se levanta del borde de la cama. Su altura le proporciona ventaja. Me intimida y me deja sin respiración. No es una chica grande. Es delgada, pero también

141

bastante alta, cosa que debe de haber heredado de su padre, dado que Alice era bajita. Ahora que la veo de pie tan cerca de mí, me doy cuenta de que es más alta de lo que parecía. Se inclina y me dice al oído: «Ni te acerques a mi puta habitación», y me da un pequeño empujón para dejar claras sus palabras.

Después se marcha. Desaparece del dormitorio sin hacer ningún ruido con los pies sobre el suelo de madera, como ha debido de hacer al entrar en nuestra habitación.

Me quedo tendida en la cama, sin poder dormir, alerta, atenta por si acaso decidiera regresar.

No sé cuánto tiempo paso así, hasta que al final me vence el sueño y vuelvo a quedarme dormida.

SADIE

Voy durante la pausa para la comida. Intento ser sutil y me escabullo por la puerta cuando creo que nadie me ve. Pero Joyce me ve de todos modos y pregunta: «¿Ya nos dejas tiradas otra vez?», con un tono de voz que sugiere que no le parece bien que me marche.

—Voy a comer algo rápido —le digo, aunque no sé por qué miento cuando la verdad podría ser mejor.

—¿Cuándo podemos esperar que vuelvas? —me pregunta Joyce.

—Dentro de una hora —le digo.

Murmura al oír eso y dice: «Lo creeré cuando lo vea», lo cual no es justo hacia mí, como si yo alargara las pausas para comer más allá de la hora establecida. Sin embargo, no tiene sentido discutir. Me voy de todas formas, todavía nerviosa por haber encontrado a Imogen anoche en nuestro dormitorio. En cuanto encontró mi copa de vino, debió de saber que había estado en su habitación. Podría haber acudido a mí en ese momento, pero no lo hizo. Por el contrario esperó durante horas, hasta que estuve profundamente dormida, y entonces me lo dijo. Quería asustarme. Ese era su propósito.

Imogen no es ninguna chica ingenua. Es bastante astuta.

Encuentro mi coche en el aparcamiento y conduzco. Traté de convencerme a mí misma de no acudir a la misa. Al principio pensé que en realidad no había razón para ir, más allá de mi deseo de ver a Jeffrey Baines. Ya llevamos un tiempo viviendo en nuestra casa y, en ese tiempo, nunca he podido verlo bien. Pero no puedo ignorar la idea de que matara él a su esposa. Por mi seguridad y por la de mi familia, tengo que saber quién es. Necesito saber quiénes son mis vecinos. Necesito saber si estamos a salvo con este hombre viviendo al otro lado de la calle.

La iglesia metodista es blanca, con un campanario alto y un capitel muy afilado. Cuatro vidrieras modestas recorren cada uno de los lados del edificio. La iglesia es pequeña, la típica iglesia de provincias. Coronas de hoja perenne cuelgan de unos clavos en las puertas dobles de la entrada, adornadas con lazos rojos. El lugar es muy bonito. El pequeño aparcamiento está lleno de coches. Aparco en la calle y sigo a los demás hacia el interior.

La misa se celebra en el salón social. Diez o quince mesas redondas llenan el espacio, cubiertas con manteles blancos. Hay una mesa de bufé en la parte delantera de la estancia y, sobre ella, bandejas de galletas.

Camino con decisión; tengo tanto derecho a estar allí como cualquiera, por mucho que diga Will. Una mujer a la que nunca he visto me tiende la mano cuando entró en la sala. Me da las gracias por venir. Lleva un pañuelo arrugado en la mano. Ha estado llorando. Me dice que es la madre de Morgan. Me pregunta quién soy.

—Sadie, una vecina —respondo, y por deferencia añado un «siento mucho su pérdida».

La mujer me sacará veinte o treinta años. Tiene el pelo gris y las arrugas de su piel forman un mapa de carreteras sobre su rostro. Es delgada y lleva un vestido negro que le llega justo por debajo de las rodillas. Tiene la mano fría y, al estrechármela, siento el pañuelo apretado entre nuestras manos.

—Es muy amable por tu parte haber venido —me dice—. Alegra saber que Morgan tenía amigas.

Me quedo pálida al oír eso, porque, claro, no éramos amigas. Sin embargo, eso es algo que su apenada madre no tiene por qué saber.

—Era una mujer adorable —le digo, a falta de nada mejor.

Jeffrey está dos metros más atrás, hablando con una pareja mayor. A decir verdad, parece aburrido. No muestra el mismo dolor que la madre de Morgan demuestra abiertamente. No llora. Es algo masculino eso de no llorar. Eso lo entiendo. Y el dolor puede manifestarse de muchas maneras, además del llanto. Rabia, incredulidad. Pero no veo nada de eso en Jeffrey cuando le da una palmadita en la espalda al anciano y suelta una carcajada.

Nunca había estado tan cerca de él. Nunca lo había mirado tan detenidamente como hasta ahora. Jeffrey es un hombre refinado, alto, con una brillante mata de pelo oscuro que lleva peinado hacia atrás. Tiene un aspecto misterioso y los ojos ocultos tras unas gafas de montura gruesa. Viste un traje negro, que se ve que es hecho a medida. Es un hombre bastante guapo.

La pareja de ancianos sigue su camino. Vuelvo a decirle a la madre de Morgan lo mucho que lo siento y la dejo atrás. Me acerco a Jeffrey. Me estrecha la mano.

Su apretón es firme y su mano tibia. «Jeffrey Baines», me dice manteniéndome la mirada, y yo le digo quién soy, que mi marido y yo vivimos con nuestra familia al otro lado de la calle.

—Por supuesto —dice Jeffrey, aunque dudo que alguna vez haya prestado atención a lo que sucede al otro lado de la calle. Me parece el típico empresario espabilado que sabe cómo manipular, experto en el sutil arte de congraciarse con los demás. En apariencia es encantador.

Pero, tras esa fachada, hay más cosas que no puedo ver.

—Morgan estaba encantada de tener savia nueva en la calle —continúa—. Le habría gustado verte aquí, Sandy —me dice, y le corrijo y digo «Sadie». Sí, es verdad. Sadie —se corrige a modo de disculpa—. Nunca se me han dado bien los nombres. —Me suelta la mano y yo la aparto y entrelazo los dedos frente a mí.

—Le pasa a mucha gente —le digo—. Debe de ser un momento muy duro para ti —añado, en lugar del habitual: «Siento mucho tu pérdida». Eso me parece un lugar común, un sentimiento que se repite una y otra vez por toda la habitación—. Tu hija. Debe de estar destrozada —le digo, tratando por todos los medios de resultar empática con mi lenguaje corporal. Dejo caer la cabeza y frunzo el ceño—. No me imagino lo que debe de estar pasando.

Sin embargo, la respuesta de Jeffrey es inesperada.

—Me temo que Morgan y ella nunca estuvieron muy unidas —dice—. A consecuencia del divorcio, imagino —me explica, quitándole importancia, sin hacer hincapié en el hecho de que su hija y su esposa no se llevaran bien—. Ninguna mujer eclipsaría a su madre.

—Oh —respondo yo, porque no se me ocurre otra cosa que decir.

Si Will y yo nos divorciáramos algún día y él volviera a casarse, confiaría en que mis hijos me quisieran más a mí que a su madrastra. Y aun así, Morgan ha sido asesinada. Está muerta. La niña la encontró. Esa indiferencia me sorprende.

—¿Está aquí? —pregunto—. Tu hija.

Me dice que no, que está en clase. Es raro que esté en clase mientras celebran una misa en honor a su madrastra.

Mi sorpresa es visible.

Se explica:

—Estuvo enferma este año. Una neumonía que la tuvo ingresada en el hospital con antibióticos por vía intravenosa. Su madre y yo no queremos que pierda más días de clase.

No sé si su explicación es acertada.

—Es difícil ponerse al día. —Es lo único que se me ocurre decir.

Jeffrey me da las gracias por venir y me dice: «Sírvete unas galletas», antes de centrar su atención en el siguiente de la fila.

Me acerco a la mesa de las galletas. Me sirvo una y encuentro una mesa a la que sentarme. Me resulta extraño sentarme sola en una habitación donde no hay casi nadie solo. Todo el mundo ha venido con alguien. Todo el mundo menos yo. Ojalá Will estuviera aquí. Debería haber venido. Muchas de las personas de la sala lloran en silencio. Solo la madre de Morgan da rienda suelta abiertamente a su dolor.

Aparecen entonces dos mujeres detrás de mí y me preguntan si los asientos vacíos están reservados.

—No —les digo—. Tomad asiento, por favor. —Y eso hacen.

—¿Eras amiga de Morgan? —me pregunta una de ellas. Tiene que inclinarse hacia mí porque hay mucho ruido en la habitación.

Siento un profundo alivio. Ya no estoy sola.

—Éramos vecinas —respondo—. ¿Y vosotras? —pregunto mientras acerco más mi silla plegable. Han dejado asientos vacíos entre los suyos y el mío, lo que socialmente es apropiado. Y sin embargo hace que resulte difícil oír.

Una de las mujeres me dice que son viejas amigas de Patty, la madre de Morgan. Me dicen sus nombres –Karen y Susan– y yo les digo el mío.

—La pobre Patty está destrozada —comenta Karen—, como podrás imaginar.

Les digo lo increíble que es todo esto. Suspiramos y comentamos que es de suponer que los niños perderán primero a sus padres, y no al revés. Lo que le ha sucedido a Morgan va contra natura. Pienso en Otto y en Tate, si algo malo les sucediera alguna vez. No puedo imaginarme un mundo en el que Will y yo no morimos primero. No quiero imaginar un mundo así, donde ellos no están y yo me quedo atrás.

—Y no solo una vez, sino dos —agrega Susan. La otra asiente con cara de pena. Yo asiento también, pero no sé lo que quieren decir. Solo las escucho a medias. Tengo la atención puesta en Jeffrey Baines y en cómo saluda a los asistentes cuando se le acercan. Veo la sonrisa en su cara cuando recibe a las personas y extiende esa mano cálida para estrechársela a los demás. La sonrisa es inapropiada para la ocasión. Su esposa acaba de ser asesinada. No debería sonreír. Por lo menos, debería hacer el esfuerzo de aparentar tristeza.

Empiezo a preguntarme si Jeffrey y Morgan discutían,

o si fue la indiferencia la que acabó con ellos. La indiferencia, un sentimiento peor aún que el odio. Me pregunto si ella hizo algo que le disgustara, o si simplemente él quería verla muerta, disolver su matrimonio sin una batalla judicial. O tal vez fue por el dinero. Por una póliza de seguro de vida que hubiese que abonar.

—Patty no volvió a ser la misma después de aquello —estaba diciendo Susan.

La miro cuando Karen responde.

—No sé qué hará ahora, cómo se las apañará. Perder a un hijo es horrible, pero ¿a dos?

—Es impensable —conviene Susan. Busca un pañuelo en el bolso. Ha empezado a llorar. Recuerda lo destrozada que se quedó Patty la primera vez que sucedió esto, que pasaron semanas en las que fue incapaz de levantarse de la cama. Que perdió mucho peso, demasiado para una mujer a la que no le sobraban los kilos. Miro a la mujer, a Patty, de pie a la cabeza de la fila. Está demacrada.

—Esto será la ruina de... —comienza a decir Karen, pero antes de que pueda terminar entra por la puerta una mujer que se dirige directamente hacia Jeffrey. Él entonces deja de sonreír—. Oh —oigo que dice Karen en voz baja—. Dios mío. Susan, mira quién ha venido.

Miramos las tres. La mujer es alta como Jeffrey. Es delgada y va vestida de rojo, mientras que casi todos los demás presentes visten tonos oscuros o apagados. Lleva el pelo largo y oscuro. Le cae por la espalda, por encima de la blusa roja de flores, plisada y escotada. Lleva los pantalones ajustados. Del brazo cuelga un abrigo de invierno. Se detiene frente a Jeffrey y le dice algo. Él intenta agarrarla del brazo, sacarla de la habitación, pero ella no piensa consentirlo. Se aparta con vehemencia. Él se inclina hacia ella y le dice algo en voz baja. La mujer se lleva las manos a las caderas y adopta una actitud defensiva. Hace un mohín.

—¿Quién es esa? —pregunto, incapaz de apartar los ojos de ella.

Y me dicen que es Courtney. La primera esposa de Jeffrey.

—No puedo creerme que se presente precisamente aquí —comenta Susan.

—Quizá solo quería darle el pésame —sugiere Karen.

—Lo dudo mucho —responde Susan, y carraspea.

—Imagino que el matrimonio no acabó bien —digo, aunque no es necesario. ¿Qué matrimonio acaba amistosamente?

Las mujeres se miran antes de hablar.

—Pensé que era bien sabido —dice Susan—. Que lo sabía todo el mundo.

—Saber ¿qué? —pregunto, y ellas cambian de asiento y se libran del hueco vacío que nos separa, y me dicen que Jeffrey estaba casado con Courtney cuando Morgan y él se conocieron. Que su matrimonio empezó como una aventura. Morgan era su amante, confiesan, susurrando esa palabra, «amante», como si fuera algo sucio. Una mala palabra. Jeffrey y Morgan trabajaban juntos; ella era su ayudante administrativa. Su secretaria, por muy típico que suene. «Se conocieron y se enamoraron», dice Susan.

Según se lo contó entonces la madre de Morgan, Jeffrey y su entonces esposa, Courtney, llevaban mucho tiempo peleándose. Morgan no fue la que rompió su matrimonio, ya estaba roto. Su matrimonio siempre había sido inestable: dos personas con mentalidades parecidas

150

que chocaban constantemente. Lo que Morgan le contó en la primera época de su aventura fue que Jeffrey y Courtney podían ser ambos muy testarudos y vehementes. La actitud de Morgan, en cambio, encajaba mejor con Jeffrey.

Me vuelvo hacia Jeffrey y su exmujer. La conversación es acalorada y breve. Ella dice algo cortante, se da la vuelta y se marcha.

Pienso entonces que eso es todo.

Veo que Jeffrey se vuelve hacia el siguiente de la fila. Se obliga a sonreír y le tiende la mano.

Las mujeres junto a mí siguen chismorreando. Las escucho, pero sigo mirando a Jeffrey. Susan y Karen están hablando de Morgan y de Jeffrey, de su matrimonio. Amor verdadero, oigo que dicen, aunque, a juzgar por el rostro de Jeffrey —distante, indiferente— no lo veo por ninguna parte. Aunque tal vez sea un tipo de supervivencia. Llorará más tarde, en privado, cuando los demás nos hayamos ido.

—No se puede detener el verdadero amor —declara Karen.

Se me pasa entonces por la cabeza una idea. Sí que hay una manera de detenerlo.

Susan pregunta si alguien quiere más galletas. Karen dice que sí. Susan se marcha y regresa con una fuente para compartir entre las tres. Retoman su conversación sobre Patty, deciden organizarse para llevarle comida, para asegurarse de que coma. Si nadie cocina para ella, es de esperar que, en su dolor, Patty deje de comer. Eso les preocupa. Karen piensa en voz alta lo que va a preparar. Tiene una receta de pastel de carne que le apetece probar, pero también sabe que a Patty le gusta mucho la lasaña.

Solo yo continúo mirando cuando, un minuto más tarde, Jeffrey se excusa y abandona la habitación.

Yo echo la silla hacia atrás y me levanto. Las patas hacen ruido contra el suelo y las mujeres me miran de pronto, sorprendidas por lo inesperado de mi movimiento.

—¿Tenéis idea de dónde está el lavabo? —les pregunto—. La llamada de la naturaleza.

Karen me da las indicaciones.

El pasillo está relativamente tranquilo. Aunque no se trata de un edificio grande, hay varios salones, cada vez con menos personas a medida que me alejo. Giro a izquierda y derecha, los salones ya están vacíos para cuando llego a una zona sin salida. Empiezo a desandar mis pasos.

Cuando llego al vestíbulo, está vacío. Todos están dentro del salón social.

Tengo dos puertas delante. Una da a la capilla y la otra al exterior.

Abro ligeramente la puerta de la capilla, lo suficiente para ver lo que hay dentro. Es pequeño, tiene poca luz y está lleno de sombras. La única luz proviene de las cuatro vidrieras situadas a cada lado de la sala. Una cruz cuelga sobre el púlpito, de cara a las filas de bancos estrechos.

Pienso que la capilla está vacía. Al principio no los veo. Estoy a punto de marcharme, pensando que estarán fuera, contemplando la posibilidad de que no estén juntos. De que ella haya abandonado el edificio y él esté en el baño.

Pero entonces percibo el movimiento. Ella levanta de pronto las manos y lo empuja.

Están ocultos en el rincón más alejado de la sala.

Courtney tiene a Jeffrey de espaldas contra la pared. Él levanta la mano para acariciarle el pelo, pero ella vuelve a empujarlo, con tanta fuerza esta vez que Jeffrey encoge la mano hacia sí mismo como si estuviera herido.

La exmujer le abofetea entonces. Me estremezco y me aparto de la puerta como si me hubiera abofeteado a mí. Él gira la cabeza hacia la derecha y después vuelve a centrarla. Contengo la respiración y la oigo entonces solo porque alza la voz, pronuncia esas palabras más altas que el resto.

—No siento lo que he hecho —confiesa—. Ella me lo quitó todo, Jeff. Absolutamente todo, me dejó sin nada. No puedes culparme por intentar recuperar lo que es mío—. Espera unos segundos antes de añadir—: No siento que haya muerto.

Jeffrey la agarra de la muñeca y se miran fijamente. Sus bocas se mueven, pero han bajado la voz y no oigo lo que dicen. Sin embargo me lo imagino, y lo que imagino es horrible y retorcido.

Doy un paso silencioso hacia el interior de la sala. Aguanto la respiración, aguzo el oído, trato de concentrarme únicamente en lo que dicen. Al principio, apenas distingo frases como «no diré» y «nunca sabrá». Se ha encendido un ventilador en la estancia. Sus voces suenan amortiguadas por el sonido del aire. No dura mucho, treinta segundos quizá. Treinta segundos de conversación que me pierdo. Pero entonces el ventilador se apaga y ellos alzan la voz. Me llegan sus palabras.

—Lo que hiciste —murmura él negando con la cabeza.

—No pensé —admite ella—. Me pudo el temperamento, Jeff. Estaba enfadada —agrega—. No puedes culparme por estar enfadada.

Ahora está llorando, pero es más un gimoteo que otra cosa, un llanto suave y sin lágrimas. Es un gesto manipulador. Está intentando ganarse su compasión.

No puedo apartar la mirada de la escena.

Jeffrey se queda callado durante un minuto. Ambos guardan silencio.

—Nunca me ha gustado verte llorar —le dice él entonces, con la voz suave como una pluma.

Se calma. Ambos se calman.

Le acaricia el pelo una segunda vez. Esta vez ella se inclina hacia él. No lo aparta. Se acerca más. Él le rodea la parte inferior de la espalda con los brazos. La acerca a su cuerpo. Ella le rodea el cuello con los brazos y deja caer la cabeza sobre su hombro. Por un instante se muestra tímida. Están casi a la misma altura. No puedo evitar mirar mientras se abrazan. Porque lo que hace solo unos segundos era descarnado y violento ahora se ha convertido en algo extrañamente dulce.

El pitido de mi teléfono me sobresalta. Retrocedo abruptamente y suelto la puerta de golpe. Se cierra con un fuerte ruido y, por un segundo, se me quedan las rodillas paralizadas. Como un ciervo ante los faros de un coche.

Oigo movimiento al otro lado de la puerta de la capilla.

Se acercan.

Me pongo en marcha.

Atravieso deprisa las puertas dobles de la iglesia y salgo a la calle, donde me topo con el frío día de diciembre. Cuando llego a los escalones de la iglesia, empiezo a correr.

No puedo permitir que Jeffrey o su exmujer sepan que era yo la que estaba allí.

Corro hacia mi coche, aparcado en la calle. Abro la puerta y me meto dentro sin dejar de mirar las puertas de la iglesia para ver si me ha seguido alguien. Bloqueo las puertas del coche y agradezco el clic mecánico que me indica que estoy a salvo allí dentro.

Solo entonces miro la pantalla de mi teléfono.

Es un mensaje de Joyce. Miro la hora en mi teléfono. Hace más de una hora que me marché. Sesenta y cuatro minutos, para ser exacta. Joyce los cuenta todos.

Llegas tarde, me dice. *Tus pacientes te están esperando.*

Vuelvo a mirar hacia las puertas de la iglesia y, menos de veinte segundos después, veo salir con discreción a la exmujer de Jeffrey Baines. Mira primero a la izquierda y después a la derecha antes de bajar los escalones de la iglesia, mientras junta las solapas de su abrigo de pata de gallo blanco y negro para protegerse del frío.

La sigo con la mirada hasta su coche, un Jeep rojo aparcado un poco más adelante. Abre la puerta, se monta y cierra de golpe.

Vuelvo a mirar hacia la iglesia y veo a Jeffrey de pie junto a la puerta abierta, viéndola marchar.

SADIE

Hay una furgoneta aparcada en el camino de la entrada cuando llego a casa esa noche. Aparco junto a ella, detrás del coche de Will. Leo el letrero de la furgoneta y me alivia comprobar que Will va a cambiar la caldera.

Me acerco a la puerta. Al principio, la casa está en silencio cuando entro. La caldera está ubicada en el sótano. Los hombres están ahí abajo.

Solo veo a Tate, sentado a la mesita del café con sus Legos. Me saluda con la mano y yo me quito los zapatos y los dejo junto a la puerta. Me acerco a él y le doy un beso en la cabeza.

—¿Qué tal tu…? —empiezo a decir, pero, antes de terminar la frase, llega hasta nosotros el sonido de voces airadas a través de los tablones del suelo, aunque no distingo lo que dicen.

Tate y yo nos miramos.

—Enseguida vuelvo —le digo. Cuando veo que se dispone a seguirme, añado con firmeza—: Quédate aquí. —Porque no sé lo que me encontraré en el sótano cuando baje.

Desciendo con cuidado los escalones de madera para ver cuál es el problema. Estoy nerviosa al pensar que hay un hombre desconocido en nuestra casa. Un extraño al que ni Will ni yo conocemos.

Lo siguiente que pienso es: ¿cómo sabemos que el hombre de la caldera no es un asesino? No me parece tan descabellado, teniendo en cuenta lo que le ha sucedido a Morgan.

El sótano es bastante rústico. Las paredes y el suelo son de cemento. Está iluminado únicamente con una serie de bombillas desnudas.

Al acercarme al último escalón, me da miedo lo que vaya a encontrarme allí. El hombre de la caldera haciendo daño a Will. Se me aceleran los latidos. Me maldigo por no haber pensado en llevar algo conmigo para protegerme, para proteger a Will. Pero sigo llevando el bolso encima, y dentro está el teléfono. Eso es algo. Podría llamar para pedir ayuda si fuera necesario. Meto la mano dentro y agarro el teléfono.

Mis pies llegan al último escalón. Me vuelvo con cuidado. No es lo que me esperaba.

Will tiene al de la caldera atrapado contra la pared del sótano. Está a pocos centímetros de él con una actitud que solo puede considerarse amenazante. Will no lo tiene agarrado —no es algo físico, al menos de momento—, pero por su proximidad queda claro que el hombre no puede marcharse. El hombre, por su parte, retrocede acobardado mientras Will lo llama parásito y oportunista. Está rojo de ira y tiene hinchadas las venas del cuello.

Se acerca más al hombre, tanto que este se estremece. Will le clava un dedo en el pecho. Un segundo después, lo agarra del cuello de la camisa y dice: «Debería denunciarte. El hecho de que seas el único jodido reparador de…».

—¡Will! —exclamo entonces. No es propio de él decir tacos. Tampoco es propio de él recurrir a la violencia física. Jamás había visto esa faceta suya—. ¡Para, Will! —le exijo—. ¿Qué narices te pasa?

Retrocede, solo porque estoy yo allí. Mira al suelo. No es necesario que me diga lo que ha sucedido. Lo imagino por las pistas que me da el contexto. Ese hombre es el único reparador de calderas de la isla. Por ello, sus precios son elevados. A Will eso no le gusta, pero no es excusa.

Cuando retrocede, el hombre de la caldera recoge sus cosas muy deprisa y huye.

No hablamos, no volvemos a mencionarlo en toda la noche.

A la mañana siguiente, me envuelvo con una toalla cuando salgo de la ducha. Will está de pie contemplando su reflejo en el espejo empañado que hay sobre el lavabo. El marco de plata del espejo se ha ido deteriorando con el tiempo. El cuarto de baño, como todo lo demás en la casa, es pequeño y asfixiante.

Me quedo mirando a Will mientras se mira a sí mismo en el espejo. Me pilla. Nuestras miradas se cruzan.

—¿Cuánto tiempo crees que vas a seguir ignorándome de esta forma? —me pregunta, refiriéndose a nuestro silencio después de su pelea con el de la caldera. Al final, el tipo se marchó sin haber hecho nada, así que en la casa todavía no se está a gusto. La caldera además ha empezado a repiquetear. No tardará en estropearse del todo.

He estado esperando a que Will se disculpe por su comportamiento o al menos que reconozca que se equivocó. Entiendo que pudiera estar enfadado. Lo que no entiendo es su reacción. Fue una reacción exagerada, totalmente irracional, muy impropia de él.

Pero creo que lo que él espera es que yo ignore lo sucedido y sigamos como si nada.

Sin embargo, le digo:

—Nunca te había visto así, y por algo tan trivial como el precio de una caldera.

Will se muestra visiblemente dolido por mis palabras. Toma aire y dice con tono ofendido:

—Sabes lo mucho que me esfuerzo por cuidar de esta familia, Sadie. Esta familia lo es todo para mí. No permitiré que nadie se aproveche de nosotros de esa forma.

Cuando lo dice así, lo veo de un modo diferente. Y a los pocos segundos soy yo la que se disculpa.

Es verdad que hace mucho por cuidar de nosotros. Debería estar agradecida de que haya estado informándose y no estuviera dispuesto a permitir que el de la caldera nos timara de esa forma. Will estaba protegiendo nuestra economía, nuestra familia. Es dinero que podríamos gastar en comida, en los fondos universitarios de los niños. Agradezco que tuviera la valentía y la sensatez de proteger ese dinero. De haber sido por mí, habría tirado cientos de dólares sin saberlo.

—Tienes razón —le digo—. Toda la razón. Lo siento.

—No pasa nada —me responde, y veo en su actitud que me perdona—. Olvidemos lo que ha pasado. —Y, sin más, queda olvidado.

Will todavía no sabe que fui a la misa ayer. No me

atrevo a decírselo porque él pensaba que no deberíamos ir. No quiero que se enfade.

Sin embargo, no puedo dejar de pensar en el extraño encuentro que presencié en la capilla de la iglesia entre Jeffrey y su exmujer. Ojalá pudiera hablar con Will del tema, contarle lo que vi.

Tras abandonar la misa, seguí a la exmujer en mi coche. Di media vuelta en la calle y seguí al Jeep rojo a una distancia de diez metros hasta recorrer las tres manzanas que nos separaban del ferri. Si Courtney sabía que estaba allí, siguiéndola, no dio muestras de ello. Me quedé en el coche durante unos diez minutos. Ella pasó todo ese tiempo en su coche, hablando por teléfono.

Cuando llegó el ferri, aparcó el coche en la embarcación. Poco después desapareció en el mar, se fue. Y aun así se quedó conmigo, en mi cabeza. Sigue conmigo. No puedo dejar de pensar en ella; en Jeffrey; en su disputa, en su abrazo.

También pienso en Imogen. En su silueta en el rincón de mi dormitorio por la noche.

Will se pasa los dedos por el pelo, a modo de peine. Oigo su voz, habla por encima del sonido del convector del baño. Está diciéndome que esta tarde va a llevar a Tate a una exposición de Lego que hay en la biblioteca pública. Van con otro chico del colegio, uno de los amigos de Tate. Van con él y con su madre. Se llama Jessica, un nombre que Will deja caer sin mucho interés en mitad de la conversación, y es esa falta de interés, la familiaridad con la que dice su nombre, la que me sienta mal, y hace que me olvide por un momento de Jeffrey, de su exmujer y de Imogen.

Durante años, Will ha sido siempre el que organizaba los encuentros de nuestros hijos para jugar con otros niños. Antes eso a mí no me molestaba. En todo caso, agradecía que Will se hiciese cargo de ello en mi ausencia. Después del colegio, los compañeros de los chicos y sus madres venían al piso mientras yo estaba trabajando. Lo que imaginaba era que los chicos desaparecían por el pasillo para jugar mientras que Will y alguna mujer a la que yo no conocía se sentaban a la mesa de la cocina y cotilleaban sobre las demás madres del colegio.

Yo nunca veía a esas mujeres. Nunca me paré a pensar en cómo serían. Sin embargo, todo es diferente desde la aventura. Ahora doy demasiadas vueltas a esas cosas.

—¿Solos los cuatro? —pregunto.

Me dice que sí, solos los cuatro.

—Pero habrá más gente allí, Sadie —explica, tratando de calmarme, y aun así me suena sarcástico—. No es un evento privado solo para nosotros.

—Desde luego —respondo—. ¿Y qué haréis allí? —pregunto tratando de suavizar el tono y no sonar como una arpía, porque sé lo mucho que a Tate le gustan los Lego.

Will me dice que van a construir algo con esos ladrillitos que me encuentro desperdigados por toda la casa, que van a levantar atracciones y máquinas que se mueven.

—Tate está deseando ir. Además —me dice volviéndose para mirarme— os vendrá bien a Otto, a Imogen y a ti estar a solas unas horas. Para hacer vínculo. —Así lo llama, y yo resoplo, sabiendo que no habrá ningún vínculo entre Otto, Imogen y yo esta noche.

Paso junto a él, salgo del baño y entro en el dormitorio. Will me sigue. Se sienta al borde de la cama y se pone los calcetines mientras me visto.

Los días son cada vez más fríos. El frío se cuela en la clínica a través de la puerta y las ventanas. Las paredes son porosas y las puertas de la clínica siempre están abriéndose y cerrándose. Cada vez que un paciente entra o sale, el aire frío se cuela dentro.

Rebusco en la inmensa montaña de ropa sucia en busca de una chaqueta de lana marrón, una de esas prendas versátiles que van bien con casi todo. La chaqueta no es mía, era de Alice. Estaba en la casa cuando llegamos. Es una prenda muy gastada, una de las razones por las que me gusta. Está ligeramente deformada, llena de bolitas, con un cuello ancho y acanalado y enormes bolsillos en los que puedo hundir las manos. Tiene cuatro botones de falso nácar en la parte delantera. Me queda ajustada porque Alice era más menuda que yo.

—¿Has visto mi chaqueta? —pregunto.

—¿Qué chaqueta? —pregunta Will.

—La marrón. La que era de Alice.

Me dice que no la ha visto. No le gusta esa chaqueta. Siempre le ha parecido extraño que me apropiara de la prenda en un primer momento. «¿De dónde has sacado eso?», me preguntó la primera vez que aparecí con ella puesta. «Del armario de arriba», le dije. «Debía de ser de tu hermana». «¿En serio?», preguntó. «¿No te parece un poco…, no sé, morboso? Ponerte la ropa de una persona fallecida».

Pero, antes de que pudiera responder, Tate preguntó qué significaba morboso y salí de la habitación para evitar la conversación, dejándole a Will la tarea de explicárselo.

Ahora encuentro otro jersey entre la ropa y me lo pongo por encima de la blusa. Will se queda sentado, mirándome hasta que acabo de vestirme. Entonces se levanta de la cama y se acerca a mí. Me rodea la cintura con los brazos y me dice que no me preocupe por Jessica. Se inclina hacia mí y me susurra: «No tiene nada que hacer contigo», tratando de ser gracioso, y me dice que Jessica es una bruja, que no se baña con frecuencia, que le faltan la mitad de los dientes y que escupe cuando habla.

Yo me obligo a sonreír.

—Guapísima —murmuro. Aunque sigo sin entender por qué tienen que ir en coche juntos, por qué no podrán quedar directamente en la biblioteca.

Will se pega más a mí y me susurra al oído:

—Quizá después de la exposición de Lego, cuando los niños ya estén en la cama, tú y yo podamos hacer vínculo también. —Me da un beso.

Will y yo no hemos tenido relaciones sexuales desde la aventura. Porque, cada vez que me toca, solo puedo pensar en ella y como resultado me enfado y corto de raíz cualquier insinuación. No podría poner la mano en el fuego, pero estoy segura de que fue alguna estudiante, alguna chica de dieciocho o diecinueve años. Usaba pintalabios, eso sí lo sé. Pintalabios rosa intenso y bragas finas y diminutas, que dejó en mi dormitorio cuando se marchó, lo que significaba que tuvo la temeridad no solo de acostarse con un hombre casado, sino de desfilar por ahí sin ropa interior. Dos cosas que yo nunca haría.

Con frecuencia me preguntaba si lo llamaba «profesor», o si para ella siempre fue Will. O quizá «profesor Foust», pero lo dudaba. Me parecía demasiado formal para un hombre con el que te estás acostando, incluso aunque fuera veinte años mayor, padre de dos hijos y con algunas canas ya.

Pensaba mucho en las mujeres jóvenes y audaces, en qué aspecto tendrían. Me venían a la cabeza cortes de pelo *pixie*, y también blusas escotadas, ombligos al descubierto; y pantalones tan cortos que los bolsillos asomaban por debajo; medias de rejilla, botas militares; pelo teñido.

Aunque quizá me equivocaba en todo eso. Quizá fuese una mujer joven autocrítica, tímida, sin autoestima. Tal vez la atención puntual de un hombre casado era lo único que tenía en su vida, o quizá Will y ella tuvieron una conexión más allá del sexo y compartían el deseo de salvar el mundo.

En cuyo caso, creo que sí lo llamaría «profesor Foust».

Nunca le pregunté a Will qué aspecto tenía. Quería saberlo y, al mismo tiempo, no quería. Al final, decidí que era mejor no saber y nunca se lo pregunté. Me habría mentido de todos modos y me habría dicho que no había otra mujer, que yo era la única.

Si no fuera por los chicos, tal vez nuestro matrimonio habría terminado en divorcio después de la aventura. Una vez se lo sugerí, que tal vez estaríamos mejor si nos divorciáramos, que los chicos también estarían mejor.

«Dios, no», me dijo entonces Will. «No, Sadie, no. Dijiste que nunca nos sucedería eso. Que estaríamos juntos para siempre, que jamás me dejarías marchar».

Si yo le dije eso, no lo recordaba. En cualquier caso, esa es la típica tontería ridícula que dice la gente cuando se enamora; no sirve para un matrimonio.

Hay una pequeña parte de mí que me culpó de la aventura. Una parte que creía que yo había empujado a Will a los brazos de otra mujer, por mi manera de ser.

Lo achaqué a mi trabajo, que me exige ser distante. Ese distanciamiento, la ausencia de implicación emocional, a veces se cuela en nuestro matrimonio. La intimidad y la vulnerabilidad no son mis puntos fuertes, nunca lo han sido. Will pensaba que podría cambiarme. Resulta que se equivocaba.

SADIE

Cuando entro en el aparcamiento de la clínica, agradezco encontrarlo vacío. Joyce y Emma llegarán enseguida, pero por ahora estoy yo sola. Los neumáticos derrapan sobre el pavimento cuando giro a la izquierda para entrar en mi hueco, atenta a la carretera por si veo luces largas.

Salgo del coche y atravieso el aparcamiento. A esta hora de la mañana, todo está envuelto en niebla. El aire es turbio, como una sopa. No veo lo que tengo a metro y medio de distancia. Noto la presión en los pulmones y de pronto no sé si estoy sola o si hay alguien ahí entre la niebla, observándome. De pie a metro y medio de distancia, donde no me alcanza la vista. Noto un escalofrío por la espalda y me estremezco.

Corro hacia la puerta, meto la llave en la cerradura y entro. Cierro a mi espalda y echo el pestillo antes de seguir. Recorro el estrecho pasillo hasta llegar a la recepción, los dominios de Emma.

Antes de llegar yo, había otra doctora en mi lugar, una residente de la isla, de toda la vida, que se tomó la baja por maternidad y nunca regresó. A veces Joyce y Emma se pasan fotos del bebé y se lamentan de lo mucho que echan de menos a Amanda. Me responsabilizan a mí de su ausencia, como si fuera culpa mía que tuviera al bebé y después decidiera darle una oportunidad a la maternidad.

Lo que he descubierto es que los residentes de la isla no acogen bien a los recién llegados. A no ser que seas un niño como Tate o alguien sociable como Will. Hay que ser un bicho raro para elegir vivir en una isla, aislado del resto del mundo. Muchos de los residentes que no están jubilados simplemente han escogido el aislamiento como modo de vida. Son autosuficientes, autónomos, además de parcos, malhumorados, obstinados y distantes. Muchos de ellos son artistas. El pueblo está lleno de tiendas de alfarería y galerías gracias a ellos, convirtiéndolo en un lugar cultural, pero también pretencioso.

Dicho eso, la comunidad tiene mucha importancia debido al aislamiento que genera la vida en una isla. La diferencia entre ellos y yo es que ellos eligieron estar aquí.

Deslizo una mano por la pared en busca del interruptor de la luz. Las luces del techo cobran vida con un murmullo. Ahí, en la pared de enfrente, hay colgada una pizarra calendario donde figuran mi horario de trabajo y el de la doctora Sanders. Un invento de Emma. El horario es arbitrario e irregular; la doctora Sanders y yo no trabajamos los mismos días cada semana. Si existe algún método en esa locura, yo no se lo veo.

Me acerco al calendario. La tinta está corrida, pero aun así distingo lo que estoy buscando. Mi apellido, Foust, escrito bajo la fecha del uno de diciembre. El mismo día en que supuestamente el señor Nilsson nos vio a Morgan Baines y a mí discutiendo. El mismo día en que, según el señor Nilsson, le arranqué un mechón de pelo de la cabeza a esa mujer.

Según el calendario de Emma, el uno de diciembre yo trabajé un turno de nueve horas, desde las ocho de la mañana hasta las cinco de aquella tarde. En cuyo caso, estaba allí, en la clínica, cuando el señor Nilsson jura que me encontraba frente al hogar de los Baines. Saco el teléfono del bolso y le hago una foto a modo de prueba.

Me siento frente al escritorio en forma de L. Tiene notas pegadas. Un recordatorio para Emma, que tiene que pedir más tinta para la impresora. Para la doctora Sanders, para que llame a un paciente y le dé los resultados de una prueba. Una de nuestras pacientes ha perdido a su muñeca. El número de teléfono de su madre está sobre la mesa, pide que la llamemos si la muñeca aparece. También está allí la contraseña del ordenador.

Lo enciendo. Nuestros archivos están almacenados en un software médico. No sé con certeza si el señor Nilsson es paciente de la clínica, pero casi todos los habitantes de la isla lo son.

Hay muchos trastornos oculares que afectan a los ancianos, desde la presbicia hasta las cataratas y el glaucoma, pasando por la degeneración macular, una de las principales causas de ceguera entre los ancianos. Es posible que el señor Nilsson padezca alguna de esas enfermedades y esa será la razón por la que creyó verme con la señora Baines. Porque no veía bien. O tal vez haya empezado a mostrar los primeros síntomas del Alzheimer y estuviera confuso.

Abro el programa del ordenador. Busco el historial

médico de George Nilsson y, efectivamente, ahí está. Estoy segura de que esto viola la Ley de Responsabilidad y Portabilidad del Seguro Médico, y aun así lo hago de todos modos, pese a que no soy la doctora del señor Nilsson.

Ojeo su historial médico. Descubro que es diabético, que toma insulina. Tiene el colesterol alto y toma estatinas para controlarlo. Para un hombre de su edad, tiene la tensión arterial bien, aunque sufre de cifosis, cosa que ya sabía. El señor Nilsson es chepudo. Un achaque doloroso y deformante, un efecto de la osteoporosis que suele verse más en mujeres que en hombres.

Nada de eso me interesa.

Lo que me resulta sorprendente es que el señor Nilsson tiene la vista bien. La doctora Sanders no ha hecho ninguna anotación sobre sus capacidades cognitivas. En apariencia, está bien de la cabeza. Las facultades mentales no le fallan y no se está quedando ciego, lo que me lleva de vuelta al principio.

¿Por qué mintió el señor Nilsson?

Cierro el programa. Muevo el cursor del ratón para entrar en Internet, hago doble clic y se abre ante mí. Introduzco un nombre, Courtney Baines, y solo cuando pulso «Enter» se me ocurre preguntarme si seguirá siendo Baines o si, tras el divorcio, habrá recuperado su apellido de soltera. O quizá haya vuelto a casarse. Pero no tengo tiempo para averiguarlo.

Oigo que se abre la puerta trasera al final del pasillo. Tengo el tiempo justo para cerrar el navegador y salir de detrás del escritorio antes de que aparezca Joyce.

—Doctora Foust —me dice, y en su tono distingo demasiada animadversión para las ocho de la mañana—. Está usted aquí —agrega, como si no fuera algo que ya sé—. La puerta estaba cerrada con llave. No pensé que hubiera alguien aquí.

—Estoy aquí —respondo con más alegría de la que pretendo—. Quería empezar pronto hoy —le explico, y me doy cuenta de que le molesta igualmente si llego pronto o si llego tarde. A sus ojos, no hago nada bien.

MOUSE

Había una vez una mujer que se llamaba Mamá Falsa. Ese no era su verdadero nombre, por supuesto, pero así era como la llamaba Mouse, aunque siempre a sus espaldas.

Mamá Falsa era guapa. Tenía una piel bonita, el pelo largo y castaño y una sonrisa grande. Llevaba ropa bonita, le gustaban las camisas con cuello y las camisetas brillantes, que se metía por debajo de la cintura de los vaqueros para no tener un aspecto descuidado, como cuando Mouse llevaba vaqueros. Ella siempre parecía ir combinada, no como Mouse. Siempre estaba guapa.

Mouse y su padre no se ponían ropa bonita salvo cuando era Navidad o cuando su padre se iba a trabajar. A Mouse la ropa bonita no le parecía cómoda porque le resultaba difícil moverse con ella. Sentía los brazos y las piernas rígidas.

Mouse no sabía nada sobre Mamá Falsa hasta la noche en que llegó. Su padre nunca había mencionado su nombre, así que ella llegó a creer que probablemente hubiera conocido a Mamá Falsa el mismo día que la llevó a casa. Pero no preguntó y su padre no se lo dijo.

La noche que llegó, el padre de Mouse entró en la casa como hacía siempre cuando había estado fuera. Normalmente su padre trabajaba desde casa, en la habitación que llamaban «su despacho». Tenía otro despacho, en un gran edificio en alguna parte, que Mouse vio en una ocasión, pero no iba allí todos los días como los demás padres que conocía cuando se iban a trabajar. En vez de eso se quedaba en casa, en la habitación con la puerta cerrada, y se pasaba casi todo el día al teléfono hablando con clientes.

Sin embargo a veces tenía que ir a su otro despacho, como sucedió el día que trajo a Mamá Falsa a casa con él. En ocasiones tenía que irse lejos, y entonces pasaba fuera días enteros.

La noche que Mamá Falsa vino a casa, su padre entró en casa solo. Dejó el maletín junto a la puerta y colgó el abrigo en el perchero. Dio las gracias a la pareja mayor que vivía enfrente por cuidar de ella. Los acompañó hasta la puerta seguido de Mouse.

Mouse y su padre los vieron atravesar lentamente la calle hacia su casa. Parecía que les costaba, parecía que les dolía. Mouse no quería envejecer.

Cuando se marcharon, su padre cerró la puerta y se volvió hacia ella. Le dijo que tenía una sorpresa para ella, que tenía que cerrar los ojos.

Mouse estaba segura de que su sorpresa sería un perrito, uno que llevaba pidiendo desde el día que pasaron por delante del escaparate de una tienda de mascotas y lo vio allí, grande, peludo y blanco. En su momento su padre le dijo que no, que un perrito daba demasiado trabajo, pero quizá hubiese cambiado de opinión. A veces hacía eso cuando ella deseaba algo de verdad, porque Mouse era una buena chica. No la malcriaba, pero sí le gustaba saber que era feliz. Y un perrito le haría muy muy feliz.

Mouse se tapó los ojos con las manos. Por alguna razón, aguantó la respiración. Escuchó con atención, por si oía ladridos o gimoteos procedentes del otro extremo de la habitación donde se encontraba su padre. Sin embargo, no oyó ladridos ni gimoteos.

Lo que oyó en vez de eso fue el sonido de la puerta de la entrada al abrirse y volver a cerrarse. Supo por qué: su padre había salido, había vuelto al coche a por el perrito. Porque no iba a llevarlo escondido en el maletín. Seguía en el coche, donde lo había dejado para poder darle la sorpresa.

Mientras esperaba, Mouse empezó a sonreír. Le temblaban las rodillas por la emoción. Apenas podía contenerse.

Oyó cerrarse la puerta y a su padre aclararse la garganta.

Parecía nervioso cuando habló. Le dijo a Mouse: «Abre los ojos», y antes de poder verlo, ella supo que también estaba sonriendo.

Mouse abrió los ojos y, sin pretenderlo, se llevó la mano a la boca. Soltó un grito ahogado, porque no era un perrito lo que vio de pie frente a ella, en su propio salón.

Era una mujer.

La mujer sujetaba con su mano delgada la mano de su padre, con los dedos entrelazados, como había visto Mouse que hacían los hombres y las mujeres en televisión. La mujer le sonreía abiertamente, su boca era grande y bonita. Le dijo «hola», y su voz le sonó tan bonita como su cara. Mouse no dijo nada en respuesta.

La mujer le soltó la mano a su padre. Se acercó y se agachó para ponerse a su altura. Extendió la misma mano delgada hacia ella, pero Mouse no sabía qué hacer con ella, así que se quedó mirando esa mano huesuda sin hacer nada.

Advirtió entonces que el aire era distinto aquella noche, más denso, más difícil de respirar.

Su padre le dijo: «Venga, no seas maleducada. Di hola. Dale la mano», y Mouse obedeció, murmuró un saludo débil y deslizó su manita en la mano de la mujer.

El padre de Mouse se dio la vuelta y volvió a salir corriendo. La mujer lo siguió.

Mouse observaba en silencio a través de la ventana, viendo como su padre descargaba del maletero el equipaje de la mujer. Tantas cosas que no sabía cómo interpretarlo.

Cuando volvieron a entrar, la mujer sacó una chocolatina del bolso y se la entregó a la niña. «Tu padre dice que el chocolate es lo que más te gusta», le dijo, y así era, por detrás de las galletas de mantequilla Salerno. Pero el chocolate era un triste premio de consolación para un perrito. Habría preferido un perrito, pero sabía que no debía decir eso.

Pensó en preguntarle a la mujer cuándo iba a marcharse. Sin embargo, también sabía que no debía preguntar eso, así que aceptó la chocolatina que le ofrecía. La mantuvo sujeta entre sus manos sudorosas y sintió que se ablandaba entre sus dedos cuando el chocolate empezó a derretirse. No se la comió. No tenía hambre, aunque todavía no había cenado. No tenía apetito.

Entre las muchas pertenencias de la mujer había una jaula para perros. Eso llamó su atención. Era una jaula bastante grande. De inmediato Mouse trató de imaginar qué clase de perro podría contener: un collie, un basset hound o un beagle. Se quedó mirando por la ventana mientras su padre seguía metiendo cosas en la casa, preguntándose cuándo llegaría el perro.

«¿Dónde está tu perro?», preguntó la niña cuando su padre terminó de descargar el coche, volvió a entrar en casa y cerró la puerta tras él.

La mujer negó con la cabeza y le dijo a la niña con tristeza que ya no tenía perro, que su perro había muerto muy recientemente.

«Entonces ¿por qué tienes una jaula para perro?», le preguntó Mouse, pero su padre respondió: «Ya basta, Mouse. No seas maleducada», porque ambos se daban cuenta de que hablar del perro muerto entristecía a la mujer.

«¿Mouse?», preguntó la mujer, y si Mouse no lo hubiese creído improbable, habría jurado que se reía. «Menudo apodo para una niña pequeña». Pero eso fue lo único que dijo. «Menudo apodo». No dijo si le gustaba o no.

Cenaron y vieron la tele desde el sofá, pero, en vez de compartir el sofá con su padre, como siempre hacía, Mouse se sentó en un sillón al otro lado de la sala, desde el que apenas podía ver la tele. En realidad, le daba igual; no le gustaba lo que estaban viendo. Mouse y su padre siempre veían los deportes, pero en su lugar ellos habían puesto un programa donde unos adultos hablaban demasiado y decían cosas que hacían reír a su padre y a la mujer, pero no a ella. Mouse no se reía porque no era divertido.

La mujer se pasó todo el rato sentada en el sofá junto al padre de Mouse. Cuando ella se atrevió a mirarlos, los vio sentados muy cerca, de la mano, como cuando habían llegado. Eso le hizo sentir algo extraño. Trató de no mirar, pero no podía evitarlo, sus ojos volvían a fijarse en sus manos unidas.

Cuando la mujer se excusó para ir a prepararse para dormir, su padre se inclinó hacia ella y le dijo a la niña que estaría bien que llamase «mamá» a esa mujer. Le dijo que sabía que podría resultar extraño durante un tiempo. Que, si no quería hacerlo, no importaba. Pero que tal vez con el tiempo se acostumbraría, le sugirió su padre.

La chica siempre intentaba hacer todo lo posible para complacer a su padre porque lo quería mucho. No quería llamar «mamá» a aquella mujer desconocida –ni entonces ni nunca–, pero sabía que no debía llevarle la contraria a su padre. Heriría sus sentimientos si lo hacía, y no quería herir sus sentimientos por nada del mundo.

La niña ya tenía una madre, y no era aquella.

Sin embargo, si su padre quería, llamaría «mamá» a aquella mujer. Al menos delante de ella y de su padre. Aunque en su cabeza, siempre se referiría a ella como Mamá Falsa. Eso fue lo que decidió la niña.

Mouse era una chica lista. Le gustaba leer. Sabía cosas que las demás niñas de su edad no sabían, como por qué los plátanos son curvos y que las babosas tienen cuatro narices, o que el avestruz es el pájaro más grande del mundo.

A Mouse le encantaban los animales. Siempre había querido un perrito, pero nunca se lo regalaban. En su lugar, le regalaron otra cosa. Porque, después de que llegara Mamá Falsa, su padre le dejó escoger un conejillo de Indias. Él lo hizo porque pensó que eso le haría feliz a ella.

Fueron juntos a la tienda de animales. En cuanto vio a su conejillo de Indias, Mouse se enamoró. No era lo mismo que un perrito, pero aun así era algo especial. Su padre pensó que deberían llamarlo Bert, por su jugador de béisbol favorito, Bert Campaneris, y Mouse dijo que sí porque no tenía ningún otro nombre pensado. Y porque quería hacer feliz a su padre.

Su padre le compró también un libro sobre conejillos de Indias. La noche que llevó a Bert a casa, Mouse se metió en la cama, se tapó con las sábanas y leyó el libro de cabo a rabo. Quería estar informada. Aprendió cosas sobre los conejillos de Indias que no sabía, como las cosas que comen y lo que significa cada chillido o gruñido.

Descubrió que los conejillos de Indias no son realmente conejos, y que no vienen del país de la India, sino de un lugar muy alto de las montañas de los Andes, que están en Sudamérica. Le pidió a su padre un mapa, para poder ver dónde estaba Sudamérica. Él sacó uno de una vieja revista de *National Geographic* que tenía en el sótano, una revista que había sido del abuelo de Mouse. Su padre había querido tirar las revistas al morir el abuelo, pero Mouse no se lo permitió. A ella le parecían fascinantes.

Mouse pegó el mapa en la pared de su dormitorio con celofán. Se puso de pie sobre la cama y localizó los Andes en ese mapa, dibujó un círculo a su alrededor con un bolígrafo morado. Señaló el círculo del mapa y le dijo a su conejillo de Indias, encerrado en su jaula en el suelo junto a la cama, que él venía de allí, aunque ella sabía que no venía de los Andes. Venía de una tienda de animales.

Mamá Falsa siempre llamaba «rata» a Bert. Al

contrario que Mouse, ella no leyó el libro sobre los conejillos de Indias. No entendía que Bert no era una rata. No sabía que a veces la gente los confundía con ratas o ratones, solo porque también eran roedores. En opinión de Mouse, esa gente se equivocaba.

Mouse se plantó en el salón y le dijo todo eso a Mamá Falsa. No pretendía parecer una sabelotodo, pero Mouse sabía muchas cosas. Conocía palabras cultas y era capaz de encontrar lugares lejanos en un mapa, y sabía algunas palabras en francés y chino. A veces se emocionaba tanto que no podía evitar compartirlo todo. Porque no sabía qué clase de cosas debería saber y no saber una niña de su edad, así que ella decía lo que sabía.

Aquella fue una de esas veces.

Sin embargo esta vez, cuando lo hizo, Mamá Falsa se limitó a parpadear. Se quedó mirándola sin decir nada, con el ceño fruncido y una arruga tan profunda como un río entre los ojos.

Pero el padre de Mouse sí dijo algo.

Le revolvió el pelo, radiante de orgullo, y preguntó si había algo en el mundo que ella no supiera. Mouse le devolvió la sonrisa y se encogió de hombros. Había cosas que no sabía, por supuesto. No sabía de dónde venían los bebés, y por qué había abusones en el colegio, y por qué la gente moría. Aunque eso no lo dijo porque sabía que en realidad su padre no deseaba saberlo. Estaba haciendo una pregunta retórica, que era otra de esas palabras cultas que conocía.

Su padre miró a Mamá Falsa y dijo: «Es alucinante, ¿verdad?».

Mamá Falsa dijo: «Desde luego. Es increíble». Pero ella no sonrió como lo había hecho su padre. No le dedicó una sonrisa falsa siquiera. Mouse no supo cómo interpretar esa palabra, «increíble», porque «increíble» podía significar cosas diferentes.

Pasó el momento. Mouse creyó que la conversación sobre ratas y conejos había quedado olvidada. Pero aquella misma noche, cuando su padre no miraba, Mamá Falsa se acercó a ella y le dijo que, si alguna vez volvía a hacerle quedar como una estúpida delante de su padre, pagaría las consecuencias. Mamá falsa se puso roja. Le enseñó los dientes como hacen los perros cuando están enfadados. En la frente se le hinchó una vena, que palpitaba. Escupía cuando hablaba, como si estuviera tan enfadada que no pudiera evitar escupir. Le escupió a Mouse a la cara, pero ella no se atrevió a levantar la mano para limpiarse.

Intentó dar un paso atrás para alejarse de Mamá Falsa, pero ella la tenía agarrada con fuerza de la muñeca. Mouse no podía escapar porque Mamá falsa no la soltaba.

Oyeron a su padre por el pasillo. Mamá falsa le soltó la muñeca rápidamente. Se incorporó, le revolvió el pelo y se pasó las manos por la camisa para alisársela. Su rostro recuperó su tonalidad normal y en sus labios apareció una sonrisa. Y no una sonrisa cualquiera, sino una radiante. Se acercó a su padre y se inclinó para besarlo.

«¿Cómo están mis chicas favoritas?», preguntó él y le devolvió el beso. Mamá falsa dijo que estaban bien. Mouse murmuró algo similar, aunque nadie la oyó porque estaban demasiado ocupados besándose.

Mouse le habló a su verdadera madre de Mamá Falsa. Se sentó frente a ella al borde de la jarapa roja y sirvió dos tazas de té de mentira. Allí, mientras bebían té y comían galletas, le contó que Mamá Falsa no le caía muy bien; que a veces le hacía sentir como una extraña en su propia casa; que estar en la misma habitación que ella le provocaba dolor de tripa. Su verdadera madre le dijo que no se preocupara. Le dijo que ella era una buena chica y que a las buenas chicas solo les ocurrían cosas buenas. «Nunca permitiré que te ocurra nada malo», le dijo su verdadera madre.

Mouse sabía lo mucho que le gustaba a su padre Mamá Falsa. Se daba cuenta de lo feliz que le hacía solo por cómo la miraba. Y eso le daba náuseas, porque Mamá Falsa despertaba en su padre una felicidad que ella nunca podría despertar, incluso aunque ellos dos fueran felices antes de que llegara.

Si a su padre le gustaba tener cerca a Mamá Falsa, tal vez se quedara para siempre. Y Mouse no quería que eso sucediera. Porque Mamá falsa le hacía sentir incómoda a veces, y otras veces le daba miedo.

Ahora, cuando Mouse escribía historias en su cabeza, empezaba a inventarse relatos en los que le ocurrían cosas malas a una mujer imaginaria llamada Mamá Falsa. A veces se caía por esas escaleras quejumbrosas y se golpeaba la cabeza. A veces quedaba enterrada en una de esas madrigueras, debajo de los montones de pelo y hierba, y no podía escapar.

Y a veces desaparecía sin más, y a Mouse le daban igual el cómo y el porqué.

SADIE

Esa noche el aire se vuelve gélido. Las temperaturas caen en picado a toda velocidad. Saco mi coche del aparcamiento, me dirijo hacia casa y recuerdo que Will y Tate han ido esta noche a jugar con los Legos. La idea me preocupa, pensar que Will no estará allí para ejercer de barrera entre Imogen y yo.

Intento no pensar en ello mientras conduzco hacia casa. Soy una chica grande, puedo cuidarme sola. Y además, Will y yo somos los tutores de Imogen. Es nuestra obligación legal cuidar de ella hasta que cumpla dieciocho años. Si quiero rebuscar entre sus cosas, tengo todo el derecho a hacerlo. Dicho eso, hay preguntas para las que me gustaría obtener respuestas. A saber, ¿quién es el hombre de la fotografía al que Imogen le ha rayado la cara con la mano? ¿Es el mismo hombre que le escribió la nota a Imogen, la que encontré en el bolsillo de su sudadera? Me pareció una carta destinada a romper la relación. Su referencia a una «doble vida» me hace pensar que Imogen era la otra mujer. Que estaba casado, quizá, y le rompió el corazón. Pero ¿quién es?

Entro con el coche por el camino de la entrada y apago el motor. Miro a mi alrededor antes de abandonar la protección que me proporciona su interior, para asegurarme de que estoy sola. Pero fuera está oscuro, es casi de noche. ¿Puedo estar realmente segura?

Me alejo del coche con rapidez. Me adentro en la seguridad de mi hogar y allí cierro la puerta con pestillo. Tiro de ella dos veces para asegurarme de que está bien cerrada.

Entro en la cocina. Hay un guiso esperándome en el fuego cuando entro, cubierto con un trozo de papel de aluminio doblado para mantener el calor. Encima hay una nota adhesiva. *Besos*, leo. Firmado, *Will*.

Las perras son las únicas que me esperan en la cocina, mirándome con los dientes irregulares asomando. Me ruegan que las deje salir. Les abro la puerta de atrás. Salen disparadas hacia el rincón del jardín para cavar.

Subo por las escaleras chirriantes y me encuentro cerrada la puerta del dormitorio de Imogen, sin duda estará echado el pestillo por el otro lado, de modo que no podría entrar aunque quisiera. Pero, cuando me detengo a mirar, veo una nueva cerradura en la puerta, un sistema entero, con candado incluido, que cuelga por encima del picaporte. La puerta ahora se cierra también desde fuera. Imogen debe de haberlo instalado ella misma, para mantenerme fuera.

Bandas de rock como Korn y Drowning Pool atruenan por el altavoz Bluetooth, con el volumen al máximo para que no haya manera de malinterpretar las letras, entre las que los cadáveres son un tema recurrente. Las blasfemias son atroces, un odio que escupen los altavoces e invade nuestra casa. Tate no está aquí para oírlo, así que por esta vez lo dejo pasar.

Me acerco a la puerta de Otto, llamo con los nudillos y grito por encima del ruido de la música de Imogen: «Ya estoy en casa».

Me abre la puerta. Lo miro y me doy cuenta de que cada día que pasa se parece más a Will. Ahora que ha crecido, se le han afilado los rasgos de la cara. Ya no tiene los mofletes infantiles que le suavizaban la expresión. No para de crecer, por fin está disfrutando del estirón que durante tanto tiempo se le resistía y le dejaba atrás mientras los demás chicos crecían. Si no lo hace ya, seguro que dentro de poco rivalizará en altura con los demás. Otto es guapo como Will. Dentro de nada, las chicas caerán a sus pies. Lo que pasa es que aún no lo sabe.

—¿Qué tal tu día? —le pregunto.

—Bien, supongo —me dice, y se encoge de hombros

Es una respuesta indecisa y aprovecho la oportunidad.

—¿Supones? —le pregunto, porque quiero más: quiero saber cómo le ha ido realmente el día, si se lleva bien con los demás muchachos, si le gustan sus profesores, si está haciendo amigos. Al ver que no dice nada, insisto—. En una escala de uno a diez, ¿cómo lo calificarías? —Es una tontería, una de esas cosas que hacemos los médicos cuando intentamos evaluar el dolor de un paciente. Otto se encoge de hombros otra vez y me dice que su día ha sido un seis, lo cual cuenta como moderado, decente, un día normal—. ¿Deberes?

—Algo.

—¿Necesitas ayuda?

Niega con la cabeza. Puede hacerlo solo.

Cuando me dirijo hacia nuestro dormitorio para

cambiarme, advierto una luz que se filtra por debajo de la puerta que conduce al ático de la tercera planta. La luz del ático está encendida, pero nunca lo está, porque ahí es donde Alice se suicidó. Les pedí a los chicos que no subieran nunca ahí. No creí que fuese un lugar al que nos hiciese falta subir.

Los chicos saben que Alice nos dejó la casa. No saben cómo murió. No saben que un día Alice se puso una soga al cuello, ató el otro extremo de la cuerda a la viga estructural del techo y se dejó caer desde el taburete. Lo que yo sé como médica es que, cuando la cuerda se tensó alrededor del cuello y quedó suspendida en el aire, sujeta solo por su mandíbula y su cuello, se esforzaría por tomar aire contra el peso de su propio cuerpo. Habría tardado minutos en perder la consciencia. Habría sido muy doloroso. Incluso después de perder al fin la consciencia, su cuerpo habría seguido zarandeándose, haciendo que tardara más en morir, hasta veinte minutos, si no más. No es una forma agradable de irse.

A Will le cuesta hablar de Alice. Eso lo entiendo. Después de que mi padre muriera, me costaba trabajo hablar de él. Yo no es que tenga una memoria privilegiada. Con todo, lo que más recuerdo es cuando yo tenía unos once años, cuando mi padre y yo vivíamos a las afueras de Chicago y él trabajaba para unos grandes almacenes en la ciudad. Por entonces, él tomaba el tren todos los días para ir al centro. Por aquella época yo ya tenía edad suficiente para cuidarme sola, podía quedarme sola en casa. Iba al colegio y volvía a casa. Nadie tenía que decirme que hiciera los deberes. Era lo suficientemente responsable. Cocinaba y comía mi propia cena, y lavaba los platos. Me iba a la cama a una hora razonable. Casi todas las noches, mi padre se tomaba una cerveza o dos en el tren de vuelta a casa, se pasaba por el bar después de bajar del tren y no volvía a casa hasta después de que me durmiera. Le oía dando tumbos por la casa, tirando cosas, y a la mañana siguiente me encontraba un desastre que tenía que limpiar.

Logré ir a la universidad. Viví sola, en una residencia y después en un pequeño apartamento. Traté de vivir con una compañera en una ocasión, pero no me fue bien. Mi compañera era despreocupada e irresponsable, entre otras cosas. Además, era manipuladora y cleptómana. Recibía mensajes telefónicos para mí y nunca me los daba. Dejaba el apartamento hecho un desastre. Se comía mi comida. Me robaba dinero de la cartera y cheques de la chequera. Utilizaba mi tarjeta de crédito para comprarse cosas. Lo negaba todo, por supuesto, pero después yo veía los extractos del banco y descubría cargos en sitios como peluquerías, grandes almacenes, y también retiradas de efectivo. Cuando le pedí al banco que me mostrara los cheques emitidos, me di cuenta con total claridad de que la caligrafía no era la mía.

Podría haber presentado cargos. Por alguna razón, elegí no hacerlo.

Se ponía mi ropa sin pedirme permiso. Me la devolvía arrugada y sucia, a veces con manchas, apestando a humo de tabaco. Me encontraba las prendas colgadas en el armario así. Cuando le preguntaba por ello, se quedaba mirando mi ropa sucia y decía: «¿De verdad crees que me he puesto esa camisa tan horrible?».

Porque, además de todo eso, era mala.

Puse una cerradura en la puerta de mi dormitorio. Eso no la detuvo. No sé cómo, pero lograba entrar. Yo regresaba a casa después de una noche fuera y me encontraba la puerta abierta y mis cosas revueltas.

No quería vivir así.

Me ofrecí a mudarme, a dejar que ella se quedara con la casa. Se enfadó hasta el punto de ponerse agresiva. Hubo algo en ella que me asustó. Me dijo que no podía permitirse pagar el piso ella sola. Me dijo que estaba loca, que era una psicópata.

Yo me mantuve firme y no parpadeé.

Le dije con mucha calma: «Yo podría decir lo mismo de ti».

Al final fue ella la que se marchó. Eso fue lo mejor, dado que yo acababa de empezar a salir con Will y necesitaba un lugar donde poder estar con él. Incluso después de aquello, seguía teniendo la sospecha de que a veces se colaba en el apartamento y registraba mis cosas. Me había devuelto su llave, pero eso no significaba que no hubiera ido a una ferretería primero a hacer una copia para quedarse. Con el tiempo acabé cambiando las cerraduras. Me dije a mí misma que eso la detendría. Si pensaba que aun así seguía entrando, era solo producto de mi paranoia.

Pese a todo, aquello no fue el final. La vi hace unos seis meses, me la crucé por la calle, no lejos de donde vivía con Will. Me pareció que estaba igual, pavoneándose por la calle Harrison, con la misma arrogancia de siempre. La esquivé al verla, me metí por otra calle.

Will y yo nos conocimos justo después de la graduación, en la fiesta de compromiso de una amiga. Will y yo tenemos versiones diferentes del momento en que nos conocimos. Lo que yo sé es que se me acercó en la fiesta, guapo y sociable como siempre, me tendió la mano y dijo: «Hola. Creo que ya nos hemos visto antes».

Lo que recuerdo es que esa noche me sentía incómoda

e insegura, aunque la incomodidad disminuyó ligeramente con aquella frase tan hortera para ligar. Por supuesto, no me había visto antes. Fue una frase para romper el hielo y funcionó. Nos pasamos el resto de la noche enredados en la pista de baile y mis inseguridades fueron decreciendo a medida que bebía.

Llevábamos saliendo solo dos meses cuando Will sugirió mudarse a mi apartamento conmigo. Yo no sabía por qué estaba soltero. Tampoco sabía por qué me eligió a mí entre todas las mujeres guapas de la ciudad de Chicago. Pero, por la razón que fuera, insistía en que no podía soportar estar lejos de mí. Deseaba estar conmigo a todas horas. Era una idea romántica –nadie me había hecho sentir nunca tan deseada como Will por aquel entonces–, pero además tenía sentido económicamente. Yo estaba terminando mi residencia y Will su doctorado. Solo uno de los dos ganaba un sueldo, aunque no fuera mucho, y casi todo se iba en devolver la deuda de la escuela de medicina. Pero, aun así, no me importaba pagar el alquiler. Me gustaba tener a Will conmigo a todas horas. Podría hacer eso por él.

Poco después de aquello, nos casamos. Y no mucho después, mi padre murió, se fue de este mundo por su propia voluntad. Cirrosis en el hígado.

Tuvimos a Otto. Y luego, años más tarde, a Tate. Y ahora he acabado viviendo en Maine.

Mentiría si dijera que no me quedé del todo sorprendida cuando nos enteramos de que la hermana de Will nos había dejado una casa y una hija. Will siempre supo lo de la fibromialgia, pero nos enteramos de lo del suicidio a través del albacea testamentario. No pensé que pudiera salir nada bueno de nuestra mudanza a Maine, pero Will no estuvo de acuerdo.

187

Los meses anteriores habían sido duros e implacables. Primero, la expulsión de Otto, seguida inmediatamente por el descubrimiento de la aventura de Will. Pocos días después un paciente se me murió en la mesa de operaciones. Se me habían muerto pacientes antes, pero este casi me destrozó. Le habían practicado una pericardiocentesis, un procedimiento rutinario y relativamente seguro mediante el cual se extrae fluido del saco que rodea el corazón de una persona. Al mirar mis notas, comprobé que el procedimiento estaba más que justificado. El paciente padecía una enfermedad conocida como taponamiento cardíaco, que se caracteriza por una acumulación de fluido que ejerce una presión excesiva sobre el corazón e impide su correcto funcionamiento. El taponamiento cardíaco puede ser mortal a no ser que se drene parte del fluido. Ya había realizado ese procedimiento muchas veces antes. Nunca me había topado con ningún problema.

Sin embargo, esta vez no realicé yo el procedimiento. Porque, según mis compañeros, abandoné el quirófano justo cuando el paciente entró en parada cardíaca, lo que obligó a un residente a realizar la pericardiocentesis sin mí. El paciente que estaba en la mesa de operaciones se estaba muriendo y, sin el procedimiento, se habría muerto.

Pese a todo, el procedimiento se realizó de forma incorrecta. La aguja perforó el corazón del paciente y este murió de todas formas.

Me encontraron después, en la azotea del hospital, sentada en el borde del edificio, de catorce plantas, con las piernas colgando, y algunos aseguraron que me disponía a saltar.

Pero no era una suicida. Las cosas estaban mal, pero

no tan mal. Achaqué mi confusión emocional a la expulsión de Otto y a la aventura de Will. «Una crisis nerviosa», decían los rumores que circulaban por el hospital. Se comentaba que había tenido una crisis nerviosa en Urgencias y me había ido a la última planta con la intención de tirarme. Lo que sucedió es que me desmayé. Al final, no recordaba nada. Es un periodo de mi vida que ha desaparecido. Lo que recuerdo es examinar a mi paciente y después despertarme en una habitación distinta, solo que entonces era yo la que estaba tendida en una mesa, oculta bajo una sábana. Cuando después me enteré de que mi paciente había muerto a manos de un doctor con menos experiencia, me eché a llorar. Yo no suelo llorar, pero en ese momento no pude guardármelo dentro.

Los desencadenantes de una crisis nerviosa estaban ahí: un periodo de estrés del que no me había hecho cargo, me sentía desorientada, poco valorada, era incapaz de dormir.

Al día siguiente, el jefe del departamento me dio la baja médica forzosa. Sugirió con mucha sutileza una evaluación psiquiátrica. Le dije que gracias, pero no acepté. Al contrario, decidí dimitir. No podría volver jamás a ese lugar.

Cuando llegamos a Maine, Will y yo nos encontramos la casa hecha un desastre. El taburete seguía en el ático junto con un metro de cuerda, cortada por el extremo, mientras el resto continuaba atado a una viga descubierta que atravesaba el techo. Todos los objetos al alcance del cuerpo bamboleante de Alice estaban tirados por el suelo, lo que indicaba que la muerte no había sido rápida.

Me acerco a la puerta del ático y la abro. Veo una luz

encendida al final de las escaleras, subo los escalones de dos en dos, crujen bajo mis pies. El ático es un espacio inacabado, con vigas de madera, suelo de tablones de corcho, rollos de aislante rosa dispersos aquí y allí como si fueran nubes. La luz proviene de una bombilla desnuda que cuelga del techo, que alguien, quien fuera que haya estado aquí, se olvidó de apagar. Por debajo cuelga un cordel. Una chimenea de ladrillo visto recorre el centro de la estancia y tiene salida al exterior. Hay una ventana que da a la calle. Esta noche está todo tan oscuro que no hay nada que ver.

Unas hojas de papel llaman mi atención. Están tiradas en el suelo con un lápiz, y reconozco de inmediato que se trata de uno de los lápices de grafito de dibujar de Otto. Los que le regalamos Will y yo, los que nunca deja usar a Tate. Son caros y además una de las posesiones más valiosas de Otto, aunque hace meses que no le veo utilizarlos. No ha dibujado desde lo que le sucedió en Chicago.

Me invaden dos sentimientos. Decepción, al ver que Otto me ha desobedecido y ha subido al ático cuando le dije que no lo hiciera. Pero también alivio, al ver que está dibujando de nuevo; tal vez sea el primer paso del regreso hacia la normalidad.

Quizá Will tenga razón. Quizá, si le damos tiempo, encontremos aquí la felicidad.

Me acerco a las hojas de papel. Están en el suelo. La ventana está abierta un par de centímetros y el aire gélido de diciembre se cuela dentro, haciendo que los papeles se muevan. Me agachó para recogerlos, esperando ver los enormes ojos anime de Asa y de Ken devolviéndome la mirada. Los personajes de la novela gráfica de Otto, su trabajo inacabado. Las líneas picudas del pelo, los ojos tristes y desproporcionados.

El lápiz, que se encuentra a pocos centímetros del papel, está partido por la mitad. El extremo está desgastado y romo, lo cual no es propio de Otto. Siempre ha cuidado muy bien de esos lapiceros. Lo alcanzo también y me incorporo antes de contemplar la imagen que tengo ante mí. Al hacerlo, suelto un grito ahogado e involuntariamente me llevo la mano a la boca.

Lo que veo no son Asa y Ken.

En su lugar hay trazos furiosos e incompletos que van y vienen. Algo desmembrado en la página, un cuerpo, imagino. Un objeto redondo en un extremo de la página que deduzco que será la cabeza; las formas alargadas de los brazos y las piernas. En la parte superior del dibujo hay estrellas y una luna en cuarto creciente. Es de noche. Hay otra figura en el dibujo, una mujer, según parece, a juzgar por el pelo largo y ralo, las rayas que le salen de la cabeza. En la mano lleva algo afilado de lo que gotea otra cosa, sangre, imagino, aunque el dibujo es en blanco y negro. No se distingue el rojo. La figura tiene ojos de loca, mientras que la cabeza decapitada allí al lado llora, lágrimas enormes que rasgan el papel.

Tomo aire y aguanto la respiración. Se me instala un dolor en el pecho. Los brazos y las piernas se me quedan insensibles por un momento.

La misma imagen aparece repetida en las tres hojas de papel. No hay ninguna diferencia entre ellas, al menos que yo vea.

Los dibujos son de Otto, me digo al principio, porque Otto es el artista de la familia. El único de nosotros que dibuja.

Sin embargo, esto es demasiado primitivo, demasiado rudimentario para ser de Otto. Otto dibuja mucho mejor.

Por otro lado, Tate es un niño feliz. Un niño obediente. No subiría al ático si le he dicho que no lo hiciera. Y además, Tate no dibuja imágenes tan violentas y desagradables. Jamás podría visualizar algo así y mucho menos plasmarlo sobre el papel. No sabe lo que es el asesinato. No sabe que la gente se muere.

Vuelvo a pensar en Otto.

Estos dibujos pertenecen a Otto.

A no ser, pienso mientras tomo aliento y aguanto de nuevo la respiración, que pertenezcan a Imogen. Porque Imogen es una chica enfadada. Imogen sabe lo que es el asesinato; sabe que la gente muere. Lo ha visto con sus propios ojos. Pero ¿qué haría ella con los lápices y el papel de Otto?

Cierro la ventana y le doy la espalda. En la pared de enfrente hay una casa de muñecas antigua. Me llama la atención. La descubrí el mismo día que llegamos y pensé que habría pertenecido a Imogen cuando era pequeña. Es una preciosa casita verde con cuatro habitaciones, un ático enorme y una escalera elegante que la recorre por el centro. Los detalles son impecables. Ventanas y cortinas en miniatura, lamparitas y lámparas de araña, camas, una mesa en la sala, incluso una caseta para perros verde, a juego con la casa, con un perro en miniatura incluido. Aquel primer día, le quité el polvo a la casa por respeto a Alice, coloqué a la familia en sus camas para que durmieran hasta que hubiera nietos que jugaran con ella. No era el tipo de juguete que utilizaría Tate.

Me acerco a ella, convencida de que encontraré a la familia dormida donde la dejé. Pero no es así. Porque alguien ha estado en el ático, haciendo dibujos, abriendo ventanas, revolviéndolo todo. Porque las cosas en la casa de muñecas no están como las dejé.

Dentro de la casita veo que la niña pequeña se ha levantado. Ya no está tumbada en la cama con dosel del dormitorio del segundo piso, sino que está en el suelo de la habitación. El padre tampoco está ya en su cama; ha desaparecido. Lo busco, pero no lo encuentro. Solo veo a la madre, dormida profundamente en la cama trineo del primer piso.

Al pie de la cama hay un cuchillo en miniatura, no más grande que la yema de un pulgar.

Hay una caja junto a la casa de muñecas, llena de accesorios. Tiene la tapa puesta, pero el cierre quitado. Así que la abro y echo un vistazo, busco al padre, pero no lo encuentro por ninguna parte. Me rindo.

Tiro del cordel y el ático queda a oscuras.

Mientras bajo las escaleras con un mal presentimiento en la boca del estómago, me doy cuenta de algo: la casa está en silencio. Imogen ha apagado su música ofensiva. Cuando llego al rellano del segundo piso, la veo de pie en su puerta, iluminada desde atrás por la luz del dormitorio.

Me lanza una mirada acusadora. No me lo pregunta, y aun así lo veo en su expresión. Quiere saber qué estaba haciendo en el ático.

—La luz estaba encendida —le explico, y espero un segundo antes de añadir—: ¿Has sido tú? ¿Has estado ahí arriba, Imogen?

Resopla.

—Eres idiota si crees que pienso volver a subir ahí alguna vez —me dice.

Reflexiono sobre eso. Podría estar mintiendo. Me parece que es una mentirosa consumada.

Se apoya en el marco de la puerta y se cruza de brazos.

—Sadie —me dice con actitud autocomplaciente, y me doy cuenta de que nunca me había llamado por mi nombre—, ¿sabes qué aspecto tiene la gente cuando muere?

Sobra decir que sí que lo sé. He visto muchas fatalidades en mi vida.

Pero la pregunta, en boca de Imogen, me deja sin palabras.

Imogen no quiere una respuesta. Lo dice solo para impresionar; está tratando de intimidarme. Pasa entonces a describir con todo lujo de detalle el aspecto que tenía Alice el día que la encontró, colgada de una cuerda en el ático. Aquel día Imogen había estado en clase. Tomó el ferri a casa como de costumbre, entró en la casa silenciosa y descubrió lo que había hecho Alice.

—Tenía marcas de uñas en el cuello —me dice, y se araña la piel pálida del cuello con las uñas violetas—. Y la puta lengua morada. Se le atascó, se quedó colgándole de la boca, atrapada entre los dientes, así —explica, y saca la lengua y se la muerde. Con fuerza.

Ya he visto antes a víctimas de estrangulación. Sé que los capilares de la cara se rompen, que los ojos quedan inyectados en sangre por la acumulación que se produce en la parte trasera. Como doctora de Urgencias, estoy entrenada para buscar esas señales en las víctimas de violencia doméstica; señales de estrangulación. Pero imagino que, para una chica de dieciséis años, encontrar a su madre en ese estado sería algo traumático.

—Estuvo a punto de arrancársela —dice Imogen en referencia a la lengua de Alice. Entonces empieza a reírse, es una risa inoportuna e incontrolable que me altera los nervios. Imogen se halla a un metro de distancia y no muestra emoción alguna más allá de aquella

194

indecorosa alegría—. ¿Quieres verlo? —me pregunta, aunque no sé a qué se refiere con eso.

—¿Ver qué? —le pregunto.

—Lo que hizo con la lengua —me dice.

No quiero verlo. Sin embargo, me lo enseña de todos modos, una fotografía de su madre muerta. La tiene en el teléfono móvil. Me lo pone en las manos. Y me quedo pálida.

Antes de que llegara la policía aquel fatídico día, Imogen tuvo el valor de hacer una foto con su teléfono.

Alice, vestida con un jersey holgado rosa pálido y unos *leggings*, colgada de una cuerda. Tiene la cabeza ladeada y la cuerda hundida en el cuello. Su cuerpo cuelga inerte, con los brazos en los costados y las piernas estiradas. A su alrededor hay cajas de almacenaje que antes estaban apiladas de dos en dos o de tres en tres, pero que ahora yacen tiradas, con el contenido desparramado. Hay una lámpara en el suelo, cristal de colores disperso aleatoriamente. Un telescopio –empleado tal vez para contemplar el cielo a través de la ventana del ático– también aparece tirado en el suelo; imagino que Alice golpeó con el cuerpo todas esas cosas mientas moría. El taburete con escalones que empleó para subir hasta la horca se halla a un metro y medio de distancia, erguido.

Pienso en lo que debió de pensar Alice mientras subía los tres escalones hacia su muerte, mientras metía la cabeza en el nudo corredizo. Los techos del ático no son altos. Debió de medir la cuerda con antelación, para asegurarse de que, al saltar del taburete, sus pies no tocaran el suelo. Cayó solo cinco centímetros, como mucho. La caída fue pequeña; no se le habría partido el cuello por el peso, lo que significa que la muerte fue lenta y dolorosa. Las pruebas están ahí, en la foto. La lámpara rota, los arañazos en el cuello, la lengua casi amputada.

—¿Por qué hiciste esta foto? —le pregunto, tratando de mantener la calma. No quiero darle lo que busca.

Se encoge de hombros y, con una absoluta indiferencia hacia la vida de su madre, me pregunta:

—¿Y por qué no?

Disimulo mi sorpresa mientras me quita el teléfono y me da la espalda. Vuelve a entrar en su habitación y me deja sobresaltada. Rezo para que Otto, que está en la habitación de al lado, lleve los auriculares puestos. Rezo para que no haya oído esta horrible conversación.

Me voy al dormitorio, me pongo el pijama y me planto frente a la ventana, esperando a que Will vuelva a casa. Me quedo mirando la casa de al lado. Hay una luz encendida dentro, la misma luz que se enciende a las siete y se apaga cerca de la medianoche todas las noches. Nadie vive en esa casa en esta época del año, y me la imagino vacía por dentro, durante varios meses seguidos. ¿Qué impediría entrar a una persona?

Cuando un coche se detiene en el camino de la entrada, no puedo evitar mirar. El interior del vehículo queda inundado de luz cuando la puerta se abre. Tate y su amigo van sentados en el asiento trasero con el cinturón puesto, Will va delante, junto a una mujer que desde luego no es una bruja desdentada, sino una morena a la que no logro ver bien.

Tate está alegre y emocionado cuando entran en casa. Sube corriendo las escaleras para saludarme.

—¡Has venido hoy a verme al cole! —anuncia con orgullo cuando entra corriendo por la puerta del dormitorio con su sudadera de *Star Wars* y sus pantalones de punto. Esos pantalones, como todos los demás, le quedan cortos y dejan al descubierto los tobillos. Will y yo no podemos seguirle ritmo. Tiene un agujero en el dedo del calcetín.

Ah, ¿sí? —pregunta Will, que va un paso por detrás de él, y se vuelve para mirarme.

Pero yo digo que no con la cabeza.

—No he ido —respondo, sin saber a qué se refiere Tate. Lo miro a los ojos y le digo—: Hoy he estado en el trabajo, Tate. No he ido a tu cole.

—Sí que has ido —insiste él, a punto de ponerse a llorar. Entonces le sigo la corriente, solo para calmarlo.

—¿Y qué estaba haciendo? —le pregunto—. ¿Qué he dicho?

—No has dicho nada —me responde.

—¿No crees que si hubiera ido hoy a tu cole, te habría dicho algo? —le pregunto.

Tate me explica que me quedé de pie al otro lado de la verja del patio, viendo a los niños en el recreo. Le pregunto qué llevaba puesto, y me dice que mi abrigo y mi gorro negros, que es justo lo que llevaría puesto. Está acostumbrado a verme con esa ropa, pero no habrá casi ninguna mujer en todo el pueblo que no tenga un abrigo y un gorro negros.

—Creo que a lo mejor era la mamá de otro niño, Tate —le sugiero, pero se queda mirándome sin decir nada.

La idea de que hubiera una mujer de pie junto al patio viendo a los niños jugar me resulta un poco inquietante. Me pregunto si la escuela será segura, sobre todo cuando los niños están en el recreo. ¿Cuántos profesores se encargarán de vigilar el patio? ¿La verja estará cerrada con candado o cualquiera puede abrir y entrar?

El colegio parece fácil de controlar cuando los niños están dentro, pero, al aire libre, la cosa cambia.

Will le revuelve el pelo y le dice:

—Me parece que ha llegado el momento de revisarte la vista.

Intento reconducir la conversación.

—¿Qué es eso que llevas ahí? —le pregunto. En las manos, Tate lleva con orgullo una figurita que ha montado él mismo en la exposición de la biblioteca. Me la enseña antes de subirse a la cama y darme un beso de buenas noches a petición de Will. Lo acompaña entonces a su dormitorio, donde le lee un cuento y lo arropa y le dice que duerma bien y que no le piquen las chinches. Cuando regresa hacia nuestro dormitorio, Will se detiene junto a las puertas de Otto y de Imogen para dar las buenas noches.

—No te has comido el guiso —me dice segundos más tarde, cuando regresa a la habitación. Está preocupado, y le digo que no tenía hambre—. ¿Te encuentras bien? —me pregunta pasándome una mano caliente por el pelo, y niego con la cabeza y le digo que no. Pienso en lo que sentiría al dejarme abrazar por él. Al dejar que sus manos fuertes me envolvieran. Permitirme ser vulnerable por una vez, venirme abajo delante de él y dejar que después recoja los pedazos.

—¿El colegio de Tate es seguro? —le pregunto.

Me asegura que lo es.

—Probablemente sería una madre que había ido a dejarle a su hijo la comida que se le había olvidado —me dice—. Tate no es el niño más observador del mundo, Sadie. Soy el único padre que va a recoger a su hijo y, aun así, todos los días le cuesta trabajo localizarme entre la multitud.

—¿Estás seguro? —le pregunto tratando de no dejarme llevar por la imaginación. Además, resulta menos desconcertante el hecho de que se tratara de una mujer. De haber sido un hombre, viendo jugar a los niños en el patio, yo ya estaría buscando en Internet, tratando de averiguar cuántos agresores sexuales declarados viven en la isla con nosotros.

—Estoy seguro —insiste.

Le muestro los dibujos que he encontrado en el ático. Les echa un vistazo y cree de inmediato que son de Otto. Al contrario que yo, Will parece seguro.

—¿Por qué no de Imogen? —le pregunto, deseo que sean de Imogen.

—Porque Otto —me dice sin dudar— es nuestro artista. Acuérdate de la Navaja de Ockham. —Se refiere al principio que establece que la explicación más sencilla es generalmente la correcta.

—Pero ¿por qué? —le pregunto, refiriéndome a por qué Otto dibujaría algo así.

Al principio niega la gravedad de la situación.

—Es una forma de autoexpresión, Sadie. Es natural en un niño que sufre —dice.

Pero eso en sí mismo es desconcertante, porque no es natural que un niño sufra.

—¿Crees que lo están acosando? —le pregunto, pero se encoge de hombros y dice que no lo sabe. Pero que llamará al colegio por la mañana y lo averiguará—. Tenemos que hablar con él de esto —le digo.

—Déjame investigar un poco primero. Cuanto más sepamos, mejor preparados estaremos —me responde.

Le digo que vale. Confío en su instinto.

—Creo que a Imogen le vendría bien hablar con alguien —le comento.

—¿A qué te refieres? —me pregunta, desconcertado, aunque no sé por qué. Will no es reacio a la terapia, aunque es su sobrina, no la mía. Lo tiene que decidir él—. ¿Quieres decir un psiquiatra?

Le digo que sí.

—Está empeorando. Debe de tener muchas cosas acumuladas dentro. Rabia. Dolor. Creo que le vendría bien hablar con alguien —repito, y le cuento nuestra conversación de esta noche, aunque no le digo lo que he visto en el teléfono de Imogen. No le hace falta saber que he visto una foto de su hermana muerta. Le digo solo que Imogen me ha descrito con detalle el aspecto que tenía Alice cuando la encontró.

—A mí me parece que se está abriendo a ti, Sadie —me dice, aunque a mí me cuesta creerlo. Le digo que sería mejor una terapia, con alguien formado para tratar a quienes han vivido un suicidio en la familia. No conmigo.

—Will —le digo, pensando en otra cosa, en algo que se me ocurrió antes, mientras miraba por la ventana hacia la casa de al lado.

—¿Qué? —me pregunta.

—La casa vacía de al lado. ¿Crees que la policía la registró cuando registró el vecindario?

Me mira confuso.

—No lo sé. ¿Por qué lo preguntas?

—Es que me parece que una casa vacía sería un buen escondite para un asesino.

—Sadie —me dice con un tono tranquilizador y a la vez condescendiente—. Estoy seguro de que no hay un asesino viviendo en la casa de al lado.

—¿Cómo puedes estar tan seguro? —le pregunto.

—Lo sabríamos, ¿no crees? Habría algo raro. Luces

encendidas, ventanas rotas. Oiríamos algo. Pero esa casa no ha cambiado en todo el tiempo que llevamos aquí.

Me permito creer lo que dice porque es la única manera en la que podré dormir esta noche.

CAMILLE

Algunas noches iba al apartamento de Will y me quedaba sola en la calle, mirando desde fuera. Pero Sadie y él vivían en un piso demasiado alto. Me resultaba difícil ver el interior desde la calle.

Así que una noche subí por la escalera de incendios.

Me vestí toda de negro y trepé los seis tramos de escaleras como un ladrón en mitad de la noche.

Al llegar al sexto piso, me quedé sentada en la plataforma de acero, frente a la ventana de su cocina. Me asomé, pero la casa estaba a oscuras y era difícil ver algo. Así que me quedé allí sentada un rato, deseando que Will se despertara y viniera a mí.

Me encendí un cigarrillo mientras esperaba. Mantuve el mechero encendido un rato, viendo como la llama ardía desde el extremo de la mecha. Pasé el dedo por la llama, quería que me doliese, pero no me dolió. Deseaba sentir algo, cualquier cosa, dolor. Pero solo sentía vacío en mi interior. Dejé que la llama me quemara durante unos segundos. Dejé que el mechero se calentara. Lo apreté contra la palma de la mano y lo mantuve ahí antes de apartarlo y sonreír al ver mi obra.

Una quemadura redonda en la palma de la mano me devolvió la sonrisa.

Me puse en pie. Sacudí las piernas dormidas para que me volviese la circulación. Sentí las agujas que me apuñalaban.

La ciudad brillaba a mi alrededor. Había luces por todas partes. A lo lejos, las calles bullían, los edificios resplandecían.

Me quedé ahí toda la noche. Will no apareció. Porque nuestra vida juntos no siempre era un camino de rosas. Teníamos días buenos y días malos.

Había días en que parecía que estábamos hechos el uno para el otro. Otros días éramos incompatibles, no nos entendíamos.

El tiempo que pasamos juntos, sin importar lo bueno o lo malo que hubiera sido, me hizo darme cuenta de que Will jamás me conocería como conocía a Sadie. Porque lo que recibe la amante, la otra mujer, son las migajas de la mesa de la esposa, nunca la comida entera.

Los momentos con Will eran clandestinos y apresurados. Aprendí a gestionar mi tiempo con él sabiamente, a hacer que los momentos sucedieran. Una vez fui a buscarlo a su clase, me colé en la sala cuando estaba vacía, lo pillé por sorpresa. Estaba de pie junto a su mesa cuando entré. Cerré la puerta con pestillo al entrar y me acerqué a él. Me subí el vestido hasta la cintura, me senté en su mesa y me abrí de piernas. Dejé que viera con sus propios ojos que no llevaba nada debajo.

Se quedó mirándome ahí abajo durante varios segundos, con los ojos tan abiertos como la boca.

«No puedes ir en serio», me dijo. «¿Quieres hacerlo aquí?».

«Por supuesto que sí», le respondí.

«¿Justo aquí?», insistió, apoyando el peso sobre el escritorio para asegurarse de que pudiera soportarnos a los dos.

«¿Supone algún problema, profesor?», pregunté, separando más las piernas.

Vi el brillo en sus ojos. Me sonrió de oreja a oreja.

«No», me dijo. «No supone ningún problema».

Me bajé de la mesa cuando terminamos, dejé que el vestido resbalara por mis muslos y me despedí. Intenté no pensar en dónde iría después de clase. No es fácil ser la otra mujer. Lo único que merecemos nosotras es desdén, nunca empatía. Nadie siente pena por nosotras. Todo lo contrario, nos juzgan. Nos tachan de egoístas, calculadoras, pérfidas, cuando nuestro único delito es habernos enamorado. La gente se olvida de que somos humanas, de que también tenemos sentimientos.

A veces, cuando Will me besaba en los labios, era algo magnético y eléctrico, una corriente que nos recorría a ambos. Sus besos eran a veces apasionados, feroces, pero otras veces no. A veces eran fríos y yo pensaba que aquel era el final de nuestra aventura. Me equivocaba. Porque en ocasiones eso es lo que pasa con las relaciones. Fluctúan.

Un día acabé hablándole de ello a una loquera. Me hallaba sentada en una silla giratoria. La sala en la que me encontraba tenía el techo alto, con ventanales que llegaban hasta arriba. Las ventanas estaban flanqueadas por pesados cortinajes grises. Había un jarrón con flores sobre una mesita para el café entre nosotras, de un tamaño exagerado, como todo lo demás en la habitación. Junto al jarrón había dos vasos de agua, uno para ella y otro para mí.

Recorrí la estancia con la mirada en busca de un

reloj. En su lugar, encontré baldas llenas de libros sobre enfermedades mentales, inteligencia emocional, juegos mentales; y diplomas de graduación.

«Dime», me pidió la loquera, «¿qué es lo que ha estado ocurriendo?».

Así fue como comenzó la conversación.

Me acomodé en la silla y me ajusté la camisa.

Me aclaré la garganta y traté de encontrar la voz.

«¿Va todo bien?», me preguntó ella al ver que cambiaba de postura sobre la silla, como si quisiera sentirme cómoda en mi propio cuerpo.

Le dije que todo iba bien. No me mostré tímida. No lo soy nunca. Coloqué los pies sobre un butacón y le dije: «He estado acostándome con un hombre casado».

Era una mujer grande, con una cara igualmente grande.

No registré ningún cambio en su expresión, salvo una ligera elevación de la ceja izquierda. Tenía las cejas espesas, grandes.

«Ah», dijo, sin transmitir emoción alguna ante mis palabras. «Háblame de él. ¿Cómo os conocisteis?».

Le conté todo lo que había que contar sobre Will. Sonreí al hacerlo, reviviendo cada momento, de uno en uno. El día que nos conocimos bajo las vías del tren. Su mano en mi muñeca, cuando me salvó la vida. El café en la cafetería. Los dos apoyados contra un edificio, la voz de Will en mi oído, su mano en mi muslo.

Pero entonces me puse triste. Alcancé un pañuelo y me enjugué las lágrimas. Continué, le conté lo difícil que era ser la otra mujer. Lo sola que me sentía. Que no tenía la promesa del contacto diario. Ni llamadas telefónicas para ver cómo estaba, ni confesiones nocturnas mientras nos quedábamos dormidos. No podía hablar con nadie de mis sentimientos. Estaba sola e intentaba no rumiarlo demasiado. Pero es difícil que no te entre complejo cuando en repetidas ocasiones te llaman por el nombre de otra mujer.

La psiquiatra me animó a poner fin a la aventura.

«Pero dice que me quiere», le respondí.

«Un hombre que está dispuesto a engañar a su esposa», me explicó, «con frecuencia hará promesas que no puede cumplir. Cuando te dice que te quiere, es una forma de aprisionamiento. Los esposos que engañan son maestros de la manipulación. Podría decirte cosas para disuadirte de poner fin a la aventura. Tiene una esposa y una amante al mismo tiempo. No tiene ningún incentivo para cambiar».

No era su intención, pero aquello me alivió.

Will no tenía razón para abandonarme.

Will nunca me abandonaría.

SADIE

Estoy aquí tumbada, medio dormida, alterada por un sueño que he tenido. En el sueño, estaba tumbada en una cama que no era la mía, mirando un techo que tampoco era el mío. Era un techo de dos niveles con un ventilador colgado en el centro. Las aspas del ventilador tenían forma de hojas de palmera. Nunca lo había visto. La cama estaba hundida por el medio, de modo que había una especie de zanja en la que mi cuerpo encajaba con facilidad, haciendo que me resultase difícil moverme. Yacía en una cama extraña, atrapada en la grieta.

Sucedió tan deprisa que no me dio tiempo a preguntarme dónde estaba, a preocuparme por ello, solo a darme cuenta de que no era mi cama. Alargué una mano hacia cada lado, buscando a Will. Pero la cama estaba vacía. Mi propio cuerpo estaba envuelto en una manta bajo la colcha y estaba allí tumbada, contemplando el ventilador inerte sobre mi cabeza, iluminada solo por un rayo de luz de luna que entraba por la ventana. Hacía calor en la cama. Deseé que el ventilador se moviera, que enviara una ráfaga de aire hacia mi cuerpo para refrescarme.

Y entonces, de pronto ya no estaba en la cama. Me hallaba de pie junto a ella, viéndome a mí misma dormir. La habitación en la que estaba se desdibujó. Los colores empezaron a desvanecerse. De pronto todo se volvió monocromático. Las paredes de la habitación adquirieron formas extrañas, trapezoidales y paralepípedas. Ya no era cuadrada.

Sentí que me venía un dolor de cabeza.

En el sueño, me obligaba a cerrar los ojos para impedir que la habitación cambiara de forma.

Al volver a abrirlos, estaba en mi propia cama con una imagen de Morgan Baines en la cabeza. Había estado soñando con ella. No recuerdo los detalles, pero sé con certeza que ella estaba allí.

Antes de salir del dormitorio hace un rato, Will me ha besado. Se ha ofrecido a llevar a los niños al colegio para que yo pudiera dormir un poco más. «Anoche te costó dormir», me ha dicho, y no estaba segura de si era una pregunta o una afirmación. No es que tuviera problemas para dormir de por sí, pero tuve unos sueños tan vívidos que debí de pasarme la noche dando vueltas en la cama.

Will me ha besado en la cabeza, me ha deseado un buen día y se ha marchado.

Procedente del piso de abajo, oigo el jaleo del desayuno, las mochilas cargándose de libros. La puerta de la entrada se abre y se marchan todos. Solo entonces me incorporo en la cama. Al hacerlo, veo mi camisón tendido en un extremo, no lo llevo puesto.

Me pongo en pie y las sábanas se deslizan por mi cuerpo. Descubro que estoy desnuda. Eso me sobresalta. Me llevo la mano involuntariamente al pecho. No me importa dormir desnuda. Así solíamos dormir Will y yo antes de que los niños empezaran a colarse en nuestra habitación cuando eran pequeños. Pero no es algo que suela hacer desde entonces. La idea de dormir desnuda cuando hay niños en mi casa me avergüenza. ¿Y si Otto me hubiera visto así? O peor aún, Imogen.

La idea de Imogen hace que me pare a pensar, porque he oído a Will marcharse con los niños, pero no la he oído a ella.

Me digo a mí misma que Will no se marcharía antes que ella. Él se habría asegurado de que ella se hubiera ido primero a la escuela. Imogen no siempre anuncia sus idas y venidas, lo que me indica que no está aquí, que se habrá marchado sin hacer ruido mucho antes de que lo hicieran Will y los chicos.

Tengo sudor seco bajo los brazos y entre las piernas, resultado del calor desigual que hace en esta casa vieja. Recuerdo el calor que he pasado en el sueño. Debo de haberme quitado el camisón sin darme cuenta.

Saco ropa del cajón de la cómoda: unas mallas de correr y una camiseta de manga larga. Me visto. Mientras lo hago, se me ocurre otra idea sobre Imogen. ¿Y si, como yo, Will ha dado por hecho que se había marchado a clase por su tendencia a escabullirse sin que nos demos cuenta?

Mi miedo a Imogen altera mi raciocinio y empiezo a preguntarme: ¿seguirá en casa?, ¿Imogen y yo somos las únicas aquí?

Salgo del dormitorio con cautela. La puerta de Imogen está cerrada, el candado que ha puesto en el nuevo mecanismo de cierre está echado, lo que me indica que no está en su habitación, porque no podría cerrar el candado si estuviera dentro.

El propósito del candado es mantenerme a mí fuera.

Parece algo inocuo, pero al pensarlo mejor me pregunto si sería igual de fácil encerrar a alguien por dentro como encerrarlo por fuera.

Llamo a Imogen mientras bajo las escaleras, solo para asegurarme. En el piso de abajo, veo que sus zapatos y su mochila no están, al igual que su abrigo.

Will me ha dejado el desayuno en la encimera y una taza vacía para el café. Lleno la taza y me la llevo junto con los crepes a la mesa para desayunar. Solo entonces me fijo en que Will se ha dejado su libro, la novela sobre crímenes reales. Doy por hecho que ya la ha terminado y me la ha dejado para que la lea.

Alcanzo el libro y lo arrastro hacia mí. Sin embargo, no es el libro en lo que estoy pensando. La verdad es que no. Es en la fotografía que tiene dentro, la de su exprometida. Tomo el libro entre las manos, respiro profundamente y paso las páginas, esperando que caiga la foto de Erin.

Al ver que no cae, vuelvo a hojear el libro una segunda vez, y una tercera.

Lo dejo sobre la mesa. Levanto la mirada y suspiro.

Will ha guardado la fotografía. La ha guardado y me ha dejado el libro.

¿Dónde ha puesto la fotografía?

No puedo preguntárselo. Volver a sacar el tema de Erin sería de mal gusto. No puedo fastidiarle una y otra vez con su prometida muerta. Murió mucho antes de que yo llegara. Aun así me cuesta asimilar el hecho de que se aferre a su fotografía después de todos estos años.

Will se crio en la costa del Atlántico, no lejos de donde vivimos ahora. Cambió de universidad entre el segundo y el tercer curso, dejando la Costa Este por una facultad en Chicago. Entre la muerte de Erin y la de su padrastro, según me contó, no podía soportar quedarse más tiempo en el este. Tenía que marcharse. Poco después de hacerlo, su madre se casó por tercera vez (demasiado pronto, en opinión de Will; es la clase de mujer que nunca puede estar sola) y se mudó a vivir al sur. Su hermano se unió al Cuerpo de Paz y ahora vive en Camerún. Luego murió Alice. A Will ya no le queda familia en la Costa Este.

Erin y Will fueron novios en el instituto. Nunca usaba ese término cuando me hablaba de ella porque era demasiado sentimental. Pero lo fueron. Novios de instituto. Erin tenía diecinueve años cuando murió; él acababa de cumplir veinte. Habían estado juntos desde que tenían quince y dieciséis años. Tal como lo cuenta Will, Erin, que había vuelto a su casa para pasar las vacaciones de Navidad —Will estudió esos primeros dos años en la universidad local—, llevaba desaparecida toda la noche cuando encontraron su cuerpo. Se suponía que debía pasar a recogerlo a las seis para ir a cenar, pero no apareció. A las seis y media, Will ya había empezado a preocuparse. Cerca de las siete, llamó a sus padres y después a sus amigos. Nadie sabía dónde estaba.

En torno a las ocho, los padres de Erin llamaron a la policía. Pero Erin llevaba desaparecida solo dos horas y la policía no se apresuró a emitir una orden de búsqueda. Era invierno. Había nevado y las carreteras estaban resbaladizas. Había muchos accidentes. Aquella noche la policía tenía mucho trabajo por delante. Entre tanto, sugirieron a Will y a los padres de Erin que se pasaran por cualquier sitio donde pudiera haber ido la chica, lo cual era absurdo, dado que habían emitido una alerta por mal tiempo y aconsejaban a los conductores que no circularan aquella noche.

El camino que solía tomar Erin para ir a casa de Will era montañoso y serpenteante, cubierto por una fina capa de hielo y nieve que rodeaba una enorme laguna. Era un lugar apartado, una ruta pintoresca que era mejor evitar cuando empeoraba el tiempo, como había sucedido esa noche.

Solo que Erin siempre fue temeraria; según Will, no le gustaba que le dijeran lo que tenía que hacer.

Justo con cero grados, la laguna donde después la encontraron no había tenido tiempo de congelarse del todo. No soportó el peso del coche cuando Erin pasó por una placa de hielo y se salió de la carretera.

Aquella noche, Will la buscó por todas partes. El gimnasio, la biblioteca, el estudio donde daba clases de baile. Recorrió cualquier ruta que se le ocurrió para ir desde casa de Erin hasta la suya. Con todo, había oscurecido y la laguna era solo un abismo negro.

A la mañana siguiente, temprano, un corredor vio el guardabarros del coche asomando entre el hielo y la nieve. Primero se lo notificaron a los padres de Erin. Para cuando Will se enteró, habían pasado más de doce horas desde que Erin no se presentara a su cita. Sus padres quedaron destrozados, igual que su hermana pequeña, que por entonces tenía solo nueve años. Will también quedó roto por dentro.

Aparto el libro. No tengo ganas de leerlo porque no puedo ver el libro sin pensar en la foto que antes estaba allí guardada.

Me pregunto dónde habrá guardado la fotografía de Erin, pero al mismo tiempo pienso otra cosa: ¿por qué me importa?

Will se casó conmigo. Tenemos hijos.

Me quiere.

Dejo los platos del desayuno donde están. Salgo de la cocina, me pongo un cortavientos que hay colgado en el perchero de la entrada. Necesito salir a correr para liberar un poco de tensión.

Salgo a la calle. El cielo esta mañana está gris y el suelo húmedo por un aguacero que se fue hacia el mar. Veo la lluvia a lo lejos. Manchas de agua por debajo de las nubes. El mundo parece un lugar sombrío y sin esperanza. Según las previsiones meteorológicas, al final del día la lluvia se convertirá en nieve.

Corro calle abajo. Es uno de esos pocos días en los que no trabajo. Lo que tengo planeado es una buena carrera seguida de una mañana tranquila para mí sola. Otto y Tate se han ido a clase, Will al trabajo. Sin duda Will ya habrá tomado el ferri que le lleva a tierra firme. Allí tomará un autobús al campus, donde se pasará medio día hablándoles a muchachos de diecinueve años sobre las fuentes de energía alternativas y la biorremediación, antes de recoger a Tate del colegio y volver a casa.

Corro colina abajo. Tomo la calle que recorre el perímetro de la isla, paso frente a las casas que están en la orilla del mar. No son lujosas, en absoluto. Al contrario, son casas desgastadas, habitadas durante generaciones; podrían tener fácilmente cien años. Casas golpeadas por el viento, imperfectas, medio escondidas entre los abundantes árboles. La vuelta a la isla son ocho kilómetros. El paisaje no ha sido alterado por la mano del hombre. Es mucho más rural, con largos tramos desiertos y playas públicas que no solo están cubiertas de algas, sino vacías en esta época del año.

Corro deprisa. Tengo muchas cosas en la cabeza. Empiezo a pensar en Imogen, en Erin; en Jeffrey Baines y su exmujer escondidos en la capilla de la iglesia. Me

213

pregunto de qué estarían hablando, y dónde estará la fotografía de Erin. ¿Will la habrá escondido para que no la vea, o estará usándola de marcapáginas en su siguiente novela? ¿Será algo tan sencillo como eso?

Atravieso los acantilados que pueblan el lado oriental de la isla. Son irregulares y escarpados, y se hunden en el Atlántico. Trato de no pensar en Erin. Veo cómo las olas del océano se estrellan furiosas contra las rocas. De pronto, una bandada de aves migratorias enloquecidas me pasa por delante, como suele suceder en esta época del año. El movimiento de los pájaros me asusta y suelto un grito. Docenas, si no cientos, de aves negras baten sus alas al mismo tiempo y huyen volando.

El océano se muestra tempestuoso esta mañana. El viento arrecia y golpea las olas contra la orilla. La espuma blanca y rebelde baña la costa rocosa, rociando el aire con gotas diminutas que alcanzan tres o cinco metros de altura.

Imagino que el agua en esta época del año estará gélida y el océano será profundo.

Dejo de correr para estirar los músculos. Alcanzo a tocarme los dedos de los pies y relajo los isquiotibiales. Todo a mi alrededor está tan tranquilo que resulta inquietante. El único sonido que oigo es el del viento soplando en torno a mí, susurrándome al oído.

De pronto me sobresaltan unas palabras que me llegan con el viento.

«Te odio. Eres una perdedora. Muérete, muérete, muérete».

Me incorporo de golpe y oteo el horizonte en busca del origen de la voz.

Pero no veo nada, ni a nadie. Y aun así no me quito de encima la sensación de que hay alguien ahí, de que

214

alguien me está observando. Noto un escalofrío que me sube por la espalda. Empiezan a temblarme las manos.

Grito un «¿hola?» con voz débil, pero nadie responde.

Miro a mi alrededor, pero no veo nada en la distancia. No hay nadie escondido tras las esquinas de las casas o los troncos de los árboles. En la playa no hay gente, las ventanas y puertas de las casas están cerradas, como deben estarlo en un día como este.

No es más que mi imaginación. No hay nadie aquí. Nadie me está hablando.

Lo que oigo es el murmullo del viento.

Mi mente ha confundido el viento con palabras.

Sigo corriendo. Para cuando llego a las afueras del pueblo —la quintaesencia de un pueblo pequeño, con la iglesia metodista, la posada, la oficina de correos y unos cuantos sitios donde comer, incluyendo una heladería de temporada, tapiada con planchas de contrachapado en esta época del año— ha empezado a llover. Lo que comienza como una llovizna pronto se convierte en un diluvio. Corro todo lo rápido que me permiten las piernas y me refugio en una cafetería para esperar a que pase la tormenta.

Abro la puerta y entro, chorreando. Nunca he estado aquí antes. La cafetería es rústica y provinciana, la clase de sitio donde se pasan el día los ancianos, bebiendo café y quejándose del clima y de los políticos locales.

La puerta del establecimiento todavía no se ha cerrado cuando oigo a una mujer preguntar:

—¿Fue alguien a la misa por Morgan?

La mujer está sentada en una silla endeble con las

tablillas del respaldo rotas, situada en el centro del restaurante, comiendo de un plato de beicon con huevos.

—Pobre Jeffrey —comenta negando con la cabeza—. Debe de estar destrozado. —Alcanza la tarrina de leche en polvo y se la echa en el café.

—Es horrible —responde otra mujer. Está sentada junto a un grupo de mujeres de mediana edad a una mesa larga junto a la cristalera del restaurante—. Atroz —añade esa misma mujer.

Le digo a la encargada que necesito una mesa para uno, junto a la ventana. Una camarera se acerca a tomarme nota y le pido amablemente un café.

Las mujeres de la mesa siguen a lo suyo. Yo escucho.

—Esta mañana he oído que lo comentaban en las noticias —dice alguien.

—¿Qué han dicho? —pregunta otra.

—La policía ha estado hablando con una persona de interés.

Me digo a mí misma que la persona de interés es Jeffrey.

—He oído que fue apuñalada. —Oigo que dicen entonces, y se me revuelve el estómago al oír esas palabras. Me llevo la mano al abdomen, pensando en lo que se sentiría cuando el cuchillo atravesara la piel y se clavara en los órganos.

La siguiente voz se muestra incrédula.

—¿Y cómo saben eso? —pregunta la mujer, y golpea su taza con demasiada fuerza contra la mesa, haciendo que las señoras den un brinco, incluida yo—. La policía aún no ha hecho pública ninguna información.

Interviene de nuevo la primera voz.

—Bueno, ahora ya sí. Eso ha dicho el forense. Ha dicho que fue apuñalada.

—Cinco veces, eso han dicho en las noticias. Una en el pecho, dos en la espalda y en la cara.

—¿En la cara? —pregunta alguien, horrorizada. Me llevo la mano a la mejilla y palpo su inconsistencia. La piel fina, los huesos duros. No hay sitio para la hoja del cuchillo—. Qué horror.

Las mujeres se preguntan qué se sentirá al ser apuñalada. Si Morgan sintió el dolor de inmediato o solo cuando vio la sangre. O quizá, como imagina una de las mujeres, sucedió tan deprisa, quizá el cuchillo entró y salió tan rápido que no le dio tiempo a sentir nada porque ya estaba muerta.

Lo que yo sé como médica es que, si el arma alcanzó alguna arteria principal al entrar, Morgan Baines habrá muerto relativamente rápido. Sin embargo, de no ser así, aunque tal vez quedara incapacitada, la muerte por desangramiento habría llevado más tiempo. Y, cuando se le pasara el efecto de la sorpresa, habría sido muy doloroso.

Por su bien, espero que el atacante de Morgan alcanzara una arteria principal. Espero que fuera rápido.

—No había indicios de que hubieran forzado la puerta, ni ventanas rotas.

—Quizá Morgan le abrió la puerta al hombre.

—O quizá no había echado el pestillo —sugiere alguien—. A lo mejor estaba esperándolo. —Y la conversación aborda el tema de que casi todas las víctimas de asesinato conocen a su atacante. Alguien cita una estadística y comenta que los crímenes sin planificar son poco frecuentes—. Que te apuñalen en la cara. A mí eso me parece algo personal.

Pienso inmediatamente en la ex, Courtney. Courtney tenía razones para querer ver muerta a Morgan.

Pienso en su declaración: «¡No siento lo que he hecho!».
¿A qué se refería con eso?

—El asesino debía de saber que Jeffrey no estaba —especula una de las señoras.

—Jeffrey viaja mucho. Por lo que he oído, casi siempre está fuera. Si no es en Tokio, entonces en Fráncfort o en Toronto.

—A lo mejor Morgan se veía con alguien. Quizá tuviera un novio.

Regresa entonces la voz incrédula.

—Son todo habladurías. Rumores —asegura, y reprende a las demás mujeres por chismorrear de esa forma sobre una mujer fallecida.

Alguien se apresura a contradecirla.

—Pamela —dice la mujer con un tono polémico—, no son habladurías. Lo han dicho en las noticias.

—¿En las noticias han dicho que Morgan tenía novio? —pregunta Pamela.

—Bueno, no. Eso no, pero sí que han dicho que fue apuñalada.

Me pregunto si Will sabrá algo de esto.

—Un cuchillo, dicen. —Y ese «dicen» empieza a sacarme de quicio. ¿Quién lo dice?—. Dicen que esa fue el arma homicida. ¿Os lo podéis imaginar? —pregunta la mujer, agarra la empuñadura del cuchillo de la mantequilla, lo levanta indecorosamente sobre su cabeza y finge que está apuñalando a la mujer que tiene al lado con la punta roma del cuchillo. Las demás la reprenden.

—Jackie —dicen—, para ya. Pero ¿qué es lo que te pasa? Una mujer ha sido asesinada.

—Eso es lo que dicen —continúa la mujer llamada Jackie—. Me limito a relatar los hechos, señoras. Según el informe del forense, fue con un cuchillo para deshuesar, a juzgar por la forma y la longitud de la herida. Estrecho y curvo. De unos quince centímetros de largo. Aunque eso son solo especulaciones, porque el asesino de Morgan se lo llevó. Se lo llevó y probablemente lo tiró al mar.

Sentada allí, en la cafetería, me imagino las olas furiosas y tempestuosas que vi mientras corría. Pienso en toda esa gente que toma el ferri a diario para ir y venir de tierra firme, personas que se sientan allí con más de cinco kilómetros de agua de mar en los que deshacerse del arma de un crimen.

Una gran distancia, un gran margen. Todos van absortos en sus propios asuntos y no prestan atención a lo que hacen los demás.

La corriente del Atlántico circula hacia el norte por la costa, en dirección a Nueva Escocia. Desde ahí se dirige hacia Europa. Es muy poco probable que un cuchillo llegue hasta la orilla de la costa de Maine si el asesino lo tirase al mar.

Dejo el café sobre la mesa cuando me marcho. No he bebido ni una gota.

CAMILLE

Siempre he odiado el océano. Pero de algún modo me convencí a mí misma para seguirle hasta allí porque allí donde estuviera Will deseaba estar yo.

Encontré un lugar donde quedarme, una casa vacía cerca de la suya. La casa era minúscula, diminuta, patética, con los muebles cubiertos con sábanas, que le daban un aspecto fantasmal.

Recorrí el interior de la casa, lo examiné todo. Me senté en sus sillas, me tumbé en las camas como Ricitos de Oro. Una era demasiado grande, la otra demasiado pequeña, pero una de ellas tenía el tamaño justo.

Abrí y cerré los cajones de la cómoda, y apenas encontré nada dentro, solo cosas olvidadas, como calcetines, hilo dental y palillos de dientes.

Abrí los grifos. No salió nada. Las tuberías estaban vacías; el inodoro, también. Los armarios y el frigorífico estaban casi vacíos. Solo había un paquete de bicarbonato. En la casa hacía frío.

En esa casa, mis crisis existenciales eran frecuentes. Me quedaba atrapada allí dentro, haciendo tiempo, preguntándome por qué. Estaba encerrada en la oscuridad, sentía como si no existiera, como si no debiera existir. Pensé que tal vez estaría mejor muerta. Pensé en formas de acabar con mi vida. No era la primera vez. Lo había intentado antes, y lo habría hecho si no me hubieran interrumpido. Solo era cuestión de tiempo que volviera a intentarlo.

Algunas noches salía de esa casa y me quedaba en la calle mirando a Will a través de la ventana de su propia casa. Casi todas las noches tenía la luz del porche encendida, como un faro para Sadie cuando ella no estaba. Eso me cabreaba. Quería a Sadie más de lo que me quería a mí. La odiaba por eso. Le gritaba. Deseaba matarla, deseaba verla muerta. Aun así, no era tan fácil como eso.

Plantada allí en la calle, veía el humo salir de la chimenea y perderse en la noche, humo gris con el cielo azul marino de fondo. Había lámparas encendidas dentro. Un brillo amarillo inundaba la ventana, donde las cortinas se separaban formando una V perfecta.

Parecía una maldita felicitación navideña.

Una noche, me quedé mirando a través de esa ventana. Por un segundo cerré los ojos y me imaginé al otro lado del cristal, con él. En mi mente, le tiraba del jersey. Él me tiraba del pelo. Me besaba en la boca. La cosa se ponía ardiente y salvaje. Me mordía el labio. Yo saboreaba la sangre.

Pero entonces el motor de un coche me sacó de mi ensimismamiento. Abrí los ojos, vi el coche resoplando mientras subía por la calle. Me quité de en medio, me oculté en la cuneta, donde el conductor no pudiera verme acechando entre las sombras.

El vehículo pasó despacio, echando nubes de humo por el tubo de escape.

Vi a Will arrodillarse dentro de su casa. Llevaba un jersey esa noche, un jersey gris de esos que tienen cremallera hasta la mitad. También unos pantalones vaqueros y unos zapatos. Estaba jugando con su hijo, el pequeño, ambos de rodillas en mitad de la habitación. El estúpido del niño sonreía. Parecía feliz como una perdiz.

Will le dio la mano al niño. Juntos se levantaron del suelo y se acercaron a la ventana. Se quedaron allí de pie, contemplando la noche. Yo los veía, pero ellos a mí no. Podía verlo todo por dentro gracias a la oscuridad de fuera. El fuego encendido; el jarrón en la repisa de la chimenea; el cuadro en la pared.

Estaban esperando a que Sadie volviera a casa.

Me dije a mí misma que no estaba intentando darme esquinazo cuando vino a vivir a esta isla. No le quedó más remedio que marcharse. Igual que a una larva no le queda más remedio que convertirse en una pulga.

Justo entonces pasó por allí otro coche, pero esta vez no me moví.

Intentaba no ser un estorbo, pero algunos días no podía evitarlo. Dejaba mensajes en la ventanilla del coche de Sadie; me sentaba en el capó de su coche y me fumaba un cigarrillo detrás de otro, hasta que una vieja bruja intentó decirme que no podía fumar allí, que tenía que fumar en otra parte. No me gustó que me dijera lo que tenía que hacer. Le dije: «Este es un país libre. Puedo fumar donde me dé la gana». Le dije cosas, la llamé vieja, cotorra. Amenazó con contarlo.

Me colé en casa de Will y Sadie un día cuando no había nadie. Entrar fue fácil. Si observas a alguien el tiempo suficiente, lo sabes. Las contraseñas, los PIN…, son idénticos. Y están todos allí, en los papeles que se tiran a la basura. La fecha de nacimiento de alguien, los últimos cuatro dígitos del número de la Seguridad Social en un impreso fiscal, un resguardo de compra.

Me escondí y vi marcharse el coche de Will. Entonces me acerqué al teclado del garaje e introduje un código. Lo conseguí al tercer intento.

Desde ahí, desbloqueé la cerradura de la puerta de la casa. Giré el picaporte y entré.

Los perros no ladraron cuando entré. Menudos perros guardianes. Se me acercaron y me olisquearon la mano. Me lamieron. Les acaricié la cabeza, les dije que se tumbaran y eso hicieron.

Me quité los zapatos, recorrí primero la cocina, toqueteándolo todo. Tenía hambre. Abrí la nevera, encontré algo dentro y me senté a la mesa para comer.

Fingí que aquella era mi casa. Apoyé los pies sobre otra silla y alcancé un periódico de varios días atrás. Me quedé allí sentada durante un rato, leyendo titulares obsoletos mientras comía.

Miré hacia el otro lado de la mesa e imaginé a Will comiendo conmigo, imaginé que no estaba sola.

«¿Qué tal tu día?», le pregunté, pero antes de que pudiera responder, sonó el teléfono. Fue un sonido inesperado. Me sobresaltó y me levanté de un brinco para descolgar, ofendida porque alguien osara llamar mientras Will y yo cenábamos juntos.

Descolgué el auricular y me lo llevé a la oreja.

«¿Diga?», pregunté. Era un teléfono de rueda. De esos que ya nadie usa.

«¿Hablo con la señora Foust?», preguntó una voz de hombre. Parecía animado.

No perdí la oportunidad. «Soy yo», dije, y me apoyé contra la encimera con una sonrisa. «Soy Sadie Frost».

Llamaba de la compañía de televisión de pago, quería saber si Will y yo deseábamos mejorar nuestro paquete de cable. Su voz sonaba persuasiva, amistosa. Me hizo preguntas. Me llamó por mi nombre.

Bueno, no exactamente por mi nombre.

Pero aun así.

«¿Qué le parece su paquete actual, señora Foust? ¿Está satisfecha con su elección de canales?».

Le dije que no, que la selección era bastante escasa.

«¿Desearía tener todos los canales prémium, señora Foust? ¿Su marido quiere ver el canal de la Liga de Béisbol?».

Le dije que sí, que lo deseaba a todas horas. También que ansiaba poder ver películas en HBO o en Showtime. «No forman parte de nuestro paquete actual, ¿verdad, señor?».

«Por desgracia no, señora Foust», me dijo. «Pero podemos solucionar eso. Podemos cambiarlo ahora mismo por teléfono. Es un gran momento para cambiar de oferta, señora Foust».

Era una oferta difícil de rechazar. No podía decir que no.

Volví a colgar el teléfono. Dejé el guiso donde estaba. Deslicé las manos por la encimera. Abrí y cerré los cajones, toqueteé los botones de la cocina de gas.

Giré la rueda e ignoré el botón de encendido.

El olor a gas no tardó en llegarme a la nariz.

Pasé al salón, deslicé los dedos por las fotografías, me senté en el sofá, toqué el piano.

Me di la vuelta y me dirigí hacia el piso de arriba, me agarré al pasamanos, subí las escaleras. Los escalones eran de madera y estaban hundidos por el centro. Eran viejos, tan viejos como la casa.

Recorrí el pasillo, me asomé a todas las habitaciones.

No tardé en averiguar cuál era la habitación de Will.

La cama era ancha. Había unos pantalones doblados sobre el borde de una cesta de ropa sucia. Dentro estaban sus camisas, sus calcetines, los sujetadores de ella. Acaricié el encaje del sujetador, volví a dejarlo en la cesta, rebusqué hasta encontrar una chaqueta. Era de lana marrón, fea y desgastada, pero cálida. Me la puse, pasé los dedos por el borde acanalado, toqué los botones. Hundí las manos en sus enormes bolsillos, di una vuelta sobre mí misma.

Me acerqué a la cómoda de Sadie y vi sus joyas colgadas de un soporte. Me puse uno de sus collares y una pulsera en la muñeca. Abrí un cajón, encontré el maquillaje. Me miré en el espejito mientras me empolvaba la nariz con su borla, mientras me ponía su colorete en las mejillas.

«Está usted preciosa, señora Foust», me dije ante el espejo, aunque yo siempre había sido más guapa que Sadie. Sin embargo, si quisiera, podría ponerme el pelo como ella, podría vestirme como ella, hacerme pasar por la señora Foust. Convencer a los demás para que creyeran que era la esposa de Will, la que él había escogido. Si quisiera.

Fui a la cama, agarré la colcha y la retiré. Las sábanas eran suaves, grises, con una gran densidad de hilos entrelazados, sin duda muy caras.

Deslicé las manos por encima, acaricié el dobladillo. Me senté al borde de la cama. No pude evitarlo;

225

tenía que meterme dentro. Metí los pies bajo las sábanas y me tapé. Me quedé tumbada de lado y cerré los ojos durante un rato. Fingí que Will estaba a mi lado en la cama.

Me fui antes de que regresara. No supo que había estado allí.

Yo estaba en el muelle cuando llegó. El día era gris. Las nubes descendían desde el cielo hasta llegar a la calle, como niebla. Todos y todo aparecía borroso debido a ello. Todos eran grises.

Había gente fuera solo por diversión. Como si les gustara aquel frío asqueroso. Se quedaban de pie contemplando el océano, mirando un puntito en el mar que podría o no ser el ferri. Se acercaba cada vez más, dejando atrás embarcaciones más pequeñas, que oscilaban de un lado a otro con las olas que levantaba el barco.

El viento me atravesaba como un cuchillo. Estaba con el billete en la mano, agachada detrás de la taquilla, esperando a que Will llegase. Lo distinguí cuando bajaba por la calle hacia el muelle.

Su sonrisa era eléctrica. El corazón se me aceleró.

Pero no me sonreía a mí.

Sonreía a la chusma, conversando sobre cosas insustanciales con los viajeros que tomarían el ferri.

Esperé detrás de la taquilla, lo vi ocupar su lugar al final de la cola. Esperé y después me puse a hacer cola por detrás de él, con un puñado de personas entre nosotros.

Me tapé la cabeza con una capucha y me oculté los ojos con unas gafas de sol.

El ferri llegó por fin hasta nosotros. Ascendimos por la pasarela, como prisioneros sentenciados a muerte. La pasarela tenía el suelo de agujeros, de esos a través de los cuales puedes ver el agua de debajo. Vi las algas. Olí los peces.

Will subió los escalones hacia la cubierta superior. Me senté donde pudiera observarlo sin ser vista. No podía apartar la mirada de él. Lo vi colocarse en la popa del barco; lo vi agarrarse a la barandilla; lo vi contemplar la orilla mientras se alejaba y se perdía de vista.

El agua por debajo era salada y marrón. Los patos rodeaban el barco.

Lo observé durante todo el trayecto. Parecía el mascarón de un barco, Poseidón, dios del mar, vigilando el océano. Mi mirada orbitaba alrededor de su cuerpo, trazaba la forma de su silueta; se enredaba en su pelo alborotado por el viento; dibujaba un hombro ancho, se deslizaba brazo abajo y contaba las puntas de sus dedos. Siguió bajando por la costura de sus vaqueros, desde los muslos hasta los pies. Pasó por debajo de las suelas de sus zapatos y volvió a subir por el otro lado. De los pies a los muslos y a los dedos. Pasé las manos por su pelo. Recordé lo que sentía cuando su pelo se enredaba en mis manos.

Aquello duró unos veinte minutos.

La orilla iba acercándose. Los edificios se hacían más grandes. Habían estado allí en todo momento, bloques en el horizonte. Pero de pronto eran gigantes y grises, como todo lo demás aquel día.

Cuando el ferri atracó, seguí a Will por el muelle. Al llegar al otro lado, nos subimos a un autobús. Busqué en mi bolso y me alegró encontrar una tarjeta de transporte.

Me subí a bordo. Encontré un asiento detrás de él.

El autobús emprendió la marcha y nos llevó a través de la ciudad.

No tardamos mucho en llegar. Otro campus universitario. Más edificios cubiertos de ladrillo. Recuperé mi antigua rutina, siguiendo a Will mientras caminaba, imitándole, siempre veinte pasos por detrás.

Le vi acercarse a un edificio. Subí los escalones treinta segundos después que él. Lo seguí hasta un aula, me quedé en el pasillo y le escuché hablar. Su voz era agradable a mis oídos. Como el borboteo de un arroyo, el rumor alegre de una catarata. Me excitaba y me sosegaba al mismo tiempo, hacía que me temblaran las rodillas.

Will se emocionaba, se encendía cuando hablaba de la densidad de población, de que las personas vivían en zonas superpobladas, bebiendo agua sucia. Pegué la espalda a la pared y escuché. No sus palabras, porque esas no significaban nada para mí, sino el sonido de su voz.

Allí, en el pasillo, cerré los ojos y fingí que cada palabra que salía de su boca era un mensaje secreto dirigido solo a mí.

Cuando los estudiantes empezaron a salir, hicieron mucho ruido.

Me colé cuando la clase quedó vacía.

Will estaba en la parte delantera del aula. Percibí el alivio en su expresión cuando me vio.

Se alegraba de verme. Sonreía, y fue una sonrisa franca que intentaba ocultar, pero no podía. Las comisuras de sus labios se curvaron hacia arriba como si tuvieran voluntad propia.

«No puedo creerlo», dijo acercándose a mí. Me estrechó entre sus brazos. «No puedo creer que estés aquí. ¿Qué estás haciendo aquí?», me preguntó.

Y le dije: «He venido a verte. Te echaba de menos».

Me preguntó: «¿Cómo sabías dónde encontrarme?».

«Te he seguido», respondí guiñándole un ojo. «Creo que tiene usted una acosadora, profesor Foust».

SADIE

Vuelvo a casa corriendo desde la cafetería. La temperatura ha bajado aún más que antes. La lluvia se ha convertido en aguanieve, se me mete en los ojos, así que me veo obligada a mirar solo el asfalto mientras corro. Cae con fuerza y se me pega a la ropa. Dentro de poco el aguanieve será solo nieve.

Cuando me aproximo a la casa, oigo el sonido del motor de un coche por allí cerca, al final de la colina, frente a mí. Levanto la mirada el tiempo justo para ver un Crown Victoria aparcado en el camino de la entrada de los Nilsson. El motor está en marcha y el humo del tubo de escape pasa frente al rojo de los faros traseros y se pierde en el aire frío. Hay un hombre de pie frente al buzón de los Nilsson. En un día como este, nadie debería salir a la calle.

Aminoro la marcha y me llevo una mano a los ojos para repeler el aguanieve. No logro ver bien al hombre debido al mal tiempo y a la distancia, pero no importa. Sé quién es; ya he visto antes esta misma escena.

Allí, a menos de cuarenta y cinco metros de donde me encuentro, se halla el agente Berg. Está detrás del maletero de su Crown Victoria, con algo en la mano. Mira a su alrededor para asegurarse de que nadie le ve antes de meterlo en el buzón de los Nilsson. Logro esconderme detrás de un árbol justo a tiempo.

El agente Berg ha hecho esto antes, el mismo día que nos interrogó a Will y a mí en nuestra casa. Le vi después de que se fuera, vi que conducía hasta el buzón de los Nilsson y dejaba allí algo también aquel día.

Es su cautela lo que más me llama la atención. ¿Qué es lo que está dejando en el buzón de los Nilsson que no quiere que nadie vea?

Berg cierra la puertecita del buzón y vuelve a montarse en su coche. Se aleja y dobla la cima de la colina hacia el otro lado. La curiosidad puede más que yo. Sé que no debería hacerlo y aun así lo hago. Me aparto el pelo mojado de la cara y subo corriendo la calle. Llego y saco el objeto del buzón sin la cautela y discreción que ha mostrado el agente Berg.

Me cobijo bajo la copa de un árbol cercano y veo que es un sobre sin marcar, sellado, con un fajo de papeles en su interior. Acerco el sobre hacia la exigua luz. No estoy segura, pero me da la impresión de que es un fajo de billetes.

El ruido de un motor de coche a lo lejos me sobresalta. Vuelvo a meter el sobre en el buzón y regreso caminando deprisa a casa.

Todavía estamos a media mañana, pero con el mal tiempo que hace, bien podríamos estar en mitad de la noche. Entro corriendo en mi casa, cierro y echo el pestillo. Las perras vienen corriendo a saludarme y agradezco su compañía.

Me aparto de la ventana. En el recibidor, tropiezo con algo. Es un juguete, uno de los juguetes de Tate

231

que, al inspeccionarlo más de cerca, resulta ser una muñeca. No le doy importancia al hecho de que sea una muñeca. En nuestra casa no compramos juguetes orientados a ningún género específico. Si Tate prefiere jugar con una muñeca en vez de con los Transformers, pues muy bien. Pero lo que me fastidia es el lugar donde está, tirada en mitad del recibidor, donde cualquiera podría tropezar con ella. Le doy una patada para quitarla de en medio, descargo mi ansiedad contra la pobre muñeca.

Llamo a Will, pero está en mitad de una clase. Cuando por fin tiene ocasión de devolverme la llamada, le cuento lo del informe del forense, lo del cuchillo de deshuesar. Pero él ya lo sabe porque lo leyó esta mañana al bajarse del ferri en tierra firme.

—Es horrible —me dice, y comentamos lo trágico e inconcebible que resulta todo el asunto.

—¿Estamos a salvo aquí? —le pregunto y, al notar que duda, porque ninguno de los dos puede saber si estamos a salvo, agrego con determinación—: Creo que deberíamos marcharnos. —Y, antes de que pueda rebatirme, añado—: Imogen vendría con nosotros, por supuesto.

Lo que no le digo es que, en nuestro terreno, llevaríamos ventaja. Sentiría un control sobre Imogen que ahora no siento.

—Irnos ¿adónde? —me pregunta Will, pero a mí me resulta evidente que nuestra vuelta a empezar desde cero no ha funcionado en absoluto. Nuestra estancia en Maine ha sido como mínimo turbulenta. En todo caso, nuestras vidas han empeorado desde que estamos aquí.

—A casa —le digo.

—¿Y cuál es nuestra casa, Sadie? —me pregunta, y al oír esas palabras se me encoge el corazón.

Nuestro piso de Chicago, donde Will y yo pasamos toda nuestra vida de casados hasta ahora, ya no existe, se lo vendimos a una pareja de *millenials*. Tampoco tengo ya el trabajo en el hospital, habré sido sustituida por algún joven recién salido de la escuela de medicina. Otto no puede regresar a su instituto, ni Tate a su colegio, no por nada que hiciera, sino porque fue declarado culpable. Ambos tendrían que ir a una escuela privada y, solo con el sueldo de Will —dando por hecho que pudiera recuperar su antiguo trabajo— no podríamos vivir.

Al ver que no digo nada, me dice:

—Ya lo hablaremos cuando llegue a casa. —Y le digo que vale. Cuelgo el teléfono y voy a la cocina a poner agua a hervir. Mientras atravieso la estancia, me fijo en nuestros cuchillos y me invade la curiosidad morbosa de ver con mis propios ojos lo que es un cuchillo de deshuesar, el aspecto que tiene, sujetarlo con mi mano. Will tiene un juego de cuchillos que guarda en un bloque de madera sobre la encimera, lejos del alcance de las manos curiosas de Tate.

Me acerco al bloque. No sé lo que es un cuchillo de deshuesar, pero Internet me dice que estoy buscando una hoja arqueada con la punta muy afilada, de entre doce y veintidós centímetros de largo. Agarro los mangos de los cuchillos y voy tirando uno a uno para examinar sus hojas. No tardo en darme cuenta de que no hay ningún cuchillo allí que encaje con esa descripción. Es más, veo que una de las ranuras del bloque de madera está vacía. Este juego de veintiún cuchillos solo tiene veinte. Falta un cuchillo.

Empiezo a dejarme llevar por la imaginación. Trato de mantener la calma, de ser sensata y recordar de nuevo lo de la Navaja de Ockham. Quizá esa sea la ranura de

233

otro cuchillo. Quizá Will no tenga un cuchillo de deshuesar. Quizá el cuchillo que falta esté en el fregadero, aunque miro para comprobarlo y no está allí. Quizá perdió ese cuchillo hace tiempo o ha acabado en el cajón de los cubiertos por error. Abro el cajón y rebusco entre la modesta colección de cuchillos de Alice –cuchillos de carne y de cena en su mayor parte, un cuchillo para pelar, uno con el borde de sierra–, pero no está ahí.

Pienso en Imogen en nuestro dormitorio por la noche. Se oyen historias de chicos que asesinan a sus padres en mitad de la noche. Sucede; no es tan descabellado. E Imogen es una chica hostil, una chica dañada. La creo capaz de utilizar ese cuchillo para amenazarme, o algo peor.

Me doy la vuelta y salgo de la cocina. Subo los escalones hasta la segunda planta, con la mano aferrada a la barandilla. Me dirijo hacia su habitación con intención de registrarla como hice la otra noche, pero mi plan se desbarata enseguida al llegar a su puerta y darme cuenta de que no hay manera de entrar sin la llave del candado.

Maldigo y agito el picaporte. Intento volver a llamar a Will para contarle lo del cuchillo desaparecido, pero ya está de camino a casa, probablemente en el ferri, donde la cobertura es escasa. No logro conectar. Dejo el teléfono, aliviada sabiendo que pronto estará en casa.

Encuentro algo con lo que entretenerme. Quito el polvo a la casa. Cambio las sábanas de las camas y empiezo a hacer una pila con ellas para llevarlas al cuarto de la lavadora.

En nuestro dormitorio, tiro de la sábana bajera. Al hacerlo, algo negro sale disparado de mi lado de la cama, algo que llevaba algún tiempo aprisionado entre el colchón y la estructura de la cama. Cuando el objeto patina por el suelo del dormitorio, lo primero que pienso es que se trata del mando a distancia de la tele del dormitorio, que no solemos usar. Me acerco a recogerlo. Al hacerlo, me doy cuenta de que no es un mando a distancia, sino un teléfono, que no es ni mío ni de Will. Lo giro entre mis manos. No tiene nada significativo. No es más que un teléfono, una versión antigua del iPhone. Quizá sea de Alice. Compruebo que, como era de esperar, no tiene batería. Alice murió hace ya algún tiempo, es lógico que el teléfono esté sin batería.

Vuelvo a bajar las escaleras y, en un cajón lleno de trastos, encuentro un cargador que encaja. Lo enchufo a una toma de la pared del salón y coloco el teléfono sobre la repisa de la chimenea.

Sigo arreglando la casa hasta que Will llega poco después seguido de Tate. Los saludo en el recibidor y Will me lo nota en los ojos de inmediato: algo va mal.

Tanto Tate como él están mojados por la nieve, que veo en sus abrigos, en su pelo, derritiéndose con rapidez. Tate da pisotones para sacudírsela y genera un charco en la madera. Está intentando contarme una historia de algo que le ha ocurrido hoy en el colegio, algo que ha aprendido. Empieza a cantar una canción, pero no le escucho, Will tampoco.

—Quítate los zapatos —le dice Will antes de ayudarle a quitarse el abrigo. Lo cuelga en el perchero del oscuro recibidor y entonces se me ocurre que debería encender una luz, pero no lo hago.

—¿Te gusta, mami? —me pregunta Tate en referencia a la canción—. Días de la semana, días de la semana, días de la semana —canturrea con la melodía del tema principal de *La familia Addams*, dando dos

235

palmadas entre cada frase. Aunque le oigo, no respondo—. ¿Te gusta? —pregunta, más alto esta vez, casi gritando.

Asiento con la cabeza, pero apenas le escucho. Oigo su canción, pero mi mente es incapaz de procesarla porque solo puedo pensar en el cuchillo desaparecido.

A Tate no le gusta que le ignoremos. Su postura cambia; se cruza de brazos y empieza a hacer pucheros.

Will se vuelve hacia mí y me rodea con los brazos. Es agradable que me abrace.

—He estado viendo sistemas de seguridad —me cuenta, retomando la conversación que iniciamos por teléfono, sobre si estamos o no a salvo aquí—. He pedido cita para que nos instalen uno. Y vamos a darle al agente Berg la oportunidad de llegar al fondo de todo esto antes de salir huyendo. Este es nuestro hogar, Sadie. Nos guste o no, por ahora es nuestro hogar. Tenemos que apañarnos.

Me aparto de sus brazos. Está intentando tranquilizarme, pero no me siento tranquila. Lo miro a los ojos y le pregunto:

—¿Y si un sistema de seguridad no puede protegernos?

—¿A qué te refieres? —me pregunta con una mirada de incredulidad.

—¿Y si hay una amenaza dentro de nuestra casa?

—¿Te refieres a que alguien lograra burlar el sistema de seguridad? —me pregunta, y me asegura que podremos tener la casa protegida a todas horas, que esas cosas están monitorizadas las veinticuatro horas del día. Si saltara la alarma, enviarían ayuda casi de inmediato.

—No estoy pensando en un intruso —confieso—. Pienso en Imogen.

Will niega con la cabeza, incrédulo.

—¿Imogen? —pregunta, y le digo que sí—. No puedes pensar que… —Pero le interrumpo.

—Nuestro c-u-c-h-i-l-l-o —le digo, deletreando para que Tate no se entere. Sabe deletrear, pero no muy bien—. Nuestro c-u-c-h-i-l-l-o de deshuesar no está. No lo encuentro. —Y admito en un susurro—: Me asusta, Will.

Pienso en ella en nuestro dormitorio la otra noche, viéndonos dormir. La extraña conversación que mantuvimos en el pasillo. La fotografía de su madre muerta que lleva en el teléfono. Son comportamientos anormales.

Y luego está el candado de la puerta de su habitación.

—Tiene algo allí que no quiere que encontremos —le digo, y al fin admito que estuve allí el otro día, antes de que instalara el candado. Le hablo de la foto que encontré con la cara del hombre rayada, la nota de ruptura, los preservativos—. Ha estado acostándose con alguien. Un hombre casado, creo —le digo, basándome en el contenido de la nota.

Will no dice mucho a eso. Le decepciona más que haya violado su intimidad husmeando en su cuarto. Sin embargo, lo que sí dice es que no hay nada de criminal en acostarse con un hombre casado.

—Tiene dieciséis años —me recuerda—. Los chicos con dieciséis años hacen estupideces a todas horas. ¿Sabes por qué ha instalado ese candado en la puerta? —me pregunta, pero responde antes de que a mí me dé tiempo a hacerlo—. Es una adolescente, Sadie. Por eso. No quiere que la gente entre en su habitación. ¿Cómo te sentirías si ella rebuscara entre tus cosas?

—No me importaría —le digo—. No tengo nada que ocultar. Pero Imogen es una chica enfadada con la mecha muy corta, Will. Me preocupa.

—Prueba a ponerte en su lugar, Sadie. ¿No crees que también estarías enfadada? —me pregunta, y claro, yo también estaría triste e incómoda: mi madre se suicida y a mí me obligan a vivir con gente que no conozco. Pero ¿por qué iba a estar enfadada?—. No tenemos idea de lo que Imogen vio aquel día —asegura—. Si hubiéramos visto lo que debe de haber visto ella, también tendríamos la mecha muy corta. Esas cosas no se pueden borrar. Además —continúa, y vuelve al tema del cuchillo—, utilicé el cuchillo de deshuesar el otro día para limpiar un pollo para un guiso. Estás preocupada por nada, Sadie —me dice, y me pregunta si lo he buscado en el lavavajillas. No lo he hecho. Ni se me ha ocurrido buscarlo ahí.

Sin embargo, eso ahora no importa, porque mi mente ha pasado del cuchillo a la foto del teléfono de Imogen. En la que aparece Alice muerta. Sé perfectamente lo que Imogen vio el día en que su madre murió, aunque me muestro reticente a contárselo a Will porque lo último que necesita es ver por lo que pasó Alice. Y aun así acabo contándoselo porque no está bien, no es normal que Imogen sacara una foto de Alice después de morir y que la lleve guardada en su teléfono. ¿Qué hace con ella? ¿Se la enseña a sus amigos?

Evito mirar a Will. Le confieso que sí sé lo que vio Imogen.

—Sacó una foto aquel día antes de que el forense se llevara a Alice. Me la enseñó —le digo.

Will se queda callado unos segundos. Traga saliva.

—¿Sacó una foto? —pregunta pasado un tiempo.

238

Le digo que sí con la cabeza—. ¿Cómo estaba? —pregunta, refiriéndose a Alice.

No doy muchos detalles.

—Bueno, estaba m-u-e-r-t-a —le digo—. Pero parecía estar en paz —miento. No le digo lo de las marcas en el cuello, la lengua cortada. No le hablo de cómo estaba el ático, de todas las cajas volcadas, de la lámpara rota, del telescopio tirado. Pese a eso, lo recreo todo en mi mente, imaginando el cuerpo convulsionante de Alice golpeando todas esas cosas, volcándolas, mientras se iba quedando sin oxígeno.

Mientras lo rememoro, me doy cuenta de algo. Porque visualizo las cajas y la lámpara volcadas, y aun así el taburete con escalones, el que empleó Alice para subir hasta la altura de la cuerda, seguía en pie. Lo recuerdo ahora.

¿Cómo es posible que no estuviera volcado justo lo que habría tenido que golpear Alice de una patada para poder llevar a cabo el suicidio?

Es más, el taburete estaba lejos del alcance del cuerpo de Alice. Lo que me hace pensar que fue otra persona la que se lo retiró de debajo de los pies.

En cuyo caso, ¿fue un suicidio? ¿O un asesinato?

Me pongo pálida y me llevo la mano a la boca.

—¿Qué sucede? —me pregunta Will—. ¿Va todo bien? —Niego con la cabeza, le digo que no, que creo que no.

—Acabo de darme cuenta de una cosa —le digo.

—¿De qué? —me pregunta con urgencia.

—La foto de Alice. En el teléfono de Imogen.

—¿Qué le pasa?

—La policía no había llegado aún cuando Imogen sacó la foto. Estaba solo ella —le explico, preguntándome cuánto tiempo pasaría entre que llegó a casa y llamó a la

239

policía. ¿Sería tiempo suficiente para simular un suicidio? Imogen es alta, pero no es muy fuerte. No me la imagino con la fuerza suficiente para cargar con Alice hasta el tercer piso, incluso aunque Alice estuviera drogada e inconsciente, incapaz de resistirse, y después levantarla hasta colgarla de la cuerda. Ella sola no pudo hacerlo. Alguien habría tenido que ayudarla. Pienso en las amigas con las que fuma mientras espera a que llegue el ferri. Vestidas de negro, rebeldes, llenas de autodesprecio. ¿Alguna de ellas la ayudaría?—. En la foto, Will, el taburete de escalones que encontramos en el ático, el que Alice habría usado para hacer lo que hizo… Todo lo demás estaba volcado, pero el taburete permanecía en pie. Y estaba demasiado lejos para que Alice lo alcanzara. Si hubiera estado sola, el taburete habría acabado volcado, y habría estado mucho más cerca de sus pies.

Will niega con la cabeza.

—¿Dónde pretendes llegar? —me pregunta, y veo el cambio que se produce en su expresión. Su postura cambia. Se le forman arrugas entre los ojos. Frunce el ceño. Sabe lo que estoy sugiriendo.

—¿Cómo podemos estar seguros de que fue un s-u-i-c-i-d-i-o? —le pregunto—. No hubo ninguna investigación. Pero tampoco dejó una nota. La gente que se s-u-i-c-i-d-a suele dejar una nota. El propio agente Berg lo dijo, ¿te acuerdas? Nos dijo que no pensaba que Alice fuera de esas.

—¿Y cómo va a saber Berg si Alice era de las que se suicidan? —pregunta Will, enfadado. No es propio de él enfadarse, pero estamos hablando de su hermana. De su sobrina. Sangre de su sangre.

—No confío en Imogen —admito—. Me da miedo —repito.

—Pero ¿tú te estás oyendo, Sadie? —me responde—. Primero acusas a Imogen de quitarnos el cuchillo. Y ahora estás diciendo que mató a Alice. —Está demasiado alterado para deletrear las palabras, aunque las pronuncia en voz baja para que Tate no las oiga—. Estás exagerando. Sé que no se ha mostrado especialmente sociable, pero no ha hecho nada que me lleve a pensar que es capaz de matar a alguien. —Al parecer ya se ha olvidado de la palabra escrita en la ventanilla de mi coche el otro día. «Muere»—. ¿Estás sugiriendo que fue un asesinato que pretendían hacer pasar por suicidio? —me pregunta con incredulidad.

Antes de que pueda responderle, Tate vuelve a suplicar.

—Porfa, mami, juega conmigo. —Lo miro a los ojos, parece triste y se me parte el corazón.

—De acuerdo, Tate —le digo, me siento culpable porque Will y yo sigamos ignorándolo de esta forma—. ¿A qué quieres jugar? —le pregunto con suavidad, aunque por dentro sigo nerviosa—. ¿Quieres jugar a la mímica o a un juego de mesa?

Me tira de la mano y grita:

—¡El juego de las estatuas, el juego de las estatuas!

Ha empezado a hacerme daño tirándome de la mano. Comienzo a ponerme nerviosa, porque no solo me está tirando de la mano, haciéndome daño, sino que intenta girarme el cuerpo, obligarlo a ir hacia donde no quiere ir. Inconscientemente, tiro de pronto para apartar mi mano, levantándola por encima de mi cabeza, para que no me la alcance. No es mi intención, pero resulta un gesto inesperado y brusco. Tanto es así que Tate se estremece como si le hubiera abofeteado.

—Porfa, mami —me ruega, con tristeza en la mirada, mientras da saltos para intentar alcanzarme la mano. Trato de ser paciente, de verdad, pero la cabeza me va en muchas direcciones diferentes y no sé a qué se refiere Tate con el juego de las estatuas. Ha empezado a llorar. No es un llanto de verdad, más bien lágrimas de cocodrilo, lo cual me pone más nerviosa aún.

Es entonces cuando veo la muñeca que aparté de una patada hace más de una hora. Su cuerpo inerte yace contra la pared.

—Recoge tus juguetes y entonces jugaremos —le digo.

—¿Qué juguetes? —me pregunta.

—Tu muñeca, Tate —respondo, perdiendo la paciencia—. Justo ahí —le digo, y señalo la muñeca, con el pelo encrespado y los ojos como canicas. Está tirada de costado, con el vestido rasgado por una costura; le falta un zapato.

Tate la mira con desconfianza.

—No es mía —asegura, como si fuera algo que yo debería saber. Pero claro que es suya, porque los demás no jugamos con juguetes, y lo primero que pienso es que se avergüenza porque le haya pillado jugando con una muñeca.

—Recógela —insisto, y me sale con la típica respuesta infantil.

—Recógela tú —me dice con las manos en las caderas, y me saca la lengua. Me sobresalta. No es un comportamiento propio de él. Tate es un buen niño, un niño amable y obediente. Me pregunto qué mosca le habrá picado.

Pero, antes de que pueda responder, Will lo hace por mí.

242

—Tate —le dice con voz firme—. Haz lo que te dice tu madre y guarda tu juguete. Ahora mismo. O no jugará contigo.

Al no quedarle otra opción, Tate levanta la muñeca agarrándola de una sola pierna y la lleva del revés hacia su dormitorio. A través de las tablas del suelo, oigo los golpes de su cabeza de plástico contra la madera.

—El juego de las estatuas, el juego de las estatuas —grita cuando regresa, una y otra vez, hasta que me veo obligada a admitir que no sé qué juego es ese, que nunca he jugado, que no he oído hablar de él.

Y entonces se enfada y me llama mentirosa.

—¡Mami es una mentirosa! —grita, y me deja sin respiración—. ¡Sí que lo sabes! —me reprocha, y sus lágrimas de cocodrilo se vuelven reales—. ¡Sí que sabes lo que es, mentirosa!

Debería regañarle, lo sé. Sin embargo, me quedo sin palabras, perpleja. Durante los segundos posteriores, no me salen las palabras y Tate se marcha de allí, arrastrando los pies descalzos por el suelo de madera. Antes de que yo pueda recuperar el aliento, ya se ha ido. En la habitación de al lado oigo su cuerpo caer al suelo. Se ha tirado en alguna parte, inerte como la muñeca. No hago nada.

Will se acerca a mí y me aparta el pelo de los ojos. Los cierro y me inclino hacia su mano.

—A lo mejor un baño caliente te ayuda a relajarte —me sugiere, y entonces recuerdo que hoy no me he duchado. Que, más bien, estoy mojada por haber corrido bajo la lluvia. La ropa y el pelo no se me han secado por completo. Desprendo cierto olor. No es agradable—. Tómate tu tiempo. Tate y yo estaremos bien. Yo me encargo de esto —me dice, y se lo agradezco. Agradezco

243

que Will se encargue del lío que he montado con Tate. Para cuando regrese de darme el baño, todo estará como nuevo.

De camino arriba, le lanzo un grito a Tate para decirle que jugaremos a algo cuando haya terminado.

—¿Vale, colega? —pregunto, me inclino sobre el pasamanos y lo veo allí, tirado sobre el brazo del sofá y las lágrimas que se filtran por el tejido color caléndula. Si me ha oído, no responde.

Bajo mis pies, los peldaños crujen. Arriba, en el pasillo, encuentro las sábanas quitadas de las camas, justo donde las dejé. Las colocaré después, volveré a ponerlas en las camas, igual de sucias que estaban cuando las quité.

La oscuridad exterior se cuela en la casa y cuesta creer que no estemos en mitad de la noche. Enciendo una luz del pasillo, pero inmediatamente vuelvo a apagarla, por si acaso hay alguien en la calle espiándonos a Will, a Tate y a mí a través de las ventanas.

MOUSE

Poco después de que llevaran a casa a Bert, el conejillo de Indias, empezó a engordar. A engordar tanto que
apenas podía moverse. Se pasaba los días tirado, panza
abajo, como un paracaídas. Su padre y Mamá Falsa le
dijeron a Mouse que estaba dándole de comer demasiadas zanahorias, que por eso engordaba. Aun así, Mouse
no podía evitarlo. A Bert le encantaban esas zanahorias.
Soltaba un grito cada vez que le llevaba algunas. Aunque
sabía que no debería, seguía dándole zanahorias.

Pero entonces un día Bert tuvo crías. Así fue como
Mouse supo que Bert no era un chico, sino una chica,
porque sabía lo suficiente como para saber que los chicos no pueden tener crías. Esas crías debían de estar ya
dentro de Bert cuando lo llevaron a casa desde la tienda.
Mouse no sabía cómo cuidar a las crías de un conejillo
de Indias, pero dio igual, porque ninguna de las crías
sobrevivió. Ni una sola.

Mouse lloró. No le gustaba ver sufrir a las cosas.
No le gustaba ver morir a las cosas.

Le contó a su verdadera madre lo que había pasado

con las crías de Bert. Le contó qué aspecto tenían las crías cuando nacieron y lo mucho que le costó a Bert sacarlas de su interior. Le preguntó a su madre cómo habían llegado esas crías al interior de Bert, pero su madre no se lo dijo. También le preguntó a su padre. Él le dijo que se lo contaría otro día, cuando fuera mayor. Pero Mouse no quería saberlo otro día. Quería saberlo aquel día.

Mamá Falsa le dijo que probablemente fuese culpa de Bert que esas crías murieran, porque no las había cuidado como debería hacer una buena madre. Por otro lado, su padre le dijo en privado que no era culpa de Bert, porque probablemente Bert no lo supiera, ya que nunca había sido madre. Y a veces esas cosas ocurren sin ningún motivo.

Recogieron lo que quedaba de las crías y las enterraron en un gran agujero en el jardín de atrás. Mouse dejó una zanahoria encima, por si acaso les hubieran gustado las zanahorias tanto como le gustaban a Bert.

Pero vio la mirada que puso Mamá Falsa. Se alegraba de que esas crías hubieran muerto. Pensó que tal vez Mamá Falsa tuviera algo que ver con la muerte de las crías de Bert, porque no le gustaba tener un roedor en casa, y mucho menos cinco o seis. No paraba de repetírselo a Mouse.

Mouse no podía evitar pensar que había sido Mamá Falsa la que había matado a las crías de Bert. Pero no se atrevió a decir nada porque sabía que habría consecuencias.

Mouse aprendía muchas cosas sobre animales observándolos a través de la ventana de su dormitorio. Se sentaba en el asiento que había junto a la ventana y se quedaba mirando los árboles que rodeaban su casa. Había bastantes árboles en el jardín, lo que significaba que había muchos animales. Porque, como sabía gracias a los libros que leía, los árboles tenían cosas que los animales necesitaban, como cobijo y comida. Los árboles hacían que los animales vinieran. Mouse daba gracias a los árboles.

Aprendió cómo se llevaban los animales entre sí. Aprendió lo que comían. Aprendió que todos tenían una forma de protegerse de otros animales malos que quisieran hacerles daño. Los conejos, por ejemplo, corrían muy deprisa. También encontraban la manera de colarse en el jardín y nunca avanzaban en línea recta, lo que hacía que al gato del vecino le costase alcanzarlos. A veces Mouse intentaba hacer eso en su habitación. Corría en zigzag, saltando del escritorio a la cama, fingiendo que algo o alguien la perseguía y ella intentaba escapar.

Veía que otros animales utilizaban el camuflaje y se fundían con su entorno. Las ardillas marrones sobre los árboles marrones, los conejos blancos sobre la nieve blanca. Mouse también intentó poner eso en práctica. Se vistió con su camiseta de rayas rojas y rosas, se tumbó sobre su jarapa, que también era roja y con rayas. Allí fingió que era invisible gracias a su camuflaje, que si alguien entrara en su habitación la pasaría por encima porque no podría verla allí tumbada.

Otros animales se hacían los muertos o contraatacaban. Otros salían solo de noche para no ser vistos. Mouse nunca veía a esos animales. Estaba dormida cuando salían. Pero por la mañana, veía sus huellas en la nieve o en la tierra. Así era como sabía que habían estado allí.

También intentó probar aquello. Intentó ser nocturna.

Salió de su dormitorio y caminó de puntillas por la casa cuando pensaba que su padre y Mamá Falsa estaban dormidos. Su padre y Mama Falsa dormían en la habitación de su padre, en la planta de abajo. A Mouse no le gustaba que Mamá Falsa durmiera en la cama de su padre. Porque esa era la cama de su padre, no la de Mamá Falsa. Mamá Falsa debería buscarse su propia cama, en su propio dormitorio, en su propia casa. Eso era lo que pensaba Mouse.

Pero la noche en que intentó ser nocturna, Mamá Falsa no estaba dormida en la cama de su padre. Así fue como descubrió que Mamá Falsa no siempre dormía, que a veces también era nocturna. Porque a veces se quedaba de pie junto a la encimera de la cocina sin ninguna luz encendida, hablando sola, aunque nunca decía nada sensato, solo un puñado de tonterías. Mouse no dijo nada cuando encontró a Mamá Falsa despierta, sino que regresó de puntillas por donde había venido y se fue a dormir.

De todos los animales, los que más le gustaban eran los pájaros, porque había muchos tipos de pájaros. Le gustaba que casi todos se llevaran bien; salvo el halcón, que intentaba comerse a los demás, y que no le parecía que fuera simpático.

Mouse también pensaba que las personas son así, en general se llevan bien, salvo algunas pocas que intentan hacer daño a las demás.

Decidió que no le gustaba el halcón, porque el halcón era despiadado, taimado y malo. Le daba igual lo que comiera, aunque fueran crías de pájaro. Sobre todo, a veces, precisamente crías de pájaro, porque ellas no tenían capacidad para contraatacar y eran un blanco fácil. El halcón además tenía buena vista. Incluso cuando pensabas que no estaba mirando, sí que miraba, como si tuviera ojos en la nuca.

Con el tiempo, Mouse llegó a imaginarse a Mamá Falsa un poco como ese halcón. Porque empezó a meterse con ella cada vez más cuando su padre se marchaba a su otro despacho, o cuando estaba hablando por teléfono tras la puerta cerrada. Mamá falsa sabía que Mouse era como una de esas crías de pájaro que no podían defenderse del mismo modo en que lo haría una mamá o un papá pájaro. No es que Mamá Falsa intentara comérsela como los halcones intentaban comerse a las crías. Esto era diferente, más sutil. Golpeaba a Mouse con el codo cuando pasaba por delante. Le robaba la última galleta de mantequilla Salerno de su plato. Decía lo mucho que odiaba a los ratones a cada oportunidad que tenía, que los ratones eran roedores pequeños y sucios.

Mouse y su padre pasaban mucho tiempo juntos antes de que llegara Mamá Falsa. Él le enseñó a jugar a atrapar la pelota, a lanzar una bola curva, a llegar a segunda base deslizándose por el suelo. Veían juntos viejas películas en blanco y negro. Jugaban a cosas. Al Monopoly, a juegos de cartas, al ajedrez. Incluso tenían su propio juego inventado que no tenía nombre, una de esas cosas que se les ocurrió una tarde de lluvia. Se plantaban en mitad del salón, daban vueltas en círculo hasta que ambos se mareaban. Cuando paraban, se quedaban quietos en el sitio, en cualquier posición absurda en la que estuvieran. El primero en moverse perdía, que normalmente era su padre porque se movía a propósito para que ella pudiera ganar, igual que hacía con el Monopoly y el ajedrez.

A Mouse y a su padre les gustaba ir de acampada. Cuando hacía buen tiempo, cargaban en el maletero de su padre la tienda de campaña y las provisiones y se iban al bosque. Allí, Mouse ayudaba a su padre a montar la tienda y a buscar ramas para hacer leña. Asaban malvaviscos en el fuego. A ella lo que más le gustaba era cuando quedaban tostados y crujientes por fuera, pero melosos y blancos por dentro.

Sin embargo, a Mamá falsa no le gustaba que Mouse y su padre se fuesen de acampada. Porque, cuando lo hacían, pasaban fuera toda la noche. A Mamá Falsa no le gustaba que la dejaran sola. Quería que el padre de Mouse estuviera en casa con ella. Cuando los veía en el garaje, preparando la tienda y los sacos de dormir, se pegaba mucho a él, cosa que a Mouse le resultaba incómoda. Le ponía una mano a su padre en el pecho y le acariciaba el cuello con la nariz, como si estuviera oliéndolo. Mamá Falsa lo abrazaba y lo besaba, y le decía lo sola que se sentía cuando él no estaba, que se asustaba por la noche cuando estaba sola en casa.

Entonces su padre guardaba la tienda de campaña y le decía a Mouse: «En otra ocasión». Pero ella era una niña lista. Sabía que «otra ocasión» en realidad significaba «nunca».

SADIE

Entro en una de las consultas y me encuentro al agente Berg esperándome.

No está sentado en la camilla cuando entro, como harían otros pacientes. Al contrario, deambula por la habitación, toqueteándolo todo. Levanta las tapas de los botes, pisa el pedal del cubo de basura de acero inoxidable.

Mientras le observo, toma un par de guantes de látex, y le digo:

—No son gratis, ¿sabe?

Vuelve a guardar los guantes en la caja de cartón, diciendo:

—Me ha pillado —dice guardando los guantes en la caja de cartón, y me explica que a su nieto le gusta hacer globos con ellos.

—¿No se encuentra bien, agente? —le pregunto mientras cierro la puerta para ver su informe, pero cuando llego al compartimento de plástico donde solemos dejar los informes, me lo encuentro vacío. Parece que mi pregunta es retórica. Enseguida me doy cuenta de que el agente Berg se encuentra bien, que no tiene cita, sino que ha venido para hablar conmigo.

No se trata de una consulta, sino de un interrogatorio.

—Pensaba que podríamos terminar nuestra conversación —me dice. Hoy parece más cansado que el otro día, que la última vez que lo vi, cuando ya estaba cansado. Tiene la piel irritada por el tiempo frío, enrojecida y reseca. Imagino que es por la cantidad de horas que pasa al aire libre, viendo el ferri ir y venir.

Últimamente hay más policías que de costumbre por la isla, detectives llegados de tierra firme que intentan meterse en los asuntos del agente Berg. Me pregunto qué pensará de eso. La última vez que hubo un asesinato en la isla fue en 1985. Fue muy sangriento y desagradable, y sigue sin resolver. Los delitos contra la propiedad son frecuentes; los delitos contra personas, escasos. El agente Berg no quiere acabar con otro caso abierto cuando la investigación termine. Necesita encontrar a alguien a quien culpar del asesinato.

—¿De qué conversación se trata? —le pregunto mientras me siento en el taburete giratorio. Es una decisión de la que me arrepiento de inmediato, porque el agente Berg ahora es sesenta centímetros más alto que yo. Me veo obligada a levantar la cabeza para mirarlo, como si fuera una niña.

—La que iniciamos en su coche el otro día —me recuerda, y siento un resquicio de esperanza por primera vez en días, porque ahora tengo pruebas en mi teléfono que demuestran que no discutí con Morgan Baines el día que el señor Nilsson dice. Aquel día estuve aquí, en la clínica.

—Ya se lo dije —le respondo a Berg—, no conocía a Morgan. Jamás hablamos. ¿No es posible que el señor Nilsson esté equivocado? Ya es muy mayor —le recuerdo.

—Claro que es posible, doctora Foust —me dice, pero le interrumpo ahí. No me interesan sus teorías cuando tengo pruebas.

—Me dijo que el incidente entre Morgan y yo tuvo lugar el uno de diciembre. Un viernes —le digo mientras saco el teléfono móvil del bolsillo de mi bata. Abro la carpeta de las fotos y paso cada imagen hasta encontrar la que estoy buscando—. El caso es que el uno de diciembre estuve aquí en la clínica, trabajando todo el día. Es imposible que estuviera con Morgan porque no puedo estar en dos lugares a la vez, ¿no es así? —pregunto con cierta petulancia.

Le entrego mi teléfono para que pueda ver por sí mismo de lo que hablo. La fotografía de la pizarra con el calendario de la clínica, donde Emma ha escrito mi nombre, asignándome un turno de nueve horas el viernes, uno de diciembre.

El agente Berg le echa un vistazo. Advierto un instante de incertidumbre hasta que se da cuenta. Se rinde. Asiente. Se deja caer sobre el borde de la camilla, sin dejar de mirar la fotografía. Se frota las arrugas de la frente, frunce el ceño y aprieta los labios.

Sentiría pena por él si no estuviese intentando culparme del asesinato de Morgan.

—Imagino que habrán investigado a su marido —le digo, y solo entonces levanta la cabeza y me mira a los ojos— y a la exmujer de este.

—¿Qué le hace decir eso? —me pregunta. O es muy buen mentiroso o de verdad no se ha planteado la posibilidad de que Jeffrey Baines haya matado a su esposa. No sé cuál de las dos opciones me resulta más desconcertante.

—Me parece un buen lugar donde empezar. La

253

violencia doméstica es una de las principales causas de muerte entre las mujeres en la actualidad, ¿no es así, agente? —le pregunto.

—Más de la mitad de las mujeres asesinadas mueren a manos de un compañero sentimental, sí —me confirma—. Si eso es lo que me pregunta.

—Así es —le respondo—. ¿No es razón suficiente para interrogar al marido?

—El señor Baines tiene una coartada. Estaba fuera del país, como bien sabe usted, en el momento del asesinato. Existen pruebas de eso, doctora Foust. Grabaciones de cámaras de seguridad donde aparece el señor Baines en Tokio. Su nombre figura en la lista de pasajeros del avión al día siguiente. También hay facturas de hotel.

—Hay otras maneras —le digo, pero no muerde el anzuelo. En vez de eso me dice que, en los casos de violencia doméstica, con frecuencia los hombres pelean con los puños, mientras que las mujeres son las primeras en recurrir a un arma.

Al ver que no digo nada, continúa.

—¿No lo sabe, doctora? Las mujeres no siempre son las víctimas. También pueden ser las culpables. Aunque los hombres suelen llevar el estigma de ser los maltratadores, también se dan casos a la inversa. De hecho, hay nuevos estudios que sugieren que las mujeres inician más de la mitad de los actos violentos en las relaciones inestables. Y los celos son la causa de la mayor parte de los homicidios en Estados Unidos.

No sé qué se supone que pretende decir con eso.

—Pero bueno —me dice—, no he venido aquí a hablar de Jeffrey Baines o de su matrimonio. He venido a hablar de usted, doctora Foust.

Pero yo no quiero hablar de mí.

—El señor Baines estuvo casado antes —le digo, y me mira con escepticismo y me dice que ya lo sabe—. ¿Ha considerado la posibilidad de que haya podido ser ella? La ex de Jeffrey.

—Tengo una idea —me responde—. ¿Y si las preguntas las hago yo para variar, doctora Foust, y usted responde?

—Ya he respondido a su pregunta —le recuerdo. Y además, al igual que Jeffrey, yo también tengo una coartada para el momento en que Morgan fue asesinada. Estaba en casa con Will.

El agente Berg se levanta de la camilla.

—Estaba usted con un paciente cuando llegué esta mañana. Tuve que esperar unos minutos con Emma en la recepción —me dice—. Emma iba a clase con mi hija pequeña. Nos conocemos desde hace mucho. —Y me explica con su habitual parloteo que Emma y su hija, Amy, son amigas desde hace muchos años, que su esposa y él eran amigos de los padres de Emma.

Entonces va al grano.

—He hablado con Emma mientras usted terminaba con su paciente. Quería asegurarme de tenerlo todo atado y bien atado, pero resulta que no es así. Porque cuando hablaba con Emma, vi con mis propios ojos lo mismo que usted acaba de mostrarme. Y le pregunté al respecto, doctora Foust. Solo para estar seguro. Porque todos cometemos errores, ¿no es así?

—No sé a qué se refiere —le digo.

Pero noto que mi cuerpo se tensa de todos modos. Mi atrevimiento empieza a desvanecerse.

—Quería asegurarme de que el calendario no había sido modificado. Así que le pregunté a Emma por ello. Era poco probable, desde luego, que se acordara de algo sucedido hace una o dos semanas. Pero el caso es que sí se acordaba, porque aquel día fue especial. Su hija se había puesto enferma en clase y tuvo que ir a recogerla. Gastroenteritis —me explica—. Había vomitado durante el recreo. Emma es madre soltera, ya sabe; tenía que irse. Pero lo que Emma recuerda de aquel día es que aquí en la clínica esto era un ajetreo constante. Había muchos pacientes esperando a ser atendidos. No podía marcharse.

—Aquí todos los días son así, agente —le digo poniéndome en pie—. Atendemos a casi todos los que viven en esta isla. Por no mencionar que estamos en plena época de resfriado y gripe. No sé qué tendría eso de especial.

—Pues que aquel día, doctora Foust —me informa—, pese a que su nombre figuraba en el calendario, no estuvo aquí toda la jornada. Existe un hueco en mitad del día en el que ni Joyce ni Emma pueden asegurar dónde se metió. Lo que Emma recuerda es que usted salió a comer justo después de las doce y regresó cerca de las tres de la tarde.

Lo que dice me sienta como una patada en el estómago.

—Eso es mentira —le aseguro con la voz cortante, porque eso no sucedió. Estoy furiosa. Tengo el convencimiento de que Emma ha mezclado sus fechas. Quizá fuera el jueves, treinta de noviembre, cuando su hija se puso enferma, día en el que quien tenía turno de trabajo era la doctora Sanders y no yo.

Pero, antes de que pueda sugerírselo al agente, me dice:

—Hubo que cambiarles la cita a tres pacientes.

Otros cuatro decidieron esperar. ¿Y la hija de Emma? Se quedó sentada en una silla de la enfermería hasta que terminaron las clases. Porque Emma estaba aquí, buscando excusas con las que justificar su ausencia.

—Eso no fue lo que ocurrió —le digo.

—¿Tiene pruebas para demostrarlo? —me pregunta Berg, cosa que por supuesto no tengo. Nada concreto.

—Podría llamar al colegio —se me ocurre entonces—. Para hablar con la enfermera y que le diga qué día se puso mala la hija de Emma. Porque apostaría mi vida, agente, a que no fue el uno de diciembre.

Me dirige una mirada de desconfianza y no dice nada.

—Soy una buena doctora —es lo único que se me ocurre decir en ese momento—. He salvado muchas vidas, agente. Más de las que imagina. —Y pienso en todas esas personas que no seguirían vivas de no ser por mí. Aquellas con heridas de bala en órganos vitales, en los comas diabéticos y en los fallos respiratorios—. Soy una buena doctora —le repito.

—Su ética laboral no es lo que me preocupa, doctora —me responde—. Lo que estoy queriendo decir es que, en la tarde del uno de diciembre, entre las doce y las tres, nadie puede corroborar su paradero. No tiene coartada. No digo que tenga algo que ver con el asesinato de Morgan o que sea usted una doctora negligente. Lo que digo es que parecía existir cierta animadversión entre la señora Baines y usted, una hostilidad para la que necesitaré una explicación, igual que para sus mentiras. El encubrimiento, doctora Foust, con frecuencia es peor que el delito en sí. ¿Por qué no me lo dice sin más? Venga, dígame qué ocurrió aquella tarde entre la señora Baines y usted —insiste.

Me cruzo de brazos. No tengo nada que decir.

—Deje que le cuente un pequeño secreto —continúa en respuesta a mi silencio—. Esta es una isla pequeña y las noticias pronto se saben. Hay mucho chismoso.

—No sé qué tiene eso que ver con esto.

—Digamos que el suyo no sería el primer marido que se fija en la señora Baines —me dice.

Y entonces me lanza una mirada dura, esperando alguna respuesta, con la intención de que me muestre indignada.

Yo no cederé.

Trago saliva. Me obligo a mantener las manos a la espalda; han empezado a temblarme.

—Will y yo estamos felizmente casados. Locamente enamorados —le digo mirándole a los ojos. Will y yo estuvimos locamente enamorados en otra época. Es una media verdad, no una mentira.

La mentira viene después.

—Will nunca se ha fijado en ninguna mujer que no fuera yo.

El agente Berg sonríe, pero es una sonrisa con los labios apretados. Una sonrisa que indica que no me cree.

—Bueno —me dice, midiendo sus palabras—. El señor Foust es un hombre muy afortunado. Ambos lo son. Los matrimonios felices no abundan hoy. —Levanta la mano izquierda y me muestra su dedo anular desnudo—. He estado casado dos veces —confiesa—. Divorciado dos veces. Se acabaron las bodas para mí. En fin, quizá haya malinterpretado lo que dicen.

Mi fuerza de voluntad no es excesiva. Sé que no debería y aun así lo hago. Muerdo el anzuelo.

—¿Quién ha dicho algo? —pregunto.

—Las madres que van a recoger a sus hijos al colegio

—me explica—. Forman grupos frente a la puerta, esperando a que salgan los niños. Les gusta hablar, cotillear, como seguro que ya sabe. Para la mayoría, es la única conversación adulta que mantienen en todo el día hasta que llegan sus maridos del trabajo.

Me parece algo un poco misógino. Eso de que las mujeres cotillean y los maridos trabajan. Me pregunto qué pensará el agente Berg del acuerdo que tenemos Will y yo. No se lo pregunto.

—Es que —continúa—, cuando las interrogué, comentaron el hecho de que su marido y la señora Baines parecían... ¿Qué palabra utilizaron? —Piensa en voz alta—. Muy amigos. Sí, eso es. Muy amigos. Dicen que parecían muy amigos.

Mi respuesta es inmediata.

—Usted lo conoce. Will es un hombre extrovertido, es fácil llevarse bien con él. Cae bien a todo el mundo. Eso no me sorprende.

—¿No? —me pregunta—. Porque a mí los detalles me sorprendieron un poco. Esas mujeres dicen que se acercaban mucho, que hablaban en voz baja, que se susurraban palabras que nadie más oía. Una de las mujeres tenía una foto.

—¿Les sacó una foto a Will y a Morgan? —pregunto con incredulidad. Esa mujer no solo chismorrea sobre mi marido, sino que además le saca fotos. ¿Con qué propósito?

—Cálmese, señora Foust —me pide el agente Berg, aunque su tono es condescendiente. En apariencia, estoy calmada, aunque por dentro tengo el corazón acelerado—. Sacó una foto de su hijo saliendo del colegio. Ha recibido el Premio del Director —me explica, encuentra la foto que compartió la mujer y me la enseña. Su hijo aparece en primer plano. Tendrá unos diez años, con el pelo rubio por delante de los ojos, el abrigo desabrochado, al igual que el zapato. En las manos sujeta un certificado donde se lee *Premio del Director*, algo muy importante en la escuela de primaria, aunque no debería serlo. Porque al final de curso todos tienen uno. Pero para los críos es importante. El chico sonríe de oreja a oreja. Está orgulloso de su certificado.

Me fijo entonces en el fondo de la foto. Allí están Will y Morgan, como ha descrito el policía. Están muy cerca, tanto que se me revuelve el estómago. Él está vuelto hacia ella, mirándola, con la mano apoyada en su brazo. Me fijo en la tristeza del rostro de Morgan, en sus ojos. Resulta evidente. Will tiene el cuerpo doblado a la altura de la cintura, de modo que se inclina hacia ella en un ángulo de veinte o treinta grados. Su cara está a pocos centímetros de la de ella. Tiene los labios separados y la mira a los ojos.

Está hablando con ella, contándole algo.

¿Qué estaría contándole Will cuando se sacó esta foto?

¿Qué estaba diciéndole para tener que estar tan cerca?

—Parece un poco sospechoso, si quiere mi opinión —me dice el agente Berg quitándome la fotografía.

—No quiero su opinión —respondo, enfadada, incapaz de controlar las palabras que digo a continuación—. Le vi a usted. Le vi meter algo en el buzón de los Nilsson, agente. En dos ocasiones. Era dinero. —Es una acusación directa.

El agente Berg mantiene la compostura.

—¿Cómo sabe que era dinero?

—Me dio curiosidad —le digo—. Le observé y, cuando se fue, me acerqué a ver.

—Inspeccionar el correo ajeno es un delito federal. Conlleva una condena considerable, doctora Foust. Hasta cinco años de prisión, una multa elevada.

—Pero eso no era correo, ¿verdad? El correo circula a través del servicio postal. Este no fue el caso. Usted lo puso ahí. Lo cual, en sí mismo, creo que es un delito.

Ante esto no dice nada.

—¿Qué era, agente? ¿Un soborno? —Porque no me parece que haya otra explicación lógica que justifique que el agente Berg meta a escondidas un sobre lleno de billetes en el buzón de los Nilsson, y de pronto, todas las piezas del rompecabezas parecen encajar—. ¿Pagó al señor Nilsson para que mintiera? —le pregunto—. ¿Para decir que me vio cuando no es cierto?

Porque, sin un asesino, el agente Berg necesitaría solo un chivo expiatorio, alguien a quien culpar del asesinato de Morgan Baines.

Y me escogió a mí.

Se apoya en el mostrador. Retuerce las manos. Yo tomo aliento, me recompongo y trato de reconducir la conversación en otra dirección.

—¿Cuánto cuesta hoy en día la obstrucción a la justicia? —pregunto.

—¿Disculpe?

Me aseguro de que mi pregunta quede clara esta vez.

—¿Cuánto le pagó al señor Nilsson para que mintiera por usted?

Se hace el silencio. Berg me observa y su sorpresa se transforma en tristeza.

—Casi desearía que fuera esa la razón, doctora —me dice, agachando la cabeza—. Pero no. Por desgracia no. Los Nilsson están pasando un mal momento. Están casi arruinados. Su hijo se metió en líos y ellos se gastaron la mitad de sus ahorros en ayudarle. Ahora se rumorea que el ayuntamiento podría quitarles su casa si George no encuentra la manera de pagar sus impuestos a tiempo. Pobre George. —Suspira—. Pero es un hombre orgulloso. Le mataría tener que pedir ayuda. Mis donaciones son anónimas, para que no parezca limosna. Le agradecería que no dijera nada.

Da entonces un paso hacia mí.

—Mire, doctora Foust —me dice—. Entre usted y yo, no la creo capaz de matar a nadie. Pero la verdad es que los cónyuges no son siempre las coartadas más fiables. Están sujetos a sesgos; existe un motivo para mentir. El hecho de que usted y su marido aseguren que estaban en casa cuando Morgan fue asesinada no es una coartada sólida. Un fiscal podría ver fisuras en ese argumento. Si a eso añadimos las declaraciones de los testigos, nos encontramos con un problema.

No digo nada.

—Si me ayuda, haré todo lo que esté en mi mano por ayudarla a usted.

—¿Qué quiere de mí? —le pregunto.

—La verdad.

Pero ya le he dicho la verdad.

—He sido sincera con usted —le aseguro.

—¿Está segura de eso? —me pregunta.

Le digo que sí. Se queda mirándome unos segundos.

Y, al final, se toca el ala del sombrero a modo de despedida y se marcha.

SADIE

Por la noche me cuesta dormir. Me paso casi todas las horas en vela, alerta, esperando a que Imogen se cuele en el dormitorio. Cada sonido me preocupa, me imagino que es la puerta de la habitación al abrirse, pisadas por el suelo. Pero no. No es más que la casa, que muestra los síntomas de su edad; el agua por las tuberías, la caldera que se muere deprisa. Trato de calmarme, recordándome que Imogen solo vino a nuestra habitación esa vez por algo que yo había hecho. La había provocado. Me digo a mí misma que no volvería, pero eso está lejos de calmar mis preocupaciones.

También pienso en la fotografía que me mostró el agente Berg. Me pregunto si, en la imagen, Will estaría consolando a Morgan porque ella ya estaba triste. O si Will había dicho o hecho algo para entristecerla.

¿Qué poder tendría mi marido sobre esa mujer para entristecerla?

Pasa el tiempo y llega la mañana. Will se va a preparar el desayuno. Yo espero arriba mientras Imogen, al final del pasillo, se prepara para irse a clase. La oigo moverse por ahí antes de bajar con fuertes pisadas la escalera, resentida, enfadada.

Abajo, la oigo hablar con Will. Salgo al pasillo de arriba para oír mejor. Pero, por mucho que lo intento, no distingo sus palabras.

La puerta de la entrada se abre y después se cierra de golpe. Imogen se ha ido.

Will está de pie en la cocina cuando bajo. Los chicos están sentados a la mesa, comiendo las torrijas que ha preparado.

—¿Tienes un segundo? —me pregunta, y lo sigo fuera de la cocina hasta un lugar donde podamos hablar en privado. Lleva el pelo recogido en un moño y el rostro inexpresivo. Se apoya en la pared y me mantiene la mirada—. Esta mañana he hablado con Imogen sobre tus preocupaciones. —Las palabras que escoge me sacan de quicio. «Tus», refiriéndose a mis preocupaciones. No nuestras preocupaciones. Confío en que no abordara la conversación con Imogen en esos mismos términos. Porque entonces me odiaría más de lo que ya me odia—. Le he preguntado por la fotografía que dices que viste en su teléfono. Quería verla.

Escoge sus palabras con cuidado. No me pasa inadvertido. «Que dices que viste».

—¿Y? —le pregunto al percibir su reticencia. Deja caer entonces la mirada. Creo que Imogen ha hecho algo—. ¿Te ha enseñado la foto de Alice? —Espero que haya visto lo mismo que yo. El taburete en posición vertical, lejos de los pies colgantes de Alice. La mitad de la noche que no me pasé en vela pensando en Will y en Morgan la pasé pensando en eso otro. ¿Cómo una mujer podía saltar metro y medio desde un taburete y quedar colgada con la cabeza en una horca?

—He revisado su teléfono —me dice—. He visto todas sus fotos. Tres mil en total. No había nada parecido a lo que tú describiste, Sadie.

Noto que me sube la presión arterial. De pronto siento calor y rabia.

—La ha borrado —me defiendo con determinación. Porque es evidente que es lo que ha pasado—. Estaba ahí, Will. ¿Has revisado la carpeta de archivos borrados recientemente? —le pregunto, y me dice que sí. Que ahí tampoco estaba.

—Entonces la ha borrado de forma permanente —le digo—. ¿Le has preguntado por ello, Will?

—Claro, Sadie. Le he preguntado qué ha sido de la fotografía. Y me ha dicho que nunca hubo tal fotografía. No podía creerse que te inventaras una cosa así. Estaba muy disgustada. Cree que no te cae bien.

Al principio no digo nada. Solamente me quedo mirándolo, desconcertada por aquella afirmación. Lo miro a los ojos.

¿Acaso él también creerá que me lo he inventado?

Tate llama a su padre desde la cocina. Quiere más torrijas. Will regresa y yo lo sigo.

—Está mintiendo, lo sabes, ¿verdad? —le digo. Otto, sentado a la mesa, me mira cuando digo aquello.

Will le pone otra torrija a Tate en el plato. No dice nada. Su ausencia de respuesta me desespera. Porque, si no cree que Imogen haya mentido, entonces está sugiriendo que la que miente soy yo.

—Mira —me dice—, déjame pensarlo un poco, a ver qué podemos hacer. Veré si hay alguna forma de recuperar fotos borradas.

Me acerca mis pastillas y me las trago con un poco de café. Lleva puesta una camiseta Henley y unos pantalones cargo porque hoy tiene clase. Su bandolera de trabajo está preparada junto a la puerta. Estos días está leyendo un nuevo libro. Está ahí, asoma de la bandolera, en el suelo. Una tapa dura con una funda que tiene el lomo naranja.

Me pregunto si la fotografía de Erin estará también dentro de ese libro.

Tate me mira de reojo desde la mesa. Aunque he intentado disculparme, sigue enfadado conmigo por lo que ocurrió el otro día con la muñeca y su juego. Decido que hoy le compraré un nuevo Lego. Eso lo mejora todo.

Otto y yo nos vamos. En el coche, va más callado que de costumbre. Percibo en sus ojos que ocurre algo. Sabe más de lo que cuenta, sobre la tensión en mi matrimonio con su padre y sobre Imogen. Desde luego que sí. Es un muchacho de catorce años. No es estúpido.

—¿Va todo bien? —le pregunto—. ¿Hay algo de lo que quieras hablar?

Su respuesta es concisa.

—No —dice mirando hacia otro lado.

Lo llevo hasta el muelle y allí lo dejo; busco a Imogen con la mirada. No está allí. El ferri viene y se va. Cuando Otto ya se ha marchado, salgo del coche y me acerco a la taquilla. Compro un billete para el próximo ferri a tierra firme. Regreso al coche y espero. Cuando llega el ferri, menos de treinta minutos después, accedo con el coche a la cubierta de vehículos y allí apago el motor y salgo. Subo los escalones hasta la cubierta superior. Me siento en un banco y contemplo el océano mientras avanzamos. Son solo las ocho de la mañana. Tengo casi todo el día por delante. Will, que se ha ido a trabajar, no sabrá cómo he pasado el día.

Mientras el ferri atraviesa la bahía, me invade un sentimiento de alivio. Nuestra isla se encoge y se mezcla con las demás islas de la costa de Maine. A medida que nos acercamos a tierra firme, la ciudad va creciendo ante mis ojos, llena de edificios, personas y ruido. Por el momento, dejo de pensar en Imogen.

La policía está buscando un chivo expiatorio. El agente Berg está intentando culparme del asesinato. Para limpiar mi propio nombre, tengo que averiguar quién mató a Morgan.

Utilizo sabiamente el tiempo del trayecto, buscando en mi teléfono información sobre la ex de Jeffrey Baines, Courtney, que vive en algún lugar del otro lado del Atlántico. No lo sé con certeza, pero resulta fácil de imaginar. No vive en la isla con nosotros. Y el otro día, después de la misa, la vi subir en su Jeep rojo a bordo del ferri y desaparecer en el mar.

Escribo «Courtney Baines» en el buscador. Encontrarla me resulta casi demasiado fácil porque, según descubro, es la superintendente del distrito escolar local. Su nombre aparece casi en todas partes. Es todo muy profesional, nada personal. La superintendente Baines aprueba la subida salarial para profesores y empleados; la superintendente Baines expresa su preocupación por la reciente oleada de violencia escolar.

Encuentro la dirección del edificio de la administración y la introduzco en mi aplicación de mapas. Se tardan ocho minutos en coche desde la estación del ferri. Llegaré a las 8.36.

El ferri entra en los muelles camino de la terminal. Bajo corriendo los escalones desde la cubierta superior hasta mi coche. Pongo el motor en marcha y, cuando abren las puertas, salgo del barco conduciendo.

Me incorporo a la carretera y sigo las indicaciones del teléfono hacia la administración del distrito escolar. La ciudad no se parece en nada a Chicago. Tiene menos de cien mil habitantes; ni un edificio sobrepasa las quince plantas de altura. Pero es una ciudad en todo caso.

Ubicado en el corazón del centro, el edificio administrativo demuestra su antigüedad. Accedo al aparcamiento y busco un hueco libre. No sé qué estoy haciendo aquí. No sé lo que voy a decirle a la superintendente Baines cuando nos veamos.

Elaboro un plan rápidamente mientras recorro el aparcamiento. Soy una madre preocupada. Mi hijo está sufriendo acoso. No es difícil de creer.

Atravieso la primera fila de coches. Mientras camino, distingo el Jeep de Courtney Baines, el mismo Jeep rojo que vi arrancar frente a la iglesia metodista. Me acerco a él, miro a mi alrededor para asegurarme de que estoy sola antes de estirar la mano para tirar del picaporte. Está cerrada, claro. Nadie con un poco de sentido común dejaría su coche abierto. Me rodeo los ojos con las manos y miro en su interior, pero no veo nada fuera de lo normal.

Accedo al edificio de la administración. Una vez dentro, me recibe una secretaria.

—Buenos días —me dice—. ¿Qué podemos hacer por usted? —Utiliza la primera persona del plural, aunque ella es la única presente en la sala.

Cuando le digo que me gustaría hablar con la superintendente, me pregunta:

—¿Tiene cita, señora?

No la tengo, claro, así que le digo:

—Solo será un segundo.

—Entonces, ¿no tiene cita? —repite mirándome.

Le digo que no.

—Lo siento mucho, pero la superintendente tiene hoy la agenda completa. Si quiere concertar una cita para mañana, podemos hacerlo. —Contempla la pantalla del ordenador y me dice que la superintendente estará libre.

Pero yo no quiero verla mañana. Estoy aquí ahora. Quiero hablar con ella hoy.

—Mañana no puedo —le digo a la secretaria, y me invento una historia lacrimógena sobre mi madre enferma, que mañana tiene sesión de quimioterapia—. Si pudiera hablar con ella solo tres minutos como mucho —le digo, sin saber qué pretendo conseguir en tres minutos, o qué es lo que puedo conseguir en general. Solo quiero hablar con ella. Hacerme una idea de la clase de persona que es. ¿Es la clase de persona que podría matar a alguien? Eso es lo que quiero saber. ¿Con tres minutos sería suficiente?

No importa. La secretaria niega enérgicamente con la cabeza y me dice de nuevo lo mucho que lo siente, pero que la superintendente tiene la agenda llena hoy.

—Puede dejarme su número —me sugiere. Alcanza papel y bolígrafo para anotar la información. Pero, antes de poder darle mi número, se oye por el interfono una voz de mujer, una voz malhumorada y sagaz que llama a la secretaria.

Conozco esa voz. Últimamente la oigo siempre que cierro los ojos.

«No siento lo que he hecho».

La secretaria retira su silla del escritorio y se levanta. Antes de marcharse, me dice que vuelve enseguida. Sale y me deja sola.

Lo primero que pienso es en marcharme. Irme sin

más. Es imposible que pueda dar esquinazo a la secretaria sin recurrir a medidas desesperadas. La situación no es desesperada, de momento. Me dirijo hacia la puerta. En la pared, a mi espalda, hay un perchero; se trata de un armazón de hierro forjado con ganchos a juego. Allí hay colgado un abrigo blanco y negro de pata de gallo.

Reconozco el abrigo. Pertenece a Courtney Baines. Es el mismo que llevaba cuando abandonó la misa de Morgan y corrió hacia su coche.

Tomo aliento. Aguzo el oído, pero no oigo nada. Ni voces ni pisadas. Así que me acerco al abrigo. Sin pensar, paso los dedos por la lana. Meto las manos en los bolsillos. De inmediato me topo con algo: las llaves de Courtney Baines.

Me quedo mirándolas. Cinco llaves de plata en un llavero de cuero.

Una puerta se abre detrás de mí. Es algo inmediato y rápido. No he oído las pisadas de advertencia.

Me doy la vuelta con las llaves aún en la mano. No me da tiempo a dejarlas en su sitio.

—Siento haberla hecho esperar —dice la secretaria cuando vuelve a dejarse caer en su asiento. Ahora lleva una pila de papeles en las manos y lo agradezco, porque tiene la vista fija en los documentos, no en mí.

Me alejo apresuradamente del perchero y escondo las llaves en el puño.

—¿Dónde estábamos? —me pregunta, y se lo recuerdo. Le dejo un nombre y un número de teléfono, y solicito que la superintendente me llame cuando tenga tiempo. Ni el nombre ni el número me pertenecen.

—Gracias por su ayuda —le digo mientras me doy la vuelta para marcharme.

No había planificado montarme en el Jeep. La idea

no se me había pasado por la cabeza hasta que me he encontrado junto al coche con las llaves en la mano. Pero sería ridículo no hacer nada. Porque esto es el destino. Una serie de acontecimientos que escapa a mi control.

Abro la puerta del conductor y entro en el coche.

Lo registro con rapidez; no busco nada en particular, más bien hacerme idea de la vida de esa mujer. Escucha música *country*, acumula servilletas de McDonald's, lee la revista *Good Housekeeping*. En el asiento del copiloto está el último número, mezclado con un montón de correo.

Por muy decepcionante que sea para mí, no encuentro pruebas de que se trate de una asesina.

Meto la llave en el contacto. Pongo en marcha el coche.

En el salpicadero hay un panel de navegación. Pulso el botón de Menú y, cuando me lo pide, le indico al sistema que se dirija a Casa.

No a mi casa, sino a casa de Courtney Baines.

Y así, sin más, me encuentro con una dirección en Brackett Street, a menos de cinco kilómetros de distancia.

No me queda más remedio que ir.

MOUSE

Lo que Mouse aprendió sobre Mamá Falsa fue que tenía dos caras, como una moneda.

Cuando su padre estaba en casa, Mamá Falsa se pasaba una hora por las mañanas vistiéndose y rizándose el pelo. Se pintaba los labios de un rosa intenso y se ponía perfume. Les preparaba el desayuno a su padre y a ella antes de que él se fuera a trabajar. Mamá falsa no preparaba cereales, que era a lo que Mouse estaba acostumbrada, sino que hacía otras cosas como tortitas, crepes o huevos Benedict. Mouse nunca había comido crepes o huevos Benedict. El único desayuno que había preparado siempre su padre eran cereales.

Cuando su padre estaba en casa, Mamá Falsa hablaba con voz suave, dulce y cálida. Llamaba a Mouse cosas como «cariño», «cielo» y «muñequita».

«¿Quieres azúcar en polvo en tus crepes, muñequita?», le preguntaba, con el bote en la mano, dispuesta a rociar las crepes con una montaña de delicioso azúcar en polvo, cosa que a Mouse se le derretía en la boca. Mouse negaba con la cabeza, aunque sí que quería azúcar en polvo. Sin embargo, aunque solo tuviera seis años, sabía que las cosas bonitas a veces tenían un precio, uno que ella no quería pagar. Empezó a echar de menos los cereales fríos de su padre, porque eso nunca tenía un precio, solo leche y una cuchara.

Cuando su padre estaba en casa, Mamá Falsa era amable. Pero el padre de Mouse no estaba siempre en casa. Tenía un tipo de trabajo que le obligaba a viajar mucho. Cuando se marchaba a uno de sus viajes de trabajo, pasaba fuera días enteros.

Hasta aquella primera vez en que la dejó con Mamá Falsa, Mouse nunca había estado a solas con ella durante mucho tiempo. No quería que la dejara sola con ella, pero no se lo dijo porque sabía lo mucho que su padre quería a Mamá Falsa. No quería herir sus sentimientos.

En vez de eso, se aferró a su brazo mientras se despedía. Pensaba que, si se agarraba con fuerza, no se marcharía. O, si lo hacía, la llevaría consigo. Era pequeña. Podía meterse en su maleta. No diría ni pío.

Pero no hizo ninguna de esas cosas.

«Volveré dentro de unos días», le prometió su padre. No le dijo exactamente cuántos días serían. Apartó el brazo con delicadeza y le dio un beso en la frente antes de marcharse.

«Tú y yo nos lo vamos a pasar muy bien», dijo Mamá Falsa acariciándole el pelo castaño con la mano. Mouse se quedó en el umbral de la puerta, tratando de no llorar mientras la mano brusca de Mamá Falsa le tiraba del pelo. No creía que fuese su intención tirarle del pelo, aunque tal vez sí. En cualquier caso, le hizo daño. Dio un paso hacia delante, tratando de detener a su padre antes de que pudiera marcharse.

Mamá Falsa le puso la mano en el hombro y apretó con mucha fuerza, sin soltarla.

Mouse supo que aquello sí había sido intencionado.

La miró con cuidado a la cara, sin saber lo que encontraría allí. Unos ojos entornados, una mirada furiosa. Eso era lo que creía que vería. No fue eso, sino más bien una sonrisa aterradora, de esas que le provocaban dolor de tripa. «Si sabes lo que te conviene, te quedarás ahí quieta y te despedirás de tu padre», le ordenó Mamá Falsa. Mouse obedeció.

Observaron cómo el coche de su padre salía de la entrada. Se quedaron en el umbral mientras el vehículo doblaba la curva de la calle. Desapareció y Mouse ya no pudo verlo. Solo entonces Mamá Falsa dejó de apretarle ligeramente el hombro.

En cuanto él se fue, Mamá Falsa se volvió mala.

En un abrir y cerrar de ojos, esa voz suave, dulce y cálida se tornó gélida.

Mamá Falsa se apartó de la puerta. La cerró de un portazo con el pie. Le gritó a Mouse que dejara de buscar a su padre, que su padre se había ido.

«No va a volver dentro de poco. Será mejor que lo asumas», le dijo, antes de ordenarle que se apartara de la puerta.

Mamá Falsa recorrió la estancia con la mirada, en busca de alguna transgresión por la que pudiera ofenderse. Cualquier transgresión. La encontró en el Señor Oso. El adorado osito de peluche de Mouse estaba tirado en una esquina del sofá, con el mando a distancia debajo de su patita peluda. El Señor Oso estaba viendo la tele, como hacía cada día, los mismos programas que a Mouse le gustaba ver.

Pero Mamá Falsa no quería que el oso viese la tele.

No quería que el oso estuviese donde ella pudiera verlo. Lo levantó de la esquina del sofá agarrándolo de un solo brazo y le dijo a Mouse que tenía que guardar sus «estúpidos juguetes» o los tiraría a la basura. Zarandeó al oso con todas sus fuerzas antes de lanzarlo contra el suelo.

Mouse contempló a su adorado osito tirado en el suelo. Parecía que estaba dormido, o quizá hubiera muerto por culpa de los zarandeos de Mamá Falsa. Hasta ella sabía que no se debía hacer eso con un ser vivo.

Sabía que debía mantener la boca cerrada. Sabía que debía hacer lo que le decía. Pero no pudo evitarlo. Sin pretenderlo, le salieron las palabras. «El Señor Oso no es estúpido», le gritó mientras alcanzaba el oso y lo estrechaba contra su pecho para consolarlo. Le pasó la mano por el pelaje de peluche y le susurró al oído: «Shh. No pasa nada, Señor Oso».

«No me repliques», le dijo Mamá Falsa. «Tu padre no está aquí ahora, así que escúchame. Aquí mando yo. Cuando yo esté aquí, tienes que recoger lo que ensucies, pequeño roedor», le dijo. «¿Me has oído, Mouse?», le preguntó justo antes de empezar a reírse.

La llamó «Mouse» con tono burlón esta vez. Le dijo lo mucho que odiaba a los ratones, que son una plaga. Le dijo que llevan sus excrementos pegados en las patas, que propagan los gérmenes, que hacen enfermar a la gente. «¿Cómo has acabado con un apodo así, pequeño y sucio roedor?».

Pero Mouse no lo sabía, así que no lo dijo. Eso enfadó a Mamá Falsa.

«¿Me has oído?», le preguntó poniéndose a su altura. Mouse no era una niña alta. Era pequeña, medía solo un metro y veinte centímetros. Apenas le llegaba a Mamá Falsa a la cintura, justo donde se metía esas bonitas blusas por debajo de los vaqueros. «Respóndeme cuando te haga una pregunta», le ordenó, señalándole la nariz con un dedo, tan cerca que le dio un golpe. Mouse no supo si fue premeditado o no, o tal vez fuese una de esas cosas que ocurren sin querer queriendo. Pero daba igual, porque en cualquier caso le hizo daño. Le hirió la nariz y los sentimientos.

«No sé por qué papi me llama así», respondió con sinceridad. «Lo hace sin más».

«¿Te estás haciendo la insolente conmigo, pequeño roedor? No te pongas insolente conmigo», le dijo Mamá Falsa agarrándola de la muñeca. La zarandeó como había hecho con el oso, hasta que a Mouse empezaron a dolerle la cabeza y la muñeca. Intentó zafarse, pero eso hizo que la agarrara con más fuerza, clavándole sus largas uñas en la piel.

Cuando al fin la soltó, Mouse vio las marcas rojas de la mano de Mamá Falsa en su piel. Marcas en forma de luna creciente grabadas en su piel, producidas por las uñas.

Se le llenaron los ojos de lágrimas, porque le dolía, tanto la cabeza como la mano, pero más aún le dolía el corazón. Se puso triste cuando Mamá Falsa la zarandeó de ese modo, y además se asustó. Nunca nadie le había hablado ni la había tocado así, y no le gustaba. Eso hizo que se le escapara una gotita de pis y resbalara por su pierna, donde fue absorbida por la tela de los pantalones.

Mamá falsa se rio al ver el labio tembloroso de Mouse y las lágrimas en sus ojos. «¿Qué vas a hacer?», le preguntó. «¿Llorar como un bebé? Estupendo. Un bebé llorón e insolente. Eso sí que es un oxímoron». Se carcajeó. Aunque Mouse sabía muchas cosas, no sabía lo que significaba «oxímoron», pero le sonó tan feo que pensó que estaba insultándola. Eso fue lo que pensó, que la había insultado, aunque eso no habría sido lo peor que hizo aquel día.

Mamá Falsa le dijo que se fuera a alguna parte donde no pudiera verla, porque estaba harta de ver su cara de bebé llorón e insolente.

«Y no vuelvas hasta que yo te diga que puedes volver», agregó.

Mouse se llevó a su osito al dormitorio y cerró la puerta sin hacer ruido. Dejó al Señor Oso sobre la cama y le cantó una nana al oído. Después se tumbó junto a él y lloró.

Supo ya entonces que no le contaría a su padre lo que había hecho y dicho Mamá Falsa. Ni siquiera se lo contaría a su verdadera madre. No era ninguna chivata, pero además sabía lo mucho que su padre quería a Mamá Falsa. Lo veía en sus ojos cada vez que la miraba. No quería herir sus sentimientos. Porque se pondría triste si supiera lo que había hecho Mamá Falsa, más triste aún de lo que ella misma se sentía. Era una niña muy empática. No quería poner triste a nadie. Y menos a su padre.

SADIE

Memorizo la dirección. Me monto en mi coche y me dirijo hacia casa de Courtney. Aparco en paralelo en la calle, en un hueco entre dos coches. Salgo del mío y llevo las llaves de Courtney conmigo.

En circunstancias normales no haría una cosa así, pero estoy entre la espada y la pared.

Llamo a la puerta antes de intentar entrar. Nadie responde.

Palpo las llaves. Podría ser cualquiera de ellas. Pruebo con la primera. No entra.

Miro por encima del hombro y veo a una mujer con su perro hacia el final del parque, donde este une con la calle. La mujer está doblada por la cintura, recogiendo de la nieve los excrementos del animal con una bolsa de plástico; no me ve.

Pruebo con la segunda llave. Esta sí entra. El picaporte gira y la puerta se abre. Y me hallo en el umbral de la casa de Courtney Baines. Entro y cierro la puerta. El interior de la vivienda es coqueto. Tiene mucho carácter: puertas en forma de arco, hornacinas y muebles de madera empotrados. Pese a esto, es un lugar descuidado, desatendido. Tampoco es que haya muchas cosas. La casa está desordenada. Hay mucha correspondencia esparcida por el sofá, dos tazas de café vacías en el suelo de madera. Una cesta de ropa sin doblar aguarda al pie de la escalera. Unos juguetes infantiles se marchitan en un rincón de la habitación; hace tiempo que nadie juega con ellos.

Pero sí hay fotografías. Están colgadas en la pared, algo torcidas, con una capa de polvo que cubre la parte superior del marco.

Me acerco a las fotos y estoy a punto de pasar las manos por el polvo. Pero me detengo justo a tiempo al pensar en las huellas dactilares, en las pruebas, y me aparto deprisa. Busco en los bolsillos del abrigo unos guantes de invierno y me los pongo.

Las fotografías son de Jeffrey, Courtney y su niña pequeña. Esto me resulta extraño. Si Will y yo nos hubiéramos divorciado después de su aventura, me habría deshecho de sus fotos, para no tener que recordarlo todos los días.

Courtney no solo conserva fotografías familiares en su casa, sino también fotografías de boda. Escenas románticas en las que aparecen Jeffrey y ella besándose. Me pregunto qué significará, si es que acaso sigue sintiendo algo por él. ¿Estará en fase de negación sobre su aventura, el divorcio y el hecho de que volviera a casarse? ¿Creerá que existe una posibilidad de que vuelvan a estar juntos, o simplemente echará de menos el amor que una vez se tuvieron?

Recorro los pasillos, me asomo a los dormitorios, a los baños, a la cocina. La casa tiene tres plantas, muy estrechas, y cada habitación es tan austera como la

279

anterior. En el dormitorio de la niña, la cama está cubierta por criaturas del bosque: ciervos, ardillas y cosas así. Hay una alfombra en el suelo.

Otra habitación es un despacho con un escritorio. Me acerco al escritorio, abro los cajones al azar. No estoy buscando nada en particular. Pero veo algunas cosas, como rotuladores con punta de fieltro, montones de papel y una caja con material de oficina.

Vuelvo al piso de abajo. Abro y cierro la puerta del frigorífico. Retiro una cortina y me asomo para asegurarme de que no venga nadie.

¿Cuánto tiempo tengo hasta que Courtney se dé cuenta de que sus llaves no están?

Me siento en el sofá, con cuidado de no alterar el orden de las cosas. Reviso el correo y lo dejo en el mismo orden en el que está, por si acaso existe algún método en esta locura del que no me doy cuenta. Son facturas y publicidad en su mayor parte. Pero también hay otras cosas, como peticiones legales. En los sobres figura el Estado de Maine, y eso es lo que me hace abrir las solapas y sacar los documentos con mis manos enguantadas.

Nunca se me ha dado bien la jerga legal, pero me llaman la atención palabras como «riesgo para la menor» y «custodia física inmediata». Tardo solo un minuto en darme cuenta de que Jeffrey y Morgan Baines estaban intentando quedarse con la custodia total de la hija que tiene con Courtney.

La idea de que alguien pudiera quitarme a Otto o a Tate me entristece de inmediato. Si alguien intentara quitarme a mis hijos, no sé lo que haría.

Pero una cosa sí sé: que interponerse entre una mujer y su hijo nunca acabará bien.

Vuelvo a meter los documentos en los sobres, pero

no antes de sacarles una foto con mi teléfono. Dejo el correo como estaba. Me levanto del sofá y salgo por la puerta de entrada, satisfecha por ahora con mi búsqueda. No sé si lo que he encontrado es suficiente para sospechar de Courtney por asesinato. Pero sí es suficiente para plantear interrogantes.

Guardo las llaves en el compartimento con cremallera de mi bolso. Ya me desharé de ellas más tarde.

La gente anda perdiendo las llaves a todas horas, ¿verdad? No es algo tan raro.

Estoy caminando hacia mi coche, aparcado al otro lado de la calle, cuando me suena el móvil. Lo saco del bolso y respondo. «¿Doctora Foust?», pregunta quien llama. No todo el mundo sabe que soy doctora.

—Sí —respondo—. Soy yo.

Al otro lado de la línea, la mujer me informa de que llama del instituto. Pienso inmediatamente en Otto. Recuerdo nuestra breve conversación mientras íbamos al muelle esta mañana. Algo le preocupaba, pero no me ha dicho qué era. ¿Estaría intentando contarme algo?

—He intentado llamar primero a su marido —me dice la mujer—, pero me salta el buzón de voz. —Miro el reloj. Will estará en mitad de una clase—. Quería preguntar por Imogen. Sus profesores dicen que no ha venido hoy. ¿Alguien se ha olvidado de avisarnos de que no vendría? —me pregunta. Respiro aliviada al saber que no se trata de Otto y le digo que no, que Imogen debe de haber hecho novillos. No pienso molestarme en inventarme mentiras que justifiquen su ausencia.

Su tono de voz no es amable. Me explica que Imogen está obligada a ir a clase y que se acerca peligrosamente al número de ausencias sin justificar permitidas en un año escolar.

—Es su responsabilidad, señora Foust, asegurarse de que Imogen asiste a clase —me dice. Concertarán una reunión con Will y conmigo, y con Imogen, los profesores y los administradores. Una especie de intervención. Si eso no funciona, la escuela se verá obligada a seguir el protocolo legal.

Cuelgo el teléfono y me monto en el coche. Antes de arrancar, le envío un mensaje a Imogen. *¿Dónde estás?* No espero una respuesta. Y aun así la recibo. *Encuéntrame*, me dice.

Imogen está jugando conmigo.

Después recibo una serie de fotos. Lápidas, un paisaje sombrío, un bote de pastillas con receta. Son las pastillas de Alice, las que usaba para tratar el dolor de la fibromialgia. Un antidepresivo que actúa también como analgésico neuronal. Su nombre figura en la etiqueta.

Tengo que encontrar a Imogen antes de que haga alguna estupidez con las pastillas, antes de que tome una decisión imprudente de la que no haya vuelta atrás. Acelero y me obligo a no pensar por ahora en los documentos legales que he encontrado en casa de Courtney. Encontrar al asesino de Morgan tendrá que esperar.

MOUSE

Mamá Falsa no dio de cenar a Mouse aquella noche, pero Mouse la oyó en la cocina preparándose algo para ella. Percibió el aroma que subía hasta la segunda planta a través de las rejillas de ventilación del suelo, colándose por debajo de la puerta de su dormitorio. No sabía qué era, pero el olor hizo que le sonara la tripa. Quería comer, pero no podía porque Mamá Falsa no le ofreció compartir.

A la hora de acostarse, Mouse tenía hambre. Sin embargo sabía que no debía pedir la cena porque Mamá Falsa le había dicho explícitamente que no quería verla hasta que ella se lo dijera. Y nunca se lo dijo.

Mientras el sol se ocultaba y el cielo se oscurecía, intentaba ignorar los pinchazos provocados por el hambre. Oyó a Mamá Falsa moviéndose por el piso de abajo durante largo rato después de terminar de cenar, lavando los platos, viendo la tele.

Pero después la casa quedó en silencio.

Se cerró una puerta y Mouse pensó que Mamá Falsa se había ido a la cama.

Abrió su puerta un par de centímetros. Se quedó detrás de ella, aguantando la respiración hasta asegurarse de que la casa permanecía en silencio. De que Mamá Falsa no había entrado en su dormitorio para volver a salir poco después. De que no estaba intentando engañarla para que bajara.

Sabía que debía irse a dormir. Intentó irse a dormir. Quería irse a dormir.

Pero tenía hambre.

Y, peor aún, tenía que ir al baño, que estaba abajo. Tenía muchas ganas de ir. Llevaba mucho tiempo aguantándose y no creía que pudiera aguantar mucho más. Desde luego no podría aguantar toda la noche. Pero tampoco quería tener un accidente en el dormitorio, porque tenía seis años, demasiados para hacerse pis en la cama.

Pero Mouse no tenía permiso para salir de su habitación hasta que Mamá Falsa se lo dijera. Así que apretó las piernas con mucha fuerza e intentó que el pis se le quedara dentro. Utilizó también la mano, apretándola contra su entrepierna como un tapón, pensando que quizá eso contendría el pis.

Pero con el tiempo empezó a dolerle demasiado la tripa, porque tenía hambre y ganas de hacer pis al mismo tiempo.

Se convenció para bajar las escaleras. No fue fácil. No era la clase de niña a la que le gustaba saltarse las normas. Era la clase de niña a la que le gustaba obedecer las normas, no meterse nunca en líos.

Pero entonces recordó que Mamá Falsa no le había dicho que tuviera que irse a su habitación. Mouse había decidido hacer eso. Lo que Mamá Falsa le había dicho era: «Vete a alguna parte donde no pueda verte».

Si Mamá Falsa estaba dormida, entonces no la vería a ella en la planta de abajo, a no ser que pudiera ver con los ojos cerrados. En cuyo caso, Mouse no estaría rompiendo las normas.

Abrió del todo la puerta de su dormitorio. Crujió con el movimiento y Mouse se quedó helada, preguntándose si eso bastaría para despertar a Mamá Falsa. Contó hasta cincuenta en su cabeza y luego, al ver que la casa seguía en silencio, sin indicios de que Mamá Falsa se hubiera despertado, salió de la habitación.

Bajó las escaleras sin hacer ruido. Atravesó el salón. Cruzó de puntillas la cocina. Justo al lado de la cocina había un pasillo que giraba hacia la habitación donde estaba Mamá Falsa. Mouse asomó la cabeza por la esquina del pasillo y le alivió comprobar que la puerta de esa habitación estaba cerrada del todo.

Tenía más ganas de hacer pis que de comer. Primero fue hacia el cuarto de baño. Pero el baño estaba a pocos metros de la habitación de su padre y de Mamá Falsa, y eso le daba mucho miedo. Fue arrastrando los calcetines por el suelo hacia la puerta del baño, con cuidado de no levantar los pies.

La casa estaba a oscuras. No del todo, pero Mouse tenía que ir palpando las paredes con las yemas de los dedos para no chocarse con nada. No le daba miedo la oscuridad. Era la clase de niña que no le tenía miedo a casi nada porque siempre se había sentido a salvo en su hogar. O al menos hasta la llegada de Mamá Falsa. Ahora ya no se sentía a salvo, aunque la oscuridad era la menor de sus preocupaciones.

Llegó hasta el cuarto de baño.

Una vez dentro, cerró la puerta con cuidado. Dejó la luz apagada, así que allí dentro estaba todo negro. No había ventana, ni un rayo de luz de luna que se filtrara por el cristal.

Llegó a tientas hasta el inodoro. Gracias a Dios, la tapa ya estaba levantada. Así no tendría que arriesgarse a hacer ruido levantándola.

Se bajó los pantalones hasta las rodillas. Se sentó en la taza tan despacio que empezaron a quemarle los muslos. Intentó controlar la orina, dejar que saliera muy despacio y sin hacer ruido. Pero llevaba demasiado tiempo aguantándose. No podía controlar la salida. Así que, en vez de eso, una vez que se abrieron las compuertas, el pis salió a propulsión, haciendo mucho ruido. Estaba segura de que todo el vecindario la habría oído, pero sobre todo Mamá Falsa, que estaba justo al otro lado del pasillo, en la cama de su padre.

Se le empezó a acelerar el corazón y se le pusieron las manos sudorosas. Le temblaban tanto las rodillas que, cuando terminó en el inodoro y se subió los pantalones hasta las caderas huesudas, le resultó difícil ponerse en pie. Le bailaban las piernas como les sucedía a las patas del escritorio cuando intentaba subirse encima para evitar pisar la lava caliente del suelo de su dormitorio. Temblaban bajo su cuerpo, amenazaban con romperse.

Con la vejiga vacía y los pantalones subidos, se quedó en el cuarto de baño durante largo rato con las luces apagadas. No se molestó en lavarse las manos. Pero quería asegurarse de que el sonido del pis no hubiera despertado a Mamá Falsa antes de salir del baño. Porque, si Mamá falsa estaba en el pasillo, entonces la vería.

Contó hasta trescientos en su cabeza. Después contó otros trescientos.

Solo entonces se atrevió a salir. Pero no tiró de la

cisterna por miedo al ruido que pudiera hacer. Lo dejó todo dentro de la taza tal como estaba, orina, papel higiénico y todo.

Abrió la puerta del baño. Salió al pasillo arrastrando los pies y agradeció encontrar la puerta del dormitorio todavía cerrada.

En la cocina, se sirvió unas pocas galletas de mantequilla Salerno del armario y un vaso de leche del frigorífico. Aclaró el vaso y lo dejó en el escurridor para que se secara. Recogió con la mano las migas de galleta y las tiró a la basura. Porque Mamá Falsa también había dicho: «Recoge lo que ensucies cuando yo esté aquí, pequeño roedor», y Mouse quería ser obediente. Lo hizo todo en silencio.

Subió las escaleras.

Pero, mientras lo hacía, empezó a picarle la nariz.

La pobre Mouse había intentado por todos los medios no hacer ningún ruido. Pero un estornudo es un reflejo, una de esas cosas que suceden por sí solas. Como la respiración, el arcoíris y la luna llena. Una vez que empezaba, no había manera de pararlo, aunque lo intentó. Desde luego que sí. Allí, en mitad de las escaleras, se tapó la nariz con las manos. Se pellizcó el puente. Apretó con la lengua contra el paladar, aguantó la respiración y rezó para que parase. Todo lo que se le ocurrió para intentar frenar el estornudo.

Pero aun así el estornudo se produjo.

SADIE

El entorno es típico de un cementerio. Recorro con el coche el estrecho sendero de grava y aparco junto a la capilla. Abro la puerta del coche y una ráfaga de viento se cuela dentro. Salgo y camino por el terreno llano, pasando entre lápidas y árboles.

El terreno en el que está enterrada Alice todavía no se ha cubierto de hierba. Es una tumba reciente, llena de tierra y cubierta de nieve. No tiene lápida, no hasta que se asiente el terreno y pueda instalarse. Por ahora, Alice solo es identificable mediante una sección y un número de lote.

Imogen está arrodillada sobre el terreno nevado. Oye mis pasos al acercarme y se da la vuelta. Cuando me ve, me doy cuenta de que ha estado llorando. El lápiz de ojos negro que tanto le gusta se le ha corrido por las mejillas. Tiene los ojos rojos e hinchados. Le tiembla el labio inferior. Se lo muerde para hacer que pare. No quiere que vea su lado vulnerable.

De pronto aparenta menos de dieciséis años. Pero también aparenta estar herida y enfadada.

—Joder, sí que has tardado —me dice. A decir verdad, por un instante en el camino hacia aquí me planteé no venir. Llamé a Will para contarle lo de las fotos que me había enviado Imogen, pero una vez más no contestó. Iba de camino de vuelta al ferri cuando me pudo la conciencia y supe que tenía que venir. El bote de pastillas sigue cerrado, tirado en el suelo junto a Imogen.

—¿Qué estás haciendo con eso, Imogen? —le pregunto, y se encoge de hombros.

—Supuse que tendrían que servir para algo —me dice—. A mi madre no le hacían una mierda. Quizá a mí podrían ayudarme.

—¿Cuántas te has tomado? —le pregunto.

—Todavía ninguna —responde, pero no sé si creerla. Me acerco a ella con cautela, me agacho y recojo el bote del suelo. Le quito la tapa y miro en su interior. Todavía contiene pastillas, pero no sé cuántas había antes.

Debe de haber menos un grado de temperatura, como mucho. El viento sopla con fuerza. Me pongo la capucha y meto las manos en los bolsillos.

—Te vas a morir de frío aquí fuera, Imogen —le digo, unas palabras mal escogidas dadas las circunstancias.

Imogen no lleva abrigo. No lleva gorro ni guantes. Tiene la nariz de un rojo brillante. Moquea, y los mocos le resbalan por el labio superior, donde veo que se los lame con la lengua, lo que me recuerda que es una niña. Sus mejillas son manchas rosadas y gélidas.

—No tendré esa suerte —me dice.

—No hablas en serio —respondo, pero sé que sí. Cree que estaría mejor muerta—. Me han llamado del instituto. Dicen que has vuelto a faltar.

—No me digas —me dice poniendo los ojos en blanco.

—¿Qué estás haciendo aquí, Imogen? —le pregunto, pese a que la respuesta es más que evidente—. Se supone que tendrías que estar en clase.

—No me apetecía ir —responde con un encogimiento de hombros—. Además, tú no eres mi madre. No puedes decirme lo que tengo que hacer. —Se seca los ojos con la manga de la camisa. Lleva los vaqueros negros y rasgados, y una camisa roja y negra de botones, desabrochada, sobre una camiseta también negra—. Le has contado a Will lo de la foto. No deberías habérselo contado. —Se levanta del suelo y de nuevo me llama la atención lo alta que es, tanto que me mira desde arriba.

—¿Por qué no? —le pregunto.

—Él no es mi puto padre —responde—. Además, eso era solo para que lo vieses tú.

—No sabía que fuese un secreto —le digo. Doy un paso atrás y me hago sitio—. No me pediste que no se lo contara. De haberlo hecho, no lo habría mencionado —miento. Ella pone los ojos en blanco. Sabe que miento.

Se hace un silencio. Imogen permanece callada, taciturna. Me pregunto para qué me habrá traído hasta aquí. No bajo la guardia. No confío en ella.

—¿Conociste a tu padre? —le pregunto. Retrocedo un paso más y me choco con el tronco de un árbol. Me mira con rabia—. Estaba pensando en lo alta que eres. Tu madre no era muy alta, ¿verdad? Will no es especialmente alto. La estatura debe de venirte de tu padre.

Estoy divagando. Me doy cuenta igual que ella.

Dice que no lo conoce. Y aun así admite que sabe cómo se llama, y el nombre de su esposa, y que tiene tres hijos. Ha visto su casa. Me la describe. Sabe que tiene una consulta de optometría. Que lleva gafas. Que su hija mayor, Elizabeth, de quince años, es solo siete meses más joven que ella. Imogen es lo suficientemente lista para darse cuenta de lo que eso significa.

—Le dijo a mi madre que no estaba preparado para ser padre. —Pero es evidente que sí lo estaba. Simplemente no deseaba ser el padre de Imogen.

Lo percibo en su expresión: ese rechazo aún le duele.

—El caso es que —continúa—, si mi madre no se hubiese sentido tan jodidamente sola todo el tiempo, tal vez hubiera querido seguir viva. Si él la hubiera querido, tal vez se hubiera quedado con nosotros un poco más. Estaba harta de poner buena cara a todas las putas horas. Triste por dentro, pero feliz por fuera. Nadie creía que sintiera dolor. Ni siquiera sus médicos. No la creían. No tenía manera de demostrar que le dolía. No había nada que le hiciera sentir mejor. Todos esos jodidos pesimistas. Ellos son los que la mataron.

—La fibromialgia —le digo— es algo terriblemente frustrante. Ojalá hubiera conocido a tu madre. Tal vez hubiera podido ayudarla.

—Chorradas —me dice—. Nadie pudo ayudarla.

—Yo lo habría intentado. Habría hecho todo lo posible por ayudarla.

Suelta una carcajada.

—No eres tan lista como quieres hacer creer a todo el mundo. Tú y yo tenemos algo en común —me dice, cambiando de estrategia.

—Ah, ¿sí? —le pregunto, desconfiada—. ¿El qué?

No se me ocurre una sola cosa que Imogen y yo podamos tener en común.

—Tú y yo —me dice acercándose más y señalándonos a ambas con el dedo— estamos las dos jodidas.

Trago saliva para intentar aliviar el nudo que siento en la garganta. Da un paso más hacia mí, me señala con el dedo y me lo clava en el pecho. La corteza del árbol me roza la espalda y no puedo moverme. Ahora habla en voz alta, está perdiendo el control.

—Te crees que puedes venir aquí y ocupar su lugar. Dormir en su cama. Ponerte su jodida ropa. Tú no eres ella. ¡Nunca serás ella! —grita.

—Imogen —susurro—. Nunca… —empiezo a decirle, pero entonces se lleva las manos a la cabeza. Empieza a sollozar, todo su cuerpo se agita como las olas del mar—. Nunca intentaría ocupar el lugar de tu madre.

El aire es frío y desagradable. Trato de mantener el equilibrio cuando una ráfaga me golpea con fuerza. Veo que el pelo teñido de negro de Imogen se revuelve en torno a su rostro. Su piel ha perdido su palidez habitual y ahora está roja, irritada.

Alargo una mano hacia ella, para acariciarle el brazo, para consolarla, pero se aparta con rapidez.

Deja caer los brazos a los costados. Alza la mirada. Entonces me grita, y lo repentino de su ataque y el vacío de sus ojos me sobresaltan. Retrocedo.

—Ella no podía hacerlo. Quería, pero no se atrevía a hacerlo. Se quedó helada. Me miró. Estaba llorando. Me rogó. «Ayúdame, Imogen» —me dice, le sale saliva de la boca, se le acumula en la comisura de los labios. Se la deja ahí.

Niego con la cabeza, confusa. ¿Qué está diciendo?

—¿Quería que la ayudaras con el dolor? —le pregunto—. ¿Quería que hicieras desaparecer el dolor?

Ella también niega y se ríe.

—Eres idiota —me dice.

Entonces se recompone. Se limpia la saliva y se yergue. Me mira con actitud desafiante, más como la Imogen que conozco; ya no está destrozada.

—No —continúa, impertérrita—. No quería que la ayudase a vivir. Quería que la ayudase a morir.

Me quedo sin respiración. Pienso en el taburete, lejos de los pies de Alice.

—¿Qué hiciste, Imogen? —le pregunto.

—No tienes ni idea —me dice con la voz gélida—. No tienes ni puta idea de lo que era oírla llorar por las noches. A veces el dolor era tan intenso que no podía evitar gritar. Se emocionaba cuando aparecía algún médico nuevo, algún nuevo tratamiento, pero todo volvía a fallar y sus esperanzas se desvanecían. Era inútil. No mejoraba. Nunca iba a mejorar. Nadie debería tener que vivir así.

Imogen, con lágrimas cayéndole de los ojos, empieza por el principio y vuelve a revivirlo. El día empezó como cualquier otro. Se despertó; fue a clase. La mayoría de los días Alice estaba esperándola en el recibidor cuando volvía a casa. Pero aquel día no estaba allí. Imogen la llamó. No hubo respuesta. Empezó a registrar la casa y una luz procedente del ático la llevó hasta el tercer piso. Allí encontró a su madre de pie sobre el taburete de escalones, con la soga alrededor del cuello. Llevaba así horas. A Alice le temblaban las rodillas por el miedo, por el cansancio, mientras intentaba en vano reunir el valor para saltar del taburete. Había dejado una nota. Estaba tirada en el suelo. Imogen la ha memorizado: *Sabes tan bien como yo lo difícil que es esto para mí*, decía la nota. *No es nada que hayas hecho tú. No significa que*

293

no te quiera. Pero no puedo seguir llevando esta doble vida. No era una nota de ruptura, sino la nota de suicidio de Alice, que Imogen recogió del suelo y se guardó en el bolsillo de la sudadera aquel día. Al principio intentó convencerla para que se bajara del taburete. Para que siguiera viviendo. Pero Alice estaba decidida. Sin embargo, no lograba dar el salto. «Ayúdame, Imogen», le rogó.

Imogen me mira a los ojos y dice:

—Le quité el jodido taburete de debajo de los pies. No fue fácil. Pero cerré los ojos y tiré. Y corrí. Corrí más rápido que en toda mi vida. Corrí a mi dormitorio. Me escondí debajo de la almohada. Y grité con todas mis fuerzas para no tener que oírla morir.

Me quedo sin aliento. No fue un suicidio, o no exactamente, pero tampoco algo tan retorcido como pensaba. Fue una muerte asistida, como esos médicos que administran una dosis letal de somníferos a un paciente terminal para dejarle morir por su propia voluntad.

Nunca he sido de esa clase de médicos.

Mi trabajo es ayudar a los pacientes a vivir, no a morir.

Me quedo mirando a Imogen con la boca abierta, pensando: ¿qué clase de persona podría hacer eso? ¿Qué clase de persona podría agarrar el taburete y tirar, sabiendo de sobra cuál sería el resultado?

Había que ser un tipo concreto de persona para hacer lo que Imogen había hecho. Para actuar por impulso y no pensar en lo que viene después. Igualmente podría haber pedido ayuda en ese momento. Podría haber cortado la soga que tenía su madre al cuello.

Llora ante mí, se convulsiona. No soporto pensar en lo que ha tenido que pasar, en lo que ha visto. Una chica de dieciséis años no debería verse nunca en esa situación.

Qué vergüenza por parte de Alice, pienso.

Pero también: qué vergüenza por parte de Imogen.

—Hiciste lo único que podías hacer —miento, lo digo solo para consolarla porque creo que necesita que la consuelen. Estiro los brazos con cautela hacia ella y, por un segundo, me lo permite. Solo un segundo.

Pero, cuando la rodeo con los brazos, asustada y sin apenas tocarla, me doy cuenta de que estoy abrazando a una asesina, incluso aunque las razones para ella estuvieran justificadas. Pero ahora se muestra arrepentida y triste. Por primera vez Imogen muestra una emoción que no sea la rabia. Nunca la había visto así.

Pero entonces, fiel a su estilo, como si pudiera leerme el pensamiento, se yergue y se seca las lágrimas con la manga. Me mira con ojos vacíos e inexpresividad en el rostro.

Me da un empujón en el hombro. El gesto no tiene nada de amable. Es brusco, hostil. Siento el dolor en el punto donde clava los dedos con violencia, en la abertura torácica, ese lugar sensible entre la clavícula y las costillas. Retrocedo un paso y tropiezo con una piedra.

—Quítame las putas manos de encima o te haré a ti lo mismo que le hice a ella —me dice.

La piedra es tan grande que pierdo el equilibrio por completo y caigo de culo en el suelo nevado y húmedo.

Ahogo un grito. Me quedo mirándola, de pie frente a mí, sin hablar. No hay nada que decir.

Encuentra un palo tirado en el suelo. Lo agarra y se acerca a mí con rapidez, como si pensara golpearme de nuevo. Me estremezco e instintivamente me llevo las manos a la cabeza para protegerme.

Esta vez se echa atrás.

En vez de golpearme, me grita con tanta fuerza que noto la tierra vibrar bajo mi cuerpo.

—¡Márchate! —grita, alargando la palabra.

Me pongo en pie. Mientras me alejo apresuradamente, con miedo a darle la espalda aunque sin poder evitarlo, oigo que me llama bicho raro, además, como si la amenaza de muerte no hubiese sido suficiente.

SADIE

Conduzco hacia casa esa noche, entro en nuestra calle y subo por la colina. Hace horas que dejé a Imogen en el cementerio. Entonces era primera hora de la tarde y ahora es de noche. Fuera ha oscurecido. He perdido la noción del tiempo. Tengo dos llamadas perdidas en el teléfono, ambas de Will, preguntándose dónde estoy. Cuando le vea, le diré cómo he pasado el día. Le contaré mi conversación con Imogen en el cementerio. Pero no se lo contaré todo porque ¿qué pensaría de mí si supiera que le he robado las llaves a una mujer y me he colado en su casa?

Cuando paso por delante de la casa vacía que hay junto a la nuestra, la miro. Está a oscuras, como debería estar; las luces no se encenderán hasta dentro de un rato. La nieve se acumula en el camino de la entrada, mientras que en las demás casas la han retirado con una pala. Es evidente que nadie vive allí ahora.

Me invade de pronto la necesidad de ver con mis propios ojos lo que hay dentro de esa casa.

No es que crea que hay alguien ahí ahora, pero no

puedo dejar de pensar en una cosa. Si alguien hubiera venido a la isla para asesinar a Morgan a esas horas de la noche, no habría encontrado un ferri de vuelta a tierra firme. Él o ella habría tenido que pasar la noche aquí, con nosotros.

¿Y qué mejor lugar para quedarse que una casa vacía, donde nadie lo sabría?

No es un asesino lo que estoy buscando cuando salgo de mi coche en el camino de entrada a mi casa y atravieso el jardín cubierto de nieve. Lo que busco son pruebas de que ha habido alguien ahí.

Miro por encima del hombro mientras avanzo, preguntándome si habrá alguien observándome, si alguien sabe que estoy aquí. Hay pisadas en la nieve. Las sigo.

La vivienda de al lado es una casita de campo. Es pequeña. Me acerco a la puerta primero y llamo. No espero que conteste nadie. Pero lo hago de todos modos porque sería absurdo no hacerlo. Nadie abre la puerta. Así que pego la cara al cristal y miro dentro. No veo nada fuera de lo normal. Solo un salón con muebles cubiertos con plásticos.

Bordeo el perímetro de la casa. No sé qué estoy buscando, pero estoy buscando algo. Una manera de entrar, posiblemente, y claro, tras un rato de búsqueda y varios intentos fallidos, la encuentro.

La cubierta del pozo de la ventana del sótano no está bien cerrada. La levanto y cede con facilidad. Retiro la nieve. Aparto la estructura y la dejo a un lado con las manos temblorosas.

Me dejo caer con cuidado dentro del pozo de la ventana. Es estrecho. Tengo que contorsionarme de un modo extraño para acceder a la ventana. La mosquitera está rasgada. Pero no un poco, sino lo suficiente para que quepa un cuerpo entero. Tiro de la ventana que hay detrás, pensando que no se moverá, no podría ser tan fácil, pero para mi sorpresa se mueve.

La ventana que da al sótano no está cerrada con pasador.

¿Qué clase de propietario no asegura su casa antes de marcharse durante el invierno?

Meto el cuerpo a través de la ventana, con los pies primero. Me deslizo hacia el interior del oscuro sótano. Se me enreda una telaraña en la cabeza cuando mis pies aterrizan en el cemento. La telaraña se me pega al pelo, aunque es la menor de mis preocupaciones. Hay muchas más cosas que temer. El corazón me late acelerado en el pecho mientras miro a mi alrededor para asegurarme de que estoy sola.

No veo a nadie. Sin embargo, todo está demasiado oscuro para saberlo con certeza.

Atravieso despacio el sótano, encuentro los escalones inacabados que conducen a la primera planta. Voy arrastrando los pies, con cuidado de no hacer ningún ruido mientras subo. Al llegar arriba, apoyo la mano en el picaporte de la puerta. Me suda, está temblorosa, y de pronto me pregunto por qué me habrá parecido una buena idea venir aquí. Pero ya he llegado muy lejos, no puedo dar media vuelta. Tengo que saberlo.

Giro el picaporte, abro la puerta y accedo a la primera planta.

Estoy aterrorizada. No sé quién hay aquí, si acaso hay alguien. No puedo gritar por miedo a que alguien me oiga. Pero, según avanzo por la primera planta de la casa, la realidad es difícil de ignorar. No veo a nadie, pero hay indicios de vida por todas partes. Está todo oscuro, dentro y fuera; tengo que usar la linterna del teléfono para ver. Descubro una hendidura en el plástico que cubre una silla del salón, como si alguien se hubiera sentado allí. La banqueta del piano está fuera y hay partituras en el atril. Hay migas en la mesita del café.

La casa tiene solo una planta. Avanzo por el pasillo estrecho y oscuro, de puntillas para no hacer ningún ruido. Contengo la respiración mientras me muevo, respiro solo a intervalos breves cuando no me queda más remedio, solo cuando la cantidad de dióxido de carbono en mis pulmones es más de lo que puedo aguantar.

Llego a la primera habitación y me asomo, iluminando las cuatro paredes con la linterna. La estancia es pequeña, un dormitorio convertido en sala de costura. Aquí vive una costurera.

La habitación de al lado es un dormitorio pequeño abarrotado de muebles antiguos cubiertos con plásticos. La moqueta es gruesa, mullida. Hundo los pies en ella y me siento culpable por llevar las botas puestas dentro de casa, como si esa fuera la peor de mis infracciones. Aunque también está lo del allanamiento de morada.

Dejo atrás esa habitación y entro en el dormitorio más grande de los tres, el principal. La estancia es espaciosa en comparación, pero no es esa la razón por la que me quedo mirándola cuando entro.

El sol se ha puesto. Solo se filtra un leve destello azul por las ventanas. La hora azul, la llaman, cuando la luz residual del sol adquiere una tonalidad azul y tiñe el mundo de ese color.

Ilumino la habitación con la linterna. Veo el ventilador de techo, cuyas aspas tienen forma de hoja de palmera. El techo es de dos niveles. Ya lo he visto antes.

He soñado con esta habitación. Soñé que estaba

tumbada en esta cama, o en una muy similar a esta, con mucho calor, sudando bajo ese ventilador, en el hueco que sigue presente en el centro de la cama. Me quedaba mirando el ventilador, rezando para que se moviera, para que aliviase mi cuerpo ardiente con una ráfaga de aire frío. Pero no se movió, porque lo siguiente que recordaba era estar de pie junto a la cama, observándome a mí misma dormir.

Esta cama, al contrario que los demás muebles de la casa, no está cubierta con plástico. El plástico que debería estar sobre la cama yace hecho un gurruño en el suelo, al otro lado de la cama.

Alguien ha estado durmiendo en ella.

Alguien ha estado aquí.

Esta vez no me molesto en salir por el pozo de la ventana del sótano. Me dirijo directamente hacia la puerta de entrada. La cierro a mi espalda y la luz del salón se enciende justo cuando salgo.

Mientras corro de vuelta a mi casa, me convenzo a mí misma de que el techo, la cama y el ventilador no eran los mismos que en mi sueño. Eran parecidos, sí, pero no los mismos. Los sueños tienen tendencia a desvanecerse deprisa, así que es probable que los verdaderos detalles se hubieran borrado antes incluso de abrir los ojos.

Y además, en la casa no había luz. No he podido fijarme bien en el techo ni en el ventilador.

Pero, sin lugar a duda, han retirado el plástico de esa cama. El dueño la cubrió igual que el resto de los muebles de la casa. Pero alguien lo ha quitado.

Cuando ya estoy en mi jardín, miro el teléfono. Se está quedando sin batería. Le queda el dos por ciento. Llamo al agente Berg. Él podrá buscar huellas dactilares

301

y averiguar quién ha estado allí. Si Dios quiere, encontrará al asesino de Morgan.

Dispongo de un minuto o dos antes de que se me apague el teléfono. Salta el buzón de voz. Le dejo un mensaje rápido. Le pido que me llame. No le digo por qué.

Antes de poder colgar, se me apaga el teléfono.

Me lo guardo en el bolsillo del abrigo. Cruzo el camino de la entrada en dirección al porche. La casa, por fuera, está a oscuras. Will se ha olvidado de dejarme la luz del porche encendida. Hay luces encendidas dentro, pero desde aquí no veo a los chicos.

La casa parece acogedora. Veo el calor que sale por las rejillas de ventilación, un humo gris frente a la negrura casi absoluta de la noche. Fuera hace frío y viento. La nieve que ha caído en los últimos días vuela por el aire empujada por el viento y se amontona en las calles y en los caminos de las casas. El cielo está despejado. Esta noche no hay amenaza de nieve, pero los meteorólogos están emocionados por una tormenta que llegará a última hora de mañana. La primera tormenta importante de la temporada.

Me sobresalta un ruido a mi espalda. Es un ruido chirriante, algo discordante. Cuando lo oigo, estoy a menos de tres metros del porche. Me doy la vuelta y al principio no lo veo porque su cuerpo está oculto tras un árbol. Pero entonces se acerca, se aparta del árbol, se mueve despacio, con deliberación, arrastrando tras de sí una pala para quitar la nieve.

Lo que oigo es el sonido de la pala. El metal contra el asfalto. Agarra la empuñadura de la pala con una mano enguantada y arrastra la plancha por la calle. Jeffrey Baines.

Will está en casa preparando la cena. La cocina se halla en la parte trasera de la vivienda. No me oiría si gritara.

Cuando llega al extremo de nuestro camino, Jeffrey se da la vuelta y se dirige hacia mí. Luce un aspecto desaliñado. Tiene el pelo revuelto y los ojos rojos y llorosos. No lleva puestas las gafas. No se parece en nada al hombre elegante y educado que vi en la misa el otro día. Más bien parece un zarrapastroso.

Me fijo en la pala. Es la clase de objeto que resulta versátil. Tiene un doble uso, porque no solo podría golpearme en la cabeza y matarme con ella, sino además emplearla para enterrar mi cuerpo.

¿Sabrá que los vi a Courtney y a él en la misa? ¿Que he estado en casa de ella?

Me invade un terror súbito: ¿Y si hay cámaras de seguridad en casa de Courtney? Uno de esos nuevos timbres con cámara que te permiten saber quién está en tu puerta cuando tú no estás.

—Jeffrey —le digo dando un paso atrás. Intento no dejarme llevar por la imaginación. Podría estar aquí por varias razones. Muchas razones que no sean la que imagino—. Estás en casa —añado, porque acabo de darme cuenta de que su casa ya no es el escenario de un crimen.

Jeffrey percibe mi miedo. Lo oye en mi voz, lo ve en mi lenguaje corporal. Mis pies retroceden un poco más, aunque de un modo inapreciable. Pero, aun así, él se fija. Advierte el movimiento. Como un perro, huele mi miedo.

—Estaba quitando la nieve del camino de la entrada. Te he visto aparcar —me dice. Y yo respondo: «Ah», y me doy cuenta de que, si es así, si ha visto mi coche

303

aparcar frente a mi casa hace quince o veinte minutos, también podría haberme visto colándome en la casa de al lado. Podría haber oído el mensaje de voz que le he dejado al agente Berg.

—¿Dónde está tu hija? —le pregunto.

—Está ocupada con sus juguetes —responde. Miro hacia el otro lado de la calle y veo una luz encendida en una ventana del segundo piso. Las cortinas están descorridas. Veo la silueta de la niña dando saltos por la habitación con un oso de peluche sobre los hombros, como si estuviera llevándolo a caballito. La niña se ríe sola, con su oso. Eso aumenta mi inquietud. Pienso en lo que confesó Jeffrey, que Morgan y la niña no estaban unidas.

¿Se alegrará la pequeña de que su madrastra haya muerto? ¿Se alegrará de tener a su padre otra vez solo para ella?

—Le he dicho que vuelvo enseguida. ¿Te estoy entreteniendo? —me pregunta Jeffrey, pasándose una mano enguantada por el pelo. Lleva guantes, pero no gorro. Me pregunto por qué, si se ha abrigado para quitar la nieve, no se habrá puesto gorro. ¿Los guantes tendrán otro propósito más allá de mantenerle las manos calientes?

—Will —le digo, retrocediendo un poco más— está dentro. Los chicos. No he estado en casa en todo el día. —Eso es lo que digo, aunque es una excusa patética, y de inmediato me doy cuenta de que debería haber dicho algo más concreto, más decisivo. «La cena está lista», por ejemplo.

Pero mi respuesta es insípida, y es Jeffrey quien se muestra decidido cuando dice:

—Tu marido no está en casa.

—Claro que está en casa —le digo, pero, al volverme hacia la casa, me fijo en la oscuridad de nuestro hogar, en la ausencia de movimiento, y percibo de pronto que el coche de Will no está en el camino de la entrada. ¿Cómo es posible que no me diera cuenta al aparcar de que el coche de Will no estaba? No estaba prestando atención cuando he llegado a casa. Me hallaba demasiado absorta en otras cuestiones.

Me meto la mano en el bolsillo. Llamaré a Will y averiguaré dónde está. Le rogaré que venga a casa.

Pero la pantalla negra me recuerda que mi teléfono se ha quedado sin batería.

Debo de haberme quedado pálida.

—¿Va todo bien, Sadie? —me pregunta Jeffrey.

Y noto las lágrimas en los ojos y trato de contenerlas. Trago saliva.

—Sí, sí, por supuesto —respondo—. Todo va bien. —Y entonces miento y le digo—: Ha sido un día muy ajetreado. Se me había olvidado. Will tenía que recoger a nuestro hijo de casa de un amigo. Vive a la vuelta de la esquina. —Señalo arbitrariamente hacia atrás, con la esperanza de que Jeffrey dé por hecho que Will no tardará en volver. Irá y vendrá en cuestión de minutos. Llegará enseguida—. Será mejor que entre. Tengo que ponerme a preparar la cena. Me alegro de verte. —Me aterroriza darle la espalda, pero no hay otra manera. Tengo que entrar en casa, cerrar la puerta y echar el pestillo. Oigo ladrar a las perras. Veo sus caras pegadas a las cristaleras que flanquean la puerta de la entrada. Pero desde allí, atrapadas dentro de casa, no pueden ayudarme.

Aguanto la respiración mientras me doy la vuelta. Aprieto los dientes, me preparo para el intenso dolor de la pala al golpearme en la cabeza.

Apenas me he movido cuando noto una mano enguantada y pesada sobre mi hombro.

—Quería preguntarte una cosa antes de que te fueras.

El tono de su voz es tenso. Sobrecogedor. Noto que se me debilita el suelo pélvico. La orina me moja las bragas. Me vuelvo con reticencia y veo la pala clavada en el suelo. Jeffrey está apoyado en ella y se tira del puño de los guantes para asegurarse de que están bien puestos.

—¿Sí? —pregunto con la voz temblorosa.

Veo unos faros que se mueven entre los árboles, pero se alejan en vez de acercarse.

¿Dónde está Will?

Jeffrey me dice que ha venido para hablar conmigo de su difunta esposa.

—¿Qué sucede? —pregunto, y percibo que las cuerdas vocales vibran dentro de mí.

Pero, cuando empieza a hablarme de Morgan, se produce un cambio en él. Modifica su postura. Le sale la voz entrecortada cuando habla de ella. Es algo sutil, como una película que le cubre los ojos, en vez de ponerse a llorar desconsoladamente. Le brillan los ojos bajo la luz de la luna y reflejan el blanco de la nieve.

—A Morgan le pasaba algo —me dice—. Se había disgustado por algo. Estaba incluso asustada. Pero no me dijo de qué se trataba. ¿Te lo dijo a ti?

Me parece muy evidente, muy transparente. No debería tener que ser yo la que le metiera esa idea en la cabeza. Aunque tal vez esa idea ya esté allí y solo esté siendo calculador. Astuto como un zorro. Creo que él o su exmujer tuvieron algo que ver. Las pruebas están en casa de Courtney, en su propia confesión. Pero ¿cómo voy a admitir que escuché su conversación en la capilla de la iglesia, que me he colado en casa de su exmujer y que he registrado sus cosas?

—Morgan no me dijo nada —respondo negando con la cabeza.

No le digo que no conocía a Morgan lo suficiente como para que me contara por qué estaba asustada. No le digo que no conocía a Morgan en absoluto. Es fácil darse cuenta de que la comunicación no era el punto fuerte de Jeffrey y de Morgan porque, de haberlo sido, una pensaría que ya sabría que su mujer y yo no éramos amigas.

—¿Qué te hace pensar que estaba asustada? —le pregunto.

—Mi empresa se ha globalizado hace poco. He pasado mucho tiempo en el extranjero. Ha sido difícil, cuando menos. El tiempo que he pasado lejos de casa, sí, pero más aún la dificultad de aprender un nuevo idioma, una nueva cultura, de intentar integrarme en un país extranjero, de triunfar en mi trabajo. He estado sometido a mucha presión. No sé por qué te cuento todo esto —me dice, casi a modo de disculpa. Percibo cierta vulnerabilidad en sus palabras.

No sé qué decirle, así que no digo nada.

Yo tampoco sé por qué me lo cuenta.

—Supongo que lo que intento decir es que estaba saturado de trabajo, agotado —continúa—. Desbordado. No he parado mucho por casa últimamente. Y el poco tiempo que pasaba aquí estaba derrotado por el desfase horario. Pero Morgan estaba preocupada por algo. Le pregunté de qué se trataba. Pero ella era generosa hasta el extremo. No quiso decírmelo. Dijo que no era nada. No quería agobiarme con lo que fuera. Se lo pregunté —admite, apesadumbrado—, pero no se lo pregunté lo suficiente.

Me doy cuenta de que esta no es la cara de un loco. Esta es la cara de un viudo destrozado.

—He oído en las noticias que hubo notas amenazantes —le digo.

—Así es —confirma—. Sí. La policía encontró notas en nuestra casa.

—Perdóname por decir esto, no es asunto mío, pero tu exmujer… ¿es posible que sintiera rencor porque hubiera una nueva mujer en tu vida?

—¿Crees que ha sido cosa de Courtney? ¿Crees que ella envió las amenazas y mató a Morgan? —Niega con la cabeza—. No. Ni hablar. A veces pierde los estribos, sí. Es vehemente. Tiene temperamento. Comete estupideces.

Y entonces pasa a relatarme que una noche Courtney vino a la isla con la intención de secuestrar a su propia hija. Estuvo a punto de conseguirlo, porque tenía llaves de la casa que Jeffrey y Morgan compartían, dado que en otra época fue la suya. Cuando todos dormían, entró en la casa, fue al dormitorio de su hija y la despertó. Fue Morgan quien las descubrió cuando estaban saliendo. Courtney tenía billetes de avión; había conseguido sacarle un pasaporte a la niña. Planeaba huir del país con su hija.

—Morgan quería luchar por la custodia total. No creía que Courtney fuese apta para ejercer como madre.

Me viene a la memoria el día de la misa.

Me pudo el temperamento.

Estaba enfadada.

No puedes culparme por intentar recuperar lo que es mío.

No siento que haya muerto.

¿Acaso eran palabras con un doble significado? Tal vez no fueran una confesión de asesinato, sino una referencia a la noche en que intentó secuestrar a su propia hija.

—Arrebatarle una hija a su madre... —digo, y dejo la frase inacabada. Arrebatarle una hija a su madre es motivo para matar. Pero no se lo digo con esas palabras. En su lugar, agrego—: Si alguna vez alguien se interpusiera entre mis hijos y yo, me volvería loca.

—Courtney no es una asesina —responde Jeffrey con determinación—. Y las amenazas que recibió Morgan eran... —Pero se detiene ahí, incapaz de expresar con palabras en qué consistían dichas amenazas.

—¿Qué decían las notas? —pregunto con reticencia. No sé si quiero saberlo.

Me cuenta que hubo tres notas. No sabe con certeza cuándo llegaron, pero tiene sus sospechas sobre una de ellas. Había visto a Morgan acercarse al buzón una tarde. Fue un sábado de hace más o menos un mes. Él estaba en casa. Vio por la ventana cómo Morgan recorría el camino de la entrada.

—Tenía por costumbre observarla sin que se diera cuenta —confiesa—. Es por lo guapa que era. Resultaba fácil —me cuenta, y sonríe con nostalgia al recordar a su esposa—. Morgan era muy guapa. Todo el mundo lo pensaba. —Y recuerdo entonces las palabras del agente Berg cuando me dijo que los hombres del pueblo se fijaban en ella. Que Will también se fijaba en ella.

—Sí —respondo—. Era preciosa. —Y cambio mi manera de pensar en él porque veo en sus ojos lo mucho que amaba a Morgan.

Jeffrey dice que aquel día la vio agacharse, estirar la mano dentro del buzón para sacar el correo y volver caminando por el camino de la entrada, ojeando la correspondencia mientras avanzaba.

A mitad del camino, se detuvo. Se llevó la mano a la boca. Para cuando entró en casa, estaba blanca como un fantasma. Pasó frente a él al entrar, estaba temblando. Jeffrey le preguntó qué le pasaba, qué había encontrado en el correo que la hubiese alterado tanto. Morgan dijo que eran solo facturas, que la compañía de seguros no había cubierto una cita reciente con el médico. Lo que les quedaba a ellos por pagar era un atraco a mano armada.

«Deberían haberlo cubierto», se quejó Morgan mientras subía las escaleras con el correo en la mano.

«¿Adónde vas?», le preguntó él desde abajo.

«A llamar a la compañía de seguros», respondió ella, pero se metió en el dormitorio y cerró la puerta.

Morgan cambió por completo a partir de aquel día. Los cambios eran sutiles. Cualquier otra persona tal vez no se hubiese dado cuenta. De pronto empezó a cerrar las cortinas en cuanto el cielo se oscurecía. Percibía en su esposa una inquietud que no había visto antes.

Las notas que encontró la policía eran todas diferentes, estaban escondidas entre el canapé y el colchón donde dormían Jeffrey y Morgan. Se las había ocultado intencionadamente.

Le pregunto qué decían las notas y me lo cuenta.

No sabes nada.

Cuéntaselo a alguien y estás muerta.

Te estoy vigilando.

Siento un escalofrío por la espalda. Miro hacia las ventanas de las casas que hay en la calle.

¿Habrá alguien vigilándonos?

—¿Morgan y tu exmujer se llevaban bien? —pregunto, aunque hasta yo me doy cuenta de que no tiene sentido que esas amenazas provengan de una exmujer despechada. Esas amenazas no tienen nada que ver con una mujer que intenta recuperar a su hija. No tienen nada que ver con un marido que espere cobrar un seguro de vida a la muerte de su esposa.

Esas amenazas son otra cosa.

He estado equivocada todo este tiempo.

—Te lo repito —me dice Jeffrey, más alterado. Lejos queda el hombre que sonreía en la misa de su esposa. Está desencajado. Se muestra firme cuando asegura—: Courtney no tuvo nada que ver con esto. Otra persona estaba amenazando a mi esposa. Hay alguien que quería verla muerta.

Ahora me doy cuenta.

SADIE

—Usé lo que quedaba de leche para los macarrones con queso —me dice Will cuando llega a casa, pocos minutos después que yo. Tate está con él. Entra dando saltos alegremente por la puerta, le dice a Will que cuente hasta veinte y que después vaya a buscarlo. Sale corriendo a esconderse mientras Will saca algunos productos de una bolsa de la compra que ha dejado sobre la encimera.

Me guiña un ojo.

—Le dije que jugaríamos al escondite si me acompañaba sin rechistar —admite. Will puede convertir cualquier recado en una aventura.

En la olla eléctrica se están cociendo sus famosos macarrones con queso. La mesa está puesta para cinco, como si Will pensara que Imogen estará en casa. Lleva a la mesa la botella de leche que acaba de comprar y llena los vasos.

—¿Dónde está Otto? —pregunto. Y me dice que está arriba—. ¿No ha ido con Tate y contigo?

Will niega con la cabeza.

—Ha sido solo un viaje rápido a por leche. —Se vuelve hacia mí y tal vez me vea por primera vez desde que ha vuelto a casa—. ¿Qué sucede, Sadie? —me pregunta, deja la leche en el borde de la mesa y se acerca a mí—. Estás temblando.

Me rodea con los brazos y me dan ganas de contarle los descubrimientos del día. Quiero quitármelo de encima, pero por alguna razón, en su lugar digo:

—No es nada. —Y achaco los temblores a una bajada de azúcar. Ya se lo contaré más tarde, cuando Tate no esté en la habitación de al lado esperando a que lo encuentre—. No me ha dado tiempo a comer.

—No puedes seguir haciéndote esto, Sadie —me reprende con cariño.

Busca en la despensa y saca una galleta para que me la coma. Me la entrega.

—No les digas a los chicos nada de esto. Nada de galletas antes de la cena. Te quitará el apetito. —Sonríe mientras lo dice e, incluso después de todo lo que hemos pasado, no puedo evitar devolverle la sonrisa, porque sigue allí: el Will del que me enamoré.

Me quedo mirándolo un rato. Mi marido es guapo. Lleva el pelo recogido y lo único que veo es su mandíbula marcada, los ángulos duros de sus mejillas y esos ojos cautivadores.

Pero entonces recuerdo de pronto lo que me dijo el agente Berg sobre Morgan y él, y me pregunto si será verdad. La sonrisa se me escurre de la cara y noto que empiezo a arrepentirme.

Puedo ser fría, lo sé. Gélida incluso. Me lo han dicho antes. Con frecuencia pienso que fui yo la que empujó a Will a los brazos de otra mujer. Si me hubiera mostrado más cariñosa, más sensible, más vulnerable.

Más feliz. Pero en mi vida lo único que he conocido es una tristeza innata.

Cuando tenía doce años, mi padre se quejaba de mis cambios de humor. Un día podía estar muy contenta y al siguiente increíblemente triste. Él lo achacaba a la inminencia de la adolescencia. Yo experimentaba con mi ropa como suelen hacer los críos a esa edad. Estaba desesperada por averiguar quién era. Él decía que había días en que le gritaba que dejase de llamarme Sadie porque no soportaba ese nombre. Quería cambiarme el nombre, ser otra persona, cualquier otra. En ocasiones era sarcástica y en ocasiones amable. A veces me mostraba sociable y otras veces tímida. Podía ser una abusona con la misma facilidad con la que podían abusar de mí.

Tal vez fuera solo la rebeldía adolescente. La necesidad de autodescubrimiento. Las hormonas revueltas. Pero mi terapeuta de entonces no lo creía. Me diagnosticó un trastorno bipolar. Tomaba estabilizantes del ánimo, antidepresivos y antipsicóticos. Nada de eso me ayudaba. El punto de inflexión llegó más tarde, después de casarme con Will, formar una familia y comenzar mi carrera como doctora.

Tate grita desde la otra habitación: «¡Ven a buscarme, papi!», y Will se excusa y me da un beso lento antes de marcharse. No me aparto. Esta vez le dejo. Me rodea la cara con las manos. Cuando sus labios suaves rozan los míos, siento algo que hacía mucho tiempo que no sentía. Deseo que Will siga besándome.

Pero Tate vuelve a llamarlo y entonces se marcha.

Me voy arriba a cambiarme. Sola en el dormitorio, me pregunto si será posible soñar con un lugar en el que nunca has estado. Llevo mi pregunta a Internet. La respuesta no es fácil de encontrar con respecto a los lugares, pero sí con respecto a las caras. En Internet leo que todas las caras que vemos en nuestros sueños son caras que hemos visto en la vida real.

Ha pasado más de una hora, pero el agente Berg todavía no me ha devuelto la llamada.

Me pongo el pijama. Dejo la ropa en la cesta, que ya está desbordada, y pienso que, después de todo lo que Will hace por nosotros, lo mínimo que podría hacer yo es poner una lavadora. Estoy demasiado cansada para hacerlo ahora, pero mañana a primera hora, antes de irme a trabajar, lo haré sin falta.

Cenamos juntos. Como era de esperar, Imogen no aparece. Yo jugueteo con la comida, incapaz de comer.

—A saber en qué estarás pensando —me dice Will hacia el final de la cena, y solo entonces me doy cuenta de que me he pasado todo el rato mirando al vacío.

Me disculpo y lo achaco al cansancio.

Will lava los platos. Tate desaparece para ir a ver la televisión. Otto sale de la cocina y sube las escaleras. Oigo cerrarse la puerta de su dormitorio a lo lejos, y en ese momento, cuando estoy segura de que no nos oyen, le cuento a Will lo que Imogen me ha contado en el cementerio. No vacilo porque, si lo hago, puede que pierda el valor. No sé bien cómo reaccionará él.

—Hoy he visto a Imogen —empiezo. Le cuento los detalles: que me llamaron del instituto y que la encontré sola en el cementerio. Que tenía las pastillas. No me ando con rodeos—. Estaba enfadada, pero desinhibida. Hemos hablado. Me ha dicho que ella le quitó el taburete a Alice de debajo de los pies el día que murió. De no ser por ella, Alice tal vez seguiría viva.

Me siento como una chivata al decirlo, pero es mi deber, mi responsabilidad. Imogen es una chica con problemas. Necesita ayuda. Will tiene que saber lo que ha hecho para que podamos buscarle la ayuda que merece.

Al principio se pone rígido. Está en el fregadero, de espaldas a mí. Pero su postura se vuelve de pronto vertical. Se le escurre un plato de las manos mojadas y aterriza en el fregadero. No se rompe, pero el sonido de un plato al golpear el fregadero es fuerte. Doy un respingo. Will maldice.

—Lo siento, Will —le digo en los momentos de silencio que se suceden a continuación—. Lo siento mucho. —Extiendo un brazo para tocarle el hombro.

Cierra el grifo y se vuelve para mirarme, secándose las manos con un trapo. Tiene el ceño fruncido y el rostro serio.

—Te está tomando el pelo —me dice con determinación. La negación está clara como el agua.

—¿Cómo lo sabes? —le pregunto, aunque sé que lo que Imogen me ha contado es cierto. Yo estaba allí. La he oído.

—No haría una cosa así —me asegura, refiriéndose a que Imogen no ayudaría a su madre a morir. Pero creo que la verdad del asunto es que Will no quiere creer que Imogen haría algo así.

—¿Cómo puedes estar tan seguro? —le pregunto recordándole que apenas conocemos a esa chica. Que solo forma parte de nuestra vida desde hace unas pocas semanas. No tenemos idea de quién es.

—Existe animadversión entre ella y tú —me dice, como si esto fuera algo nimio, algo trivial, y no una cuestión de vida o muerte—. ¿No te das cuenta de que lo hace a propósito porque eso te provoca? —Y es cierto que Imogen no se comporta de ese modo con él o con los chicos. Pero eso no cambia nada. Imogen tiene otra faceta que Will no quiere ver.

Recuerdo nuestra conversación de esta mañana sobre la fotografía en el teléfono de Imogen.

—¿Has podido recuperar las fotos? —le pregunto pensando que, si encontrara la foto, tendría pruebas. Vería el asunto como lo veo yo.

Niega con la cabeza y me dice que no.

—Si hubo una fotografía, ya no está.

Las palabras que utiliza me llegan como una patada en el estómago. «Si hubo una fotografía». Al contrario que yo, Will no está seguro de que la hubiera.

—¿No me crees? —le pregunto, dolida.

No contesta de inmediato. Lo piensa antes de hablar.

—No te cae bien Imogen, Sadie —me dice, al fin, con expresión pensativa y los brazos cruzados—. Me dijiste que te da miedo. No querías venir a Maine y ahora quieres marcharte. Creo que estás buscando una razón… —empieza a decirme, andándose con rodeos con la verdad. Su verdad: que me estoy inventando una razón para marcharnos.

Levanto una mano y lo detengo ahí. No me hace falta oír el resto.

Solo importa una cosa: no me cree.

Me doy la vuelta y me marcho.

SADIE

Me paso otra noche inquieta dando vueltas en la cama. Me rindo a eso de las cinco de la mañana y me levanto de la cama. Las perras me siguen, ansiosas por desayunar temprano. Antes de salir del dormitorio, agarro la cesta de ropa sucia que me dije a mí misma que metería en la lavadora, me la cargo sobre la cadera. Salgo al pasillo y bajo las escaleras.

Estoy a punto de llegar al rellano cuando piso con el pie descalzo algo afilado, que se me clava en el arco del pie. Me siento en los escalones para ver qué es y apoyo la cesta de la ropa en mi regazo. En la oscuridad, busco a tientas el objeto y lo llevo a la luz de la cocina para poder verlo.

Es un pequeño colgante de plata que pende de una cadena, ahora hecha una maraña en la palma de mi mano. Está rota, partida en dos, pero no por el cierre, sino por el centro de la cadena, así que no puede volver a unirse. Una pena, pienso.

Agarro el colgante entre los dedos y veo que una cara no tiene nada.

Le doy la vuelta. En el otro lado hay una *M*. La inicial de alguien. Pero ¿de quién?

El suyo no es el primer nombre que me viene a la mente. Primero pienso en Michelle, Mandy y Maggie. Pero entonces un pensamiento me cruza por la cabeza y me deja sin respiración.

M de Morgan.

En la cocina, tomo aire. ¿Este collar era de Morgan?

No puedo saberlo con certeza, pero mi instinto me dice que sí.

¿Qué hace este collar en nuestra casa? No hay ninguna buena razón para que esté aquí. Solo razones que me da demasiado miedo plantearme.

Lo dejo en la encimera y me dirijo hacia el cuarto de la lavadora. Me tiemblan las manos, aunque me digo a mí misma que no es más que una teoría. El collar podría pertenecer a una Michelle igual que a Morgan Baines. Quizá a Otto le guste una chica y quiera regalárselo. Una chica llamada Michelle.

Vuelco la cesta y la ropa cae al suelo. La selecciono, separando la ropa de color de la blanca en dos montones. Agarro un montón y empiezo a meterlo en la lavadora, aunque es demasiado para una sola carga. Pero quiero quitármelo de encima. No estoy pensando en nada en particular, sino en varias cosas, aunque la principal es cómo puedo encarrilar de nuevo mi matrimonio y mi familia. Porque hubo un tiempo en que éramos felices.

Se suponía que Maine iba a marcar un nuevo comienzo, empezar de cero. Sin embargo, ha tenido un efecto perjudicial en todo. En nuestro matrimonio, en nuestra familia, en nuestras vidas. Es hora de que nos vayamos a otro lugar. No de vuelta a Chicago, sino a un sitio nuevo. Venderemos la casa, nos llevaremos a Imogen con nosotros. Pienso en los lugares a los que podríamos ir. Hay muchas posibilidades. Si al menos pudiera convencer a Will para marcharnos.

Tengo la cabeza en otra parte, no en la colada. Apenas le presto atención, solo estoy atenta a meter las prendas a presión dentro de la lavadora antes de cerrar la puerta. Alcanzo el detergente de la balda. Y solo entonces me fijo en unas pocas prendas que se han caído, que no han entrado en el tambor y están tiradas en el suelo del cuarto de la lavadora.

Me agacho para recogerlas, preparada para abrir la puerta y meterlas en la lavadora. Pero, cuando voy a incorporarme de nuevo para inspeccionar los objetos que tengo en la mano, me doy cuenta. Al principio lo achaco a la escasa iluminación que hay en el cuarto. Es sangre en un trapo de cocina. Mucha sangre, aunque trato de convencerme de que no es sangre.

La mancha no es roja, sino marrón, ya que la sangre cambia de color al secarse. Pero aun así, es sangre. Sin duda es sangre.

Sería muy fácil decir que Will se ha cortado afeitándose, o que Tate se ha rasguñado una rodilla, o que, en el peor de los casos, Otto o Imogen han adquirido la costumbre de cortarse, salvo por la cantidad de sangre que hay en el trapo. No son solo unas gotitas o un reguero. El trapo parece haber sido sumergido por completo antes de dejarlo secar.

Le doy la vuelta y observo que la sangre se ha filtrado por ambos lados.

Lo dejo caer.

Tengo el corazón en la garganta. Siento que no puedo respirar. Me he quedado sin aire.

Me incorporo deprisa y la gravedad hace que toda la sangre se me vaya al tronco. Ahí se queda, incapaz de regresar de nuevo al cerebro. Me mareo. Todo se vuelve borroso. Veo manchitas negras ante los ojos. Apoyo la mano en la pared para recuperar el equilibrio antes de agacharme lentamente. Me quedo sentada allí, junto al trapo manchado de sangre, viendo solo eso, sin tocarlo, porque pienso en todos los restos de ADN que podría haber sobre la tela.

La sangre de Morgan, las huellas dactilares del asesino. Y ahora también las mías.

No sé cómo ha acabado este trapo ensangrentado en nuestra casa. Pero alguien lo ha puesto aquí. Las opciones son pocas.

Pierdo la noción del tiempo. Me quedo sentada en el suelo del cuarto de la lavadora durante largo rato, hasta que oigo pisadas por la casa. Pasos rápidos y ligeros que pertenecen a Tate, seguidos de otros más pesados: Will.

Debería estar ya en la ducha. Debería estar preparándome para ir a trabajar. Will me llama sin hacer mucho ruido tras darse cuenta de que no estaba en la cama.

—¿Sadie?

—Ya voy —respondo casi sin aliento. Quiero mostrarle el trapo, pero no puedo mientras Tate esté allí en la cocina con él. Oigo que le pide torrijas. El trapo tendrá que esperar. Lo escondo por ahora, estirado debajo de la lavadora, donde nadie pueda encontrarlo. Está rígido por la sangre y se desliza con facilidad bajo el aparato.

Me levanto del suelo con reticencia y salgo a la cocina, invadida por las ganas de vomitar. Hay un asesino viviendo en mi casa conmigo.

—¿Dónde estabas? —me pregunta Will al verme.

—La colada. —Es lo único que logro decirle. Las palabras me salen casi sin voz y de nuevo veo las manchas negras.

—¿Por qué? —me pregunta, y le digo que había mucha ropa.

—Pero no era necesario que lo hicieras tú. Lo habría hecho yo —me asegura mientras saca de la nevera la leche y los huevos. Sé que habría hecho él la colada. Siempre la hace.

—Intentaba ayudar —le digo.

—No tienes buen aspecto —me dice mientras me agarro a la moldura de la puerta para no caerme. Deseo contarle lo del trapo manchado de sangre que alguien ha dejado en el cuarto de la lavadora. Pero no lo hago porque está Tate.

—¿Qué le pasa a mami? —oigo que le pregunta Tate.

—No me encuentro bien. Gastroenteritis —respondo. Will se me acerca y me pone la mano en la frente. No tengo fiebre, pero me siento caliente y mareada de igual modo—. Necesito tumbarme —digo, y me llevo la mano a la tripa mientras salgo. Mientras subo las escaleras, noto que la bilis empieza a revolverse dentro de mí y tengo que salir corriendo al cuarto de baño.

MOUSE

Mouse se quedó helada. Espero a oír el sonido de la puerta del dormitorio al abrirse en la planta de abajo, pensando que Mamá Falsa saldría a por ella. Estaba asustada, aunque no era culpa suya haber hecho ruido. Una persona no puede evitar estornudar.

Le temblaban las piernas por el miedo. Empezaron a castañetearle los dientes, aunque no tenía frío.

No supo cuánto tiempo se quedó allí esperando en las escaleras. Contó casi hasta trescientos en su cabeza, aunque perdió la cuenta dos veces y tuvo que empezar de nuevo.

Al ver que Mamá Falsa no salía, pensó que tal vez no la hubiera oído. Tal vez no se hubiera despertado con el estornudo. No sabía cómo podría ser eso posible, porque había sido un estornudo muy fuerte, pero de todas formas dio las gracias a su estrella de la suerte.

Siguió el camino hasta su dormitorio y se metió en la cama. Una vez allí, habló con su verdadera madre, como hacía siempre. Le contó lo que había hecho Mamá Falsa, que les había hecho daño al Señor Oso y a ella. Le contó que estaba asustada y que deseaba que su padre volviera a casa. Dijo todo eso en su cabeza. Su padre siempre le decía que podía hablar con su verdadera madre siempre que quisiera. Le decía que, allí donde estuviera, su madre la escuchaba. Así que eso hacía, hablaba con ella a todas horas.

Aunque a veces iba un paso más allá e imaginaba lo que su verdadera madre le respondía. A veces imaginaba que estaba en la misma habitación que ella y que mantenían una conversación, como las conversaciones que tenía con su padre, en las que él respondía. Pero eso era todo mentira. Porque no había manera de saber lo que su madre respondía, pero hacía que Mouse se sintiera menos sola.

Durante un rato se sintió satisfecha sabiendo que tenía comida en el estómago, aunque tres galletas de mantequilla no eran lo mismo que una cena. Sabía que con esas galletas no aguantaría mucho tiempo, pero, por ahora al menos, estaba saciada.

Por ahora, podría dormir.

SADIE

—¿Cómo te encuentras? —me pregunta Will inclinándose sobre mí.

—No muy bien —le digo, todavía con el sabor del vómito en la boca.

Me dice que me quede durmiendo, que él llamará a la clínica para decir que estoy enferma y llevará a los chicos al colegio. Se sienta al borde de la cama y me acaricia el pelo, y me dan ganas de contarle lo del trapo de cocina. Pero no puedo decirle nada cuando los chicos están al final del pasillo preparándose para irse a clase. A través de nuestra puerta abierta, los veo entrar y salir de sus dormitorios y del cuarto de baño.

Entonces llega un momento en el que están todos en sus habitaciones, donde no pueden oírnos, y pienso que voy a contárselo ahora.

—Will —le digo con las palabras en la punta de la lengua, pero entonces Tate entra corriendo en la habitación y le pide a Will que le ayude a buscar sus calcetines favoritos. Will le agarra de la mano y lo atrapa antes de que tenga ocasión de subirse a la cama.

—¿Qué? —me pregunta volviéndose hacia mí.

—Da igual —le digo negando con la cabeza.

—¿Estás segura?

—Sí —le respondo.

Will y Tate se disponen a salir de la habitación para ir al cuarto de Tate en busca de los calcetines perdidos. Will me mira por encima del hombro mientras sale, me dice que duerma todo lo que pueda y cierra la puerta al salir.

Se lo contaré más tarde.

Oigo a Will, a Otto, a Tate y a Imogen moviéndose por la casa. Desde arriba, oigo conversaciones del día a día sobre sándwiches de jamón y queso y exámenes de historia. Sus palabras me llegan a través de las rejillas de ventilación del suelo. Tate cuenta un acertijo y, Dios mío, es Imogen quien responde, es Imogen quien sabe que en la casa azul de una sola planta donde todo es azul –paredes azules, suelo azul, escritorio y sillas azules– las escaleras no son azules porque no hay escaleras.

—¿Cómo lo sabías? —le pregunta Tate.

—Lo sabía sin más.

—Esa es buena, Tate —asegura Will, y después le dice que vaya a por su mochila para no llegar tarde a clase.

El viento es feroz. Azota los listones de madera que revisten la casa, amenazando con arrancarlos de cuajo. Ahora en la casa hace frío, ese tipo de frío que se te mete bajo la piel. No logro entrar en calor.

—Vámonos, chicos —dice Will, y me levanto de la cama y me quedo de pie junto a la puerta, escuchando mientras Tate busca en el armario de la entrada su gorro y sus botas. Oigo la voz de Imogen en el recibidor. Va a ir hasta el ferri con ellos, y no sé por qué. Quizá sea cosa del tiempo que hace, pero no se me escapa la ironía del asunto. Permite que Will la lleve en coche hasta el ferri, pero no yo.

De pronto solo oigo pasos, como una estampida de animales, antes de que la puerta de casa se abra y vuelva a cerrarse, y entonces todo queda en silencio. Solo oigo el silbido de la caldera, el rumor del agua por las tuberías y el viento que sacude nuestro hogar.

Cuando ya se han marchado, salgo de la habitación. Acabo de salir al pasillo cuando algo llama mi atención. De hecho son dos cosas, aunque lo primero que veo son los ojos como canicas de la muñeca. Es la misma muñeca de Tate que encontré el otro día en el recibidor, la que se llevó a regañadientes a su habitación a petición de Will.

Está colocada al borde del pasillo, donde el suelo de madera se une con la pared. Está sentada cómodamente con unos *leggings* de flores y una camiseta de punto. El pelo encrespado le cae sobre los hombros, recogido en dos trenzas. Tiene las manos en el regazo. Alguien ha encontrado el zapato que le faltaba.

Junto a los pies de la muñeca hay un lápiz y un papel. Me acerco y agarro el papel.

Me preparo, porque sé lo que es antes de verlo. Doy la vuelta a la hoja y veo justamente lo que esperaba ver al otro lado. El mismo cuerpo desmembrado y lloroso que vi en los dibujos que encontré en el ático. Junto al cuerpo desmembrado, una mujer furiosa empuña un cuchillo. Unas manchas de carboncillo ocupan el espacio en blanco del papel, lágrimas o sangre, no lo sé. Tal vez ambas cosas.

Me pregunto si eso estaba allí a primera hora de la mañana, cuando bajé con la cesta de la ropa sucia. Pero entonces estaba a oscuras, así que no lo habría visto. Y al subir tenía náuseas y me fui corriendo al cuarto de baño. Tampoco me habría podido fijar entonces.

Me pregunto si Will lo habrá visto antes de marcharse. Aunque habrá dado por hecho que la muñeca era de Tate, y los dibujos estaban boca abajo. No habría visto su contenido.

Estas cosas me aterrorizan, porque pienso que, si pertenecen a Otto, es porque está retrocediendo. Es un mecanismo de defensa, una manera de abordar la realidad. Adoptar un comportamiento infantil para evitar encarar un problema de frente. Mi propia terapeuta solía decir eso de mí, me decía que me comportaba como una niña cuando no quería afrontar los problemas de mi vida adulta. Quizá Otto esté haciendo lo mismo. Pero ¿por qué? En apariencia es un muchacho feliz, aunque es un chico callado; nunca sé lo que se le pasa por la cabeza.

Vuelvo a pensar en aquella terapeuta mía. Nunca me cayó muy bien. No me gustaba que me hiciera sentir pequeña y tonta, que me denigrara cuando expresaba mis sentimientos. No era solo eso. También me confundía con otros pacientes.

Una vez me senté en su sillón giratorio de cuero, crucé las piernas y di un trago al vaso de agua que siempre me dejaba sobre la mesa. Me preguntó qué había pasado últimamente, como hacía siempre. «Dime qué ha pasado». Antes de que pudiera responderle, empezó a darme consejos para romper con un supuesto hombre casado con el que salía, aunque yo no salía con un hombre casado. Ya estaba casada. Con Will.

Me puse pálida de vergüenza por su otra paciente, cuyos secretos acababa de revelar.

«No hay ningún hombre casado», le expliqué.

«¿No? ¿Ya has roto con él?», me preguntó.

«Nunca ha habido un hombre casado».

Dejé de acudir a verla poco después.

Otto tenía una terapeuta en Chicago. Juramos que retomaríamos la terapia cuando nos mudáramos a Maine. Nunca lo hicimos, pero creo que es momento de hacerlo.

Paso junto a la muñeca. Me dirijo hacia el piso de abajo y me llevo el dibujo conmigo.

En la encimera de la cocina hay un plato con torrijas. Eso y una cafetera llena. Me sirvo una taza, pero no me apetece comer nada. Cuando me llevo la taza a los labios, las manos me tiemblan y generan pequeñas olas en la superficie del café.

Junto al plato de torrijas hay una nota. *Mejórate*, dice, con la firma de Will, el siempre presente *Beso*. Me ha dejado ahí las pastillas. Las dejo donde están, porque no quiero tomármelas hasta no haber comido algo.

Por la ventana de la cocina veo a las perras. Will debe de haberlas dejado salir antes de marcharse, lo cual está bien. Son perras de nieve, huskies, y se sienten a gusto en un clima como este. Sería casi imposible volver a meterlas en casa hasta que no estén listas para entrar.

En el jardín trasero, el viento azota entre los árboles desnudos, haciendo que se doblen sus ramas. Está nevando con fuerza. No me esperaba que fuera para tanto. Me sorprende que no hayan cancelado hoy las clases. Sin embargo también lo agradezco, porque necesito tiempo para estar sola.

La nieve no cae de forma vertical debido al viento. Más bien cae de lado, con abandono, y forma montículos y remolinos por el jardín. El alféizar de la ventana comienza a acumular nieve, que me deja aislada en el interior. Siento en el pecho la opresión. Me cuesta respirar.

Doy un sorbito al café y reparo en que el collar que dejé en la encimera esta mañana ya no está. Lo busco por el suelo, detrás de las latas, en el cajón de los trastos donde guardamos de todo. El collar no está por ninguna parte. Alguien se lo ha llevado. Lo visualizo justo como lo dejé, con la delicada cadena hecha un montoncito y la *M* en lo alto.

El hecho de que ahora haya desaparecido no hace más que aumentar mis sospechas. Esta mañana, mientras yo estaba en la cama, ellos cuatro –Will, Otto, Tate e Imogen– estaban juntos en la cocina. A Imogen le habría resultado muy fácil llevarse el collar de la encimera cuando nadie miraba. Pienso en las notas amenazantes que recibió Morgan. ¿Se las habría enviado ella? Al principio me pregunto por qué, pero acto seguido pienso: ¿por qué no? Pienso en cómo me trata Imogen. Me asusta. Si puede hacérmelo a mí, con la misma facilidad podría hacérselo a Morgan.

Dejo allí el dibujo y me llevo el café al cuarto de la lavadora. Allí descubro que esta mañana, cuando regresé a la cama, Will terminó de hacer la colada por mí. Los montones de ropa que dejé ya no están. En su lugar han sido reemplazados por una cesta vacía y un suelo despejado.

Me arrodillo junto a la lavadora, miro debajo y me siento aliviada al comprobar que el trapo de cocina manchado de sangre sigue allí, y aun así me quedo tan horrorizada como la primera vez que lo vi. Me abordan de nuevo todas esas emociones y sé que tengo que contárselo a Will.

Dejo el trapo donde está. Vuelvo a la cocina para esperar. Me siento a la mesa. El dibujo de Otto está a dos metros de distancia, los ojos de la cabeza decapitada me miran. No puedo soportar mirarlo.

Espero hasta casi las nueve para llamar a Will, sabiendo que para entonces ya habrá dejado a Tate en el colegio. Ya estará solo y podrá hablar en privado.

Cuando responde, va montado en el ferri, de camino al campus.

Me pregunta cómo me encuentro nada más descolgar. Le digo: «No muy bien». Oigo el sonido del viento que le rodea y se cuela por el auricular. Está fuera, de pie en la cubierta exterior del ferri, cubriéndose de nieve. Podría ir cómodamente sentado en el interior de la cabina climatizada, pero no. En su lugar, le ha cedido su asiento de dentro a otra persona, y pienso que eso es clásico de Will, ser tan generoso.

—Tenemos que hablar, Will —le digo y, aunque me dice que hay mucho ruido en el ferri y que no es el mejor momento, le repito—: Tenemos que hablar.

—¿Puedo llamarte cuando llegue al campus? —me pregunta. Habla a gritos por el teléfono, tratando de contrarrestar el ruido del viento.

Le digo que no. Le aseguro que es importante, que no puede esperar.

—¿De qué se trata? —me pregunta, y me lanzo y le digo directamente que creo que Imogen tuvo algo que ver con el asesinato de Morgan. Él deja escapar un suspiro largo y exasperado, pero me sigue la corriente de todos modos y me pregunta por qué creo eso ahora.

—He encontrado un trapo de cocina ensangrentado, Will. En el cuarto de la lavadora. Completamente manchado de sangre.

Del otro lado de la línea me llega un silencio ensordecedor.

Continúo, porque él no dice nada. Siento que las palabras me vibran en la garganta. Han empezado a sudarme las manos, aunque por dentro tengo tanto frío que tiemblo. Le cuento que lo descubrí cuando estaba haciendo la colada. Que encontré el trapo y lo escondí bajo la lavadora porque no sabía qué otra cosa hacer.

—¿Y dónde está ahora el trapo? —me pregunta, preocupado.

—Sigue debajo de la lavadora. El caso, Will, es que estoy pensando en llevárselo al agente Berg.

—¡Hala! —exclama—. Para un poco, Sadie. Lo que dices no tiene ningún sentido. ¿Estás segura de que es sangre?

—Estoy segura.

Will trata de justificarlo. A lo mejor alguien lo ha usado para limpiar algo que se había derramado. Pintura, o barro, o los excrementos de las perras.

—A lo mejor es mierda de perro —me dice, y me resulta impropio de Will ser tan vulgar. Aunque tal vez, igual que yo, esté asustado—. A lo mejor uno de los chicos se ha cortado —sugiere, y me recuerda la vez que Otto era pequeño y pasó la yema del pulgar por el filo de la navaja de afeitar solo para ver lo que se sentía, aunque le habían dicho que nunca tocara la navaja de papá. La cuchilla le cortó la piel. Le salió mucha sangre y trató de ocultárnoslo. No quería meterse en líos. Encontramos pañuelos de papel manchados de sangre en el cubo de la basura y, días después, sufrió una infección en el pulgar.

—Esto no es lo mismo que jugar con cuchillas de afeitar —le digo a Will—. Es muy diferente. Will, el trapo

332

estaba empapado en sangre. No unas simples gotas, sino literalmente empapado. Imogen la mató —aseguro con decisión—. La mató y se limpió con ese trapo de cocina.

—No es justo lo que estás haciendo con ella, Sadie —me responde a voces, y no sé si me grita a mí o si grita para ahogar el sonido del viento. Pero desde luego grita—. Esto es una caza de brujas.

—También estaba aquí el collar de Morgan —continúo—. Lo encontré en las escaleras. Lo pisé. Lo dejé en la encimera de la cocina y ahora no está. Imogen se lo ha llevado para esconder las pruebas.

—Sadie —me dice Will—, sé que no te cae bien. Sé que no te ha tratado muy bien, pero no puedes seguir culpándola de cualquier cosita que ocurra.

Su elección de palabras me resulta extraña. «Cualquier cosita».

El asesinato no es cualquier cosita insustancial.

—Si no fue Imogen, entonces la mató alguien de esta casa —le digo a Will—. Eso está claro. ¿Cómo si no explicas el collar en nuestro suelo, el trapo manchado de sangre en el cuarto de la lavadora? Si no fue ella, entonces ¿quién? —le pregunto, y al principio la pregunta es retórica. Al principio se lo pregunto solo para hacerle ver que por supuesto tuvo que ser Imogen, porque nadie más en casa sería capaz de cometer un asesinato. Si ya lo hizo una vez, al quitarle el taburete a su madre de debajo de los pies, bien podría volver a hacerlo.

Pero entonces, durante el silencio posterior, me fijo en el dibujo furioso de Otto con la cabeza decapitada y las manchas de sangre. Pienso en el hecho de que haya vuelto a jugar con muñecas. Y recuerdo que mi hijo de catorce años llevó un cuchillo a clase.

Tomo aliento y me pregunto si Imogen no será la única en casa capaz de cometer un asesinato. No tengo intención de dejar salir ese pensamiento de mi cabeza, y aun así me sale.

—¿Podría haber sido Otto? —pregunto, pensando en voz alta, y nada más decirlo deseo poder borrar mis palabras, volver a guardarlas en mi cabeza, donde deben estar.

—No puedes hablar en serio —me dice Will, y desde luego que no quiero hablar en serio. No quiero creer ni por un segundo que Otto podría hacer algo así. Sin embargo está dentro de lo posible. Porque puedo aplicar el mismo argumento: si ya lo hizo una vez, podría volver a hacerlo.

—¿Y qué me dices del historial de violencia de Otto? —le pregunto.

—No es un historial de violencia —insiste Will—. Otto nunca hizo daño a nadie, ¿recuerdas?

—Pero ¿cómo sabes que no lo habría hecho si no le hubieran descubierto antes? Si aquel estudiante no le hubiera delatado, ¿cómo sabes que no habría hecho daño a sus compañeros, Will?

—No podemos saber lo que habría hecho. Pero me gustaría creer que nuestro hijo no es un asesino —dice Will—. ¿A ti no?

Will tiene razón. Otto nunca hizo daño a ninguno de esos chicos en su antiguo instituto. Pero la intención estaba ahí. El motivo. Un arma. Se llevó el cuchillo a la escuela intencionadamente. No hay manera de saber lo que habría hecho si su plan no se hubiese descubierto a tiempo.

—¿Cómo puedes estar tan seguro?

—Porque quiero creer solo lo mejor sobre nuestro hijo. Porque no me permitiré a mí mismo pensar que

Otto podría quitarle la vida a alguien —me dice, y me invade una extraña combinación de miedo y culpa, y no sé cuál es más fuerte. ¿Me da más miedo que Otto haya asesinado a una mujer? ¿O me siento más culpable por permitirme pensarlo?

Estoy hablando de mi hijo. ¿Mi hijo es capaz de cometer un asesinato?

—¿No lo sabes, Sadie? ¿De verdad crees que Otto podría hacer eso? —me pregunta, y mi silencio le impacienta. Mi confesión tácita de que sí, sí que creo que tal vez Otto podría haber hecho esto.

Respira haciendo mucho ruido y sus palabras suenan cortantes.

—Lo que hizo Otto, Sadie —me dice con brusquedad—, está muy lejos del asesinato. Tiene catorce años, por el amor de Dios. Es un crío. Actuó en defensa propia. Se defendió de la única manera que sabía. Estás siendo irracional, Sadie.

—Pero ¿y si no es así? —le pregunto.

Su respuesta es inmediata.

—Lo estás siendo —insiste—. Lo que hizo Otto fue defenderse solo cuando nadie más le defendía.

Lo deja ahí, pero sé que quiere decir más. Quiere decirme que Otto tuvo que tomarse la justicia por su mano por mi culpa. Porque, aunque me había contado lo del acoso, yo no intervine. Porque no le hice caso. Había una línea de atención telefónica en el instituto. Una línea para denunciar acosos. Podría haber llamado y haber dejado una queja anónima. Podría haber llamado a un profesor o al director del centro y haber dejado una queja no tan anónima. Pero sin embargo no hice nada; lo ignoré, aunque fuera sin darme cuenta.

Will todavía no me ha reprochado eso, y aun así lo

percibo en las palabras que no dice. Me está castigando en silencio. Cree que es culpa mía que Otto se llevara ese cuchillo a clase porque no le ofrecí ninguna alternativa más razonable, una alternativa más apropiada para nuestro hijo de catorce años.

Otto no es un asesino. Nunca habría hecho daño a esos chicos, no lo creo.

Es un chico con problemas, un chico asustado.

Hay una diferencia.

—Estoy asustada, Will —admito.

—Ya sé que lo estás, Sadie. Los dos lo estamos —me dice con suavidad.

—Tengo que entregar el trapo a la policía —le digo con la voz rota, al borde del llanto, y solo entonces se muestra transigente. Por el tono de mi voz. Sabe tan bien como yo que estoy alterada—. No está bien que nos lo quedemos.

—De acuerdo entonces —responde—. En cuanto llegue al campus, cancelaré mis clases. Dame una hora, Sadie, y estaré de vuelta en casa. No hagas nada con el trapo hasta entonces —me pide, y entonces su voz adquiere un tono diferente, más suave—. Iremos juntos a ver al agente Berg. Espera a que llegue a casa y hablaremos juntos con Berg.

Cuelgo el teléfono y me voy al salón a esperar. Me dejo caer en el sofá color caléndula. Estiro las piernas pensando que, si cierro los ojos, me dormiré. El peso de la preocupación y el cansancio me invaden de pronto y me siento agotada. Se me cierran los ojos.

Antes de poder quedarme dormida, se me abren de nuevo.

El ruido de la puerta de la entrada me sobresalta. Se desplaza por el marco y este golpetea.

Me digo a mí misma que solo es el viento que sopla con fuerza y zarandea la puerta.

Pero entonces oigo una llave colgando en la cerradura.

Solo han pasado unos pocos minutos desde que Will y yo hemos colgado. No más de diez o quince. Apenas le habrá dado tiempo a llegar a tierra firme, mucho menos a esperar a que desembarquen los pasajeros y volver a subirse al ferri. No habrá tenido tiempo de realizar el trayecto de veinte minutos de vuelta por la bahía, ni de volver a casa desde el muelle.

No es Will.

Hay otra persona allí.

Me aparto de la puerta buscando un lugar donde esconderme. Pero, antes de haber dado un paso o dos, la puerta se abre violentamente. Rebota contra el tope de goma que hay al otro lado.

Allí, de pie en el recibidor, está Otto. Lleva la mochila colgada de un hombro y el pelo cubierto de nieve. Tiene las mejillas sonrosadas por el frío del exterior. La punta de la nariz está roja. El resto de su piel está pálido.

Cierra de un portazo.

—Otto —murmuro llevándome la mano al pecho—. ¿Qué estás haciendo aquí? —le pregunto.

—Estoy enfermo —me dice. Sí que tiene mal aspecto, pero no sé si parece enfermo.

—No me han llamado del instituto —le digo, porque eso es lo que tendría que haber ocurrido. Se supone que la enfermera debe llamar y decirme que mi hijo está enfermo y entonces yo voy y lo recojo. Pero eso no ha pasado—. ¿La enfermera te ha enviado a casa sin más? —le pregunto, molesta con ella por permitir que un muchacho se ausente del instituto en mitad de un día de clase, pero también asustada. Porque la mirada de Otto es alarmante. No debería estar aquí. ¿Qué hace aquí?

—No he pedido permiso —responde sin dudar mientras entra en la estancia—. Me he marchado sin más.

—Entiendo —le digo, y noto que mis pies retroceden un poco.

—¿Qué significa eso? —me pregunta—. Te he dicho que estaba enfermo. ¿No me crees? —No es propio de Otto mostrarse tan beligerante conmigo.

Se queda mirándome con la mandíbula apretada y la barbilla proyectada hacia delante. Se pasa los dedos por el pelo y después se los mete en los bolsillos de los vaqueros.

—¿Qué es lo que te ocurre? —le pregunto con un nudo en la boca del estómago.

—La garganta —dice Otto, y se acerca un paso más, aunque no parece tener la voz áspera. No se lleva la mano a la garganta como hace uno cuando le duele.

Pero es posible, desde luego. Podría dolerle la garganta. Podría estar diciendo la verdad. La faringitis circula por ahí, igual que la gripe.

—Tu padre está de camino a casa —le digo, aunque no sé por qué.

—No es verdad —me responde con un tono siniestramente tranquilo—. Papá está en el trabajo.

—Ha cancelado sus clases —le explico mientras retrocedo—. Viene para casa. Llegará enseguida.

—¿Por qué? —me pregunta y, en mi sutil retirada, me golpeo suavemente contra la repisa de la chimenea.

Miento y le digo a Otto que Will tampoco se encontraba bien.

—Iba a darse la vuelta en cuanto el ferri llegase a

338

tierra firme. —Miro el reloj y añado—: Debería llegar de un momento a otro.

—No es verdad —insiste Otto. Lo dice de un modo irrefutable.

Tomo aliento y lo dejo escapar lentamente.

—¿Qué quieres decir?

—Los ferris están retrasados por la tormenta —me explica, y vuelve a pasarse la mano por el pelo.

—¿Y cómo has vuelto tú a casa? —le pregunto.

—El mío ha sido el último en salir.

—Ah —respondo, y nos imagino a Otto y a mí encerrados en esta casa hasta que se reanude el servicio del ferri. ¿Cuánto tardará? Me pregunto por qué Will no habrá llamado para contármelo, aunque tengo el teléfono en la otra habitación. No le habría oído, en cualquier caso.

En ese momento una ráfaga de viento sacude la casa, haciendo que tiemble toda la estructura. Cuando esto ocurre, la luz de la lámpara de la mesita esquinera parpadea. Contengo la respiración, a la espera de que la habitación quede a oscuras. Una exigua cantidad de luz entra por las ventanas, pero, a medida que se van llenando de nieve, se hace más difícil ver dentro. El mundo exterior se vuelve de un gris carbón. Las perras ladran.

—¿Quieres que te eche un vistazo a la garganta? —le pregunto. Al ver que no responde, saco mi minilinterna de la bolsa, que está en la entrada, y me acerco a él. Cuando me pongo a su lado, me doy cuenta de que me ha superado en altura casi de la noche a la mañana. Me mira desde arriba. No es corpulento, más bien desgarbado. Huele a adolescente: todas esas hormonas que se segregan con el sudor durante la pubertad. Pero es guapo, la viva imagen de Will, aunque más joven y delgado.

Extiendo la mano y presiono con los dedos sus ganglios. Los tiene hinchados. Podría estar enfermo.

—Abre la boca —le digo y, aunque vacila, obedece. Abre la boca. Es un gesto perezoso, lo justo para que pueda ver en su interior.

Ilumino con mi linterna y veo una garganta roja e irritada. Le pongo la mano en la frente para ver si tiene fiebre. Al hacerlo, me invade la nostalgia, que me recuerda a un Otto con cuatro o cinco años, enfermo de gripe. En vez de la mano, antes lo hacía con los labios, un método mucho más preciso de medir la temperatura. Un beso rápido y ya sabía si mis hijos tenían fiebre o no. Eso y que yacían impotentes entre mis brazos, deseosos de mimos. Esos días quedan lejos.

De pronto la mano fuerte de Otto me agarra de la muñeca y me aparto de inmediato.

Sus dedos son fuertes. No puedo zafarme.

Se me cae la linterna y las pilas resbalan por el suelo.

—¿Qué estás haciendo, Otto? —le pregunto tratando de liberarme por todos los medios —. Me estás haciendo daño —le digo. Me aprieta con fuerza.

Levanto la mirada y veo que sus ojos me observan. Hoy son más marrones que azulados, parecen más tristes que enfadados. Otto habla y sus palabras no son más que un susurro.

—Nunca te perdonaré —me dice, y entonces dejo de resistirme.

—¿Por qué, Otto? —le pregunto, todavía pensando en el trapo de cocina y en el collar, y de nuevo las luces de la casa parpadean y contengo la respiración, a la espera de que se apaguen. Miro la lámpara, deseando tener algo con lo que protegerme. La lámpara tiene un bonito pie de cerámica esmaltada, robusto, lo suficientemente sólido para causar daño, pero no demasiado como para no poder levantarlo. Pero está a dos metros de distancia, lejos de mi alcance, y tampoco sé si tendría valor para agarrar la lámpara por el tallo y golpearle a mi hijo la cabeza con el pie de cerámica. Aunque fuera en defensa propia. No sé si podría.

Veo que la nuez se le mueve en el cuello al hablar.

—Ya lo sabes —me dice tratando de contener las lágrimas.

—No lo sé —respondo negando con la cabeza, aunque acto seguido me doy cuenta de que sí lo sé. Nunca me perdonará por no defenderle aquel día en el despacho del director. Por no seguirle la corriente con su mentira.

—Por mentir —me grita, perdida ya la compostura—, sobre lo del cuchillo.

—No mentí —aseguro. Lo que quiero decirle es que fue él quien mintió, pero no me parece un buen momento para echarle la culpa. En vez de eso, digo—: Si hubieras acudido a mí, podría haberte ayudado, Otto. Podríamos haber hablado de ello. Podríamos haber encontrado una solución.

—Lo hice —me interrumpe con la voz temblorosa—. Sí que acudí a ti. Fue a ti a quien se lo conté. —E intento no imaginarme que Otto se abriera a mí contándome lo que le estaba sucediendo en clase y que yo lo ignorase. Trato de recordarlo, como he hecho cada día desde que sucedió. ¿Qué estaba haciendo cuando Otto me contó que le acosaban en clase? ¿Estaba tan ocupada que no presté atención cuando me confesó que esos muchachos le llamaban cosas horribles; que lo encerraban en las taquillas y le metían la cabeza en la taza del váter?

—Otto —le digo en voz baja, avergonzada por no estar ahí cuando más me necesitaba—. Si no te escuché, si no te presté atención, lo siento mucho. —Y le explico que en aquella época estaba totalmente desbordada de trabajo, cansada y superada. Sin embargo, eso es poco consuelo para un chico de catorce años que necesitaba a su madre. No trato de excusar mi comportamiento. No sería apropiado.

Antes de que pueda decir más, Otto empieza a hablar y, por primera vez, oigo detalles que no había oído nunca. Que estábamos fuera cuando me contó lo del acoso. Que era tarde, por la noche. Que él no podía dormir y vino a buscarme. Me dice que me encontró fuera, en la escalera de incendios de nuestro edificio, frente a la ventana de la cocina, vestida toda de negro, fumando un cigarrillo.

Esos detalles son ridículos.

—Otto, yo no fumo —le respondo—. Ya lo sabes. Y las alturas. —Niego con la cabeza y me estremezco. No me hace falta decir más; sabe a lo que me refiero. Soy acrofóbica. Siempre lo he sido.

Nuestro piso estaba en la sexta planta, la más alta de aquel edificio de Printers Row. Nunca tomaba el ascensor, siempre iba por las escaleras. Nunca ponía un pie en el balcón, donde Will pasaba las mañanas bebiendo café y disfrutando de las asombrosas vistas de la ciudad. «Ven conmigo», me decía con una sonrisa traviesa mientras me tiraba de la mano. «Yo te protegeré. ¿Acaso no te protejo siempre?». Pero nunca iba con él.

—Pues estabas fumando —asegura Otto.

—¿Y cómo sabías que estaba allí en mitad de la noche? —le pregunto—. ¿Cómo me viste?

—La llama del mechero.

Pero si yo no tengo mechero. Porque no fumo. Con todo, me quedo callada de todos modos y le dejo continuar.

Me dice que salió por la ventana y se sentó a mi lado. Había tardado semanas en reunir el valor y acudir a contármelo. Dice que me puse furiosa cuando me contó lo que esos chicos le hacían en el instituto. Que me alteré mucho.

—Planeamos la venganza. Hicimos una lista con las mejores formas.

—Las mejores formas ¿para qué? —le pregunto.

Me lo dice con determinación, como si fuese lo más evidente del mundo.

—Las mejores formas para matarlos.

—¿A quiénes?

—A los chicos de clase —me dice. Porque hasta los chicos que no se burlaban de él se reían también. Así que esa noche decidimos que tenían que morir todos. Me quedo pálida. Le sigo la corriente solo porque creo que puede resultarle una experiencia catártica.

—¿Y cómo íbamos a hacer eso? —le pregunto, sin estar segura de querer saber qué supuestas maneras se nos ocurrieron para matar a sus compañeros de clase. Porque son ideas de Otto, todas y cada una de ellas. Y quiero creer que en alguna parte dentro de él sigue estando mi hijo.

—No sé. Un montón de cosas. Hablamos de prender fuego al instituto. Utilizando líquido inflamable o gasolina. Dijiste que podría envenenar la comida de la cafetería. Hablamos de eso durante un rato. Durante un rato esa pareció la mejor opción. Acabar con todos ellos de una sola vez —dice, y se encoge de hombros.

—¿Y cómo planeábamos hacerlo? —le pregunto,

343

noto que afloja ligeramente la mano de mi muñeca e intento liberarme, pero sin más vuelve a apretarme con fuerza.

—Con Botox —responde con decisión, y vuelve a encogerse de hombros—. Dijiste que podrías conseguirlo.

Botox. Toxina botulínica. Que teníamos en el hospital porque sirve para tratar las migrañas, los síntomas del Parkinson y algunas otras enfermedades más. Pero también puede ser letal. Es una de las sustancias más letales del mundo.

—O apuñalarlos a todos —agrega, y me cuenta que habíamos decidido que esa era la mejor manera, porque no tendría que esperar a tener el veneno y era mucho más fácil esconder un cuchillo en su mochila que botellas de líquido inflamable. Podría hacerlo de inmediato. Al día siguiente—. Entramos en casa —me recuerda Otto—. ¿Te acuerdas, mamá? Entramos por la ventana y revisamos todos los cuchillos para ver cuál sería mejor. Lo decidiste tú. —Y me explica que escogí yo misma el cuchillo de cocinero por su tamaño.

Según Otto, saqué entonces la piedra afiladora de Will y lo afilé. Le comenté que un cuchillo afilado era más seguro que uno desafilado, y le sonreí. Después se lo metí en la mochila, en el compartimento destinado al ordenador portátil, detrás del resto de sus cosas. Cerré la cremallera de la mochila y le guiñé un ojo.

«No hace falta que alcances ningún órgano», me dice Otto que le dije. «Con una arteria principal servirá».

Siento náuseas al pensarlo. Me llevo la otra mano a la boca para contener la bilis que me sube por el esófago. Me dan ganas de gritarle que no, que se equivoca, que nunca le dije tal cosa. Que se lo está inventando.

344

Pero, antes de poder responder, me cuenta que, cuando ya se iba a la cama esa noche, le dije: «No dejes que nadie se ría de ti. Ciérrales la boca si lo hacen».

Aquella noche Otto durmió mejor que en mucho tiempo.

Sin embargo, a la mañana siguiente, empezó a tener dudas. De pronto tuvo miedo.

Pero yo no estaba allí para hablarlo. Me había ido a trabajar. Me llamó. De eso sí me acuerdo, del mensaje de voz que me dejó en el teléfono y que no descubrí hasta aquella noche. «Mamá», me dijo. «Soy yo. Necesito hablar contigo».

Pero para cuando escuché el mensaje, ya había sucedido. Otto se había llevado el cuchillo a clase. Gracias a Dios, nadie resultó herido.

Escuchándole hablar, me doy cuenta de una verdad aterradora: no piensa que se ha inventado la historia. Se la cree de verdad. En su cabeza, fui yo la que le metió el cuchillo en la mochila; fui yo la que mintió.

No puedo evitarlo. Levanto la mano que tengo libre y le acaricio la mandíbula. Tensa el cuerpo, pero no se aparta. Me permite tocarle. Noto que tiene pelusilla, que algún día se convertirá en barba. ¿Cómo es posible que el niño que una vez se cortó el pulgar con la cuchilla de su padre ya tenga edad para afeitarse? El pelo le cae por delante de los ojos. Se lo aparto y veo que a su mirada le falta la hostilidad habitual, pero que en su lugar hay mucho dolor.

—Si te he hecho daño de algún modo —le susurro—, lo siento. Jamás haría nada para herirte a propósito.

Solo entonces accede, me suelta la muñeca y yo retrocedo.

—¿Por qué no vas a echarte a tu cuarto y te llevo una tostada? —le sugiero.

—No tengo hambre —gruñe.

—¿Y un zumo?

Me ignora.

Observo agradecida cómo se da la vuelta y sube por las escaleras hacia su dormitorio, con la mochila aún colgada a la espalda.

Me voy al estudio de abajo y cierro la puerta. Corro al ordenador del escritorio y abro el buscador. Voy a consultar la página web de la empresa de los ferris para ver noticias sobre los retrasos. Ansío que Will vuelva a casa. Quiero contarle mi conversación con Otto. Quiero ir a la policía. No quiero esperar más para hacer esas cosas.

De no ser por el tiempo que hace, me marcharía. Le diría a Otto que voy a hacer un recado y no volvería hasta que Will no estuviese en casa.

Cuando empiezo a escribir en el buscador, me aparece un historial con búsquedas recientes.

Me quedo sin respiración. Porque el nombre de Erin Sabine figura en el historial. Alguien ha buscado a la exprometida de Will. Imagino que habrá sido él en un ataque de nostalgia por el vigésimo aniversario de su muerte.

No tengo autocontrol. Pincho en el enlace.

Aparecen unas imágenes. También un artículo, un informe de hace veinte años sobre la muerte de Erin. El artículo incluye algunas fotografías. Una de un coche que están sacando de una laguna helada. El equipo de emergencias aparece solemne al fondo mientras una grúa remolca el coche para sacarlo del agua. Ojeo el artículo. Es como me contó Will. Erin perdió el control de su coche durante una tormenta invernal como la que estamos viviendo hoy; se ahogó.

En la segunda fotografía aparece Erin con su familia. Son cuatro: una madre, un padre, Erin y una hermana pequeña que calculo que tendrá una edad comprendida entre la de Otto y la de Tate. Diez, quizá once años. La fotografía tiene un aspecto profesional. La familia se encuentra en una calle entre una avenida de árboles. La madre aparece sentada en una vistosa silla amarilla que han colocado allí solo para la fotografía. Está rodeada por su familia, las chicas se inclinan sobre su madre con benevolencia.

Es la madre quien llama mi atención. Hay algo en ella que me inquieta; es una mujer rellenita, con el pelo moreno a la altura de los hombros. Me remueve algo, pero no sé qué es. Se activa algo en mi cabeza. ¿Quién es esa mujer?

Las perras empiezan a aullar justo entonces. Las oigo desde aquí. Por fin se han cansado de la tormenta y quieren volver a entrar.

Me levanto de la mesa. Salgo del estudio y camino deprisa hacia la cocina, donde abro la puerta trasera. Salgo al porche y les silbo para que vengan. Pero no vienen.

Me muevo por el jardín. Las perras están petrificadas como estatuas en el rincón. Han atrapado algo, un conejo o una ardilla. Tengo que detenerlas antes de que se coman al pobre animal, y de pronto me imagino la nieve blanca mancha de sangre animal.

El jardín está cubierto de montones de nieve. En algunos puntos alcanzan los treinta centímetros de altura, pero en otras zonas asoma la hierba entre la nieve. El viento intenta tirarme al suelo mientras avanzo hacia las perras. La finca es grande y están lejos, con algo entre las patas. Doy una palmada y las llamo de nuevo, pero siguen sin venir. La nieve cae de lado empujada por el viento. Se me mete por la pernera del pantalón del pijama y por el cuello de la camiseta. Solo llevo unas pantuflas en los pies y siento el frío en la piel. No se me ha ocurrido ponerme unos zapatos antes de salir.

Cuesta ver el paisaje. Los árboles, las casas y el horizonte desaparecen en la nieve. Me cuesta abrir los ojos. Pienso en los niños, todavía en clase. ¿Cómo volverán a casa?

Mientras avanzo hacia las perras, pienso en darme la vuelta. No sé si tengo energía para llegar hasta allí. Vuelvo a dar una palmada; las llamo. No vienen. Si Will estuviera aquí, vendrían.

Me obligo a continuar. Me duele al respirar; el viento es tan frío que me quema la garganta y los pulmones.

Las perras ladran de nuevo y yo corro los últimos seis metros hasta ellas. Me miran con timidez cuando me acerco, y espero encontrarme a sus pies un cadáver a medio comer.

Extiendo el brazo, agarro uno de sus collares y tiro. «Venga, vamos», les digo, sin importarme que haya allí una ardilla mutilada, porque lo que necesito es entrar en casa. Pero la perra se queda ahí parada, gimoteando, negándose a venir. Es demasiado grande para que vaya arrastrándola hasta casa. Lo intento, pero al hacerlo tropiezo y pierdo el equilibrio. Caigo hacia delante y aterrizo sobre las manos y las rodillas. Y allí, frente a mí, entre las patas de las perras, veo que algo resplandece en la nieve. No es un conejo. No es una ardilla. Es demasiado pequeño para ser un conejo o una ardilla.

Y luego me fijo en la forma, alargada, fina y afilada.

El corazón se me acelera. Noto el cosquilleo en los dedos. Vuelven a mis ojos los puntos negros. Me dan ganas de vomitar. Y de pronto lo hago. Allí, a cuatro patas, me sobreviene una arcada sobre la nieve. El diafragma se contrae, pero no me sale nada. Solo son arcadas. No he comido nada, solo he tomado unos sorbos de café. Tengo el estómago vacío. No tengo nada que vomitar.

Una de las perras me empuja con el hocico. Me agarro a ella para estabilizarme y veo con claridad que el objeto que hay entre sus patas es un cuchillo. El cuchillo de deshuesar que faltaba. Lo que ha despertado el interés de las perras es la sangre que lo cubre. La hoja del cuchillo tiene unos quince centímetros de largo, igual que el que mató a Morgan Baines.

Junto al cuchillo hay un agujero que las perras han excavado en la tierra.

Las perras lo han desenterrado. El cuchillo estaba enterrado en nuestro jardín. Durante todo este tiempo han estado cavando en el jardín para desenterrar este cuchillo.

Miro de nuevo hacia la casa. Aunque en realidad no veo nada, solo distingo vagamente la silueta de la vivienda. Me imagino a Otto de pie frente a la ventana de la cocina, observándome. No puedo entrar en casa.

Dejo a las perras donde están. Dejo el cuchillo donde está. No lo toco. Cojeo por el jardín. Me hormiguean los pies por el frío, estoy perdiendo la sensibilidad. Me cuesta mucho moverlos. Me arrastro por el lateral de la casa y pierdo el equilibrio porque tengo los pies helados. Caigo sobre la nieve y me obligo a levantarme de nuevo.

Hay cuatrocientos metros andando hasta el fondo de nuestra colina. Ahí es donde está el pueblo y el edificio de seguridad pública, donde encontraré al agente Berg.

Will me ha dicho que esperase, pero no puedo esperar más.

No hay manera de saber a qué hora volverá a casa, ni lo que habrá sido de mí para entonces.

La calle está vacía e inhóspita. Está cubierta de nieve. No hay nadie allí salvo yo. Me tambaleo colina abajo, con mocos en la nariz. Me los limpio con la manga. Llevo solo el pijama, ni abrigo ni gorro. Tampoco guantes. El pijama no me calienta ni me protege. Me castañetean los dientes. Apenas puedo mantener los ojos abiertos debido al viento. La nieve sopla en todas direcciones a la vez, siempre volando, girando en círculos como el vórtice de un tornado. Se me congelan los dedos. Los tengo rojos e hinchados. No me siento la cara.

A lo lejos, alguien arrastra una pala por la acera.

Hay un resquicio de esperanza.

En esta isla hay alguien más aparte de Otto y de mí.

Continúo solo porque no tengo más elección que continuar.

MOUSE

En mitad de la noche, Mouse oyó un ruido que conocía bien.

Era el crujido de las escaleras, que no tenían razón para crujir, dado que ella ya estaba en la cama. Como sabía, solo había un dormitorio en el piso de arriba de la vieja casa. Por la noche, cuando ella ya estaba en la cama, no había razón para que hubiera nadie más arriba.

Pero había alguien subiendo por las escaleras. Mamá Falsa estaba subiendo las escaleras, y las escaleras le lanzaban a ella una advertencia, le decían que huyera. Que se escondiera.

Sin embargo, no tuvo oportunidad de huir ni de esconderse.

Porque todo sucedió demasiado rápido y estaba desorientada por el sueño. Apenas le dio tiempo a abrir los ojos antes de que la puerta del dormitorio se abriera, y allí estaba Mamá Falsa, iluminada desde atrás por la luz del pasillo.

Bert, desde su jaula en el suelo del dormitorio, soltó un grito agudo. Corrió a guarecerse bajo su cúpula translúcida. Allí se quedó parada como una estatua, creyendo erróneamente que nadie podría verla al otro lado del plástico opaco, siempre y cuando no se moviera.

En su cama, Mouse intentó también quedarse muy quieta.

Pero Mamá Falsa la vio allí, igual que vio a Bert.

Encendió la luz del dormitorio. El brillo se apoderó de los ojos cansados y dilatados de Mouse, de modo que al principio no pudo ver nada. Pero sí oía. Mamá Falsa habló y su voz sonó tranquila, lo que le sobresaltó más que si hubiera estado alterada. Entró en la habitación con pasos lentos y deliberados, cuando lo que Mouse deseaba era que entrase corriendo y gritando y después se marchara. Porque así acabaría cuanto antes.

«¿Qué te he dicho de recoger lo que ensucias, Mouse?», preguntó Mamá Falsa acercándose a la cama, pasando junto a Bert y su jaula. Agarró la colcha, tiró con fuerza y destapó a Mouse, que llevaba su pijama de unicornio, ese que siempre se ponía sin que nadie le dijese que lo hiciera. Junto a ella, en su cama, estaba el Señor Oso. «¿Crees que recoger lo que ensucias no implica tirar de la cisterna o limpiar con un papel después de mearte fuera de la taza, la misma taza en la que tengo que sentarme yo?».

Mouse se quedó helada. No tuvo que pensar a qué se refería, porque lo sabía. Y sabía que no tenía sentido tratar de explicarlo, aunque lo intentó de igual modo. Le salió la voz temblorosa. Le contó a Mamá Falsa lo ocurrido. Que había intentado no hacer ruido. Que no quería despertarla. Que no pretendía hacerse pis fuera de la taza. Que no tiró de la cisterna porque sabía que haría ruido.

Pero estaba nerviosa mientras hablaba. Estaba asustada. Le temblaba la voz y sus palabras eran ininteligibles.

A Mamá Falsa no le gustaban los balbuceos. «¡Habla bien!», le gritó.

Entonces puso los ojos en blanco y le dijo a Mouse que no era tan lista como su padre pensaba.

Mouse intentó explicarse de nuevo. Hablar más alto, vocalizar correctamente. Pero dio igual, porque Mamá Falsa no quería una explicación, ya fuese audible o inaudible. Mouse se dio cuenta demasiado tarde de que la pregunta que le había hecho era retórica, de esas que no esperan ninguna respuesta.

«¿Sabes lo que ocurre cuando los perros tienen un accidente dentro de casa?», le preguntó Mamá Falsa. Mouse no sabía con certeza lo que ocurría. Nunca había tenido un perro, pero lo que pensaba era que alguien limpiaría el pis o la caca, y eso era todo. Porque eso era lo que ocurría con Bert. Se hacía pis y caca en su regazo a todas horas, y nunca era para tanto. Mouse lo limpiaba, se lavaba las manos y seguía jugando con ella.

Pero Mamá falsa no le habría hecho la pregunta si fuera tan fácil como eso.

Mouse le dijo que no lo sabía.

«Yo te enseñaré lo que ocurre», dijo Mamá Falsa, la agarró del brazo y la sacó a rastras de la cama. Mouse no quería ir donde quería que fuera, pero no se resistió porque sabía que le dolería menos si iba con ella que si se dejaba arrastrar escaleras abajo. Así que eso fue lo que hizo. Salvo que Mamá Falsa caminaba más rápido que ella, así que tropezó. Al hacerlo, cayó al suelo. Eso enfadó más a Mamá Falsa. «¡Levanta!», le gritó.

Se levantó. Bajaron juntas las escaleras. La casa estaba casi a oscuras, pero había un leve destello de luz nocturna que entraba por las ventanas.

Mamá Falsa la llevó hasta el salón. La puso en mitad

de la estancia y la giró en una dirección específica. Allí, en el rincón del salón, estaba la jaula vacía del perro, con la puerta abierta, cosa que nunca sucedía.

«Yo antes tenía un perro», le dijo Mamá Falsa. «Un springer spaniel. Lo llamé Max, principalmente porque no se me ocurrió un nombre mejor. Era un buen perro. Un perro tonto, pero bueno. Paseábamos juntos. A veces, cuando veíamos la tele, se sentaba a mi lado. Pero entonces un día Max tuvo un accidente en el rincón de mi casa cuando yo no estaba, así que se convirtió en un perro malo».

Continuó diciendo: «Verás, no podemos permitir que los animales orinen o defequen dentro de nuestra casa, porque no deben hacerlo. Es asqueroso, Mouse. ¿Lo entiendes? La mejor manera de educar a un perro es el entrenamiento de la jaula. Porque el perro no quiere tener que pasarse varios días junto a su mierda y su pis. Así que aprende a aguantarse. Igual que puedes hacer tú», le dijo mientras la agarraba del brazo y la arrastraba por el salón hacia la puerta abierta de la jaula.

Mouse se resistió, pero era una niña de solo seis años. Pesaba menos de la mitad de lo que pesaba Mamá Falsa y casi no tenía fuerza.

No había cenado. Solo tres galletas de mantequilla Salerno. Acababa de despertase. Era de noche y estaba cansada. Se retorció y forcejeó, pero eso fue lo máximo que pudo hacer, de modo que Mamá Falsa pudo manejarla a su antojo. Se vio obligada a entrar en la jaula para perros, que ni siquiera era lo suficientemente alta para permitirle estar sentada y erguida. Tuvo que torcer el cuello y la cabeza le rozaba contra los barrotes de metal de la jaula. Tampoco podía tumbarse, no podía estirar las piernas. Tuvo que mantenerlas encogidas, hasta que se le durmieron.

Estaba llorando. Rogaba para poder salir. Prometió que sería buena, que nunca volvería a hacerse pis fuera de la taza.

Pero Mamá falsa no le hacía caso.

Porque estaba subiendo otra vez las escaleras.

Mouse no sabía por qué. Pensó que tal vez fuese a regresar a su habitación a por el pobre Señor Oso.

Pero cuando regresó, no llevaba al oso.

Llevaba a Bert.

Aquello hizo gritar a Mouse, al ver a su conejillo de Indias en manos de Mamá Falsa. A Bert no le gustaba estar en manos de alguien que no fuera ella. Agitaba sus piececitos entre los dedos de Mamá Falsa, chillando como loca, con más fuerza de la que jamás le había oído nunca. No era el mismo chillido que lanzaba con las zanahorias. Era un chillido diferente. Un chillido de terror.

A Mouse le latía el corazón a mil por hora.

Golpeaba los barrotes de la jaula, pero no lograba salir.

Trató de forzar la puerta, pero no cedía porque tenía una especie de candado.

«¿Sabes, Mouse, que un cuchillo desafilado es más peligroso que uno afilado?», le preguntó Mamá Falsa, levantando uno de sus cuchillos para examinar la hoja a la luz de la luna.

Continuó hablando sin esperar una respuesta a la pregunta que acababa de hacer.

«¿Cuántas veces tengo que decirte que no quiero un roedor en esta casa, y mucho menos dos?».

Mouse cerró los ojos y se tapó las orejas con las manos para no ver ni oír lo que sucedería después.

* * *

355

Menos de una semana después, el padre de Mouse tuvo que volver a irse de viaje por trabajo.

Se plantó en la puerta y se despidió de Mamá Falsa y de ella.

«Solo estaré fuera unos días. Volveré antes de que te dé tiempo a echarme de menos», le dijo su padre mirándola a sus tristes ojos, y le prometió que al regresar irían a comprar otro conejillo de Indias que sustituyera a Bert. Su padre era de la opinión de que Bert se había escapado y estaría divirtiéndose en alguno de los recovecos de la casa, donde no pudieran encontrarla.

Mouse no quería otro conejillo de Indias. Ni entonces ni nunca. Y solo Mamá Falsa y ella sabían el motivo.

Junto a ella, Mamá Falsa le apretaba el hombro. Le acarició el pelo y le dijo: «Estaremos bien, ¿verdad, Mouse? Ahora despídete de tu padre para que pueda irse de viaje».

Mouse se despidió entre lágrimas.

Mamá Falsa y ella se quedaron una al lado de la otra, viendo cómo el coche de su padre salía de la entrada y desaparecía al doblar la curva.

Y entonces Mamá Falsa cerró la puerta de una patada y se encaró con ella.

SADIE

El edificio de seguridad pública es un pequeño edificio de ladrillo situado en el centro del pueblo. Me alivia encontrar la puerta abierta y ver una luz ámbar y cálida que brilla desde el interior.

Cuando entro, veo una mujer sentada a un escritorio que teclea en un ordenador. Se sobresalta y se lleva la mano al pecho cuando la puerta se abre y aparezco. En un día como este, no se esperaba encontrar a nadie fuera.

Tropiezo en el umbral de la puerta al entrar. No había visto el desnivel de dos centímetros. Caigo de rodillas porque no tengo fuerzas para sostenerme. El suelo no es tan blando como la nieve y esta caída me duele más que las anteriores.

—Oh, Dios —dice la mujer, y se pone rápidamente en pie para acudir a ayudarme. Abandona corriendo su mesa y me alcanza. Se queda con la boca y los ojos muy abiertos por la sorpresa. No puede creer lo que está viendo. La sala en la que estoy es cuadrada y pequeña.

Paredes amarillas, suelo enmoquetado y un escritorio de doble pedestal. El ambiente es milagrosamente cálido. En el rincón hay un radiador que distribuye aire caliente por toda la habitación.

Nada más lograr ponerme en pie, me acerco al radiador y me arrodillo delante del ventilador oscilante.

—Agente Berg —consigo decir con los labios entumecidos por el frío. Estoy de espaldas a la mujer—. El agente Berg, por favor.

—Sí —me dice—, sí, por supuesto. —Y antes de que pueda darme cuenta de lo que ocurre, ha empezado a llamarlo a gritos. Se acerca a mí y sube la temperatura del radiador, y yo pego las manos, que me arden por el frío—. Hay alguien aquí que quiere verle —le oigo decir, y entonces me doy la vuelta.

Cuando aparece, el agente Berg no dice nada. Camina deprisa por los gritos, por el tono de urgencia de su secretaria, que le advierte de que algo sucede. Se fija en mi pijama y se dirige hacia la cafetera. Llena de café una taza desechable y me la ofrece en un intento por ayudarme a entrar en calor. Me ayuda a levantarme y me pone la taza en las manos. No me la bebo, pero el calor resulta agradable al tacto. Me siento agradecida. La tormenta persiste y el pequeño edificio se estremece a veces. Las luces parpadean, las paredes se lamentan. El agente alcanza un abrigo que hay en el perchero y me envuelve con él.

—Tengo que hablar con usted —le digo, y la descsperación y la fatiga son palpables en mi voz.

El agente Berg me conduce por el pasillo. Nos sentamos el uno junto al otro frente a una pequeña mesa extensible. En la habitación no hay nada más.

—¿Qué está haciendo aquí, doctora Foust? —me

pregunta con tono preocupado, pero también desconfiado—. Menudo día para salir.

No paro de temblar descontroladamente. Por mucho que lo intente, no logro entrar en calor. Sostengo la taza de café con ambas manos. El agente Berg me da una palmadita y me dice que me lo beba.

Pero no es el frío lo que me hace temblar.

Me dispongo a contárselo todo, pero, antes de poder hacerlo, me dice:

—Hace un rato recibí una llamada de su marido. —Y entonces las palabras se me quedan atascadas en la garganta. No entiendo nada, me pregunto por qué Will le habrá llamado después de que acordásemos que vendríamos los dos juntos.

—Ah, ¿sí? —le pregunto sentándome más erguida, porque no son esas las palabras que esperaba oír. El agente Berg asiente despacio con la cabeza. Tiene una capacidad asombrosa de mantener la mirada. Me esfuerzo por no mirar hacia otro lado—. ¿Y qué quería? —Me preparo para su respuesta.

—Estaba preocupado por usted —me explica, y noto que me relajo. Will le ha llamado porque estaba preocupado por mí.

—Claro —respondo relajándome sobre la silla. Quizá intentó llamarme a mí primero y, al no responder al teléfono, llamó al agente Berg. Tal vez le pidiera que fuese a ver si estaba bien—. El tiempo. Y el retraso del ferri. La última vez que hablamos, estaba muy alterada.

—Sí —me dice—. Me lo ha contado el señor Foust.

Me yergo de nuevo, sorprendida.

—¿Le ha contado que estaba alterada? —le pregunto

a la defensiva, porque es un asunto personal, no algo que Will tuviera que contarle a la policía.

—Está preocupado por usted. Me ha dicho que estaba alterada por un trapo de cocina. —Y es entonces cuando la conversación cambia, porque me lo dice con un tono condescendiente. Como si yo fuera una tonta que va por ahí hablando sin parar de un trapo de cocina.

—Ah —le digo, y guardo silencio.

—Me estaba preparando para ir a su casa a ver cómo estaba. Me ha ahorrado el viaje —me cuenta. Me dice que el tráfico de la tarde va a ser complicado porque las escuelas locales no han cerrado en previsión de la tormenta. El único consuelo es que se prevé que la nieve baje un poco de intensidad en las próximas horas.

Y entonces comienza a indagar.

—¿Quiere hablarme del trapo de cocina?

—Encontré un trapo cubierto de sangre —le digo muy despacio—. En el cuarto de la lavadora. —Y entonces, como ya le he contado eso, continúo—. Y he encontrado un cuchillo enterrado en el jardín de atrás.

Él ni siquiera parpadea.

—¿El cuchillo que utilizaron para matar a la señora Baines? —me pregunta.

—Eso creo —respondo—. Sí. Estaba manchado de sangre.

—¿Y dónde está ahora el cuchillo, doctora?

—En el jardín de atrás.

—¿Lo ha dejado allí?

—Sí.

—¿Lo ha tocado?

—No —le aseguro.

—¿En qué zona del jardín? —me pregunta, y trato

de describirle la ubicación, aunque imagino que a estas alturas el cuchillo ya estará cubierto de nieve—. ¿Y el trapo? ¿Dónde está?

—Debajo de la lavadora. En el cuarto de la colada —le digo. Me pregunta si ahí también hay sangre y le digo que sí. Se excusa y sale de la habitación. Permanece ausente casi treinta segundos y después regresa y me dice que el agente Bisset va a ir a mi casa a recuperar el trapo y el cuchillo—. Mi hijo está en casa —le digo, pero me asegura que no importa, que el agente Bisset entrará y saldrá muy deprisa. Que no molestará a Otto—. Pero creo, agente… —empiezo a decirle, pero me detengo. No sé cómo decir esto. Empiezo a romper el borde de la taza desechable y arranco trocitos de cartón pluma que se acumulan sobre la mesa como copos de nieve.

Y entonces me lanzo y lo digo de una vez.

—Creo que tal vez mi hijo asesinó a la señora Baines. O a lo mejor fue Imogen.

Espero una reacción por su parte, pero, sin embargo, continúa como si yo no hubiese pronunciado esas palabras en voz alta.

—Hay algo que debería saber, doctora Foust —me dice.

—¿De qué se trata?

—Su marido…

—¿Sí?

—Will…

No soporto que se ande por las ramas. Es desesperante.

—Ya sé cómo se llama mi marido —le respondo y, durante unos segundos, se queda mirándome sin decir nada.

—Sí —dice al fin—. Imagino que sí.

Transcurren unos segundos de silencio, durante los cuales se queda mirándome. Yo cambio de postura en la silla.

—Cuando llamó, se retractó de su declaración anterior sobre la noche en la que la señora Baines fue asesinada. Cuando dijo que ambos estuvieron viendo la tele y se fueron directos a la cama. Según su marido, eso no es del todo cierto.

—¿No lo es? —pregunto, desconcertada.

—No lo es. Según el señor Foust.

—¿Y qué dice el señor Foust que ocurrió? —pregunto con ironía mientras por la radio de la policía se oyen voces, chillonas pero ininteligibles. El agente Berg se acerca al aparato y baja el volumen para que podamos hablar.

Regresa a su silla.

—Dijo que esa noche, cuando terminó el programa, usted no se fue a la cama tal y como me informó. Dijo que salió a dar un paseo con las perras, que se las llevó a pasear mientras él subía al dormitorio a asearse. Estuvo fuera bastante tiempo, según dice su marido.

Siento que algo dentro de mí comienza a agitarse.

Alguien está mintiendo, pero no sé quién.

—¿De verdad? —pregunto.

—De verdad —me dice.

—Pero no es cierto —le aseguro. No sé por qué Will diría algo así. Solo se me ocurre una razón. Will haría cualquier cosa para proteger a Otto y a Imogen. Lo que fuera. Incluso si eso significa lanzarme a los lobos.

—Dijo que usted sacó a las perras a pasear, pero pasó el tiempo y no regresaba, así que empezó a preocuparse. Sobre todo cuando oyó ladrar a las perras. Se asomó para ver qué pasaba. Al hacerlo, descubrió a las perras allí fuera, pero usted no estaba. Dejó a las perras en el jardín cuando fue a casa de los Baines aquella noche, ¿verdad?

Me da un vuelco el estómago. Tengo la sensación de precipitarme al vacío en caída libre, de lanzarme bocabajo de la parte más alta de una montaña rusa.

—No fui a casa de los Baines aquella noche —respondo, articulando cada palabra con claridad.

Sin embargo, me ignora. Continúa como si yo no hubiera dicho nada. Empieza a hablar de Will llamándolo por su nombre de pila. Él es Will y yo soy la doctora Foust.

El agente Berg ha elegido un bando, y no es el mío.

—Will intentó llamarla al móvil, pero no respondió. Empezó a pensar que le había sucedido algo terrible. Corrió al dormitorio para vestirse y poder ir a buscarla. Pero, cuando estaba a punto de entrar en pánico, usted volvió a casa.

Berg hace una pausa para tomar aliento.

—Tengo que preguntárselo otra vez, doctora. ¿Dónde estuvo usted entre las diez de la noche y las dos la madrugada, las horas en que la señora Baines fue asesinada?

Niego con la cabeza y no digo nada. No hay nada que decir. Le he dicho dónde estaba, pero ya no me cree.

Solo ahora me doy cuenta de que el agente Berg ha traído consigo un sobre grande, que ha estado sobre la mesa todo este tiempo, fuera de mi alcance. Se levanta y lo toma. Desliza los dedos por debajo de la solapa para abrirlo. Empieza a esparcir fotografías sobre la mesa para que yo las vea. Son horribles, cada una más asquerosa que la anterior. Las imágenes han sido ampliadas, son de veinte por veinticinco centímetros por lo menos. Las veo aunque intento mirar hacia otro lado. Hay una fotografía de una puerta abierta: el marco y el pestillo están intactos. Hay manchas de sangre chorreando por las paredes. La habitación está muy ordenada, lo que me hace pensar que no hubo mucho forcejeo. Las únicas cosas que están fuera de su sitio son un paragüero, que está tirado en el suelo, y una fotografía enmarcada que cuelga torcida, como si le hubieran dado un codazo durante el ataque.

Tirada en el centro yace Morgan en una postura incómoda sobre una alfombra; el pelo castaño le cubre el rostro y sus brazos están levantados por encima de la cabeza, como si en un último esfuerzo hubiera intentado protegerse la cara de la hoja del cuchillo. Parece que tiene una pierna rota por la caída, doblada en un ángulo antinatural. Lleva puesto el pijama: unos pantalones de franela y una camiseta térmica, ambas prendas son rojas, de modo que resulta imposible ver dónde termina la sangre y empieza el pijama. La pernera izquierda está levantada hasta la altura de la rodilla.

Sobre los charcos de sangre hay pequeñas huellas de pisadas impresas, que disminuyen en densidad a medida que se alejan del cuerpo. Me imagino las manos de un agente de policía arrastrando a la niña lejos del cuerpo sin vida de la mujer.

—Lo que veo aquí, doctora —me dice el agente Berg—, no son los indicios de un crimen improvisado. Quien hizo esto quería que Morgan sufriera. Fue un acto de rabia y de crueldad.

No puedo apartar la mirada de la fotografía. Me fijo en el cuerpo de Morgan, en las huellas ensangrentadas, de nuevo en la fotografía colgada en la pared, la que está torcida. Tomo la foto de la mesa y me la acerco a los ojos para poder ver mejor esa fotografía enmarcada, porque ya la he visto antes y no hace mucho. La calle bordeada de árboles me resulta familiar. Aparece una familia de cuatro miembros. Una madre, un padre y dos hijas, de entre diez y veinte años aproximadamente.

La mujer, la madre, lleva un bonito vestido verde y está sentada en una silla amarilla en el centro de la imagen, mientras que su familia la rodea.

—Oh, Dios —murmuro, y me llevo la mano a la boca porque esta fotografía —enmarcada y colgada en la pared de Morgan Baines— es la misma que aparecía en el artículo de periódico sobre la muerte de Erin. La que vi en el ordenador. La chica mayor, de casi veinte años, es la exprometida de Will, Erin. Probablemente la imagen fuera tomada pocos meses antes de que muriera. La más joven es su hermana pequeña.

Me atraganto con mi propia saliva. El agente Berg me da una palmadita en la espalda, me pregunta si estoy bien. Asiento porque no puedo hablar.

—No es agradable de ver, ¿no es cierto? —me pregunta pensando que es el cuerpo sin vida de la mujer lo que me ha alterado de esta forma.

Ahora veo lo que antes no podía ver. Porque la mujer de la fotografía, la madre sentada en la silla, es mayor ahora. Su pelo castaño ahora es gris y ha perdido bastante peso. Tanto peso, de hecho, que está demacrada.

Es del todo imposible. Es demasiado difícil de asimilar. No puede ser.

La mujer de la fotografía es la madre de Morgan. La mujer a quien conocí en la misa. La mujer que perdió a otra hija años atrás y no ha vuelto a ser la misma desde entonces, según sus amigas Karen y Susan.

Con todo, no lo entiendo. Si esto es cierto, significa que Morgan era la hermana de Erin. Morgan es la niña pequeña de la fotografía, la que tendría por entonces unos diez años.

¿Por qué Will no me lo ha contado?

Creo que sé por qué: por mis propias inseguridades. ¿Qué habría hecho si hubiera descubierto que la hermana de Erin vivía tan cerca de nosotros? Me doy cuenta de que la amistad entre Will y Morgan, su cercanía, era real. Existía. Por su afinidad común hacia la mujer a la que Will quería más que a mí. Erin.

La estancia parece desenfocarse. Parpadeo varias veces, tratando de detener esa sensación. El agente Berg se balancea en la silla junto a mí. No se mueve; es mi percepción de él la que le hace moverse. Está todo en mi cabeza. Los bordes de su cara comienzan a difuminarse. La sala de pronto se expande, aumenta de tamaño, las paredes se ensanchan, se alejan. Cuando el agente habla, sus palabras quedan casi ahogadas por el rumor de mi cabeza. Veo que mueve los labios. Me cuesta distinguir lo que dice.

La primera vez que lo dice, resulta ininteligible.

—¿Disculpe? —pregunto en voz muy alta.

—Will nos ha dicho que tiene usted tendencia a mostrarse celosa e insegura.

—Ha dicho eso, ¿verdad?

—Sí, doctora Foust, así es. Dijo que nunca pensó que pudiera usted dejarse llevar por esas emociones. También dijo que usted ha pasado una mala racha y que no parece la misma de antes. Mencionó un ataque de pánico, una dimisión forzada. No es usted una persona violenta, según Will. Pero —dice, repitiendo sus propias palabras— opina que no parece la misma de antes. ¿Tiene algo que decir al respecto?

No digo nada. Empieza a dolerme la cabeza, es un dolor que se inicia en la nuca y se me clava en el entrecejo. Cierro los ojos apretando los párpados y me llevo las yemas de los dedos a las sienes para aliviar el dolor. Seguro que me ha bajado la tensión, porque es difícil descubrir todas estas cosas a la vez. El agente Berg está hablando, me pregunta si estoy bien. Pero sus palabras suenan más amortiguadas que antes. Estoy bajo el agua.

Se abre una puerta y después se cierra. El agente Berg está hablando con otra persona. No han encontrado nada. Pero están registrando mi casa porque Will les ha dado permiso para hacerlo.

—Doctora Foust. ¿Doctora Foust?

Una mano me zarandea el hombro.

Cuando abro los ojos, hay un tío mayor mirándome. Prácticamente está babeando. Miro el reloj. Me miro la camisa. Una camisa de pijama azul abotonada hasta arriba, lo que casi me ahoga. Apenas puedo respirar. A veces es una mojigata. Me desabrocho los tres primeros botones y dejo entrar un poco de aire.

—Joder, qué calor hace aquí —digo abanicándome y viendo cómo me mira la clavícula.

—¿Va todo bien? —me pregunta. Tiene esa clase de mirada, como si le confundiera lo que está viendo. Frunce el ceño. Se frota los ojos con las palmas de las manos para asegurarse de que no ve visiones. Vuelve a preguntarme si estoy bien. Creo que debería preguntarle si está bien él, parece mucho más angustiado que yo, pero me da igual si lo está o no. Así que no se lo pregunto.

Sin embargo, digo:

—¿Por qué no iba a ir bien?

—Parece, no sé, un poco desorientada. ¿Se encuentra bien? Puedo ir a buscarle algo de agua, si no quiere beberse el café.

Miro la taza que tengo delante. No es mía. El hombre se queda mirándome sin decir nada.

—Claro —le digo, refiriéndome al agua. Enrollo un mechón de pelo en el dedo y me fijo en la estancia. Fría, sobria, una mesa, cuatro paredes. No tiene gran cosa, nada que ver, nada que me indique dónde me encuentro. Nada salvo este tío que tengo delante, vestido de uniforme. Es evidente que se trata de un poli.

Y entonces veo las fotografías en la mesa, junto a mí.

—Vamos —le digo—. Tráigame un poco de agua.

Sale y vuelve a entrar. Me da el agua, la deja sobre la mesa delante de mí.

—Dígame —me dice—. ¿Qué ocurrió cuando sacó a las perras a pasear?

—¿Qué perras? —pregunto. Siempre me han gustado los perros. A la gente la odio, pero los perros me gustan bastante.

—Sus perras, doctora Foust.

Suelto una carcajada profunda al oír aquello. Es ridículo que me haya confundido con Sadie. Es insultante más que otra cosa. No nos parecemos en nada. Diferente color de pelo, de ojos, y una importante diferencia de edad. Sadie es vieja. Yo no lo soy. ¿Tan ciego está que no se da cuenta?

—Por favor —le digo mientras me coloco un mechón de pelo detrás de la oreja—, no me insulte.

—¿Cómo dice? —me pregunta, desconcertado.

—He dicho que no me insulte.

—Lo siento, doctora Foust. Pero... —Le corto ahí

porque no soporto que siga refiriéndose a mí como Sadie, como la doctora Foust. Sadie tendría suerte de ser yo. Pero Sadie no es yo.

—Deje de llamarme así —respondo con brusquedad.

—¿No quiere que la llame doctora Foust?

—No —le digo.

—Bueno, ¿y cómo debería llamarla? ¿Prefiere que la llame Sadie?

—¡No! —Niego con la cabeza, insistente, indignada—. Debería llamarme por mi nombre.

Él entorna los párpados y me mira.

—Pensé que su nombre era Sadie. Sadie Foust.

—Pues pensaba mal, ¿no cree?

Me mira y pregunta con reticencia:

—Si no es Sadie, entonces ¿quién es?

Le ofrezco la mano y le digo que mi nombre es Camille. Siento su mano fría y blanda cuando me la estrecha. Mira a su alrededor mientras lo hace y me pregunta dónde ha ido Sadie.

—Sadie no está aquí ahora mismo —le respondo—. Ha tenido que marcharse.

—Pero estaba justo aquí —insiste.

—Sí —le digo—, pero ya no está. Ahora estoy yo sola.

—Lo siento. No la sigo —me dice, y vuelve a preguntarme si me encuentro bien, si estoy bien, animándome a beberme el agua.

—Me encuentro bien —le aseguro, y me bebo el agua de un solo trago. Tengo sed y calor.

—Doctora Foust...

—Camille —le recuerdo, y busco un reloj en la habitación para ver qué hora es, cuánto tiempo he perdido.

—De acuerdo. Camille, entonces —me dice. Me muestra una de las fotografías de la mesa, en la que ella aparece cubierta por su propia sangre, con los ojos abiertos, muerta—. ¿Sabe algo de esto?

Le dejo en suspenso. No puedo irme de la lengua todavía.

SADIE

Estoy sola en una habitación, sentada en una silla pegada a la pared. No hay gran cosa aquí, solo paredes, dos sillas y una puerta que está cerrada con llave. Lo sé porque ya he intentado marcharme; girar el picaporte, pero sin éxito. He acabado llamando a la puerta, aporreándola, pidiendo ayuda. Pero todo ha sido en vano, porque no ha venido nadie.

Ahora la puerta se abre con facilidad. Entra una mujer que lleva en la mano una taza de té. Se me acerca. Deja un maletín en el suelo y se sienta en la otra silla, la que tengo enfrente. No se presenta, sino que empieza a hablar como si ya nos conociéramos, como si ya nos hubiéramos visto antes.

Me hace preguntas. Son preguntas personales e invasivas. Me incomodan, las esquivo, no entiendo por qué me pregunta por mi madre, por mi padre, por mi infancia y por una mujer llamada Camille, a la que no conozco. Nunca en mi vida he conocido a nadie llamada Camille. Pero ella me mira con incredulidad. Parece pensar que sí la conozco.

Me dice cosas que no son verdad, sobre mi vida y sobre mí misma. Me pongo nerviosa, me altero cuando me dice esas cosas.

Le pregunto cómo puede asegurar saber esas cosas sobre mí cuando ni yo misma las sé. El agente Berg es el responsable de todo esto, de enviar a esta mujer a hablar conmigo, porque antes estaba interrogándome en su pequeña sala y acto seguido me encuentro aquí; aunque no tengo idea de qué hora es, de qué día es, y no recuerdo nada de lo que ha ocurrido mientras tanto. ¿Cómo he llegado aquí, a esta silla, a esta habitación? ¿He entrado aquí por mi propio pie o me han drogado y me han traído?

Esta mujer me dice que tiene razones para creer que sufro un trastorno de identidad disociativo, que personalidades alternas –identidades, las llama– controlan mis pensamientos y mi comportamiento de vez en cuando. Dice que me controlan.

Tomo aire y me recompongo.

—Eso es imposible —le digo—, por no decir que es ridículo. —Lanzo los brazos al aire—. ¿Le ha dicho eso el agente Berg? —le pregunto, furiosa, perdiendo la compostura. ¿Acaso Berg no piensa parar hasta encasquetarme a mí el asesinato de Morgan Baines?—. Esto es muy poco profesional, poco ético, ilegal incluso —respondo, y pregunto quién está al mando para poder hablar con él o con ella.

La mujer no responde a ninguna de mis preguntas y, en vez de eso, me pregunta:

—¿Tiene usted propensión a sufrir periodos de amnesia, doctora Foust? ¿Treinta minutos o una hora que no logra recordar?

Eso no puedo negarlo, aunque lo intento. Le digo que eso nunca me ha ocurrido.

Pero al mismo tiempo, no recuerdo cómo he llegado hasta aquí.

No hay ventanas en esta habitación. No hay manera de hacerse idea de en qué momento del día estamos. Pero veo la esfera del reloj que lleva la mujer. Está del revés, pero la veo, veo las manecillas en las dos y cincuenta, pero no sé si de la tarde o de la madrugada. En cualquier caso, da lo mismo, porque sé muy bien que eran las diez, quizá las once de la mañana cuando entré en el edificio de seguridad pública. Lo que significa que han pasado cuatro —o dieciséis— horas para las que no tengo explicación.

—¿Recuerda haber hablado conmigo hoy? —me pregunta. La respuesta es no. No recuerdo haber hablado con ella, pero le digo que sí de todos modos. Digo que recuerdo esa conversación bastante bien. Pero nunca he sido buena mintiendo—. Esta no es la primera vez que hablamos —continúa. Ya lo he deducido por el curso del interrogatorio, aunque eso no significa que me lo crea. Eso no significa que no se lo esté inventando todo—. Pero la última vez que estuve aquí, no estuve hablando con usted, doctora. Estuve hablando con una mujer llamada Camille —me dice, y pasa entonces a describirme a una joven prepotente y habladora llamada Camille que vive dentro de mí, junto con una niña introvertida.

Jamás en la vida he oído algo tan ridículo.

Me cuenta que la niña no dice mucho, pero que le gusta dibujar. Según la mujer, las dos, ella y la niña, han estado dibujando juntas hoy mismo, dibujos que me muestra al sacar una hoja de papel del maletín. Me la entrega.

Y ahí está, dibujado a lápiz sobre una hoja de cuaderno

en esta ocasión: el cuerpo desmembrado, la mujer, el cuchillo, la sangre. La obra de Otto, el mismo dibujo que he estado encontrándome por la casa.

—Yo no he dibujado eso —le digo—. Ha sido mi hijo.

—No —me responde.

Tiene una teoría diferente sobre el autor de ese dibujo. Asegura que la identidad de la niña que hay dentro de mí fue quien lo dibujó. Suelto una carcajada ante semejante idiotez, porque si la identidad de una niña que vive dentro de mí ha dibujado eso, entonces está diciéndome que he sido yo quien lo ha dibujado. Que yo fui la que hizo los dibujos del ático, del pasillo, y los dejé por la casa para que yo misma los encontrara.

Yo no he hecho ese dibujo. No he hecho ninguno de los dibujos.

Me acordaría de ser así.

—Yo no he hecho este dibujo —le repito.

—Claro que no —me dice, y por un segundo pienso que me cree. Hasta que dice—: No ha sido usted específicamente. No ha sido Sadie Foust. Lo que sucede con el trastorno de identidad disociativo es que su personalidad se fragmenta. Se divide. Esos fragmentos forman identidades diferentes, con su propio nombre, apariencia, género, edad, caligrafía, maneras de hablar y más.

—¿Y cómo se llama, entonces? —le pregunto—. Si ha hablado con ella. Si ha estado dibujando con ella, entonces ¿cómo se llama?

—No lo sé. Es tímida, Sadie. Estas cosas llevan su tiempo —me dice.

—¿Cuántos años tiene? —pregunto.

—Tiene seis años.

Me dice que a la niña le gusta pintar y dibujar. Le gusta jugar con muñecas. Hay un juego al que le gusta jugar, y esta mujer ha jugado con ella para intentar que se abriera. Terapia de juego, me dice la mujer. En esta misma habitación, se han dado la mano y han girado en círculos. Cuando ya estaban las dos mareadas, se han parado. Se han quedado quietas en su sitio como si fueran estatuas.

—El juego de las estatuas, así lo llama —me cuenta la mujer, porque se quedaban quietas como estatuas hasta que una de las dos al final se caía.

Trato de imaginarme lo que me está diciendo. Me imagino a esa niña girando en círculos con esta mujer, salvo que la identidad de la niña –si me creo lo que dice– no es una niña. Soy yo.

Me sonrojo al pensarlo. Yo, una mujer de treinta y nueve años, girando de la mano por la habitación con otra mujer adulta para después quedarnos quietas como estatuas.

La idea es absurda. No puedo soportar ni contemplarla.

Hasta que recuerdo las palabras de Tate: «¡El juego de las estatuas, el juego de las estatuas!», y eso me remueve.

«¡Mami es una mentirosa! Sí que sabes lo que es, mentirosa».

—De media, quienes padecen trastorno de identidad disociativo suelen tener diez identidades distintas viviendo en su interior —me explica la mujer—. A veces más, a veces menos. A veces llegan hasta las cien.

—¿Y cuántas se supone que tengo yo? —le pregunto. Porque no la creo. Porque esto no es más que una elaborada estratagema para mancillar mi nombre, mi carácter, y hacer que resulte más fácil culparme del asesinato de Morgan.

—Hasta ahora he conocido a dos —responde.

—¿Hasta ahora?

—Puede que haya más. El trastorno de identidad disociativo con frecuencia comienza con un episodio de abusos a una edad muy temprana. Las personalidades alternativas se forman como mecanismo de defensa. Tienen diferentes propósitos, como proteger al huésped. Defenderse o dar una opinión en lugar del huésped. Guardar recuerdos dolorosos.

Cuando lo dice, me imagino a mí misma con parásitos dentro. Pienso en el pájaro bufágido, que come bichos del lomo de los hipopótamos. Una relación simbiótica, según se creía antes, hasta que los científicos se dieron cuenta de que los bufágidos eran en realidad pájaros vampiro que hacían agujeros para beber la sangre de los hipopótamos.

No era simbiótico en absoluto.

—Hábleme de su infancia, doctora Foust —me pide la mujer.

Le digo que no recuerdo gran cosa de mi infancia, casi nada, de hecho, hasta que tenía unos once años.

Se queda mirándome sin decir nada, esperando a que yo encaje las piezas.

«¿Tiene tendencia a sufrir periodos de amnesia, doctora Foust?».

Pero las amnesias son pérdidas de memoria temporales, causadas por cosas como el consumo de alcohol, los ataques epilépticos o un nivel bajo de azúcar en sangre.

No es que yo tenga amnesia de toda mi infancia. Es que simplemente no me acuerdo.

—Eso es típico en los casos de trastorno de identidad disociativo —me dice pasado un rato—. La disociación es una forma de desconectar de una experiencia traumática. Un mecanismo de defensa —me repite, como si no acabara de decirlo hace unos segundos.

—Hábleme de la mujer —le digo. Estoy intentando pillarla en una mentira. Sin duda tarde o temprano dirá algo contradictorio—. Esa tal Camille.

Me dice que hay diferentes tipos de identidades. Identidades acosadoras, identidades protectoras, y más. Todavía no tiene claro qué clase de identidad es esa joven. Porque a veces me defiende, pero con frecuencia me describe con mucho odio. Está enfadada y es agresiva. Es una relación de amor-odio. Me odia. Pero también desea ser yo.

La niña pequeña no sabe que yo existo.

—El agente Berg se ha tomado la libertad de hacer algunas averiguaciones —me dice—. Su madre murió en el parto, ¿no es así? —me pregunta, y le digo que sí, así es. Preeclampsia. Mi padre nunca hablaba de ello, pero, a juzgar por cómo se le humedecían los ojos cada vez que salía su nombre, sabía que había sido terrorífico para él. Perderla y tener que criarme a mí él solo—. Cuando tenía usted seis años, su padre volvió a casarse —me dice, pero no estoy de acuerdo con eso.

—No, no se casó —le digo—. Estábamos solos mi padre y yo.

—Dice que no recuerda su infancia, doctora —me recuerda la mujer, pero le cuento lo que sí recuerdo: que tenía once años, que mi padre y yo vivíamos en la ciudad, que él tomaba el tren para ir a trabajar y regresaba a casa quince o dieciséis horas más tarde, borracho.

—Lo recuerdo —le digo, aunque no recuerdo lo que sucedió antes de aquello, pero me gustaría creer que siempre fue así.

Saca unos papeles de su maletín y me dice que el año en que yo tenía seis, mi padre se casó con una mujer llamada Charlotte Schneider. Vivíamos en Hobart, Indiana, y mi padre trabajaba como representante de ventas para una pequeña empresa. Tres años más tarde, cuando cumplí nueve años, Charlotte y mi padre se divorciaron. Diferencias irreconciliables.

—¿Qué puede decirme de su madrastra? —me pregunta.

—Nada —le respondo—, se equivoca. El agente Berg se equivoca. No hubo ninguna madrastra. Estábamos solos mi padre y yo.

Me muestra una fotografía. Mi padre y yo con una mujer desconocida pero hermosa, de pie frente a una casa que no conozco. La casa es pequeña, con una altura de una planta y media. Está casi escondida entre los árboles. En el camino de la entrada hay un coche que no reconozco.

Mi padre parece más joven de lo que recuerdo, más guapo, más vivo. Mira de soslayo a la mujer, no al objetivo de la cámara. Su sonrisa parece auténtica, lo cual me resulta extraño. Mi padre era un hombre que no sonreía con frecuencia. En la foto, luce una gran melena oscura y ninguna de las múltiples arrugas que después se dibujaron en sus mejillas y en torno a sus ojos.

Me llamaba por un apodo cuando era pequeña. Me llamaba Mouse. Porque era una de esas niñas nerviosas y con tendencia a tener tics, me pasaba el día arrugando la nariz, «como un ratón».

—Hoy mismo le enseñé esta foto a la niña, pero no le sentó nada bien, Sadie. Salió corriendo hacia el rincón de la habitación y empezó a garabatear furiosa sobre el papel. Dibujó esto —dice, y vuelve a mostrarme el dibujo. El cuerpo desmembrado, las manchas de sangre—. Cuando usted tenía más o menos diez años, su padre presentó una orden de alejamiento contra su madrastra. Vendió su casa en Indiana y se mudó con usted a Chicago. Consiguió un nuevo empleo en unos grandes almacenes. ¿Se acuerda de eso? —me pregunta, pero no me acuerdo. De nada en absoluto.

—Tengo que volver con mi familia —le digo—. Deben de estar preocupados por mí. Se preguntarán dónde estoy. —Pero me dice que mi familia sabe dónde estoy.

Me imagino a Will, Otto y Tate en nuestra casa sin mí. Me pregunto si habrá parado de nevar, si se habrá reanudado el servicio de ferris, si Will habrá llegado a tiempo de recoger a Tate del colegio.

Pienso en Otto en casa cuando llegó la policía a por el trapo de cocina, a por el cuchillo.

—¿Mi hijo está aquí? ¿Mi hijo Otto está aquí? —pregunto, y de pronto no sé si sigo en el edificio de seguridad pública o si me han trasladado a otro lugar.

Miro a mi alrededor. Veo una habitación sin ventanas, una pared, dos sillas, el suelo.

No hay manera de saber dónde estoy.

—¿Dónde estoy? —le pregunto a la mujer—. ¿Cuándo podré irme a casa?

—Tengo que hacerle algunas preguntas más —me responde—. Tenga paciencia y enseguida la sacaremos de aquí. Cuando llegó, le dijo al agente Berg que había un trapo ensangrentado en su casa, y también un cuchillo.

—Sí —le respondo—, eso es.

—El agente Berg envió a alguien a su casa. Registraron la propiedad a conciencia y no encontraron ninguna de las dos cosas.

—Se equivocan —aseguro, alzando la voz. Noto que me sube la tensión y empieza a dolerme la cabeza, entre los ojos, y presiono con los dedos mientras veo que la habitación en la que estoy comienza a desenfocarse—. Los vi. Sé con certeza que estaban allí. La policía no ha buscado bien —insisto, porque sé que tengo razón. El trapo de cocina y el cuchillo estaban allí. No me lo he imaginado.

—Hay más, doctora Foust —me dice—. Su marido dio permiso a la policía para registrar la casa. Encontraron allí el teléfono móvil desaparecido de la señora Baines. ¿Puede decirnos cómo llegó a su casa, o por qué no lo entregó a la policía?

—No sabía que estuviese allí —respondo a la defensiva. Me encojo de hombros y le digo que no puedo explicarlo—. ¿Dónde lo han encontrado? —le pregunto, con la esperanza de que las respuestas al asesinato de Morgan se hallen en su teléfono.

—Curiosamente, lo han encontrado cargándose en la repisa de su chimenea.

—¿Qué? —pregunto, espantada. Entonces recuerdo el teléfono sin batería. El que di por hecho que sería de Alice.

—Le hemos preguntado a su marido. Ha dicho que él no lo puso allí. ¿Puso usted el teléfono móvil en la repisa, doctora Foust?

Le digo que sí.

—¿Qué hacía usted con el teléfono móvil de la señora Baines? —me pregunta, y eso sí que puedo explicarlo, aunque suena poco creíble según lo digo: encontré el teléfono de Morgan en mi cama—. ¿Encontró el teléfono de la señora Baines en su cama? Su marido le ha dicho a la policía que es usted celosa. Que es desconfiada. Que no tolera que hable con otras mujeres.

—Eso no es cierto —contesto con brusquedad, enfadada porque Will haya dicho esas cosas de mí. Siempre que lo he acusado de engañarme, ha sido porque tenía razones para hacerlo.

—¿Sentía celos de la relación de su marido con la señora Baines?

—No —respondo, pero claro, es mentira. Estaba algo celosa. Insegura. Con el historial de Will, tenía derecho a estarlo. Intento explicárselo a la mujer. Le hablo del pasado de Will, de sus aventuras.

—¿Pensaba que su marido y la señora Baines tenían una aventura? —me pregunta, y a decir verdad sí que lo pensaba. Al menos durante un tiempo. Con todo, jamás habría hecho nada al respecto. Y además ahora sé que no era una aventura lo que tenían, sino algo mucho más profundo que eso. Will y Morgan compartían un vínculo, una conexión con su exprometida. Esa a la que decía que no amaba más que a mí. Aunque creo que no es cierto.

Me inclino sobre la mesa y le agarro las manos.

—Tiene que creerme. Yo no le hice nada a Morgan Baines —le digo, pero ella aparta las manos.

Me siento incorpórea de pronto. Me veo desde fuera, sentada en una silla hablando con una mujer.

—La creo, señora Foust —dice la mujer—. De

verdad. No creo que Sadie hiciera esto —asegura, aunque su voz empieza a llegarme amortiguada, como si estuviera alejándome, ahogándome en el agua, hasta que la sala desaparece por completo de mi vista.

WILL

Me permiten entrar en la habitación. Sadie está allí. Está sentada en una silla de espaldas a mí. Tiene los hombros caídos y las manos en la cabeza. Desde atrás, parece tener solo doce años. Lleva el pelo revuelto y el pijama puesto.

Me acerco con cuidado.

—¿Sadie? —le pregunto con delicadeza, porque tal vez sea ella o tal vez no. Hasta que no la veo de cerca, nunca sé quién es. Los rasgos físicos no cambian. Siempre tiene el pelo castaño y los ojos marrones, la misma figura esbelta, el mismo tono de piel y la misma nariz. Lo que cambia es su comportamiento, su porte. Lo noto en su postura: en su manera de andar y de moverse. En las palabras que escoge y en su tono de voz. En sus actos. Si se muestra agresiva o tímida, si es una aguafiestas o si es grosera, si está nerviosa o relajada. Si se me acerca o si se queda acobardada en un rincón, llorando como una niña pequeña que extraña a su padre cada vez que la toco.

Mi esposa es un camaleón.

Me mira. Está hecha un desastre. Tiene lágrimas en los ojos, y así es como sé que se trata de Sadie o de la niña. Porque Camille nunca lloraría.

—Creen que la maté yo, Will.

Sadie.

Percibo el pánico en su voz cuando habla. Se muestra hipersensible como siempre. Se levanta de la silla, se me acerca, se pega a mí. Me rodea el cuello con los brazos, se muestra pegajosa, cosa que Sadie no suele hacer. Pero ahora está desesperada, cree que haré su voluntad porque siempre lo hago. Sin embargo, esta vez no.

—Oh, Sadie —le digo acariciándole el pelo, dispuesto como siempre—. Estás temblando. —Me aparto y la mantengo alejada.

Tengo dominada la empatía. Contacto visual, actitud de escucha. Hacer preguntas, evitar juzgar. Podría hacerlo hasta dormido. Llorar un poco nunca viene mal.

—Dios mío —le digo. Le suelto las manos el tiempo suficiente de sacarme del bolsillo el pañuelo de papel que guardé allí antes, que tiene el mentol suficiente para hacerme llorar. Me enjugo con él los ojos, vuelvo a guardármelo en el bolsillo y dejo que salgan las lágrimas—. Berg se arrepentirá del día en que te hizo esto. Nunca te había visto tan alterada —le digo, y le rodeo la cara con las manos—. ¿Qué te han hecho?

Cuando habla, le sale la voz entrecortada. Le está entrando el pánico. Lo veo en sus ojos.

—Creen que yo maté a Morgan. Que lo hice porque estaba celosa de vosotros. No soy una asesina, Will —me dice—. Ya lo sabes. Tienes que decírselo.

—Claro, Sadie. Claro que lo haré —miento, siempre disponible para ella. Siempre. Llega a cansar—. Se lo diré. —Aunque no lo haré. No estoy convencido de la necesidad de cometer obstrucción a la justicia por ella, aunque Sadie nunca mataría a nadie. Ahí es donde Camille resulta útil.

A decir verdad, me gusta Camille más que Sadie. La primera vez que se manifestó ante mí, pensé que Sadie me estaba tomando el pelo. Pero no. Era real. Y casi demasiado bueno para ser cierto. Porque había descubierto a una mujer vivaracha e indomable que vivía dentro de mi esposa, una mujer que me gustaba más que aquella con la que me había casado. Fue como descubrir oro en una mina.

Tiene lugar una metamorfosis entera. Llevo demasiado tiempo metido en esto como para saber cuándo está sucediendo. Pero nunca sé con quién me encontraré cuando tenga lugar la mutación, si acabaré con una mariposa o con una rana.

—Tienes que creerme —me suplica.

—Claro que te creo, Sadie.

—Creo que están intentando incriminarme —me dice—. Pero tengo una coartada, Will. Estaba contigo cuando fue asesinada. ¡Me culpan de algo que no he hecho! —me grita cuando me acerco, le agarro la cabeza entre las manos y le digo que todo irá bien.

Entonces retrocede, al acordarse de algo.

—Berg dijo que le llamaste —me dice—. Me dijo que le llamaste y que te retractaste de lo que habías dicho sobre esa noche. Dice que dijiste que no estuve contigo. Que me fui a sacar a las perras. Que no sabías dónde estaba. Mentiste, Will.

—¿Es eso lo que te han dicho? —pregunto, horrorizado. Me quedo con la boca y los ojos muy abiertos. Niego con la cabeza—. Están mintiendo, Sadie. Cuentan mentiras para intentar enfrentarnos. Es una táctica. No puedes creer nada de lo que te digan.

—¿Por qué no me dijiste que Morgan era la hermana de Erin? —me pregunta, cambiando de tema—. Me lo ocultaste. Lo habría entendido, Will. Habría entendido que sintieras la necesidad de conectar con alguien a quien Erin quería, si me lo hubieses contado. Te habría apoyado —me dice, y es para reírse, en serio. Porque pensé que Sadie era más lista que todo esto. No ha sido capaz de sumar dos y dos.

No necesitaba conectar con Morgan. Necesitaba desconectar. No sabía que vivía en la isla cuando nos mudamos aquí. De haberlo sabido, jamás habríamos venido.

Qué sorpresa me llevé al verla por primera vez después de diez años. Podría haberlo dejado correr, claro, pero Morgan no podía dejar las cosas tranquilas.

Amenazó con chivarse. Con contarle a Sadie lo que había hecho. La foto de Erin que dejó para que Sadie la encontrara. Yo la encontré primero y la escondí en el último lugar donde pensé que la buscaría. Fue una suerte para mí que la encontrara.

Morgan fue una niña estúpida la noche que maté a Erin. Nos oyó discutir porque Erin se había enamorado de un imbécil cuando se fue a estudiar. Volvió a casa para romper nuestro compromiso. Intentó devolverme el anillo. Había estado fuera solo dos meses, pero cuando llegó para las vacaciones de Navidad, ya se había vuelto una arrogante. Se creía mejor que yo. Pertenecía a una hermandad mientras que yo seguía viviendo en el pueblo e iba a la universidad local.

Morgan intentó delatarme, decirle a todo el mundo que nos había oído discutir la noche anterior, pero nadie iba a creer a una niña de diez años antes que a mí. Y representé bastante bien el papel de novio angustiado.

Me mostré todo lo desolado que pude. Y por entonces nadie sabía que Erin había empezado a salir con otro. Solo me lo había contado a mí.

Las pruebas —la tormenta, las placas de hielo en la carretera, la poca visibilidad— aquella noche también eran insuperables. Había tomado precauciones. Cuando la encontraron, no había signos externos de violencia. No había indicios de forcejeo. La asfixia es muy difícil de detectar. Tampoco le realizaron una prueba toxicológica, debido a las condiciones meteorológicas. Nadie pensó que Erin pudiera haber muerto por una sobredosis de Xanax, por hipoxia, por una bolsa de plástico en la cabeza. La policía no lo pensó. No pensaron que le quité la bolsa de la cabeza cuando ya estaba muerta; que trasladé su cuerpo al asiento del conductor, puse el coche en marcha y vi su cadáver meterse de lleno en la laguna. Después recorrí andando el resto del camino hasta casa, agradecido a la nieve por cubrir mis huellas. Pensaron solo en la carretera helada, en que Erin pisaba demasiado el acelerador, en el hecho indiscutible de que se salió de la carretera y acabó en el agua congelada, lo cual era bastante discutible, al fin y al cabo. Porque no fue así como sucedió.

Asesinato premeditado. Fue casi demasiado fácil hacerlo y salir impune.

Seguí con mi vida, conocí a Sadie, me enamoré, me casé. Y de repente, Camille.

Cuidaba de mí como Sadie nunca sabría cuidarme. Jamás imaginé todo lo que llegaría a hacer por mí a lo largo de los años. Morgan no fue la primera mujer a la que mató por mí. Porque también estuvo Carrie Laemmer, una estudiante que dijo que yo la había acosado sexualmente.

387

Sadie vuelve a hablar.

—Dicen que sufro disociación. Que solo soy una de varias partes. Que hay gente viviendo dentro de mí —me dice—. Es ridículo. Si tú, que eres mi marido, no te has dado cuenta, ¿cómo van a saberlo ellos?

—Es una de tantas cosas que me encantan de ti. Tu imprevisibilidad. Cada día eres diferente. Te diré algo, Sadie: nunca has sido aburrida. Pero no había encontrado un diagnóstico para tu enfermedad —le digo, aunque es mentira, claro. Hace mucho tiempo que sabía a lo que me enfrentaba. Aprendí a usarlo en mi favor.

—¿Lo sabías? —me pregunta, horrorizada.

—Es algo bueno, Sadie. El lado positivo. ¿No te das cuenta? La policía no cree que tú matases a Morgan. Creen que lo hizo Camille. Puedes declararte inocente a causa de la demencia. No irás a la cárcel.

Suelta un grito ahogado, empieza a desestabilizarse. Es divertido de ver.

—Pero me enviarán a una institución psiquiátrica, Will. No podré irme a casa.

—Eso es mejor que la cárcel, ¿verdad, Sadie? ¿Sabes las cosas que pasan en la cárcel?

—Pero, Will —me dice, desesperada—, no estoy loca.

Doy un paso atrás. Me acerco a la puerta porque soy el único de los dos con la libertad para marcharse. Me siento poderoso. Me doy la vuelta y la miro, mi cara cambia, se vuelve visiblemente apática porque esa falsa empatía se me hace cada vez más agotadora.

—No estoy loca —me repite.

Me muerdo la lengua. No estaría bien mentir.

SADIE

Algún tiempo después de que Will se marche, entra el agente Berg. Deja la puerta abierta.

Conozco mis derechos. Exijo ver a un abogado.

Pero él se encoge de hombros sin mucho afán y dice: «No es necesario», porque me van a dejar ir. No tienen pruebas para retenerme aquí. El arma del crimen y el trapo de cocina que dije haber visto no aparecen por ninguna parte. La teoría que manejan es que me lo inventé para desviar la investigación. Sin embargo, tampoco pueden demostrar eso. Dicen que yo maté a Morgan. Que me transformé en otra versión de mí misma y la maté. Aunque la policía necesita pruebas suficientes para arrestarme. Necesitan algo más que meras sospechas. Ni siquiera la declaración del señor Nilsson es suficiente porque no me sitúa en el lugar del crimen. El teléfono móvil encontrado en mi casa tampoco. Esas cosas son circunstanciales.

Todo me parece una fantasía. Hay partes de mi vida por las que no puedo responder, incluida esa noche.

Está dentro de lo posible que yo, u otra versión de mí, asesinara a esa pobre mujer, aunque no sé por qué. Me vienen a la cabeza las fotos que me enseñó el agente Berg y tengo que contener el llanto.

—¿Quiere que llamemos a su marido para que venga a buscarla? —me pregunta el policía, pero le digo que no. A decir verdad, me molesta un poco que Will me haya dejado sola en la comisaría. Aunque el tiempo sigue siendo desapacible, necesito estar a solas con mis pensamientos. Necesito aire fresco.

El propio agente Berg se ofrece a llevarme, pero también rechazo su ofrecimiento. Necesito alejarme de él.

Empiezo a quitarme el abrigo que me dio, pero me detiene y me dice que debería quedármelo. Ya lo recuperará en otra ocasión.

Fuera está oscuro. El sol se ha puesto. Todo está blanco, pero por ahora ha dejado de nevar. Los coches se mueven despacio. Los faros se mueven entre los bancos de nieve. Los neumáticos chirrían sobre la nieve apelmazada. Las calles están hechas un desastre.

Voy calzada con unas pantuflas, pero no son nada comparadas con unos zapatos. Son de punto, con una piel sintética que absorbe la humedad, lo que hace que tenga los pies mojados, rojos y entumecidos. No me he peinado en todo el día. No sé qué aspecto tengo, pero me atrevería a decir que parezco una loca.

Mientras recorro las pocas manzanas que me separan de casa, voy encajando las últimas horas de mi vida. Dejé a Otto solo, con el trapo de cocina y el cuchillo. La policía fue a buscar ambas cosas. Para entonces ya habían desaparecido. Alguien hizo algo con el trapo y el cuchillo.

Mientras avanzo hacia nuestra calle, agacho la cabeza y camino abrazándome para protegerme del viento frío de la noche, que todavía mece la nieve del suelo. Hay placas de hielo en la calle, resbalo y me caigo una vez, dos, tres veces. Solo a la tercera me ayuda a ponerme en pie un buen samaritano, que me toma por una borracha. Me pregunta si puede llamar a alguien para que venga a recogerme, pero para entonces ya casi he llegado a casa. Solo tengo que subir por nuestra calle, y lo hago sin ninguna elegancia.

Veo a Will en la ventana cuando llego, sentado en el sofá, con la chimenea encendida. Tiene las piernas cruzadas y está absorto en sus pensamientos. Tate entra corriendo en la habitación, sonríe lleno de alegría y, cuando pasa por delante, Will le hace cosquillas en la tripa y él se ríe. Sale corriendo escaleras arriba, lejos de Will, y desaparece por otra parte de la casa donde ya no puedo verlo. Will regresa al sofá, coloca las manos detrás de la cabeza y se recuesta, aparentemente satisfecho.

Hay luces encendidas en la planta de arriba, en las habitaciones de Otto e Imogen, que dan a la calle, aunque están las cortinas echadas. No veo nada salvo el perfil brillante de las ventanas, aunque me sorprende que Imogen esté en casa. A esta hora de la noche, no suele estar.

Desde fuera, la casa parece idílica, como el día que llegamos. Los tejados y los árboles están cubiertos de nieve. También cubre el jardín, de un blanco deslumbrante. Las nubes de tormenta se han disipado y la luna ilumina esta escena tan pintoresca. Sale humo por la chimenea encendida y, aunque fuera todo está helado, dentro la estampa parece acogedora y hogareña.

391

En la imagen no hay nada extraño, es como si Will y los niños hubieran seguido su vida sin mí, sin percatarse de mi ausencia.

Pero precisamente el hecho de que no haya nada extraño me hace pensar que algo malo sucede.

WILL

La puerta se abre de golpe. Y allí está, toda desaliñada y despeinada.

Ya podía Berg haberme avisado de que la habían soltado.

Disimulo mi sorpresa. Me pongo en pie, me acerco a ella y le rodeo la cara con las manos.

—Oh, gracias a Dios —le digo abrazándola. Contengo la respiración. Huele fatal—. Por fin han entrado en razón.

Pero Sadie reacciona con frialdad, me aparta y me dice que la he dejado allí, que la he abandonado. Muy dramático todo.

—Nada de eso —le aseguro, aprovechándome de su debilidad, de su tendencia a olvidar ciertos momentos. Más o menos una cuarta parte de las conversaciones que Sadie mantiene se le olvidan después. Lo cual para mí se ha convertido en algo habitual, pero es una molestia para sus compañeros de trabajo y personas así. Hace difícil que Sadie tenga amigos porque, en apariencia, es imprevisible y distante—. Te dije que volvería en cuanto me asegurase de que los niños estaban bien —le aseguro—. ¿No te acuerdas? Te quiero, Sadie. Jamás te abandonaría.

Niega con la cabeza. No se acuerda. Porque no ha pasado.

—¿Dónde están los chicos? —pregunta mientras los busca.

—En sus habitaciones.

—¿Cuándo pensabas volver?

—He estado haciendo unas llamadas, tratando de encontrar a alguien que viniese a quedarse con ellos. No quería dejarlos solos toda la noche.

—¿Por qué debería creerte? —me pregunta, escéptica. Quiere ver mi teléfono, saber a quién he llamado, y como la suerte me sonríe, hay llamadas recientes en el historial del teléfono a números que Sadie desconoce. Les asigno nombres. Andrea, una compañera de trabajo, y Samantha, una estudiante de postgrado.

—¿Por qué no ibas a creerme? —le pregunto yo, haciéndome la víctima.

Oímos que Tate se levanta de la cama en el piso de arriba. La casa cruje con el movimiento.

Sadie niega con la cabeza, parece agotada, y dice:

—Ya no sé qué creer. —Se frota la frente, tratando de entender la situación. Ha tenido un mal día. No entiende cómo un cuchillo y un trapo de cocina pueden desaparecer sin más. Me lo pregunta con tono provocativo y exasperado. Quiere discutir.

—No lo sé, Sadie —respondo encogiéndome de hombros—. ¿Estás segura de que los has visto de verdad? —Porque un poco de luz de gas nunca viene mal.

—¡Estoy segura! —exclama, desesperada por hacer que la crea.

Esto se está complicando un poco ahora que la policía está implicada, no como la última vez, cuando las cosas fueron mucho más sencillas. Normalmente soy más metódico con estas cosas. Pongamos por caso a Carrie Laemmer. Lo único que tuve que hacer en aquella ocasión fue esperar a que apareciera Camille y meterle la idea en la cabeza. Camille es sugestionable, igual que lo es Sadie. Lo que pasa es que Sadie no es violenta. Podría haberlo hecho yo mismo. Pero ¿por qué iba a hacerlo si tenía a alguien dispuesto a hacerlo por mí? Lloré mucho, le conté las amenazas de Carrie, que me acusaba de acoso sexual. Le dije que deseaba que desapareciera y me dejara en paz. Mi carrera y mi reputación quedarían destruidas si Carrie cumplía sus amenazas. Me apartarían de ella, me meterían en la cárcel. Le dije: «Está intentando arruinarme la vida. Quiere arruinar nuestra vida».

No le pedí explícitamente a Camille que la matara.

Y aun así, pocos días más tarde, Carrie había muerto.

Lo que ocurrió fue que un día la pobre Carrie Laemmer desapareció. Se organizó una búsqueda a gran escala. Corría el rumor de que había acudido a fiesta universitaria la noche anterior y había bebido mucho. Se marchó de la fiesta sola, salió dando tumbos de la casa, sola. Se cayó por los escalones del porche mientras otros asistentes a la fiesta la miraban.

La compañera de habitación de Carrie no regresó hasta la mañana siguiente. Cuando lo hizo, descubrió que Carrie no había dormido en su cama, que no había vuelto a casa la noche anterior.

Las cámaras de seguridad del campus captaron a Carrie tambaleándose frente a la biblioteca, cayéndose en mitad del patio interior. No era propio de Carrie, que tenía mucho aguante bebiendo, o eso decían los estudiantes que vieron los vídeos de seguridad. Como si una alta tolerancia al alcohol fuese algo de lo que alardear. Sus padres estarían orgullosos de saber en qué se invertían sus cincuenta mil dólares al año.

Había fallos en el sistema de videovigilancia. Puntos ciegos donde las cámaras no llegaban. Aquella noche yo estuve en un evento del claustro. Hubo gente que me vio. Aunque nunca llegué a ser sospechoso porque nadie lo fue. Porque aquella vez, al contrario que esta, las cosas fueron como la seda.

No lejos del campus había un canal contaminado donde practicaba el equipo de remo de la universidad. El agua tenía más de tres metros de profundidad y estaba contaminada con aguas residuales, si los rumores eran ciertos. Había una pasarela de madera para correr, situada en paralelo al canal, a la sombra de los árboles.

Después de tres días desaparecida, Carrie apareció ahí, en el canal. La policía dijo que se ahogó por el modo en que fue encontrada, con casi todas las partes del cuerpo flotando como una boya en la superficie del canal, mientras que la cabeza, más pesada, permanecía bajo el agua.

Causa de la muerte: ahogamiento accidental. Todo el mundo sabía que había estado bebiendo, que se tambaleaba. Todos lo vieron. Era fácil dar por hecho entonces que se tropezó y cayó borracha al canal por su propio pie.

Toda la población estudiantil lloró su muerte. Se depositaron flores al borde del canal debajo de un árbol. Sus padres viajaron desde Boston y dejaron en el lugar del ahogamiento su osito de peluche de la infancia.

Lo que Camille me contó fue que Carrie no pataleó ni dio brazadas en el agua. No gritó ni pidió ayuda. Lo que ocurrió en vez de eso fue que estuvo flotando en la superficie durante un rato. Con la boca hundida bajo el agua. Subía y bajaba como una boya.

Estuvo así un rato, con la cabeza echada hacia atrás y los ojos vidriosos y vacíos.

Camille dijo que, si se molestó en patalear, ella no se dio cuenta.

Estuvo así casi un minuto. Después se sumergió bajo el agua.

Tal como Camille me lo describió, parecía tan poco dramático como lo es un ahogamiento. Decepcionante. Aburrido, incluso.

Esta vez tuve mala suerte porque Sadie se puso a hacer la colada antes que yo.

He sido descuidado. Porque la noche con Morgan, la transformación de Camille en Sadie sucedió demasiado deprisa y tuve que limpiar yo el desastre. Quemé su ropa. Enterré el cuchillo. Sin embargo, no contaba con que Sadie hiciese la colada. ¿Por qué iba a hacerlo? Nunca lo hace. Tampoco sabía que Camille se hubiera llevado el collar de Morgan. No hasta que lo vi en la encimera de la cocina esta mañana.

Camille debería haber tenido más cuidado aquella noche con dónde pisaba. Debería haber anticipado mejor las salpicaduras de sangre. No era su primera vez. Con todo, volvió a casa llena de sangre. Tuve que limpiarla, y dejé mis huellas dactilares en el cuchillo y en el trapo de cocina. No podía permitir que la policía lo encontrara.

Sadie se frota la cara y repite:

—Es que no sé qué creer.

—Ha sido un día muy largo y estresante. Y no has estado tomándote las pastillas —le digo. Entonces se da cuenta. Se fue a la cama sin tomarse las pastillas. Se olvidó de ellas esta mañana. Lo sé porque siguen donde las dejé.

Por eso se siente así, fuera de control, como le pasa siempre que no se toma las pastillas. Corre a por ellas y se las traga, sabiendo que dentro de poco volverá a encontrarse bien.

Estoy a punto de carcajearme. Las pastillas no hacen nada. El supuesto efecto solo está en su cabeza. El efecto placebo. Porque cree que tomarse una pastilla hará que se sienta mejor. ¿Te duele la cabeza? Tómate un Tylenol. ¿Tienes mocos? Un poco de Sudafed.

Uno pensaría que, siendo médica, Sadie se daría cuenta.

Compré las cápsulas vacías por Internet. Las llené con harina de maíz y sustituía las que le había recetado el médico por estas otras. Sadie se las tomaba como una buena chica, pero a veces se quejaba, decía que las pastillas le hacían sentirse cansada y confusa, porque se supone que eso es lo que hacen las pastillas.

A veces puede ser muy sugestionable.

Le preparo la cena. Le sirvo una copa de vino. La siento a la mesa y, mientras come, le froto los pies, fríos y sucios. Están grises y amoratados.

Cabecea sentada a la mesa, tan cansada que se queda dormida sentada.

Pero duerme solo un segundo como mucho y, cuando se despierta, me pregunta medio dormida, alargando las palabras por el cansancio:

—¿Cómo conseguiste volver a casa en mitad de la tormenta? Otto me dijo que los ferris no circulaban.

Cuántas preguntas. Demasiadas preguntas.

—En taxi acuático.

—¿A qué hora fue eso?

—No estoy seguro. Llegué a tiempo de recoger a Tate.

Empieza a volver en sí y habla con claridad.

—¿Tuvieron a los niños en el colegio todo el día? ¿Incluso con la tormenta?

—Los tuvieron ahí hasta que los padres pudieron ir a recogerlos.

—¿Así que te fuiste directo al colegio? ¿No pasaste por casa primero? —me pregunta. Le digo que no. Está elaborando una cronología de los hechos. Me pregunto por qué. Le digo que tomé el taxi acuático hasta la isla, recogí a Tate y volví a casa. Después fui al edificio de seguridad pública a buscarla.

Una parte de eso es verdad.

—¿Qué estaba haciendo Otto cuando llegaste a casa? —me pregunta.

Pronto tendré que cerrarle la boca. Porque su curiosidad es lo único que se interpone entre la impunidad y yo.

SADIE

Estoy en el dormitorio, rebuscando en mis cajones, saco un pijama limpio para cambiarme el que llevo puesto. Necesito ducharme. Me duelen los pies y tengo las piernas magulladas. Pero esas cosas carecen de importancia cuando tengo preocupaciones mayores en la cabeza. Es una experiencia extracorpórea. Lo que está sucediendo no puede estar pasándome a mí.

De pronto me giro con la certeza de que ya no estoy sola. Es una sensación metafísica, algo que me recorre la columna vertebral.

Otto entra en el dormitorio sin avisar. No está allí y de pronto sí está. Su súbita aparición me hace dar un respingo, me llevo la mano al corazón. Me acerco para mirarlo. Las señales de su enfermedad son ahora visibles.

No mentía. Está enfermo de verdad. Se tose en la mano y tiene la mirada perdida y febril.

Pienso en la última conversación que tuve con él, cuando me acusó de haber metido el cuchillo en su mochila. Si lo que dijo esa policía es cierto, no fui yo. Fue la parte de mí conocida como Camille. La culpa es enorme. Otto no es un asesino. Posiblemente yo lo sea.

—¿Dónde estabas? —me pregunta, y vuelve a toser. Su voz suena áspera, no como antes.

Will no les dijo a los críos dónde estaba. No les dijo que no iba a volver a casa. ¿Cuánto tiempo habría esperado para decírselo? ¿Cómo se lo habría dicho? ¿Qué palabras habría utilizado para decirles a nuestros hijos que me había detenido la policía? Y, cuando le preguntaran por qué, ¿qué les habría dicho? ¿Que su madre es una asesina?

—Te fuiste sin más —me dice, y veo en él al niño que sigue siendo. Imagino que se asustó al no encontrarme.

—Había una cosa que tenía que hacer —le digo sin entrar en detalles.

—Pensaba que estarías aquí. No supe que te habías ido hasta que vi a papá ahí fuera.

—¿Le viste cuando vino a casa con Tate? —le pregunto. Me imagino el pequeño sedán de Will abriéndose paso entre la nieve. No sé cómo pudo lograrlo el coche.

Pero Otto me dice que no, que fue antes de que Tate llegase a casa. Me dice que poco después de que habláramos en el salón, cambió de opinión. Tenía hambre. Quería que le preparase esa tostada.

Me dice que bajó a buscarme, pero yo no estaba. Me buscó y vio a Will deambulando por el jardín trasero entre la nieve.

Pero Otto se equivoca. Fue a mí, no a Will, a quien vio en el jardín entre la nieve.

401

—Era yo —le digo—. Estaba intentando meter en casa a las perras. —No le cuento lo del cuchillo.

Ahora me doy cuenta de lo que debió de pasar con el cuchillo en Chicago. Camille debió de guardárselo a Otto en la mochila. La historia que me contó sobre la noche en la escalera de incendios, cuando le convencí para apuñalar a sus compañeros, no era una fantasía. Desde su punto de vista, sucedió tal y como me lo contó. Porque me vio.

Y los dibujos inquietantes, y las muñecas. No era Otto. También era yo.

—Era papá —insiste negando con la cabeza.

Me doy cuenta de que le tiemblan las manos y le sudan las palmas. Se las froto contra los muslos de mi pantalón de pijama y le pregunto qué ha dicho.

—Papá estuvo aquí —repite—, en el jardín de atrás. Quitando nieve con la pala.

—¿Estás seguro de que era tu padre?

—¿Por qué no iba a serlo? —me pregunta, cansado ya de mis preguntas—. Sé qué aspecto tiene papá.

—Claro que sí —le digo, y me noto mareada y sin aliento—. ¿Estás seguro de que lo viste en el jardín de atrás?

Agradezco que me hable. Tras su declaración de hoy, me sorprende. Recuerdo sus palabras. «Nunca te perdonaré». ¿Por qué iba a hacerlo? Yo nunca me perdonaré a mí misma por lo que he hecho.

—Estoy seguro —dice Otto, asintiendo con la cabeza.

¿Will estaba quitando la nieve del jardín? ¿Quién diablos quita la nieve de la hierba?

Me doy cuenta entonces de que no estaba retirando la nieve con la pala. Estaba cavando en la nieve en busca del cuchillo.

Pero ¿cómo iba a saber él lo del cuchillo? Solo se lo conté al agente Berg.

Entonces me doy cuenta de la respuesta, que me desestabiliza por completo.

La única manera de que Will supiera lo del cuchillo es que fuera él quien lo puso ahí.

WILL

Sadie va descubriendo muy deprisa que mi relato está lleno de incongruencias. Sabe que alguien de esta casa mató a Morgan. Sabe que podría haber sido ella. Con un poco de astucia, pronto descubrirá, si no lo ha hecho ya, que yo soy el titiritero que mueve los hilos. Y entonces se lo contará a Berg.

No permitiré que eso suceda. Me libraré de ella antes.

Después de cenar, se fue arriba a lavarse antes de irse a la cama. Está cansada, pero tiene los nervios alterados. Le costará dormir esta noche.

A pesar de que las pastillas que toma son solo placebo, eso no significa que las que compro en la farmacia —las que reservo para un mal día— no sean auténticas. Puedo combinarlas con un poco de vino y ya está, tendré un cóctel letal.

Lo mejor del plan es que el estado mental de Sadie estaba bien documentado antes de venir a Maine. Si a eso sumamos las cosas que ha descubierto a lo largo del día de hoy, no sería de extrañar que quisiera suicidarse.

Un asesinato que pretende hacerse pasar por un suicidio. Son palabras de Sadie, no mías.

Encuentro las pastillas en un mueble alto de la cocina. Utilizo el mortero para machacarlas. Abro el grifo para amortiguar el ruido. Las pastillas no son precisamente fáciles de disolver, pero tengo mis métodos. Sadie nunca ha dicho que no a una copa de vino después de sus pastillas. Uno pensaría que debería saber bien que esas cosas no deben mezclarse.

Preveo que le sobrevenga algún tipo de fallo respiratorio. Pero a saber. Hay muchas cosas que pueden salir mal con una sobredosis letal.

Redacto mentalmente una nota de suicidio. Será fácil de falsificar. «No puedo vivir conmigo misma. No puedo continuar así. He hecho una cosa terrible».

Cuando Sadie haya muerto, nos quedaremos solos Imogen, los chicos y yo. Este es el sacrificio que estoy haciendo por mi familia. Porque, como Sadie es quien trae el pan a casa, es ella la que tiene el seguro de vida. Dicho seguro tiene una cláusula de suicidio que estipula que la aseguradora no pagará nada si Sadie se suicida dentro de los dos primeros años desde que la póliza entró en vigor. No sé si tiene la póliza desde hace más de dos años. De ser así, nos tendrían que pagar la cuantiosa suma de quinientos mil dólares. Me emociono al imaginarlo. Lo que podría comprar con quinientos mil dólares… Siempre he pensado que me gustaría vivir en una casa flotante.

Si no hace más de dos años que tiene la póliza, entonces no nos darán nada.

Pero incluso en ese caso, me digo a mí mismo que la muerte de Sadie no habrá sido en vano. Conseguiré muchas cosas con ello; la más importante, mi libertad. Simplemente no obtendré ninguna ganancia económica.

Dejo de machacar las pastillas por un momento. La idea me entristece. Pienso que quizá sea mejor posponer el suicidio de Sadie hasta haber echado un vistazo a la póliza. Porque medio millón de dólares es mucho dinero para tirarlo a la basura.

Pero entonces lo reconsidero. Me reprendo mentalmente. No debería ser tan codicioso, tan materialista. Hay cosas más importantes en que pensar.

Después de todo lo que ha hecho Sadie, no puedo permitir que mis hijos vivan con un monstruo.

SADIE

¿Por qué iba Will a enterrar un cuchillo en el jardín? ¿Y qué razón iba a tener para desenterrarlo y ocultárselo a la policía?

Si se ha llevado el cuchillo, ¿se habrá llevado también el trapo? ¿Y el collar?

Me ha mentido. Me ha dicho que recogió a Tate del colegio y vino a casa, pero fue al revés. Will sabía lo de mi enfermedad, sabía que me transformo en otra persona, y no me lo dijo. Si sabía que tenía una faceta potencialmente peligrosa, ¿por qué no me buscó ayuda? «Nunca has sido aburrida», me dijo, algo bastante simplista a la luz de lo que sé ahora.

Está escondiendo algo. Está escondiendo muchas cosas, creo.

Me pregunto dónde estará ahora el cuchillo. Y el trapo de cocina y el collar. Si la policía registró nuestro hogar a conciencia, entonces es que no están aquí. Están en otra parte. A no ser que Will llevase esas cosas encima mientras la policía registraba nuestra casa y las esconditera después. En cuyo caso, podrían seguir aquí.

Pero, si soy yo quien mató a Morgan, ¿por qué ocultaría Will esas cosas? ¿Estaba intentando protegerme? No lo creo.

Pienso en lo que me dijo el agente Berg, que Will había llamado y se retractó de su cuartada de aquella noche. Dijo que no estaba conmigo cuando Morgan fue asesinada.

¿Estaría mintiendo el agente Berg, como me dijo Will, en un intento de enfrentarnos el uno al otro?

¿O sucedió como dijo el agente? ¿Estaba Will tratando de incriminarme?

Pienso en lo que sé sobre el asesinato de Morgan. El cuchillo de deshuesar. Las notas amenazantes. *No sabes nada. Cuéntaselo a alguien y estás muerta. Te estoy vigilando.* Esto resulta útil, pero es impensable. Porque no puedo quitarme de la cabeza la idea de que Erin y Morgan eran hermanas. Es la prueba más condenatoria de todas. Porque ambas están muertas.

Recuerdo el día de nuestra boda, los días en que llegaron al mundo nuestros bebés. Me aterroriza la idea de que Will, el Will siempre amable y compasivo, que cae bien a todo el mundo, al que conozco desde hace media vida, pueda ser un asesino. Empiezo a llorar. Pero es un llanto silencioso porque tiene que serlo. Me llevo la mano a la boca, me apoyo en la pared del dormitorio y siento que estoy a punto de desmayarme. Aprieto fuerte con la mano, tratando de contener el llanto, temblando. Las lágrimas brotan de mis ojos.

No puedo permitir que los demás me oigan. No puedo dejar que me vean. Me calmo, se me revuelve la cena de Will y me sube por el esófago. Gracias a Dios, se queda ahí.

Ahora sé que Will tuvo algo que ver con el asesinato

de Morgan porque también estuvo implicado en el de Erin. El asesinato de Erin, y no un horrible y desafortunado accidente. Pero ¿por qué matar a Morgan? Vuelvo a pensar en las notas amenazantes y entonces me doy cuenta: Morgan sabía algo que Will no quería que el resto del mundo descubriera.

Con Will en el piso de abajo, comienzo a registrar nuestro dormitorio en busca de los objetos desaparecidos: el cuchillo, el trapo, el collar de Morgan. Es demasiado listo para esconder esas cosas en lugares evidentes, como debajo del colchón o en un cajón de la cómoda.

Me acerco al armario. Palpo el interior de la ropa de Will en busca de bolsillos secretos, pero no encuentro ninguno.

Me pongo a cuatro patas y gateo por el suelo de madera. Es un suelo de tablillas anchas, que podrían tener un compartimento secreto escondido debajo. Busco con los dedos alguna tablilla suelta. Con los ojos, busco alguna diferencia sutil en la altura de las tablas y en el grano de la madera. No hay nada que llame mi atención.

En cuclillas, pienso. Miro la habitación, preguntándome dónde más podría Will ocultarme algo si quisiera. Pienso en los muebles, en la rejilla de ventilación del suelo, en el detector de humos. Me fijo en los enchufes, uno situado en el centro de cada pared, un total de cuatro.

Me pongo en pie y busco dentro de la cómoda, debajo de la cama y detrás de las cortinas. Y es entonces cuando un quinto enchufe llama mi atención, escondido detrás de la cortina.

Esta toma de corriente no está instalada como las demás, en el centro de cada pared, sino situada de un modo que para mí no tiene sentido. Se encuentra a pocos metros de otro enchufe y, mirándola de cerca, parece ligeramente distinta al resto, aunque una persona que no sospechara nunca notaría la diferencia. Solo alguien que creyera que su marido tiene algo que ocultar.

Miro hacia la puerta. Aguzo el oído, asegurándome de que Will no está subiendo. El pasillo está a oscuras, vacío, pero no en silencio. Tate está alterado esta noche.

Vuelvo a ponerme a cuatro patas. No tengo destornillador, así que meto la uña en la cabeza del tornillo. Giro y giro, me retuerzo la uña y me la rompo hasta que me sangra el dedo. El tornillo sale. En vez de desprenderse de la pared, la toma de corriente se abre y revela una pequeña caja fuerte que hay detrás. Allí no están ni el cuchillo, ni el trapo, ni el collar. En su lugar hay un rollo de billetes, casi todos billetes de cien dólares, que empiezo a sumar con torpeza, perdiendo la cuenta, pero calculo que rondarán los miles de dólares. La sangre del dedo cae en los billetes. El corazón se me acelera.

¿Por qué iba Will a esconder este dinero en la pared?

¿Por qué iba a ocultarme dinero?

Ahí dentro no hay nada más.

No vuelvo a guardar el dinero en la caja fuerte. Lo escondo en mi cajón de la cómoda. Vuelvo a echar las cortinas. Me levanto del suelo y apoyo una mano en la pared para estabilizarme. A mi alrededor, el mundo parece dar vueltas.

Cuando recupero el control de mí misma, salgo medio mareada del dormitorio y bajo las escaleras. Contengo la respiración. Me muerdo con fuerza el labio mientras desciendo los escalones de uno en uno.

Mientras me aproximo al final, oigo a Will tarareando una alegre melodía. Está en la cocina, lavando los platos, creo. El grifo del fregadero está abierto.

No voy a la cocina. En vez de eso, me dirijo hacia el despacho, giro el picaporte y cierro la puerta detrás de mí con suavidad para que no se oiga el ruido del resbalón al encajarse en el cierre. No echo el pestillo; resultaría sospechoso si Will me encontrara en el despacho con el pestillo echado.

Primero consulto el historial de búsqueda. Ahí no hay nada. Lo han borrado todo, incluso la búsqueda que hice sobre la muerte de Erin. Ya no hay nada. Alguien se sentó frente a este ordenador después de mí y se deshizo del historial de búsqueda igual que del cuchillo y del trapo.

Abro el buscador. Tecleo el nombre de Erin y veo qué encuentro. Pero es lo mismo que ya vi antes, informes detallados de la tormenta y de su accidente. Ahora me doy cuenta de que nunca se llevó a cabo una investigación de su muerte. Se catalogó como accidente, tomando como base las circunstancias; a saber, el mal tiempo.

Miro nuestras finanzas. No entiendo por qué Will escondería tanto dinero en las paredes de nuestra casa. Es él quien paga las facturas. Yo no les presto mucha atención, a no ser que deje alguna factura en la encimera para que la vea. De lo contrario, las facturas van y vienen sin que yo las vea.

Accedo a la web del banco. Las contraseñas de nuestras cuentas son casi todas iguales, alguna variación de los nombres de Otto y Tate y sus fechas de nacimiento. La cuenta corriente y la de crédito parecen intactas. Cierro la página y reviso nuestras cuentas de jubilación, el fondo para la universidad de los niños, el saldo de la tarjeta de crédito. También parece todo razonable.

Oigo que Will me llama. Oigo sus pasos subir y después bajar las escaleras; me busca.

—Estoy aquí —grito con la esperanza de que no perciba el temblor de mi voz.

No minimizo la pantalla. En vez de eso, introduzco otro criterio de búsqueda: trastorno de identidad disociativo. Cuando Will entra en la habitación y me pregunta, le digo que estoy intentando aprender más sobre mi enfermedad. Todavía no hemos hablado de cómo es que él lo sabía y yo no. Es otra de las cosas que ha estado ocultándome.

Pero, ahora que lo sé, tengo una nueva preocupación: que yo desaparezca en cualquier momento y otra persona ocupe mi lugar.

—Te he servido una copa de malbec —me dice, de pie en el umbral de la puerta del despacho con el vino, que lleva en una copa sin tallo. Entra en la habitación y me acaricia el pelo con la otra mano. Se me eriza la piel cuando lo hace y he de hacer un esfuerzo por no apartarme—. Nos hemos quedado sin cabernet —me explica, porque sabe que es mi vino favorito. El malbec es bastante más amargo de lo que a mí me gusta, pero esta noche no me importa. Me beberé cualquier cosa.

Mira por encima de mi hombro el sitio web que tengo abierto, una página de medicina general donde enumeran los síntomas y tratamientos.

—Espero que no te moleste que no te lo haya dicho —me dice a modo de disculpa—. Sabía que te lo tomarías mal. Y llevabas la enfermedad bastante bien. Te tenía vigilada, me aseguraba de que estuvieras bien. Si alguna vez hubiera pensado que empezaba a ser problemático…

Se detiene abruptamente y levanto la cabeza para mirarlo.

—Gracias —le digo, refiriéndome al vino, y me deja la copa en el escritorio.

—Después de todo lo que has pasado hoy, pensé que podría venirte bien una copa —me dice.

Desde luego me vendría bien una copa, algo que me calme y me relaje. Alcanzo la copa y me la llevo a los labios, pensando en la sensación anestésica mientras baje por mi garganta y me nuble los sentidos.

Pero me tiembla la mano al hacerlo, así que vuelvo a dejar la copa sobre la mesa porque no quiero que Will vea lo nerviosa que estoy por su culpa.

—No te preocupes por esto —me dice. Ya con ambas manos libres, me masajea los hombros y el cuello. Sus manos son cálidas y firmes. Desliza los dedos hasta mi cuero cabelludo, me masajea la base del cráneo, donde tengo tendencia a sufrir dolores de cabeza—. Yo también he estado documentándome. El tratamiento recomendado es la psicoterapia. No hay medicamentos que traten esta enfermedad —me dice, como si tuviera cáncer.

Me pregunto por qué, si tanto sabe, nunca me había sugerido la psicoterapia. Quizá sea porque ya he visitado a algunos terapeutas en el pasado. Tal vez sea porque pensara erróneamente que ya estaba recibiendo tratamiento.

O tal vez sea porque no quería que mejorase.

—Ya pensaremos en algo por la mañana —me dice—, cuando hayas dormido un poco.

Aparta las manos de mi cabeza. Se coloca a un lado

de la silla y, con un movimiento suave, la gira hasta que me quedo mirándolo.

No me gusta el control que ejerce sobre mí.

Espera unos segundos y después se arrodilla. Me mira a los ojos.

—Sé que ha sido un día muy duro —me dice con cariño—. Mañana será mejor, para los dos.

—¿Estás seguro? —le pregunto.

—Estoy seguro —responde—. Te lo prometo.

Y entonces me rodea la cara con las manos. Desliza los labios sobre los míos, con delicadeza, como si fuese a romperme en cualquier momento. Me dice que lo soy todo para él. Que me quiere más de lo que podría expresar con palabras.

Oímos un golpe procedente del piso de arriba. Tate empieza a gritar. Se ha caído de la cama.

Will se aparta con los ojos cerrados. Acto seguido, se pone en pie.

Señala con la cabeza la copa de vino.

—Llámame si quieres más.

Se marcha y solo entonces recupero el aliento. Oigo sus pasos en las escaleras, su voz cuando le grita a Tate que ya va.

WILL

Con todo lo lista que es Sadie, no se entera de nada. Hay muchas cosas que no sabe. Por ejemplo, no sabe que, si accedo a su cuenta de Google desde otro dispositivo, como hago ahora desde el dormitorio, puedo ver su historial de búsqueda.

No se propone nada bueno. Ha estado husmeando en la web del banco, aunque ahí no encontrará nada.

Pero ha descubierto otras cosas.

Ha sido la sangre lo que la ha delatado, cuando entré en el dormitorio hace unos minutos. Cuatro gotas en el suelo, desde la puerta hasta las cortinas. Me he acercado a las cortinas, he mirado detrás y he visto que el embellecedor del enchufe estaba un poco torcido. He abierto la caja fuerte. El dinero no estaba.

«Cerda avariciosa», he pensado. «¿Qué habrá hecho con él?».

Ahora que ha encontrado el dinero, no tardará en averiguar que he estado robando dinero del fideicomiso de Imogen. La chica es un estorbo, pero merece la pena tenerla cerca solo por eso. Poco a poco voy fabricando mi propio colchoncito.

Según su historial de búsqueda, Sadie también ha estado buscando *online* información sobre Erin y Morgan. Atando cabos.

Quizá se entere de más cosas de las que pensaba.

Meto a Tate en la cama. Está triste por la caída. Le doy un poco de Benadryl y le digo que así la cabecita le dolerá menos. Le doy un poco más de la dosis recomendada. No puedo permitir que se despierte esta noche.

Le doy un beso en el lugar de la cabeza donde se ha hecho daño y lo acuesto. Me pide que le cuente un cuento y le doy el capricho. No estoy preocupado. Da igual lo que Sadie encuentre, porque no servirá de nada cuando se beba el vino.

Solo es cuestión de tiempo.

SADIE

Tengo que encontrar la manera de llamar al agente Berg y decirle lo que he descubierto. No me creerá, pero tengo que contárselo de igual modo. Se verá obligado a investigarlo.

No he visto mi móvil desde esta mañana. La última vez que lo vi estaba en la cocina, en el mismo lugar donde está el fijo. Ahí es donde tengo que ir.

Pero la idea de salir del despacho me asusta. Porque, si Will pudo matar a Erin, podría matarme a mí.

Tomo aire varias veces antes de ir. Intento actuar con indiferencia. Me llevo el vino conmigo. Llevo también un abrecartas por si acaso, con una hoja afilada. Me lo guardo en el elástico del pantalón del pijama, por miedo a que se me caiga.

Al otro lado de la puerta del despacho, me siento vulnerable. La casa está a oscuras y en silencio. Los niños duermen. Nadie me ha dado las buenas noches.

Hay una luz encendida en la cocina. No es intensa. Es la luz del extractor. Me acerco a ella como una polilla hacia la luz del porche, tratando de quitarme de encima la sensación de que Will está detrás de mí, observándome.

Si mató a Erin, ¿cómo lo hizo? ¿Fue en un ataque de ira o tal vez algo premeditado? ¿Y qué pasa con Morgan? ¿Cómo murió exactamente?

Noto que el abrecartas se me está resbalando por dentro del pantalón. Me lo subo. Me tiemblan las manos, así que derramo parte del vino con el movimiento, porque inclino demasiado la copa hacia un lado. Lamo el borde del cristal para limpiarlo. Aprieto los labios, no me gusta el sabor amargo del malbec. Aun así, doy otro sorbo y me obligo a tragar, notando el picor de las lágrimas en los ojos.

Me asusto al oír un ruido a mi espalda y me doy la vuelta, pero solo veo el recibidor en penumbra y el comedor. Me quedo quieta, observando, a la espera, atenta a cualquier sonido o movimiento. Esta casa vieja tiene muchos rincones oscuros, muchos lugares donde alguien puede esconderse.

—¿Will? —pregunto en voz baja esperando que responda, pero no lo hace. No responde nadie. No hay nadie ahí, o al menos eso creo. Contengo el aliento para ver si oigo pisadas, o alguna respiración. Pero no percibo nada. El dolor de cabeza persiste y aumenta en intensidad a medida que pasan los minutos, y cada vez noto más calor. Tengo la piel pegajosa en las axilas y entre las piernas. Doy otro sorbo al vino e intento calmar los nervios. No me sabe tan mal esta vez. Estoy acostumbrándome al amargor.

Veo mi teléfono sobre la mesa. Atravieso deprisa la habitación, lo levanto y tengo que contenerme para no gritar al ver que está otra vez sin batería. Tardará un par de minutos en cargarse lo suficiente para poder usarlo.

Tengo otra opción, el fijo, que tiene cable. Solo se puede usar en la cocina. Tendré que darme prisa.

Desando mis pasos y agarro el teléfono fijo, un chisme anticuado. La tarjeta del agente Berg está en el portacorreo que hay en la encimera, cosa que agradezco porque, sin el teléfono móvil, no tengo mis contactos. Marco el número que figura en la tarjeta. Espero a que responda, dando sorbos nerviosos a la copa de malbec.

WILL

La sigo según avanza de una habitación a otra. Me busca. No sabe que estoy aquí, más cerca de lo que cree.

Ahora está trasteando en la cocina. Pero, cuando oigo la rueda del teléfono fijo, sé que es el momento de intervenir.

Entro en la habitación. Sadie se vuelve para mirarme con los ojos muy abiertos. Un ciervo cegado por los faros de un coche, con el auricular del teléfono pegado a la oreja. Está asustada. Tiene gotas de sudor en el nacimiento del pelo. Está pálida. Su respiración es irregular. Prácticamente veo su corazón latiéndole en el pecho, como un pajarillo asustado. Me tranquiliza ver que se ha bebido un tercio del vino.

Sé lo que pretende. Pero ¿acaso ella sabe que lo sé?

—¿A quién llamas? —le pregunto con calma, solo para ver cómo elabora una mentira. Pero a Sadie nunca se le ha dado bien mentir, así que en vez de eso se queda callada. Es revelador. Así es como sé que sabe que lo sé.

Mi tono de voz cambia. Me he cansado de este juego.

—Sadie, cuelga el teléfono.

No lo hace. Me acerco más, le arrebato el auricular y cuelgo. Trata de aferrarse a él, pero le falta fuerza física. Me hago con el aparato sin esfuerzo.

—Esa no ha sido tu idea más brillante —le digo. Porque ahora estoy enfadado.

Sopeso mis opciones. Si no ha bebido lo suficiente, puede que tenga que obligarla a terminarse el vino. Pero las arcadas y el vómito serían contraproducentes. Pienso en otra manera. No había planeado deshacerme de un cuerpo, esta noche no, pero me da lo mismo hacer creer a Berg que se ha escapado que simular un suicidio. Es un poco más laborioso que lo que había pensado en un principio, pero aun así puede hacerse.

No quiero que se me malinterprete, amo a mi esposa. Amo a mi familia. Esto me destroza.

Pero es inevitable, una consecuencia inevitable de la caja de Pandora que Sadie ha abierto. Si se hubiera estado quieta. Pero es culpa suya lo que está pasando.

SADIE

Me siento mareada. Desorientada. Consumida por el pánico. Porque Will está enfadado, como nunca antes le había visto. No conozco a este hombre que tengo delante, mirándome de un modo amenazador. Se parece remotamente al hombre con quien me casé, y aun así es diferente. Sus palabras suenan cortantes; su voz, hostil. Me arrebata el teléfono y así es como sé que no me estaba imaginando las cosas. Si antes tenía dudas sobre su participación en la muerte de Morgan, ahora lo tengo claro. Will hizo algo.

Doy un paso atrás por cada uno que avanza él, sabiendo que pronto me daré contra la pared. Tengo que pensar deprisa. Pero me siento aturdida, lenta. Will aparece desenfocado ante mis ojos, pero veo sus manos, acercándose, a cámara lenta.

Entonces me acuerdo del abrecartas que llevo enganchado al elástico del pantalón. Lo agarro, pero tengo las manos temblorosas, torpes; se me enganchan en el elástico y dejan suelto por error el abrecartas, que se desliza por la pernera del pantalón hasta estrellarse en el suelo.

El tiempo de reacción de Will es mucho más breve que el mío. Él no ha bebido. Yo ya me siento borracha, el alcohol me ha afectado más de lo normal. Se agacha más rápido que yo y recoge el abrecartas con agilidad. Lo levanta y me lo enseña.

—¿Qué creías que ibas a hacer con esto? —me pregunta.

La exigua luz de la cocina se refleja en la hoja de acero inoxidable. Me apunta con el abrecartas, me desafía a que retroceda, y lo hago. Lanza una carcajada de desprecio, burlona.

Creemos que conocemos muy bien a quienes nos rodean.

Y entonces, qué gran sorpresa nos llevamos al descubrir que no los conocemos en absoluto.

Furioso y vehemente, ya no me resulta familiar.

No conozco a este hombre.

—¿Creías que ibas a hacerme daño con esto? —me pregunta, se lo clava en la palma de la mano y compruebo que, aunque la hoja está afilada, lo suficiente para rasgar el papel, la punta es roma. Lo único que consigue es enrojecerse la piel. No deja más marca—. ¿Creías que ibas a matarme con esto?

Noto que la lengua se me hincha dentro de la boca. Me cuesta cada vez más hablar.

—¿Qué le hiciste a Morgan? —pregunto. No pienso responder a sus preguntas.

Me dice, todavía riéndose, que lo que importa no es lo que él le hiciera, sino lo que le hice yo. Noto que se me secan los ojos. Parpadeo varias veces seguidas. Un tic nervioso. No puedo parar.

—No te acuerdas, ¿verdad? —pregunta, y extiende un brazo para tocarme. Me aparto y me golpeo la cabeza contra el armario. El dolor se extiende por el cuero cabelludo y me llevo la mano involuntariamente al lugar donde me he golpeado.

—Au —me dice con tono condescendiente—. Eso debe de doler.

Dejo caer la mano. No pienso satisfacerle con una respuesta.

Pienso en todas las veces que se ha mostrado solícito, cariñoso. El Will que conocía habría salido corriendo a buscar hielo después de haberme dado el golpe en la cabeza, me habría ayudado a sentarme en una silla, me habría puesto una compresa helada en la cabeza. ¿Todo era una broma?

—No fui yo quien le hizo algo a Morgan, Sadie —me dice—. Fuiste tú.

Pero no lo recuerdo. Tengo dudas, no sé si maté a Morgan o no la maté. Es algo terrible no saber si has matado a alguien.

—Mataste a Erin —le digo, es lo único que se me ocurre en ese momento.

—Eso sí es verdad —admite y, aunque ya lo sé, oírselo decir lo empeora. Se me llenan los ojos de lágrimas, que amenazan con caer.

—Querías a Erin —le digo—. Ibas a casarte con ella.

—Todo eso es cierto —responde—. El problema era que Erin no me quería a mí. No llevo bien el rechazo.

—¿Y qué te hizo Morgan? —le pregunto, y me lanza una sonrisa perversa y me recuerda que la que mató a Morgan fui yo.

—¿Qué te hizo a ti? —pregunta, y yo niego con la cabeza a modo de respuesta.

—No quiero aburrirte con los detalles, pero Morgan era la hermana pequeña de Erin, que se propuso como objetivo en la vida culparme de la muerte de Erin. Aunque el resto del mundo lo vio como un desafortunado accidente, Morgan no. No se rendía. Y tú te tomaste la justicia por tu mano, Sadie. Gracias a ti, he salido de esto bien parada.

—¡Eso no pasó! —le grito.

Es la personificación de la calma. Su voz suena serena, no voluble como la mía.

—Sí que pasó —me dice—. Recuerdo el momento en el que volviste. Estabas muy orgullosa de lo que habías logrado. Tenías mucho que decir, Sadie. Decías que Morgan nunca volvería a interponerse entre nosotros, porque te habías encargado de ella.

—Yo no la maté —insisto.

—Claro que sí —me dice con una risita traviesa—. Y lo hiciste por mí. Creo que nunca te he querido tanto como te quise esa noche. Lo único que hice fue contar la verdad. Te dije lo que sería de mí si Morgan cumplía sus amenazas. Si lograba demostrar a la policía que yo había matado a Erin, pasaría mucho mucho tiempo en la cárcel. Tal vez toda la vida. Me apartarían de ti, Sadie. Te dije que no podríamos volver a vernos, que no volveríamos a estar juntos nunca más. Si eso ocurría, sería todo culpa de Morgan. Morgan era la criminal, no yo. Te lo dije y lo entendiste. Me creíste.

Me lanza entonces una mirada triunfal.

—No podrías vivir sin mí, ¿verdad? —me pregunta mirándome de manera inquisitiva, como un psicópata—. ¿Qué sucede, Sadie? —continúa al ver que no digo nada—. ¿Te ha comido la lengua el gato?

Sus palabras y su indiferencia me enervan. Su risa

me enfurece. Es esa risa asquerosa y abominable la que al final saca lo peor de mí. Esa mirada presuntuosa, con la cabeza ladeada. Esa sonrisa complaciente.

Will manipuló mi enfermedad. Me llevó a hacer esto. Me plantó la idea en la cabeza, en la parte de mí conocida como Camille, sabiendo que esa pobre mujer, esa versión de mí, haría cualquier cosa por él. Porque lo quería mucho. Porque deseaba estar con él.

Me siento triste por ella. Y enfadada por mí.

Me sale de dentro. No me paro a pensarlo.

Me lanzo contra Will con todas mis fuerzas. Me arrepiento nada más hacerlo. Porque, aunque se tambalea un poco, es mucho más grande que yo. Más fuerte, mucho más sólido. E, insisto, no ha bebido alcohol. Lo empujo y retrocede. Sin embargo, no cae al suelo. Se agarra a la encimera para recuperar el equilibrio. Se ríe aún más con mi empujón insignificante.

—Eso ha sido una mala idea —me dice.

Veo el soporte de madera con los cuchillos en la encimera. Él sigue el curso de mi mirada.

Me pregunto quién de los dos lo alcanzará primero.

WILL

Ella es débil como un gatito. Es de risa, en serio.

Pero ha llegado el momento de ponerle fin a esto de una vez por todas. No tiene sentido postergarlo más.

Me lanzo sobre ella, le rodeo ese lindo cuello con las manos y aprieto. El flujo de aire se ve limitado por ello. Veo su cara de pánico. Lo veo primero en sus ojos, que se abren desmesuradamente por el miedo. Me agarra las manos y me araña con sus uñas de gatito para que la suelte.

Esto no durará mucho, solo unos diez segundos hasta que quede inconsciente.

Sadie no puede gritar por la presión sobre su garganta. Salvo algunos frágiles gritos ahogados, todo está tranquilo. De todas formas, Sadie nunca ha sido una gran conversadora.

El estrangulamiento manual es un acto íntimo. Es muy diferente a otras formas de matar. Tienes que estar cerca de la persona a la que estás matando. Implica un esfuerzo manual, al contrario que con una pistola, con la que puedes disparar tres balas desde el otro extremo de la habitación e irte a tu casa. Pero, debido al trabajo que conlleva, proporciona también una sensación de orgullo, de logro, como pintar una casa, construir un cobertizo o cortar leña.

La ventaja, por supuesto, es que después no hay mucho que limpiar.

—No sabes lo mucho que siento que hayamos llegado a esto —le digo a Sadie mientras agita los brazos y las piernas en un intento patético de contraatacar. Se está cansando. Pone los ojos en blanco. Sus golpes son cada vez más débiles. Trata de sacarme los ojos con los dedos, pero ya no tiene fuerza ni rapidez. Me aparto, sus esfuerzos no sirven de nada. Su piel adquiere un bonito matiz.

Aprieto con más fuerza.

—Eres demasiado lista, Sadie. Si lo hubieras dejado correr, esto no estaría pasando. Pero no puedo permitir que vayas por ahí contándole a la gente lo que hice. Seguro que lo entiendes. Y, en vista de que no puedes mantener la boca cerrada, me toca a mí cerrártela para siempre.

SADIE

Me derrumbo deliberadamente, dejo el cuerpo suspendido solo por sus manos alrededor de mi cuello. Es un intento desesperado, un último esfuerzo. Porque, si no lo consigo, moriré. A medida que se me va nublando la vista, desenfocándose en esos últimos momentos, veo a mis hijos. Veo a Otto y a Tate viviendo aquí solos con Will.

Tengo que luchar. Por el bien de mis hijos, no puedo morir. No puedo dejarlos con él.

Tengo que vivir.

El dolor empeora. Porque, sin la fuerza de mis piernas y de mi columna para sostenerme erguida, Will me aprieta el cuello con más fuerza. Soporta todo el peso de mi cuerpo con sus manos. Noto un cosquilleo en las extremidades. Se me duermen. El dolor es horrible, en la cabeza y en el cuello, y creo que voy a morir. Creo que esto es lo que se siente al morir.

Quedo lánguida en sus brazos.

Pensando que ha cumplido su objetivo, Will afloja las manos. Deja mi cuerpo en el suelo. Al principio es delicado, pero me deja caer los últimos centímetros. No está intentando ser delicado. Está intentando no hacer ruido. Mi cuerpo cae y choca con las baldosas frías. Trato de no reaccionar, pero el dolor es casi insoportable, no por la caída en sí, sino por lo que este hombre me ha hecho ya. Siento la necesidad de toser, de tomar aire, de llevarme las manos al cuello.

Pero, si quiero vivir, tengo que reprimir esa necesidad y quedarme ahí tendida, sin moverme, sin parpadear ni respirar.

Will me da la espalda. Solo entonces me atrevo a tomar un poco de aire. Lo oigo. Empieza a planear cómo deshacerse de mi cuerpo. Se mueve deprisa porque los chicos están arriba y sabe que no puede retrasarse.

Se me pasa por la cabeza un pensamiento indeseado que me aterroriza. Si Otto o el pequeño y dulce Tate bajaran ahora y nos vieran, ¿qué haría Will? ¿Los mataría a ellos también?

Quita el pestillo y abre la puerta corredera de cristal. Retira la mosquitera. No miro, pero le oigo hacer todas esas cosas.

Recoge sus llaves de la encimera. Oigo el sonido del metal al rozar la superficie de formica. Las llaves tintinean en su mano y luego dejan de hacer ruido. Me imagino que se las ha guardado en el bolsillo de los vaqueros y tendrá pensado sacarme a rastras por la puerta de atrás y meterme en su coche. Pero después ¿qué? No soy rival para él. Puede vencerme con facilidad. En la cocina hay cosas que puedo usar para defenderme. Pero fuera no hay nada. Solo las perras, que quieren a Will más de lo que me quieren a mí.

Si me saca por esa puerta, no tengo ninguna posibilidad. Tengo que pensar, deprisa, antes de que pueda sacarme de aquí.

Quieta como una estatua, tirada en el suelo de la cocina, para él estoy muerta.

No se molesta en buscarme el pulso. Ese es su único error.

No me pasa desapercibido el hecho de que no muestra ningún remordimiento. No lo lamenta. No está triste por mi muerte.

Se inclina con eficiencia sobre mi cuerpo. Evalúa rápidamente la situación. Siento su cercanía. Contengo la respiración. El aumento de dióxido de carbono me quema por dentro. Es más de lo que puedo soportar. Creo que voy a respirar involuntariamente. Creo que, mientras me observa, no podré aguantar mucho más la respiración. Si respiro, lo sabrá. Y, si descubre que estoy viva, tumbada así boca arriba no tendré capacidad para defenderme.

El corazón me late rápido y con fuerza por el miedo. Me pregunto cómo no lo oirá, cómo puede no percibir el movimiento a través de la camisa del pijama. Se me acumula la saliva en la garganta, me ahogo, me abruma la necesidad de tragar. De respirar.

Me tira de los brazos antes de pensarlo mejor. Entonces me agarra de los tobillos y tira con brusquedad. Noto el suelo de baldosas duro contra mi espalda y tengo que hacer un gran esfuerzo para no quejarme del dolor corrosivo y permanecer inerte, como un peso muerto.

No sé a qué distancia estoy de la puerta. No sé cuánto más tenemos que avanzar. Will gruñe mientras se mueve, jadea. Peso más de lo que pensaba.

«Piensa, Sadie, piensa».

Me arrastra un par de metros. Entonces se detiene para recuperar el aliento. Mis piernas caen al suelo; me agarra mejor de los tobillos. Da tirones cortos y bruscos. Voy deslizándome pocos centímetros cada vez, sabiendo que el tiempo para salvarme se acaba.

Me aproximo a la puerta trasera. El viento frío está más cerca que antes.

Necesito mucha fuerza de voluntad para contraatacar. Para hacerle saber que estoy viva. Porque, si no lo consigo, moriré. Pero tengo que contraatacar. Porque, si no, moriré de todas formas.

Will vuelve a soltarme los pies. Toma aliento. Bebe un poco de agua directamente del grifo. Oigo el agua correr. Oigo su lengua beber como si fuera un perro. Cierra el grifo. Traga y regresa junto a mí.

Cuando se agacha para volver a agarrarme los tobillos, empleo la poca fuerza que me queda para incorporarme. Me preparo y le golpeo la cabeza con la mía. Intento utilizar su cansancio y su desequilibrio a mi favor. Pierde el equilibrio porque está acuclillado sobre mi cuerpo, tirando. Durante un segundo, le llevo ventaja.

Se lleva las manos a la cabeza. Trastabilla con los pies hacia atrás, pierde el equilibrio y cae al suelo. No me demoro. Hago fuerza contra el suelo y me obligo a ponerme de pie.

Pero, cuando se me baja la sangre, el mundo empieza a dar vueltas. Se me oscurece la vista. Estoy a punto de caerme hasta que la adrenalina hace su efecto y solo entonces logro ver.

Siento sus manos en el tobillo. Está en el suelo, tratando de arrastrarme con él. Me insulta mientras lo hace, ya no se preocupa de guardar silencio. «Zorra. Maldita zorra estúpida», me dice este hombre con el que me casé, que juró amarme hasta que la muerte nos separase.

Se me doblan las rodillas y caigo al suelo a su lado. Aterrizo boca abajo, me golpeo la nariz contra el suelo y empieza a sangrar. Sangra mucho y las manos se me tiñen de rojo.

Me pongo a cuatro patas. Will se me abalanza por detrás, tratando de alcanzarme el cuello mientras intento alejarme arrastrándome. Lanzo una patada. Tengo que escapar de él.

Extiendo los brazos hacia la encimera. La agarro con las manos y trato de incorporarme, pero me resbalo. Tengo las manos sudorosas y me falta fuerza. Hay sangre por todas partes. Me sale de la nariz, de la boca. No puedo agarrarme a la encimera. Vuelvo a caer al suelo.

El soporte de los cuchillos está fuera de mi alcance, se ríe de mí.

Vuelvo a intentarlo. Will me agarra de nuevo el tobillo. Se aferra a mi pantorrilla y tira. Le doy una patada con fuerza, pero no es suficiente. Los golpes le dejan confuso unos segundos, pero yo estoy cada vez más cansada y mis esfuerzos son débiles. Caigo de nuevo boca abajo contra el suelo y me muerdo la lengua. No puedo seguir haciendo esto. Me ha bajado el nivel de adrenalina en el cuerpo y el vino y el letargo van apoderándose de mí.

No sé si puedo continuar.

Pero entonces pienso en Otto, en Tate, y sé que tengo que continuar.

Estoy tirada boca abajo en el suelo cuando Will se me sube a la espalda. Noto sus noventa kilos sobre mi cuerpo, aprisionándome de boca contra el suelo de la cocina. No podría gritar ni aunque quisiera. Apenas puedo tomar aire. Tengo los brazos atrapados bajo mi cuerpo, sepultados bajo mi peso y el de Will.

Siento sus manos en mi pelo, masajeándome el cuero cabelludo. Es extrañamente amable. Sensual. Percibo su satisfacción al tenerme en esa posición.

El tiempo avanza más despacio. Intento incorporarme bajo su peso, pero no voy a ninguna parte. No puedo mover los brazos.

Me pasa los dedos por el pelo. Dice mi nombre casi sin aliento.

—Oh, Sadie —murmura. Disfruta teniéndome contra el suelo, en una postura desvalida, esclava de mi amo—. Mi preciosa esposa.

Se acerca tanto que noto su aliento en el cuello. Desliza los labios por mi piel. Me muerde con suavidad el lóbulo de la oreja. Le dejo. No puedo hacer que pare.

Me susurra al oído.

—Si lo hubieras dejado estar.

Y entonces me agarra del pelo con la mano pegajosa, me levanta la cara unos centímetros del suelo y me la estampa de nuevo contra la baldosa.

Jamás he sentido un dolor semejante. Si antes no tenía la nariz rota, ahora seguro que sí.

Vuelve a hacerlo.

No sé si será suficiente para acabar matándome, pero pronto me dejará inconsciente. Y no hay manera de saber lo que hará entonces.

«Se acabó», me digo a mí misma. Voy a morir aquí.

Pero entonces sucede algo.

Es Will, no yo, quien emite un sonido, un grito extraño e inarticulado de dolor. De pronto me noto ligera, no sé qué ha ocurrido.

Un segundo más tarde me doy cuenta de que mi sensación de ligereza se debe a que ya no lo tengo encima. Está tirado en el suelo a pocos centímetros de mí, tratando de levantarse, aunque se ha llevado las manos a la cabeza y, al igual que yo, está sangrando. La sangre le sale de la cabeza, de una herida que antes no tenía.

Giro el cuello dolorido para ver. Sigo el curso de su mirada, invadida ahora por el miedo, y veo a Imogen de pie en el umbral de la puerta de la cocina. Lleva en las manos el atizador de la chimenea y lo sostiene por encima de la cabeza. La veo desenfocada y llega un punto en que no sé si es real o el resultado de una lesión cerebral. Está impávida. No hay rastro de emoción en su cara. Ni rabia, ni miedo. Se acerca y me preparo para el dolor que sentiré cuando me golpee con el atizador. Cierro los ojos y aprieto la mandíbula, sabiendo que el final se acerca. Imogen me va a matar. Nos matará a los dos. Nunca nos quiso aquí.

Aprieto los dientes. Pero el dolor no llega.

En cambio, oigo gruñir a Will. Abro los ojos y lo veo dar tumbos y caer al suelo mientras insulta a Imogen. La miro. Nuestras miradas se cruzan y entonces lo sé.

Imogen no ha venido a matarme. Ha venido a salvarme.

Veo la determinación en sus ojos cuando levanta el arma por tercera vez.

Pero con una muerte sobre su conciencia ya es suficiente. No puedo permitir que haga esto por mí.

Me pongo en pie. No es fácil. Me duele todo el cuerpo. La sangre es abundante, me cae por los ojos y apenas veo.

Me lanzo hacia delante. Me abalanzo sobre el soporte de los cuchillos y me interpongo entre Will e Imogen. Agarro el cuchillo de cocinero; no siento el tacto del mango en la mano.

Apenas registro la cara de este hombre, sus ojos cuando se levanta del suelo y, al mismo tiempo, me vuelvo para mirarlo.

Veo el movimiento de su boca. Sus labios se mueven. Pero oigo un pitido en los oídos. No lo soporto. Creo que no cesará nunca.

Pero entonces cesa. Y oigo algo.

Oigo esa risa asquerosa cuando me dice:

—Nunca lo harías, zorra estúpida.

Se me acerca, intenta quitarme el cuchillo. Lo agarra durante unos segundos y pienso que, débil como estoy, voy a acabar soltándolo. Y, cuando lo haga, lo usará para matarnos a Imogen y a mí.

Tiro con violencia y vuelvo a tener el cuchillo en mi poder.

Will se me abalanza de nuevo.

Esta vez no pienso. Solo actúo. Reacciono.

Hundo el cuchillo en su pecho y no siento nada, porque la punta de la hoja se clava sin hallar resistencia. Veo cómo sucede. Imogen, detrás de mí, también lo ve.

Después llega la sangre, sale salpicando de su cuerpo mientras sus noventa kilos caen al suelo con un golpe seco.

Al principio vacilo, viendo cómo la sangre va formando un charco junto a él. Tiene los ojos abiertos. Está vivo, aunque va perdiendo la vida poco a poco. Me mira, es una mirada de súplica, como si pensara que voy a hacer algo para ayudarle a sobrevivir.

Levanta un brazo y lo extiende débilmente hacia mí. Pero no me alcanza.

No volverá a tocarme nunca más.

Mi trabajo es salvar vidas, no arrebatarlas. Pero toda regla tiene sus excepciones.

—No te mereces vivir —le digo, y me siento poderosa porque no me tiembla la voz al hablar. Mi voz es tan firme como la muerte.

Will parpadea una, dos veces, y entonces se detiene, el movimiento de sus ojos se extingue, igual que los movimientos del pecho. Deja de respirar.

Caigo al suelo junto a él y le tomo el pulso.

Solo entonces, cuando Will ya está muerto, me levanto y me giro hacia Imogen. La estrecho entre mis brazos y juntas lloramos.

SADIE

Un año más tarde

Estoy de pie en la playa, contemplando el océano. La línea de costa rocosa forma pozas de marea en las que Tate chapotea descalzo. Hace fresco, unos doce grados, aunque es bastante para esta época del año, comparado con lo que solemos tener. Estamos en enero. Enero suele ser un mes frío y con mucha nieve. Pero aquí no, y lo agradezco igual que agradezco que esta vida sea tan diferente a nuestra vida de antes.

Otto e Imogen se han ido a escalar las formaciones rocosas que se adentran en el mar. Las perras están con ellos, atadas a sus correas, ansiosas como siempre por trepar. Yo me quedo atrás con Tate, le vigilo mientras juega. Me acuclillo y examino la playa rocosa con las manos.

Ha pasado un año desde que metimos en un gorro los nombres de los lugares a los que queríamos ir. Una decisión así no debería tomarse a la ligera. Y aun así no teníamos familia, ni contactos, ni vínculos. El mundo era para nosotros. Imogen fue la que metió la mano en el gorro y escogió, y casi sin darnos cuenta pusimos rumbo a California.

A mí nunca me ha gustado andarme por las ramas ni mentir. Otto y Tate ya saben que su padre no es el hombre que nos había hecho creer. No conocen todos los detalles.

Defensa propia, eso fue lo que se declaró en los días posteriores a la muerte de Will, aunque no sé si el agente Berg se lo habría creído si Imogen, escondida al otro lado de la puerta de la cocina aquella noche, no hubiera logrado grabar la confesión de Will en su teléfono móvil.

También logró salvarme la vida.

Horas después de la muerte de Will, Imogen le puso la grabación al agente Berg. Yo estaba en el hospital, recibiendo tratamiento para mis heridas. No lo supe hasta más tarde.

Eres demasiado lista, Sadie. Si lo hubieras dejado correr, esto no estaría pasando. Pero no puedo permitir que vayas por ahí contándole a la gente lo que hice. Seguro que lo entiendes. Y, en vista de que no puedes mantener la boca cerrada, me toca a mí cerrártela para siempre.

Imogen y yo nunca hablamos del hecho de que no hubiera grabado toda la conversación aquella noche, las partes en las que Will dejaba claro que yo era la que había llevado a cabo el asesinato de Morgan. Solo ella y yo sabríamos toda la verdad. No se encontraron pruebas de mi implicación en el asesinato de Morgan. Fui absuelta. Culparon a Will de la muerte de ambas mujeres.

Pero ese no fue el final. Después vinieron meses de terapia, y todavía me queda. Mi terapeuta es una mujer llamada Beverly cuya melena teñida de morado parece poco acorde con sus cincuenta y ocho años. Y aun así le sienta de maravilla. Tiene tatuajes y acento británico. Uno de los objetivos de nuestra terapia es localizar e identificar mis identidades alternativas y reunirlas en una sola persona funcional. Otro de los objetivos es encarar los recuerdos que mi mente me ha ocultado, los de mi madrastra y sus abusos. Poco a poco vamos consiguiéndolo.

Los chicos y yo acudimos a un terapeuta de familia. Se llama Bob, cosa que a Tate le encanta porque le hace pensar en Bob Esponja. Imogen también tiene su propio terapeuta.

Otto acude a una academia privada de bellas artes y por fin ha encontrado un mundo en el que encaja. Llevarlo allí es un sacrificio. La matrícula es cara y el viaje largo. Pero no hay nadie en el mundo que se merezca ser feliz más que Otto.

Contemplo el océano mientras las olas golpean la orilla. La espuma salpica a Tate y él se ríe con alegría.

Esta playa era antes el vertedero de una ciudad. Hace mucho tiempo, los residentes tiraban su basura por los acantilados al océano Pacífico. En décadas posteriores, el océano alisó y pulió toda esa basura. La escupió de nuevo hacia la orilla. Solo que, para entonces, el tiempo y la naturaleza la habían convertido en algo extraordinario. Ya no eran desechos, sino preciosos vidrios marinos que la gente venía a buscar de todos los rincones del estado.

Veo a Otto y a Imogen en la cima de una formación rocosa, sentados el uno junto al otro, hablando. Otto sonríe e Imogen se ríe mientras el viento le revuelve el pelo. Veo a Tate chapoteando encantado en la poza de la marea, sonriente. Ahora hay un niño pequeño junto a él; ha hecho un amigo. Me siento feliz por ello, optimista. Cierro los ojos y miro hacia el sol. Me calienta.

Will me robó muchos años de mi vida. Me robó la felicidad y me engañó para que hiciera cosas reprobables. He tardado tiempo, pero estoy encontrando formas de perdonarme a mí misma por todo lo que he hecho. Will me destruyó al principio. Pero, en el proceso de curación, me he convertido en una versión más fuerte y segura de mí misma. Tras los abusos de Will, he descubierto a la mujer que siempre debí ser, una mujer de la que puedo estar orgullosa, una mujer a la que mis hijos pueden respetar y admirar.

Ahora sé lo que es la verdadera felicidad. La experimento cada día.

Me quito las deportivas y hundo los pies descalzos en el mar, pensando en los vidrios marinos.

Si el tiempo puede convertir algo indeseado en algo tan deseado, lo mismo puede sucedernos a todos nosotros. Lo mismo puede sucederme a mí.

Ya está sucediendo.

NOTA DE LA AUTORA

Las enfermedades mentales afectan a más de cuarenta y seis millones de estadounidenses cada año. Es un asunto de vital importancia para nuestra sociedad y para mí personalmente, pues he experimentado el impacto que la enfermedad puede provocar en una familia. En esta novela, Sadie es víctima de una manipulación cruel por parte de quienes buscan aprovecharse de su enfermedad y, al final, encuentra la fuerza para recuperar el control y buscar la ayuda que necesita. Mi esperanza es que, como sociedad, sigamos concienciando sobre este importante asunto y que en el futuro pongamos más énfasis en asegurarnos de que aquellos que lo necesiten puedan acceder al tratamiento adecuado. Para más información sobre salud mental o trastorno de identidad disociativo, visita el Instituto Nacional de Salud Mental (NIMH) y la Clínica Cleveland.

AGRADECIMIENTOS

Gracias a mi editora, Erika Imranyi, por orientarme en la dirección correcta, por tu diligencia y tu dedicación a este libro y tu paciencia conmigo. Gracias a mi agente, Rachel Dillon Fried, por ofrecerme sus consejos y su ánimo infinito durante el proceso de escritura y de revisión. Estoy muy orgullosa de lo que hemos conseguido aquí y espero que podamos hacer muchos libros más. Gracias a Loriana Sacilotto, Margaret Marbury, Natalie Hallak y muchas otras personas en HarperCollins por proporcionarme esas críticas editoriales tan indispensables.

Gracias al maravilloso equipo de HarperCollins, a Park Row Books y a Sandford Greenburger Associates. Estoy muy agradecida por formar parte de unos equipos tan comprometidos y trabajadores. Gracias a mis publicistas, Emer Flounders y Kathleen Carter; a Sean Kapitain y su gente por otro fabuloso diseño de cubierta; a Jennifer Stimson por las correcciones; a ventas y *marketing;* a los correctores, libreros, bibliotecarios, blogueros, *bookstagrammers* y a todos aquellos que colaboran para hacer llegar mis palabras a los lectores. Esto no sería posible sin vosotros. Y muchísimas gracias a mi maravilloso equipo de Hollywood, Shari Smiley y Scott Schwimer, por vuestro esfuerzo y entusiasmo.

Gracias, como siempre, a mi familia por el apoyo emocional; a mis hijos por permitirme aterrorizarlos mientras planteaba ideas en voz alta; y a todas esas personas increíbles que con mucho afán dejaron todo para leer un borrador de esta novela y darme sus comentarios: Karen Horton, Janelle Kolosh, Pete Kyrychenko, Marissa Lukas, Doug Nelson, Vicky Nelson, Donna Rehs, Kelly Reinhardt, Corey Worden y Nicki Worden. Este libro no sería lo que es sin vuestros consejos y vuestra vista de águila.

Printed in the USA
CPSIA information can be obtained
at www.ICGtesting.com
JSHW022048171223
53918JS00001B/4